二見文庫

夜の嵐

キャサリン・コールター／高橋佳奈子＝訳

Night Storm

by

Catherine Coulter

ダイアナ・ヒルへ
称賛すべき女性へ
あなたに出会えてほんとうによかった

夜の嵐

登　場　人　物　紹　介

ユージニア(ジェニー)・パクストン	パクストン造船所の娘
アレック・キャリック	シェラード男爵
ジェイムズ・パクストン	ジェニーの父
ハリー・キャリック	アレックの娘
ネスタ・キャリック	アレックの亡妻
アリエル・ドラモンド	ネスタの異母妹
バーク・ドラモンド	レイヴンズワース伯爵
オリヴァー・グウェン	ジェニーの幼なじみ、ローラの恋人
モーゼス	パクストン家の執事
ミムズ	パクストン造船所の内装職人
スナッガー	〈ペガサス〉の一等航海士
ダニエルズ	〈ペガサス〉の二等航海士
エレノア・スウィンドル	ハリーの世話係
スマイス	キャリック・グレインジの執事
ミセス・マクグラフ	キャリック・グレインジの家政婦
アーノルド・クルースク	アレックの財産管理人
アベル・ピッツ	〈ナイト・ダンサー〉の一等航海士
ピピン	アレックの船長室付きの従者
ローラ・サーモン	製粉所の未亡人
アイリーン・ブランチャード	レディ・ラムゼイ。未亡人

プロローグ

キャリック・グレインジ
イングランド、ノーザンバーランド
一八一四年十二月

アレックは妻の血の気の失せた額《ひたい》に唇を寄せた。額はまだ湿っている。妻とのあいだにけっして縮まらない距離を感じて彼は身を起こした。もう遅すぎる。喉《のど》につまったことばを口に出すにはもう遅すぎるのだ。アレックは首を振った。しまいに妻の手を持ち上げ、胸の上で組ませた。いまや肌はひんやりしている。

それでも、ネスタがいきなり目を開け、にっこりして息子に会いたいと言ったとしても、驚きはしなかっただろう。あれほどにほしがっていた息子なのだから。名前はハロルドになるはずだった。ノルマンディー公ギョームと戦って負けたサクソンの王にちなんで。

アレックは妻をじっと見つめ、胸の内でつぶやいた。ネスタ、子供のためにきみが命を落とすなど。ああ、神よ。きみに私の種を宿《やど》すなどしてはならなかったのだ。目を開けてくれ、ネスタ。

しかしネスタは動かなかった。目も開かなかった。五年間妻であった女は死んだのだ。別の部屋にいる人間のかけらは生きているというのに。それについては考えるのも耐えられなかった。

「男爵様」

最初、アレックにはドクター・リチャーズの低い声が聞こえなかった。やがてゆっくりと目を上げ、妻の主治医であるめかし屋の小男のほうを振り返った。部屋が暑いせいか、いまは汗だくで、しゃれたクラヴァットが髪の毛と同じぐらい濡れている。

「申し訳なくてことばもありません」

アレックはネスタの頰《ほお》に触れた。肌はやわらかかったが、いまやひどく冷たくなっていた。アレックは身を起こして振り返ると、医者の前に立ちはだかった。自分がわざとそうしているのはわかっていた。医者を威圧《いあつ》し、ぶるぶると震えるほどに怖がらせたかった。この男は妻を死なせたのだ。乾いた血のついた手や黒い上着の袖《そで》を見やり、こいつを殺してやりたいと思った。

「子供は?」

ドクター・リチャーズはシェラード男爵の険しい声を聞いて身をすくめたが、穏やかに答えた。「とてもすこやかなご様子です」

「ご様子です、だと?」

ドクター・リチャーズは目を伏せた。「ええ、男爵様。ほんとうに申し訳なく思っております。産後の出血を止められませんでした。血を大量に失い、お体も弱っておいででしたので。打てる手はありませんでした。こうなると、医術にできることは――」

男爵は手を振って医者のことばをさえぎった。三日前、ネスタは笑いながらとてもたのしそうにクリスマス祝祭の計画を語っていたのだった。腹は巨大にふくれ、足は腫《は》れ、腰の痛みに悩まされてはいたが。その彼女が死んでしまった。息を引きとるときにそばにいてやることもできなかった。医者に呼ばれなかったのだ。あまりに突然だったのでと医者は言い訳した。あまりに突然でその暇がなかったのだと。アレックにはそれ以上言うことばはなかった。彼は振り返らずに妻の寝室をあとにした。

「跡継ぎすらおできにならなかった」産婆《さんば》のラファー夫人は男爵夫人の顔にそっとシーツを引っ張り上げながら言った。「まあ、高貴なおかたはどこででもまた奥様を見つけられますからね。とくに男爵様のような見映えのするおかたは。跡継ぎはいつかおできになるでしょう。どうなるか、見ておいでなさいな。でも、女のお子様だって生まれなくてはなりませんよ。さもなければ、どうやって跡継ぎがこの世に生を受けるというんです？」

「お子様に名前は？」

産婆は首を振った。「赤ん坊に会いにもいらっしゃいませんよ。生まれてすぐにちらりとご覧になっただけです。赤ん坊はさっそくお乳に吸いついていると乳母が言っておりました。そう、わからないものですよね？　お母様は血が止まらずにお亡くなりになったというのに、おちびさんは元気いっぱいのオコジョのように健康だというんですから」

「きっと男爵様は奥様を愛してらしたんでしょうね」

産婆はうなずいただけだった。自分が仕事をはじめられるよう、もったいぶっているだけで役立たずの医者が帰るのを待っていたのだ。医者は罪の意識を感じている。感じて当然だ。産後の出血など！　男爵夫人はレンガほども丈夫だった。しかし、ドクター・リチャーズによく食べるように勧められ、体重を増やしすぎた。血色がよくなりすぎ、血が濃くなりすぎた。赤ん坊は大きく、お産は長引きすぎ、ドクター・リチャーズは手をもみしぼりながらベッドのそばについているだけで、なにもできなかった。ばかな年寄りめ。

　第五代シェラード男爵のアレック・キャリックは愛馬のルシファーに鞍《くら》をつけるように命じた。厩舎《きゅうしゃ》を出ると、吹きつける雪のなかへと馬を進めた。帽子もかぶっていなかった。黒い外套《がいとう》をはおっているだけだ。

「あれではご自分も命を落としてしまう」キャリック・グレインジの厩舎長であるデイヴィーが言った。

「えらく心を痛めておいでだ」おもに厩舎の糞《ふん》掃除をしている下っ端《ぱ》の使用人のモートンが言った。「奥様はいいご婦人だったから」

「お子様は生まれたさ」とデイヴィー。

　まるでそれでおしまいというような言い草だ、とモートンは思った。旦那《だんな》様がなにも感じず、奥様が死んだというのに気にもしていないかのような。モートンは身震いした。えらく冷たく感じる。また身震い。しかし同時にありがたいとも思った。結局、自分は気の毒な男爵夫人ほど冷たくなっているわけではないのだから。

アレックは三時間後にグレインジに帰ってきた。ありがたいことにすべてが麻痺《まひ》したようになっていた。指の感覚はなく、顔をしかめたり、眉《まゆ》を動かしたりすることもできなかった。もっと重要なことに、心の奥深くでうずいていた痛みも感じられなくなっていた。老いた執《しつ》事《じ》のスマイスが主人の様子をひと目見て、従者たちとふたりのメイドを追い払った。それから子供を扱うように男爵の腕をつかむと、黒っぽい板張りの書斎《しょさい》へと導いた。そこでは火が赤々《あかあか》と燃えていた。

執事は男爵の冷たい手をこすりながら、彼が七歳の子供に戻ったかのように、小言《こごと》を言った。「さあ、ブランデーを持ってきましょう。ここにおすわりなさい。いい子――おすわりなさい。そう、それでいい」

スマイスはブランデーを手渡し、男爵がそれを飲み干すまでその場を動かなかった。「さあ、もう大丈夫ですよ」

アレックは同情と懸念《けねん》を浮かべた老いたしわだらけの顔を見あげた。「どうして大丈夫などということがありうる、スマイス？　ネスタが死んだんだぞ」

「わかっております、ぼっちゃま。わかっております。でも、悲しみはいつか癒《いや》されましょう。お嬢様も生まれましたし。小さなお嬢様のことを忘れてはなりません」

「ここにいても、泣き声は聞こえたさ。泣き疲れ、声がかれてしわがれていたが、それでも聞こえた。家のなかが静まりかえっているからな」

「ええ、そうですとも」スマイスは途方に暮れて言った。「でも、旦那様、小さなお嬢様のことを忘れてはなりません。乳を求めて小さな将軍のように叫ぶお声を聞きました。お小さいのに、丈夫な肺をお持ちです」

アレックはカーテンの閉まった張り出し窓に目を向けた。「そんなことはどうでもいい」

「はてさて――」

「別に頭の心配をされるほどひどい状態にあるわけではない、スマイス。私のことでやきもきするのはやめてくれ」アレックは椅子から立ち、暖炉のそばに寄った。「手が刺すように痛みだした。おそらく、いい兆候《ちょうこう》なんだろう」そう言って炎を見つめて黙りこんだ。「アリエルとバークに手紙を書いて、ネスタが死んだことを知らせなくては」

「書く物をお持ちしましょうか？」

「いや。体が温まったら、応接室へ行く」

「お夕食は？」

「ほしくない、スマイス」アレックはさらに一時間ほど火のそばにいた。手は自由に動くようになり、眉根も寄るようになっていた。しかし、心は依然《いぜん》麻痺したままだった。

地面はひどく固かった。墓穴掘りがシャベルをあてても細かくは崩れず、大きな塊となって掘り起こされた。男たちは重労働にぶつくさ言った。

ネスタの墓に明るい色のバラが飾られることはない。やわらかく、白く、冷たい雪片だけが棺《ひつぎ》をおおい、その上に土がかけられることになる。

アレックは棺の上に男たちがシャベルで黒い土をかける様子を黙って見つめていた。デヴェニッシュ村のキャリック家の墓所はスプリドルストーン・ヴァレーを見晴らす広い尾根のてっぺんを占めていた。凝《こ》った装飾をほどこされた墓石には、蔦《つた》やバラやヒエンソウの蔓《つる》が巻きついている。春と夏には、ダークグリーンの蔦に花々の鮮やかな色が映えて美しいのだが、冬には剪定《せんてい》された草花は悲しげに見えた。葉の落ちたトチノキやポプラや枝を垂《た》らした柳が墓地のまわりをとり囲んでいる。十二月の風が低くかすれた音をたてて木々のあいだを渡っていく。感動的な追悼《ついとう》のことばを述べ終えた司祭《しさい》のマクダーモットも、口を閉じて待っていた。グレインジの使用人全員と、小作人とその家族、デヴェニッシュ村の商人たちや地元の名士の主だった顔ぶれが黙ってそこに立ち、待っていた。私のことばを待っているのだとアレックは気がついた。みな自分がなにかをするものと思っているのだ。拍手喝采《かっさい》しろと命令するのか？　そろそろ家に帰って温まってくれと言うのか？　ひとりにしてくれと頼むのか？

「アレック」

司祭のマクダーモットがそばに来て、やさしく声をかけた。

アレックは老いた男の褪《あ》せた青い目をのぞきこんだ。

「雪が激しくなってきた、アレック。そろそろ解散するころあいだ」

解散する。なんとも妙な言いかただ。アレックはただうなずき、合図として墓から一歩下がった。参列者がひとりひとりそばにきて、お悔みを言い、離れていった。それにひどく時間がかかった。とんでもなく長い時間が。

奇妙なことだと、あとで書斎にひとりになってからアレックは思った。弔問客《ちょうもん》の最後の一団が供された食べ物を食べ、ひそめた声で会話を交わし、ようやく帰っていった。奇妙だったのは、自分がなにも感じていないことだった。麻痺したような感じは消えなかった。体の奥深くに忍びこみ、そこに留まっていた。その感覚はその後三日間つづいた。

三日目、ネスタの異母妹のアリエル・ドラモンドとその夫でレイヴンズワース伯爵のバーク・ドラモンドがグレインジに到着した。アリエルは青ざめた顔をしており、泣き腫らした目は真っ赤だった。バークはしゃちほこばった様子で、アレック自身と同じぐらい自分の殻《から》にとじこもっているように見えた。アレックは来てくれたことに礼を言った。

「葬儀《そうぎ》に間に合わなくてほんとうにごめんなさい」アリエルはアレックの手を両手で握りしめて言った。「吹雪でエルジン・タインを出られなかったの。ほんとうにごめんなさい、アレック、ほんとうに」アリエルは心のなかでアレックのことを〝美しき男爵〟と呼んでいた。ばかげた呼び名だが、そう呼びたくなるのもたしかだった。しかし、いまの彼はやつれた顔をしており、骨が浮きあがって見えるほどだった。輝く青い目は笑うと夏の空のように明るくなり、興奮すると北海のように深い色になるのだが、いまは光を失ってぼんやりとくすんでいるように見えた。うつろな目。着ている衣服はいつもどおりきちんとしていたが、体はやせて見えた。アリエルにはアレックがそこにいないように思えた。バークと自分に話しかけ、質問に答え、お悔やみを受けてはいても、心ここにあらずだった。アレックのネスタへの愛情を以前は疑うことがあったとしても、いまは疑いの余地《よち》はなかった。ネスタに対して燃えるような情熱は感じていなかったかもしれないが、深く愛していたのはたしかだ。彼の痛みと自分の痛みを重ねあわせ、アリエルはわっと泣きだした。

「子供は無事だったのか？」バークはアリエルの肩を抱きながら訊《き》いた。

アレックは自信なさそうな顔で首を振った。

「娘さんだよ、アレック。元気なのか？」

「ああ、たぶん。元気じゃないとは誰も言わないから。ミセス・マクグラフを呼ぼう。彼女が部屋へ案内してくれる。泊まっていってくれ。吹雪はあと一週間はつづくだろう。ネスタの墓もう雪におおわれてしまっている。あとで案内するよ。大理石の墓石を注文したんだが、まだできあがっていない。ああ、ミセス・マクグラフが来た。泣かないでくれ、アリエル。バーク、来てくれてほんとうにありがたいよ」

アリエルは寝室に引きとってしばらくしておちつきをとり戻した。「あの人、ショックを受けているのね」と夫に言った。「わたし、泣かずにいられなかったの。ごめんなさい、バーク。かわいそうなアレック。赤ちゃんもそう。赤ちゃんに会いに行かなくちゃ。名前はなんていうのかしら？」

赤ん坊はまだ名づけられていなかった。その晩、夕食の席でアリエルに訊かれてアレックはまごついた顔になった。「名前をつけてあげなければだめよ、アレック。すぐに洗礼を受けさせなければならないし」

「赤ん坊は病気なのか？」

「いいえ、もちろん元気よ。でも、名前はつけてあげなければ。ネスタが決めた名前はなかったの？」

「ハロルド」

「女の子の名前は？」

アレックは首を振った。

「あなたはどんな名前がご希望？」

アレックはなにも言わなかった。考えこむような顔でワインを飲んだだけだった。子供は生きていて、ちゃんと世話をされている。ああ、赤ん坊が思いきり泣き叫ぶ声が聞こえるようだ。赤ん坊が丈夫な肺を持っていると言ったスマイスは正しかった。それでいまは名前などを訊かれるわけか。赤ん坊の名前など、誰が気にするというのだ？「ハリー」しばらくしてアレックは肩をすくめながら言った。「ハリーにしよう。ハロルドに響きが近い。ネスタも気に入ってくれたはずだ」

まだアレックは娘に会いに行っていなかった。アリエルとバークがキャリック・グレインジを発《た》つ日の前日、ふたりはそのことを家の主人に切りだした。

「アリエルとよく話しあったんだが、きみさえかまわなければ、ハリーをレイヴンズワースにいっしょに連れていこうと思うんだ」

アレックはバークをじっと見つめた。「赤ん坊をレイヴンズワースに連れ帰りたいって言うのか？　いったいなぜ？」

「あなたは男だわ、アレック。少なくとも、わたしはあの子の叔母よ。あの子の世話をして愛情を注いであげられる。バークもそう。ここにいてもあの子にはなにもないわ。必要なものを与えてくれる乳母以外は。赤ちゃんには愛情が必要なのよ、アレック。思いやりも」

アレックは途方に暮れた様子だった。アリエルは義理の兄を見つめながら思った。わたしの言っている意味がわからないようね。

アレックはぼんやりした口調でゆっくりと言った。「自分の子をよそへやるわけにはいかない」

「責任を放棄《ほうき》したように感じる必要はない」バークが口をはさんだ。「きみはやもめのひとり身だ。きっと、交易《こうえき》の仕事に戻りたいんじゃないのか？　自分のところの商船を自分で指揮したいのでは？　きみのお気に入りはなんだったかな？　ああ、そうだ、〈ナイト・ダンサー〉だ」

「ああ、すばらしいバーカンティーンの帆船《はんせん》だ」アレックはうなずいてつけ加えた。「きみたちにも船の話はしたんだったな？　ここにいてもうなにもすることはない。そう、ここは静かすぎる。グレインジにはこれ以上残っていたくない。財産管理人のアーノルド・クルースクは有能な男だ。グレインジをうまく切り盛りしてくれるだろう。私がみずから教えたからね。きちんと報告もしてくれるはずだ。信用できる人間だから」

「どこへ行くにしても、赤ちゃんを船に乗せて連れていくわけにはいかないわ」アリエルが言った。「赤ちゃんには安定した生活が必要よ、アレック。家庭と世話をしてくれる人間が。バークとわたしなら世話をしてあげられる」

「あの子はネスタの分身なんだ」

「ええ、わかってる」

「考えてみなければならないな。子供を残していくのが正しいこととは思えないんだ。そうだな、馬に乗りに行って、よく考えてみるよ」

アリエルは外はまた雪になっていると言ってやりたかったが、口には出さずにおいた。

「考える時間が必要なんだよ」アレックが居間を出ていってから、バークが静かに言った。

「むずかしい問題だ」

その晩、夕食のために着替えをしていたアレックの耳に、頭上から赤ん坊の甲高《かんだか》い泣き声が聞こえてきた。耳をつんざくような金切り声で、びくりとしてクラヴァットの結び目がめちゃくちゃになってしまった。泣き声はやまず、大きくなる一方だった。アレックは鏡をのぞきこみ、クラヴァットの結び目をほどいて垂らした。目を閉じる。いったいどうしたというのだ？　身に危険が迫っているとでもいうように赤ん坊が泣きわめくのはなぜだ？

「やめてくれ」とささやく。「頼むから、静かにしてくれ」

赤ん坊はグレインジじゅうに響きわたるような泣き声をあげた。

もう耐えられない。アレックは寝室を出て広い廊下を渡り、三階の育児部屋へつづく階段へ向かった。足音高く階段を昇りながら、寒いなと思った。近づくにつれ、赤ん坊の泣き声はさらにひどくなった。

アレックは育児部屋のドアを勢いよく開けた。部屋のなかでは、家政婦のマクグラフ夫人が赤ん坊を抱いて揺らし、泣きやませようとしていた。

「いったい乳母はどうしたんだ？」

マクグラフ夫人ははっと振り向いた。「ああ、旦那様、乳母は家に帰らなければならなくなって。自分の子が病気で家族が――そう、話せば長くなるんですが、ハリーはお乳がもらえなくて、おなかをすかせているんです」

アレックは家政婦にきっぱりと言った。「赤ん坊をよこすんだ。階下《した》へ行ってスマイスにすぐに乳母を迎えに行かせろ。子供もいっしょにグレインジに来させるんだ。頼むから、急いでくれ」

アレックは娘を受けとったが、すぐさま恐怖に駆《か》られた。赤ん坊はあまりに小さかったのだ。泣き声は大きく、耳が痛くなるほどなのに。小さな体は声をあげるたびにぶるぶると震えている。赤ん坊の首を支えなければならないことぐらいはわかっていた。そうしたくはなかったが、しまいには無理にも赤ん坊に目を向け、じっと見つめた。赤ん坊の顔はしわだらけでまだらに赤く、ふさふさとした髪は幼いころの彼の髪と同じ薄い色のブロンドだ。母はその話をするのが好きで、何度となく聞かされたものだった。

アレックはやさしく言った。「シッ、おちびさん、もう大丈夫だ。お乳はすぐ来るよ」

赤ん坊は聞き慣れない太い声を聞いて即座に泣きやみ、焦点の定まらない目を見開くと、その目を声のほうへ向けた。目の色は激しい嵐のときの北海の色だった。濃く深い青。私の目と同じ色。

「だめだ」アレックはそう言ってもがく小さな体を自分から引き離そうとした。「だめだ」

小さな体は慣れない手に抱かれ、身をこわばらせてもがいた。赤ん坊の体を引き離して持っているのが辛くなり、あきらめて娘を肩に引き寄せると、なだめるように意味のないことばや声をくり返しやさしく発した。驚いたことに、赤ん坊は何度かしゃっくりをすると、手を口につっこみ、肩に頭をあずけてきた。小さな体がまた震えたと思うと、静かになった。一瞬、赤ん坊が死んでしまったのではないかとアレックは恐怖に駆られた。が、そうではなく、眠りに落ちたのだった。父に抱かれて眠ってしまったのだ。アレックはぼんやりとまわりを見まわした。これからどうしたらいい？

彼は暖炉の前に置かれた揺り椅子に腰を下ろし、ウールのショールをハリーにかけてやって椅子を揺らしはじめた。

そのうちアレック自身も眠りに落ちてしまった。乳母とマクグラフ夫人は開いた扉のところで足を止め、目をみはった。

「びっくりね」とマクグラフ夫人。「旦那様はこれまでここへ来たこともなかったのに」

乳母は乳の張った乳房にわが子を抱き寄せた。乳房は痛むほどだった。「ハリーにお乳をあげないと」

アレックは女たちのささやき声に目を覚ました。乳母のほうに目を向けると、「眠っている」とそっけなく言った。「揺らしていたら眠った」

乳母はつい思ったことを口に出した。「お子様は旦那様にそっくりですね。似てらっしゃるかもしれないとは思っていたんですが――」そこで自分のことばにぎょっとして口をつぐんだ。

アレックが立ちあがると、ハリーが目を覚ました。ハリーは身をそらして自分を抱いている手に体を押しつけ、ぼんやりとした目で彼を見あげると、泣きだした。アレックはにやりとした。「乳母の出番だ」

そう言って乳母が自分の子を下ろし、慣れた手でハリーを受けとるのを見守った。「赤ん坊が眠ったら、話したいことがある。ミセス・マクグラフに案内してもらって書斎へ来てくれ」

アレックはふたりの女にうなずいてみせると、育児部屋を出た。足どりは軽く、肩はぴんと張っていた。ようやく痛み以外のものを感じることができたからだ。

1

バーカンティーン船〈ナイト・ダンサー〉船上にて
チェサピーク湾沖
一八一九年十月

アレック・キャリックは〈ナイト・ダンサー〉の操舵《そうだ》室近くの甲板に立っていた。横帆式の前檣《フォアマスト》の粗布がはためくのを見ながら、後甲板に巻いて置かれたロープの大きな輪のなかにあぐらをかいてすわり、ロープを結ぶ練習をしている小さな娘にも気を配っていた。彼のいるところからも、娘が巻き結びを完成させつつあることはわかった。娘はとり組んでいることを完璧に仕上げるまでは新しい仕事にとりかかろうとはしなかった。いまだったら、自分の気に入る形にロープをきちんと結べるまでは、けっして新しい結びかたにとりかからないということだ。娘が二日以上も枝結びばかりしていたこともあった。ヨークシャー出身の二十三歳の若者で、どんな冗談にも女学生のように頬を赤らめる〈ナイト・ダンサー〉の二等航海士、ティックナーが見るに見かねてこうさとすほどに。「さあ、さあ、ミス・ハリー、もういいでしょう。よくできました。指にたこができて巻貝みたいになっちまっちゃ困るでしょう？　パパに見せて、うまくできたかどうか訊いてみましょうよ」

そう訊かれてアレックはその枝結びを褒《ほ》めたのだった。巻貝のようなたこなど冗談ではない。

ハリーは水夫たちと同じように、赤と白のストライプのシャツと青いデニムの胸当てズボンを身につけていた。水夫たちがそうであるように、その服はハリーの小さな体にぴったりと合っていて、ズボンの裾だけが広がっている。それはつまり、甲板を洗ったり、帆柱に登ったりする際に、楽にまくりあげられるようになっているのだ。ハリーは麦藁《むぎわら》の防水帽もかぶっていた。雨でも水が顔に垂れることのない広いつばのついた帽子で、タールとオイルを塗ってあるせいで水を通さず、真っ黒だった。もっと重要なことに、帽子はハリーの顔を陽《ひ》射《ざ》しから守ってくれた。アレックは色の白い娘を心配し、昼日中甲板にいるときには、けっして帽子をとらないように言い聞かせていた。四歳だというのに、年老いた縫帆員のパンコのようなめし皮の肌になってもらいたくはなかったからだ。

ハリーは青い目を上げ、父の顔を見て言った。「パパ、まったく、あたしはもうすぐ五歳なのよ」

「悪かったね」と言って、アレックは帽子を娘の眉のあたりまで引き下げた。「おまえがもうすぐ五歳なら、私はえらい年寄りということだな。おまえが五歳になってまもなく私は三十二歳になる」

ハリーは値踏みするようにじろじろと父を眺め、首を振った。「いいえ、パパは年寄りじゃないわ。ミセス・ブランチャードの言ったとおりね。パパはとってもきれいだわ。ミセス・ブランチャードみたいにはギリシャのコインのこと、よくわからないけど、ミセス・スウィンドルだってときどきパパのことじっと見てるのよ」

「ミセス・ブランチャード」アレックは驚いて弱々しい声で言った。娘が明かしたほかの事実は無視した。

「前にここに来たじゃない、覚えてないの？　この前の五月よ。ロンドンにいたとき。パパがここに連れてきたのよ。笑いながら、パパのこと、とってもきれいだって言ってた。それで、いろいろとしてあげたいって。そしたらパパはきみのお尻も見る価値があるって言って――」

「わかった、もういい」アレックはそう言って急いで娘の口を手でふさいだ。笑うまいと自分の口を手でふさいでいるティックナーの視線に気づいたのだ。「もう充分だ」アレックはひどい罪悪感を覚えると同時に狂ったように笑いたくなった。五カ月前のあの日の午後のことを思いだしたからだ。ハリーは世話係のスウィンドル夫人とロンドンのタウンハウスにいるとばかり思っていたため、船に乗ってみたいとせがむアイリーン・ブランチャードを船に連れてきたのだった。アレックはみずからをあざけった。少なくとも、そのとき彼女とベッドをともにすることはなかった。ともにしていたら、ハリーがその場に踏みこんできて、あの好奇心に満ちた穏やかな声でなにをしているのか説明してくれと言ったかもしれない。

アレックは娘に笑みを向けた。ハリーはおませで、どこか手にあまる子供だった。ひどくまじめで、見ているだけで涙が目を刺すこともあるほど美しかった。私の子。神からの贈り物だ。悪態をつき、心を凍らせ、最初は恨みに駆られていた私を神は赦《ゆる》してくれた。

いま、ハリーも裸足《はだし》だった。水夫さながらに日焼けした頑丈《がんじょう》な足だ。ピピンが歌う船歌に合わせて爪先《つまさき》で小さくリズムをとっている。槍《やり》を持ち、尻尾《しっぽ》を生やした悪魔をどこかおかしいと思わないほど愚かだったせいで、船も戦利品もなにもかも悪魔にとられてしまった船長を歌ったおもしろおかしい歌。ピピンはアレックの船長室つきの従者で、陸地に上がると従者見習いだった。母にセント・ポール寺院の石段に置き去りにされた捨て子で、十五歳になる賢い少年は、アレックを崇拝《すうはい》し、ハリーを敬愛していた。

アレックはフォアマストを見あげた。風は北西の風で安定している。船は風下へと進んでいた。「ミスター・ピッツ、少し帆を下げろ」アレックは一等航海士のアベル・ピッツに呼びかけた。六年いっしょに航海してきて、船のことも船長のことも同様によく理解している男だ。

「へい、船長」アベルが答えた。「あのくそアホウドリを見てたんですよ。船と競争しようとしてやがる。どうやらあまり風に向かっていくのは好きじゃないらしいが」

アレックはにやりとして水平線に目をやった。広げた翼の端から端までがゆうに十五フィートはあろうかというアホウドリが急降下したり旋回《せんかい》したりしながら船のそばへ戻ってきたと思うと、また上昇していった。その日は十月初旬の快晴の日で、太陽は燦々《さんさん》と明るく照り、濃いブルーの空には真っ白な雲が点在していた。海は穏やかで波は静かにうねっている。風がもてば、船は午前中にチェサピーク湾に到達することだろう。湾内を百五十マイル航行して内湾にいかりを下ろしてから、ボルティモアのジェイムズ・パクストン氏を訪ねることになる。ジェイムズ・パクストン氏本人か、もしくは息子のユージーン・パクストン氏だ、とアレックは心のなかで訂正した。

ピッツが呼びかけてきた。「クレッグが来ました、船長。昼食の用意ができたそうです。ミス・ハリーの分も」

アレックはうなずき、クレッグに手を振った。縦横同じに見えるほど横幅が広く、船に乗っている誰よりも陽気な男だ。アレックは娘のところへ行った。娘は最初、自分のしていることに夢中で、父に気がつかなかった。アレックは自分がこの世に送りだしたすばらしい小さな存在に驚嘆と満足を覚えながら、辛抱《しんぼう》強く待った。娘は父にもネスタにもまったく似ていなかった。「ハリー」アレックは娘を驚かさないように静かに呼びかけた。

ハリーは目を上げ、すばらしい笑みをくれた。「パパ、見て」そう言って父の鼻先に結び目をつきだした。「どう？　正直に言って、パパ。なにを言っても大丈夫だから」

「そうだな、こんなすばらしいこま結びは見たことないよ」

「パパ、これはこま結びじゃないわ。巻き結びよ！」

「ふうむ。たしかに。昼食をとりながら、もっとよく見せておくれ。おなかすいたかい、おちびさん？」

ハリーは勢いよく立ちあがり、ズボンを穿《は》いた脚にてのひらをこすりつけた。「タツノコだって食べたいくらい」

「おやおや、食べないでくれよ。うろこが歯にはさまったらどうする」

ハリーはハッチから急いでアレックの船室へとつづく階段を降り、父のあとからなかへはいった。船室は広々していたが、天井はアレックの身長よりも二インチ高いだけだった。船尾に向いた窓がふたつあって風通しがよく、固定されたテーブルと広い寝台、細かい彫刻がほどこされたマホガニーの机などが置かれていて、かなりエレガントな内装となっていた。左舷《さげん》側の壁にとりつけられた本棚には、航海関係や海軍の歴史の本、海図、ロンドンの新聞、〈英国航海年鑑〉の全巻がぎっしりつまっており、ハリーのための読本や文法書もそろっていた。この船室のつづきのドアの向こうにハリーの船室があった。ここよりもずっと狭かったが、問題はなかった。ハリーは寝るときしかその部屋に行かなかったのだから。夜寝る前に遊ぶのもアレックの船室でだった。アレックが娘と離れて過ごすことはまれだった。「おすわり、ハリー。今日はなんだい、クレッグ?」

「捕りたてのタラです、船長。オリーが今朝十四あまりつかまえましてね。ミス・ハリーが小さな海のネズミほどもお元気でいられるようにゆでたジャガイモも添えました。それと、最後のサヤインゲンも。ありがたいことに、明日は港に着きます。そうでなかったら、こちらの小さなご婦人は塩漬肉の噛《か》みすぎで歯を折ってしまうでしょう」

いつものことだが、ハリーが船に乗っているときのほうが船長の食卓のメニューがいいなとアレックは胸の内でつぶやいた。ハリーが手を洗っていないことに気がついたが、自分も手は洗っていなかった。娘はすべてにおいてそうであるように、食べるときもゆっくりと真剣に食べた。娘が六口ほどよく嚙んで食べてから会話をはじめたいと思っているのがわかっていたため、アレックはじっと待った。

　七口めにかかる直前、ハリーが言った。「ボルティモアの快速帆船のことお話しして、パパ」

　前にも何度か話した話題だったが、ハリーは快速帆船の話を飽きずに聞きたがった。アレックはタラを呑《の》みこむと、ワインをひと口飲んだ。「そう、前にも話したはずだけどね、おちびさん。ボルティモアの快速帆船とはマストを二本持つ帆船のことだ。しゃれた形をしていて、帆に風をうまくとりこめるからスピードも速い。マストはこのバーカンティーン船のものよりもゆうに十五フィートは高い。それに、覚えているだろうが、快速帆船は船体が小さい。なにも置かれていない広い甲板があって、ふつうは全長百フィートもないぐらいだ。喫水線《きっすいせん》から上がうんと低いのも特徴だ」

　ハリーは身を乗りだし、肘《ひじ》をテーブルについて顎《あご》を手に載せていた。「そうだったわ、パパ。嵐がたくさん来る北大西洋ではあんまり役に立たないのよね。甲板が水をかぶってしまうし、風にマストを折られてしまうから。でも、速く走るから、フリゲート艦やブリッグ船（横帆の二本マストの船）やスノー型帆船やバーク帆船にはつかまらないの」

「そのとおり。船体も軽いから、アホウドリよりもすばやく前後左右に動いたり、疾走したり、向きを変えたりできる。わが英国海軍はボルティモアの快速帆船を心から憎んでいるんだ。それも理由のないことじゃない。アメリカの民間の武装船の船長──とくにボイル船長は──戦争中、イギリス海軍に赤っ恥をかかせてくれたからね。ちゃんと食べるんだ、ハリー」

ハリーは渋々《しぶしぶ》ひと口食べた。「アメリカ人もあたしたちを嫌っているの、パパ？　あたしたちがイギリス人だからって」

「もうそれほど嫌ってはいないと思うが、ボルティモアの市民が両手を広げて歓迎してくれるとは思わないほうがいいぞ。前にも言ったが、ボルティモアはイギリス軍を寄せつけなかった都市だからね。しかし、ワシントン市はそうはいかなかった。アメリカの都市同士も対抗意識があったんだな」

「きっと歓迎されるわ、パパ。パパみたいに頭がよくて気がきく紳士はいないもの。とってもきれいで魅力的だから、ご婦人たちに追いかけまわされるわよ」

「ちゃんと食べるんだ、ハリー」

それから昼寝をするように命じられた娘が、いつものごとく不満を述べたててからようやくお気に入りの毛布を顎まで引きあげて寝台に横になると、アレックは自分の船室へ戻った。マホガニーの机に向かってすわり、一番上の引き出しから手紙をとりだす。

父が三年ほど前にニューヨークであなたにお目にかかったとうかがっております。父も船舶《せんぱく》関係の事業を営んでおり、あなたのご慧眼《けいがん》や技術に感服いたしております。

なによりも私の資金力に感服しているのだろう、とアレックは思った。

覚えていらっしゃらないかもしれないので、詳しくご説明いたしますと、父と私はこボルティモアで造船所を所有しており、過去二十年にわたって世界の海を航海している、どこよりも頑丈な快速帆船を製造しております。これはけっして自慢ではありません。真実を述べているだけです。しかしながら現在、おそらくご存じとは思いますが、戦争が終わって、当地は大きな景気後退の波に襲われております。造船業のみならず、主要な輸出品である煙草《たばこ》や小麦、綿の輸出においてすらも。すべてニューイングランドの連中がどんどん関税を引きあげていることに関係しています。

それはともかく、父はあなたの昨今の評判もうかがっており、お会いして協力関係を結べないか話しあいたいと思っております。ご存じのとおり、ボルティモアの快速帆船はカリブ海の交易にもっとも役に立つ船舶で、わが社の帆船はそのなかでも最高のものです。どうかわれわれとの合併か提携をお考えくださいますようにお願い申しあげます。早い時期にボルティモアにおいでいただけるとありがたいのですが。父はいま現在イギリスに出かけられる状態にありませんので。

ユージーン・パクストン
パクストン造船所
メリーランド、フェルズ・ポイント

手紙の日付は二カ月も前の八月となっていた。アレックは興味をひかれた。じっさい、興味をひかれたどころではなかった。パクストンの息子からの手紙では、現在アメリカ合衆国が直面している経済的問題について簡単に触れているだけだが、じっさいのところ、パクストン造船所は深刻な財政危機におちいっているはずだった。提携以上のことが可能かもしれない。造船所の経営権の買収もありうる。何年も前から、自分の船舶を自分で造りたいと思っていたのだった。カリブ海の交易を掌握《しょうあく》したいとも思っていた。手持ちの船にボルティモアの快速帆船が加われば、それが実現するかもしれない。現在所有している船は、いま乗っているバーカンティーンの〈ナイト・ダンサー〉のほかに、二艘《そう》のブリッグ船、一艘のスクーナー、一艘のスノー型帆船だ。ボルティモアの快速帆船がカリブ海の澄んだ穏やかな海面を進んでいくのを見るのはなんとも言えず喜ばしいことだろう。そのスピードと詰め開き《クローズド・ホールド》の航行には、ほかのどんな船も歯がたたないはずだ。もちろん、それほどにスピードを出せる構造そのもののせいで、穏やかな天候のもとでしか航行できないのはたしかだ。北大西洋の嵐に遭遇《そうぐう》したりしたら、少なくともマストの一本は失うことになるだろう。しかし、そんなことは関係ない。予測不可能な北の海を航海する船ならこれ以上必要ない。そういう意味では喜望峰《きぼうほう》をまわる船も同様だ。

勘があたっていれば——アレックにはあたっているという予感があった——パクストンの手紙には、行間にせっぱつまった思いが見え隠れしていた。ますます悪くない。交渉は有利に進められるだろう。

アレックは手紙をたたんで机の引き出しにしまうと、椅子に背をあずけた。ときどきこんなふうに思いにふけることがあった。自分が築こうとしている海運帝国のことではなく、自分の来し方や小さな娘が自分と過ごしてきた生活について。控えめに言っても型破りの暮らしだった。それでも、娘を誰かにあずけて養育してもらっていたら、たとえそれが娘にとって叔母と叔父にあたるアリエルやバークであったとしても——彼らにもいまはふたりの息子がいる——自分を許せなかっただろう。ハリーが同じ年ごろの女の子とちがっているとしても、まあ、それはそれでしかたないことだ。たいして重要なことではない。ハリーとのこれまでの暮らしについて思いをめぐらすと、ときおり、ネスタのことも思いだした。彼女は父子の暮らしをどう思うだろう？　ネスタを思いだして、時とともに薄れつつある痛みがよみがえった。それはもはや胸を裂《さ》かれるような痛みではなく、過ぎ去ったものへのひそやかな悲しみにすぎなかった。子供時代を過ごしたキャリック・グレインジを最後に訪れたのは今年の二月だ。そこからハリーを連れてフランス、スペイン、イタリアと旅してまわったのだった。ジブラルタルへも連れていき、ハリーはそこで総督のサー・ナイジェル・ダーリントンと食事をともにした。

ハリーの世話係であるいかめしいスウィンドル夫人も父子に同行した。毒舌《どくぜつ》の持ち主でまわりのみんなを怯《おび》えさせたが、アレックの主治医であるドクター・プルーイットは例外だった。アレックの鼻がたしかならば、そこにはロマンスのにおいがあった。まあ、スウィンドル夫人が使用人でなくなれば、別に問題はない。じっさいのところ、ハリーにも世話係はもう必要ない。ずいぶんと成長したものだ。いや、そう思えないときもある、とアレックは心のなかで訂正した。ベッドにはいりたがらなかったり、大きな銅のバスタブにつかるのをいやがったり、豊かな髪のもつれをブラシでほどこうとしてやるのを拒んだりするときには。

ハリーは泣いたりわめいたりし、まるで恵まれない孤児のような態度をとるのだった。

アレックはアイリーン・ブランチャードに対するハリーのことばを思いだした。ああ、あれもすごい経験だった。アイリーンはなにげなく手をズボンのなかに入れてきて、彼をもてあそんだのだ。しかも、いつ何時水夫の誰かがやってくるかしれない薄暗い昇降階段で。ここ何カ月かは女気なしで過ごしてきた。お決まりの愁嘆場《しゅうたんば》がないので静かではあったが、さびしくもあった。おまけにみだらな思いにとりつかれてもいた。つねにそうだ。再婚すべきかもしれないとは思ったが、ハリーの母親としてふさわしい女を見つけなければならないと考えるとためらわずにはいられなかった。もうすぐ五歳にして水夫でもある幼児の母親にふさわしい女？ ペティコートとスカートを生まれてこのかた六回ほどしか身につけたことのない小さな女の子の？ しかもその女の子はそうした女らしいものなど大嫌いだと言ってはばからないのだ。いや、そんなご婦人は思い描くこともできない。じっさい、思い描きたくもない。再婚などしたくなかった。永遠に。

アレックが目を上げると、ハリーが開いたつづきのドアのところに立ち、こぶしで目をこすっていた。アレックがにっこりとほほえみかけて両手を広げると、ハリーは父のところへ歩み寄り、膝に抱っこされるままになった。それから、父の胸で身を丸くし、また昼寝に戻った。

ジェニー・パクストンは弁解を受け入れるつもりはなかった。これっぽっちも。そこで、歯に衣着《きぬ》せぬ言いかたをした。

「これはひどいできだわ、ミンター、やり直してもらわなければならない。すぐに」

ミンターは不満をもらし、哀訴《あいそ》したが、ジェニーは譲《ゆず》らなかった。

ふたつの中檣帆《トップスル》を持つ全長百八フィートの新しい快速帆船は、パクストン造船所の自信作になるはずだった。後檣《ミズンマスト》のてっぺんのハリヤード（帆桁や帆などを所定の位置に上げる索）がぞんざいな仕上がりではそうはいかない。

ミンターはジェニーに厳しいまなざしを投げかけた。いつものように、男のような恰好《かっこう》をして船の上を歩きまわったり帆桁に登ったりする彼女を嘲笑《わら》っていたが、もちろん、それを表には出さなかった。脚も尻も形がはっきりわかるような恰好をして、なんともはや見苦しい。自分の妻だったら許さないところだ。平手打ちでもくれてやって言うことを聞かせてやる。男に命令をくだすなど！　しかし、男も食べていかなければならない。ちくしょうめ。

　ミンターはハリヤードの作り直しにとりかかった。

　ジェニーはうなずいただけでそれ以上はなにも言わなかった。ミンターがそのおそまつな頭のなかでなにを考えているのかはよくわかっていたが、彼を解雇するつもりはなかった。腕のいい職人であるのはたしかだったからだ。仕事のできを確認する人間がそばにいればいいだけのこと。

　ジェニーは一日に何度もそうするように、ふたしかな未来についてまた考えをめぐらした。何カ月か前にイギリスの貴族にあてて出した手紙についても。受けとった短い返事には、十月にボルティモアに行くつもりでいるとだけ書かれてあった。そう、もう十月だ。いったいあの貴族はどこにいるのだろう？

　ジェニーはゆっくりと快速帆船の上を歩きまわりながら、働いている男たちに声をかけたり、ただうなずいてみせたりした。かつて父がそうしていたように。しまいに甲板の下へ降り、船長室の内装のできをたしかめた。内装を受け持つミムズは甲板で昼食をとっていたため、ジェニーはひとりだった。とびきり上等の机につき、椅子に背をあずけて腕を頭の後ろで組んだ。ああ、神様、と声に出さずに祈る。あのイギリス貴族がうちの造船所に興味を持ってくれますように。貴族が金持ちであることはわかっていた。父がそう言っていたのだ。

イギリス人に会ったことはほとんどなく、イギリスの貴族に会うのははじめてだった。聞くところによれば、たいていはひどくくだらない人間ということだった。ロンドンでは気どり屋と呼ばれていて、上着の仕立てや、クラヴァットの細かいひだの数や、愛人としてベッドをともにする女の数にしか興味がないらしい。このイギリス貴族が興味を抱いて、パクストン造船所を買ってくれることになったとしても、じっさいの経営はこのままかせてもらえるにちがいないとジェニーは思った。父もわたしの判断を支持してくれるはずだ。きっとわたしのしようとすることはなんであれ後押ししてくれるだろう。

ジェニーはため息をついて身を起こした。船は二週間以内にはできあがる。まだ買い手はついていない。すぐに買い手が現われてくれないと、造船所を閉めなければならなくなる。それほど単純でせっぱつまった問題だった。合衆国銀行のミスター・トルーマンが債権者《さいけん》たちの相手をしなければならなくなる。そう考えるだけで耐えられなかった。いやらしい目をしたミスター・ジェンクスのことも考えたくはなかった。まるでパトロンのような態度で接してくるあの男。

この快速帆船は美しい船だ。わたしが自分で舵《かじ》をとってカリブ海へ行き、小麦や綿をラム酒や糖蜜《とうみつ》と交換して利益をあげることもできるだろう。造船業だけでなく、交易にも手を広げるよう父を説得すればいいだけのこと。それから父が船長のミス・ジェニーがカリブ海から帰ってくるまで金を融通《ゆうずう》してくれとミスター・トルーマンを説得することになる。説得されてミスター・トルーマンはあざ笑うことだろう。ボルティモアのほかの人々も同様だ。わたしがジェニーであってユージーンでないのは公平ではない。ジェニーは目を上げて船長室の入口に現われたミムズを見やった。

「上甲板にお客ですぜ。ミスター・ユージーン・パクストンか、お父上のミスター・ジェイムズ・パクストンと話したいそうで」

「誰なの、ミムズ？」

「イギリス人野郎でさあ」ミムズは唾《つば》を吐くように言った。

あの貴族がやってきたのだ。突然興奮を覚え、手が震えた。「すぐに上へ会いに行くわ、ミムズ」

「ユージーンって誰です？」

「気にしないで」ジェニーは太い三つ編みにした髪をニット帽のなかに入れ、シャツをふくらませて体の線がわからないようにすると、洗面台の上の壁に立てかけてある細い鏡の前に立った。日に焼けた顔は愛想よく見え、おそらくは男っぽくも見えてくれるはずだ。ジェニーは鏡を手にとって体のほかの部分もよく見ようとした。男に見える。それはまちがいない。鏡をもとに戻すと、目を上げた。船室の入口からじっと見つめていたミムズはなにも言わずに首を振った。

ジェニーもなにも言わず、頭を高く掲げてミムズの脇《わき》をすり抜けた。

2

アレックはボルティモアの快速帆船の甲板に立ち、鋭くとがった舳先《へさき》や、長い船尾部分、高く細いマスト、低い乾舷《フリーボード》の非常に美しい仕上がりを驚嘆《きょうたん》しながら眺めていた。帆も上質のキャンバスで作られており、頑丈なロープでできた索具や最高級のオークを使った木製部分など、ほかでは見たこともないほどすばらしかった。海水から引き揚げられている船底の勾配《こうばい》はほぼV字型で、舷側がまっすぐで船底が平らなほかの船とはまったくちがう造りだった。ボルティモアの快速帆船はナイフのように鋭くくっきりと水を切って進み、ほかの船を狭い航跡に置き去りにする船だ。

男たちは甲板に腰を降ろして昼食をとっていた。片目を食べ物に据え、もう一方の目でよそ者を眺めている。アレックは、ピピンがぴかぴかに磨きあげた黒いブーツ、脚にぴったりしたスエードのズボン、襟《えり》を開けた白いリネンのシャツ、ゆったりとしたライトブラウンの上着という、少なくとも彼の基準ではくだけた装いをしていた。帽子もかぶっていなかった。そして、ユージーン・パクストン氏に会うのが待ちきれずにいらだちはじめていた。

「しゃれ者だな」ミンターがエレガントな装いの紳士のほうをあざけるように示した。

「おまけにくそ英国人だ」と別の男が言った。「世界は自分のものと思ってやがる」

「ほんの何年か前におれたちが尻尾を引っこ抜いてやったのがわかってないのか？　イギリス人ってのは記憶力が悪いんだな」

ミムズはイワシのサンドウィッチに食らいついてもごもごと言った。「ミス・ユージニアをやりこめてくれるだろうさ」

「男の恰好をしてると言って？」ミンターが言った。「どうかな」

ミムズは牛革のむち以上に強靭《きょうじん》な大男だったが、ミンターに〝黙ってろ、さもなければ歯を呑むことになるぞ〟と警告するまなざしを向けた。

アレックは男たちのひそひそ声を聞いて、その多くが自分について発せられたものであり、それもけっして褒めことばではないだろうと察した。いったいこのパクストンという男はどこにいるのだ？

「シェラード卿ですか？」

低く豊かで若い声がした。アレックはゆっくりと振り向いた。現われたのはすらりとした若い紳士だった。十八歳より年がいっているはずはない。だぼついた服を身につけて、毛糸の帽子を目深にかぶっている。

「ええ、シェラード卿です」アレックは気安い口調で答え、若い男のほうへ近寄って手を差しだした。

ジェニーは自分の目が信じられなかった。思いもよらないことだった。つい凝視してしまった。

ったが、そうせずにいられなかった。二十三年の人生において、こんな男を見るのははじめてだったのだ。こんな男がマロリー夫人のロマンス小説の外の世界に存在するはずはない。男は非常に背が高く、堂々たる物腰《ものごし》をしていた。広い肩、明るい陽射しのなかで金色に光り輝く髪、見つめていると胸が痛くなるようなディープブルーの目。日に焼けた顔には非の打ちどころがなく、骨格と目鼻だちが互いに高めあい、芸術家の手によって造られたかのような完璧な造作を生みだしていた。体つきも女なら誰しも想像したり夢見たりするような望ましいもので、太鼓腹《たいこばら》とはまるで無縁だった。この男は成功したほかの男たちとちがって、自分の知性や体を甘やかすことのない人間だ。一オンスの贅肉《ぜいにく》もついていない輝くほどに美しい体。すらりとしてはいるが、しっかりと筋肉はついている。心のなかで男を値踏みしながら、ジェニーは感情の波に襲われていた。なんてこと、こんな男が存在してはならない。十六歳から八十歳までのありとあらゆる女にとってまちがいなく危険な男。けっして気どり屋でもない。上等の服を身につけてはいるが、服に過剰な愛着は抱いていない。威風堂々《いふうどうどう》たる男であるのはたしかだ。やがて男はにっこりとほほえみ、ジェニーは胸が痛むほどごくりと唾を呑みこんだ。まっすぐで真っ白な歯を見せたその笑みは、極上のものと言ってよかった。怖くなるほどに。

「あなたがユージーン・パクストンですか？」

その深みのある声に包まれるような気がした。ジェニーは手を差しだした。「ええ、そうです。十月になって、ようやくおいでくださったんですね」

アレックは手を握り、相手を見下ろした。その瞬間、ユージーンがじっさいはユージニアであることがわかった。

アレックは女のことはよくわかっていた。手首の骨のか弱さまで。わからないのはこの少女がいったい誰をだまそうとしているかだった。女のことを多少なりともわかっている男だったらだまされるはずはない。それはたしかだ。しかし、どんなばかげた理由があるにせよ、この女が私をだませると思っているのは明らかだ。だったら、だまされたふりをしておこう。

アレックは即断をくだすことがたまにあり、それを後悔したことはほとんどなかった。今度のことはどうなるかわからないが、少なくともたのしませてもらえそうではあった。運がよければ興味をそそられる展開になるかもしれない。

アレックは女から目をそらした。「そう、ミスター・パクストン、おっしゃるとおり、十月ですね。造っておられる快速帆船に負けず劣らずおたくの造船所はすばらしいと思っていたところでした。快速帆船の完成はいつになりますか？」

女は変装がうまくいったと思ったらしく、安堵《あんど》のため息をもらした。アレックはあてこすりを言いたくなったが、胸にしまっておいた。女にじろじろと見られたのと同じだけ、女を観察したかったのだ。時間はまだある。

「あと二週間ほどです、男爵様」

「どうか私のことはアレックと呼んでください」彼は軽い口調で言い、また魅力的な笑みを彼女に向けた。「きみのことはユージーンと呼ばせてもらうから。お互いよく知り合えるといいんだが」

それほどよく知り合えることはないでしょうねとジェニーは胸の内でつぶやき、ごくりと唾を呑みこんだ。「わかりました、その、アレック。造船所のなかをご案内しましょうか？」

「じつを言えば、すでに勝手に見て歩いてしまってね。さっきも言ったが、設備もすばらしいし、職人たちの腕もたしかなようだ。しかし、思うに、充分な資金がなければ、造船所をつづけるのはむずかしいだろうね」

「ずいぶんと率直におっしゃるんですね、男爵様」

「いただいた手紙を読んだのでね、ミスター・パクストン。経済的な苦境におちいっているのはそちらであって私ではない。さて、この快速帆船のなかを全部見てまわって、それから、尊敬すべきお父上に会いに行きたいものですが」

「アレック、これだけは保証できますが、父の事業に関しては、わたしがすべてに精通しております。交渉の席にはわたしもつかせてもらいます」

「きみが？　ふうむ」アレックは手すりのそばに寄り、磨きこまれた木の手すりを指で軽くこすった。女の影が短くなったと思うと、女は肩をすくめ、そばへ来た。アレックは女の頭からばかげた毛糸の帽子を脱がせ、髪の毛の色を見てやりたいと思った。女の眉は黒く、きれいな弧を描いており、目はとても濃いダークグリーンだった。

アレックは突然振り向いて女の虚をついた。「お年は、ユージーン？」

「え、二十三歳ですが」

「おかしいな、もっと若いかただと思ったんだが。ひげもないし」とアレックは言った。

「あ、ええ、その、パクストン家の男はあまり毛深くないんです」

「毛のない家系だと？」

「そこまではっきりと言うつもりはありませんが」

アレックは笑ってうなずいた。二十三歳か。正真正銘《しょうしんしょうめい》のオールドミスだ。この女がパクストンのたったひとりの子供なのか？　快速帆船の製造については責任を負っているようだ。アレックは女をもっとしげしげと眺め、ダークグリーンの虹彩《こうさい》のまわりにさらに濃い金色の点が散らばっていることに気がついた。非常に表情豊かな、すばらしい目だ。いまはその目をひどく細めている。髪に関しては、ばかげた帽子のせいでなんとも言えなかった。身につけているゆったりした男ものの服のせいで、脚と尻以外、体つきの女らしさもはっきりとはわからない。アレックが思うに、その脚が長く形のよいことは隠しようのない事実だった。尻は少年のそれのように引きしまっており、歩きかたは優美ではあったが、腰を振るようなそぶりはちらりとも見せなかった。

しかも、ここにいるこの女は造船所を牛耳《ぎゅうじ》っているのだ。「この船の名前は？」

ジェニーは船を見まわした。見るからに誇らしそうな顔をしている。「父がいいと言えば、〈ペガサス〉にしようと思っています。海上で一番速くてきれいな船になりますよ。ボルテイモアの快速帆船で航行したことはありますか、アレック？」

「いや、まだ。ここへ乗ってきた船は〈ナイト・ダンサー〉という船名のバーカンティーン船で、そのほかに二艘のブリッグ船とスクーナーを一隻――スクーナーとは三本マストのスティスルの船のことだが――それから、スノー型帆船も持っている。どれも高速の帆船だが、この美しい船ほどは速くない」

「どれも役に立つ船であるのはたしかですね」ジェニーはへりくだった言いかたをしたが、顔には笑みが浮かんでいた。

悪くない笑みだった。堅苦しくまじめな若い男を装っていながら、それとは対照的な思いがけずいたずらっぽい笑み。

「ありがとう、ユージーン。正直に言いましょう。私はカリブ海の交易においてできるかぎり手を広げたいと思っている。そこで、ボルティモアの快速帆船が必要不可欠となる。さて、いつお父上への拝謁《はいえつ》の喜びを得られるかな?」

そう聞いて彼女は気色ばんだ。怒りを表に出すまいと苦労していたが、しばらくしてどうにか穏やかな口調を保って言った。「さっきも言いましたが、交渉の席につくのは父とわたしの両方です。父だけではなく」

そうはならないだろうとアレックは胸の内でつぶやいた。どのぐらいなぶってやれば、降参して女であることを明かすのだろう。まあ、やってみるしかあるまい。「そういう重大な交渉にあたるにはきみは若すぎるようだが」

「わたしは二十三歳です。男爵様、あなたもそう年上ではないでしょう」

「ユージーン、私は三十一だ。敬意を払ってもらうに値するそれなりの年齢だ。とくにきみのような青臭い連中にはね」

　またあの笑みだ。いたずらっぽく誘うような笑み。いたぶろうとしたのにやりかたをまちがってしまったらしい。それどころか、墓穴を掘ることになったようだ。

「しかし、大きなちがいもある」アレックはしばらくしてつづけた。「私は金を持っているが、そちらにはない。お父上が自分の命運をそっくりきみの手にあずけるとは思えないが」

　アレックには湯気がたちのぼるのが見えるような気がした。「父はわたしが交渉の席で相手につけこまれるようなことはないと信じてくれています。経験も豊富ですし――」

「経験？　おやおや、きみはまだ女を知らないひよっこかと思っていたよ」

　そのことばが効いた。彼女もさすがに我慢の限界に達したようだ。顔から笑みが消え、真っ赤になった――じっさい、信じられないほどの赤さだ。激しいことばを発しようと口が開かれたが、完全に虚をつかれたせいで、発すべきことばが見つからないようだった。彼女はただじっと彼を見つめた。アレックは笑いだした。

　その笑い声が見かけの冷静沈着さをジェニーにとり戻させた。「今回のことにわたしの性的な能力が関係するとは思いませんでした、シェラード卿」

「性的な能力はつねに関係するさ。そういったことはきっとここでも、イギリスやスペインやブラジルと変わらないんじゃないのかな？」

　どうしてわたしに知りようがあって？　つまり、男というものはいつでもどこでもセックスに関する冗談を言うものだと？「わかりました」ジェニーは頭を下げて真実と思《おぼ》しきこととを認めた。もしそれが真実ならば、男のふりをしている自分もそれらしく見えなければならない。

「なにがわかったんだい？　きみは経験があるのか？」

「多少は。でも、あなたには関係ないことです。紳士は――少なくともアメリカの紳士は――ご婦人のことをほかの男に話したりしません。ご婦人をものにしたというような話は」

「ものにする？　変わった言いかたをするね。ご婦人とはなんだ？　男をたのしまない女のことか？　いや、その言いかたは正しくないな。ご婦人が男の関心をひいて、褒めことばやプレゼントや宝石を雨あられと浴びせられるのをたのしむのはたしかだから。しかし、体はどうだろう？　それはわからない。きみはどう思う？」

どうしてこういうことになってしまったのだろう？　いま、陸に引き揚げられた快速帆船の甲板の上、まわりを昼食をとる職人たちに囲まれながら、この男の目にはわたしは男として映っている。こんな男ははじめてだ。おまけに、これまで会った誰よりも傲慢《ごうまん》であつかましい。しかし、この男はわたしを男だと思っているのだ。ジェニーは首を振った。これは行きすぎだ。泥沼に足を深くつっこみすぎた。

顎がつんと上がった。「男爵様、ご婦人は――少なくともアメリカのご婦人は――その場にふさわしいことを口にし、ふさわしいときを選んで物事をたのしむものです」

アレックはそれを聞いて笑ったが、彼女の顔からいたずらっぽい笑みが消えたことは残念に思った。

「ほう、つまり、ご婦人――アメリカのご婦人は、男をたのしむというようなことは口にせず、気の毒な男を祭壇《さいだん》に引きずっていったあとに、ただ実行に移すということかい？」

「いいえ、まったくそういうことではありません。わざと誤解なさっているんですね。女は男とはまったくちがいます」

控えめな言いかただな、とアレックは思った。「まさしく。私の経験から言って、ご婦人がたは男よりもずっと狡猾《こうかつ》で、悪知恵に長《た》けている。男が望みのものをいつ手に入れられるかはご婦人がたの気持ちしだいだから、信じがたいほどの力をおよぼすこともできる。だからこそ、男は足を鎖でつながれることをよしとするわけだ」

「おや、おかしなことをおっしゃいますね。ご婦人がたには力なんてありませんよ。ただ――まあ、どうでしょうね。こういう話はやめていただかなくては。はじめてお会いしたのに、旧知の間柄のようにセックスに関して冗談を言いあってるなんて――」ジェニーはことばを止めた。自分がいましているのは、くだらないおしゃべりにすぎない。なにもかもひどくまごつかされたせいだ。

「つまり、礼儀をとり戻そうということだね」

ジェニーはミンターがいつものあざ笑うような目で自分を見ていることに気がついた。職人たちがこの奇妙な会話に耳をそばだてていないといいのだけれど。「船長室をご覧になりますか？　内装はほぼ終わっています。ふたりきりで話もできますし」

「そのほうがよければ」そう言ってアレックは内心つぶやいた。アメリカのご婦人というのは知らない男とふたりきりになろうと誘うのか？「お父上は下に？」

「いいえ、父は家にいます。こちらです、男爵様」

アレックは彼女の尻に目を据えたままあとをついていった。悪くない。自分の手がその尻を撫《な》でる光景が目に浮かび、股のあいだが固くなる気がした。彼女はこの茶番をあとどのぐらいつづけるつもりでいるのか？

船室は美しくしつらえられており、アレックにとっても広々としていた。じっさい、〈ナイト・ダンサー〉の船長室よりも広いぐらいだった。ただし、つづきのドアはなかったが。

「となりに船室は？」

「もちろんあります。一等航海士のための船室です」

もしくは娘のための船室だ。「これは男向けの机だね」アレックは磨きこまれたマホガニーの表面に軽く指先をすべらせて言った。「そう、男が過ごすのにとても居心地がいい部屋だ。この机をデザインした人間に会いたいものだが」

「デザインはわたしがしました」

「ほんとうに？　それほど若いのに。いわば、まだ男とも言えないほどだ。まあ、男かどうかよくわからないこともたまにあるものだが。そうでしょう？　まさかきみが――その、まだ私と交渉する気はあるかい、ユージーン？」アレックは腰を下ろし、椅子にゆったりと背をあずけた。ちょうどよく大きくてとてもすわり心地のいい椅子だった。

ジェニーは彼をじっと見つめていた。男のふりをしていると疑われているのだろうか？

まさか。そうだったらきっとなにか言うはず。「ええ、もちろん、父もまじえて。ここは父の造船所ですから」

「まさしく。きみも無分別な態度をとりたくはないだろうしね。もしくは、手柄をひとりじめするつもりもないはずだ。ただ、きみも跡とり息子である以上、この件に口出しする権利はある」

「そのとおりです」

「今晩、きみやお父上と夕食をともにするのはどうだろう？　お姉さんか妹さんはいるのかい？　お母さんは？」

ジェニーの目がくもった。どうしたらいい？　ああ、困った、父に話さなければ。家で髪を下ろした姿でユージーンでいるわけにはいかない。なにか手はないかと頭は忙しく働いていたが、提案は優美に受け入れた。「もちろん結構です。七時でいかがですか？　それに、そう、妹はいますが、母はずっと前に亡くなりました」

「お気の毒に」アレックは立ちあがって言った。「七時でこちらもかまわない。妹さんにお会いするのをたのしみにしているよ。さて、ミスター・ユージーン、船のほかの部分も見せてもらいたいものだね」

パクストン家の執事、威厳《いげん》あふれる黒人のモーゼスがアレックを居間に案内した。そこで年輩の紳士と若い婦人が彼を待っていた。モーゼスが「どうぞ」とアレックをなかに通し、お辞儀《じぎ》して部屋を出ていった。

ジェニーは心の準備をしていた。してはいたが、充分ではなかった。くだけた装いのアレック・キャリックも魅力的だったが、夜の装いをしたアレック・キャリックは、女が多少の分別を持ちあわせていたとしても、それをすべて失わせるほどだった。法律でとりしまるべきだ。男があんなふうに装うことも、あんな外見をしていることもあってはならない。全身真っ黒で、襟もとのシャツとクラヴァットだけが白いせいで、誰よりも高貴な王子のようにも、輝く鎧《よろい》を身につけた名高き騎士のようにも見えた。信じられないほどハンサムで、ろうそくの明かりに照らされてブラシを入れた金色の髪はつややかに輝いて見え、鮮やかな青い目はきらきらときらめいていた。そのあまりに生き生きとした様子に、ジェニーはそこでそのまま永遠に彼を見つめつづけていたいと思った。少なくとも、永遠に。

「あなたを上品な席に出してはだめね」

「なにか?」

「お赦しを。ラテン語の語形変化を口にしただけです。わたしはジェニーと申します、男爵様。そう、ヴァージニアの略でジェニーです。こちらは父のミスター・ジェイムズ・パクストンです」

アレックはヴァージニアのジェニーを無視し、パクストン氏の手をとった。「またお会いできて光栄です。三年かそこらたちますか?」

「たしか。ニューヨークのワデル家でお会いしました。つまらない舞踏会かなにか、不快な集まりでしたな。ご結婚なさっていると誰かが言っていましたが、奥様はお元気ですか？」

奥様？

「五年前に亡くなりました」

「ああ、それはお気の毒に。それで、あの舞踏会のときを思い起こせば、イングランドのご自宅に帰るつもりだとおっしゃっていましたな」

「ええ。仕事の関係で帰らなければならなくて。しかしいまはイングランドで過ごす時間は減っています。年に四、五カ月ほどです」

「海を航海するほうがお好きかな？」

「それもありますし、ちがう人たちと会ったり、新しい土地を訪ねたりするのが気に入っています。そう、今朝もおたくの魅力的な息子さんのユージーン君にお会いする光栄に浴し――」

「男爵様、シェリーをどうぞ。お父様も」

「ありがとう、ミス・パクストン。それで、どこまでお話ししましたかな？」

後ろから非常に女らしい神経質な忍び笑いが聞こえてきたが、アレックはパクストン氏から目を離さずにいた。すわったままでいるということは、あまり健康状態がよくないのだろう。年恰好は六十がらみ。ふさふさとした白髪頭をしている。顔には娘の面影がある。緑の目、高い頬骨、角張った顎。ハンサムで畏敬《いけい》の念を起こさせる男だ。それに明らかに目をきらきらと輝かせている。いったいこの家はどうなっているのだ？　父と娘が共謀《きょうぼう》して茶番を演じているのはまちがいない。さて、誰に文句を言うべきか？　アレックはゆっくりとユージーンでありヴァージニアである人物のほうに向き直った。

「あなたが今日ユージーンが言っていた評判の妹さんかな？」

「兄がそんなお世辞を？　ユージーンが女を褒めることばを発するなんて想像しがたいですわ」差しだされた手をアレックは握った。「ジェニー・パクストンです、シェラード卿。ユージーンは伯父の家に呼ばれてボルティモアを離れましたの。母の兄ですわ。病気にかかっていて、ユージーンが跡を継ぐことになっているんです。どうしても行かなければならなくて。お会いできなくて残念だと申しておりました」

「かわりにあなたがいてくださるんですから、文句は言いませんよ」

「兄のかわりですって？　わたしはただのばかな女ですわ、男爵様。船のことはなにも知りません。ハリヤードとか――」

「巻き結びとか？」

「それも船に関するものなんですの？」

「トゲルンスルのブルワークとか？」

「それってイギリスの帽子かなにかですか？」

「まさしく。それほど船に関して無知でないことはわかっていますよ」

「でも、わたしはただの――」

「わかっています。ただの女なんでしょう」それでも、そのいたずらっぽい笑みは隠せないようだね、お嬢さん、とアレックは胸の内でつぶやき、彼女をじっと見つめた。ばかな女というでたちではない。胸を男の目にさらすほどドレスの襟ぐりは深くなく、目をひくほどスタイリッシュな装いでもなかった。色も――淡いクリーム色で――さして彼女の魅力を引きたたせる色ではなかったが、それほど悪くもなかった。しかし、女を見慣れた男の目で見れば、その襟ぐりが深く直されているのがわかった。レースが裁断されて引き下ろされ、縫いつけられていたのだ。彼女は裁縫の腕はあまりよくないようだ。縫いつけられたレースは曲がっており、ところどころしわが寄っている。が、アレックはそのことについてあまりあれこれ考えることはしなかった。白い胸のふくらみやほっそりした体の線はわかったからだ。しかし、彼の注意をひいたのは髪の毛だった。ふさふさと豊かな漆黒《しっこく》の髪を編んで結いあげている。長いほつれ毛がカールして首に落ちていた。顔は美しいとは言えない。そこまでは客観的な見かたができた。涙が出るほど美しい女なら、ほかに山ほど知っている。しかし彼女の顔にはもっとずっと人をひきつけるなにかがあった。個性というようなものがありありと現われていたのだ。そして頑固さも。顎は父に似ていて、悪魔そのもののように強情そうだった。どんな気性の女なのだろうと思わずにいられないほどに。けんかをするときにはどんなふうにするのか？ なりふりかまわずに毒づいたり叫んだりするのだろうか？ アレックは物思いを振り払った。ばかばかしい。ここへは願わくは快速帆船を造る造船所を買いに来ているのだ。夜にはドレスの襟ぐりを深く直し、昼には自分の兄のふりをして見破られるような――少なくとも私は見破った――おかしな女について妄想《もうそう》をたくましくするためではない。

アレックは彼女をじっと見つめていた。ジェニーは自分の胸がさらしものになっているような気がした。女としての虚栄心《きょえい》に負けてドレスの襟ぐりを深くするなど、なんてばかだったのだろう。胸を手でおおって隠したいという非常識な思いを抑えつけなければならなかった。スーザン・ヴァーネットやミセス・ローラ・サーモンのように、男を興奮させるほどの大きな胸を持っているわけではない。ほんとうにばかだった。この人に張りあって勝てるわけはないのに。この人は想像を絶するほどの美形で、わたしは女としてそれなりというにもおよばないのだから。それでも、見つめられながら、彼がなにを考えているのか想像せずにいられなかった。

モーゼスが居間の入口に現われた。

「ミスター・パクストン、夕食の用意ができました」

ジェイムズ・パクストンはゆっくりと立ちあがった。アレックが即座にそばに寄った。

「大丈夫です。そう、心臓が悪くてね。昔のように身軽に動けなくなってしまった。なにをするにも時間がかかり、楽なことしかできないので、ひどくいらいらしますよ。それでも、生きていかなければなりませんからね。あなたはジェニーの腕をとってエスコートしてください。モーゼス、こっちへ来てくれ」

「不思議なんだが」ミス・パクストンにパクストン家のダイニングルームへと導かれながら、アレックは彼女を見下ろして言った。

「なにが不思議なんです？」

「あなたとお兄さんとはどのぐらい似ているんだろうか。いや、いまのことばはとり消そう。ミスター・ユージーン・パクストンはとてもまじめな人物のようだった。おそらく、二十三歳と年はいっているが、あまり世間を知らないのでしょう。ところで、あなたはいくつなんです？」

「女に年を訊くものじゃありませんわ」

「そうですか？　相手が年を食ったご婦人ならそうかもしれないが――まあ、それはもういい。ユージーンについてですが、まじめなのはたしかだが、好色の兆《きざ》しもあるようだった。性的な話ばかりするのでひどく気まずかったですよ。世知《せち》に長けた年長者として、その、多少アドヴァイスしてやるべきですかね？」

ジェニーは彼の美しい顔をなぐりつけてやりたくなった。わたし、ユージーンに好色の兆しがあるですって？　いやらしいことを言いだしたのは彼のほうなのに、どうしてこんなあてこすりができるの？「それはきっとユージーンもとてもありがたがるでしょう。たぶん、それほど経験があるわけじゃないでしょうから。といっても、わたしにはそういうことを打ち明けたりはしませんが。でも、そういったことは男のかた同士で話しあわれるべきなんでしょうね」

「ご婦人のいないところで？」

「そうです。そちらにおすわりいただけます？　父の右に。さて、モーゼス、ラニーはお客様のためになにを用意してくれたのかしら？」

「最初は子牛の頭のスープです、ミス・ジェニー」

「恐ろしげな料理ですね」

「とてもおいしいスープですわ」ジェニーはにやりとしそうになるのを抑えながら言った。

「ほんとうです」

「それから、フランス豆を添えた子牛のカツレツです。そのあとにカブとニンジンを添えた牛の腿の煮込みが出ます」

「そっちのほうがうまそうに聞こえるな」

「それはうちの料理人のラニーの得意料理なんです。少なくとも子牛のほうは」

「まあ、子牛の頭で命を落とすことがなければ、ミスター・ユージーンの教育は明日にでもはじめることにしましょう。明日にはご病気の伯父さんのもとから戻ってきますかね？」

「たぶん」

「ああ、ちょっと体調を崩されただけで、深刻な病気ではないんですね？」

「少し具合が悪くなっただけです」

「よかった。だったら、ユージーンも疲れて帰ってくることはないわけだ。彼のために考えていることがあるんだが、きっとそれを彼も喜んでくれるんじゃないかな」

ジェニーはそれがなんであるか訊きたくてたまらなかった。シェラード男爵のアレック・キャリックはいたずらをたくらむような顔をしている。ジェニーは口を閉じ、子牛の頭のスープを飲んだ。

3

夕食は美味だった。アレックは満足し、長い指で繊細なクリスタルのワイングラスを持つと、椅子に背をあずけた。

「干しぶどうのお菓子はいかがですか、男爵様？」

「いや、結構です、ミス・パクストン」アレックはそれだけ言うと、なにかを期待するように彼女を見つめた。

ジェニーは当惑した。たぶん、スポンジケーキのほうがいいのだろう。

しばらくしてジェイムズ・パクストンが咳払《せきばら》いをしてやさしく娘に言った。「ジェニー、男だけでポートワインを飲ませてくれるかい？」

アレックは笑い声をもらすまいときつく自分を戒めた。ジェニーは最初は当惑した様子だったが、やがて驚き、しまいには唇を引き結んだ。どうやらそういう扱いには慣れていないようだ。「でも、わたし――」

「われわれもすぐに行きますから、ミス・パクストン」とアレックが言った。イングランドの司祭がすりを諭すような口調だった。「お父さんと私は仕事の話があるのでね。あなたのようなきれいなお嬢さんはすぐに退屈してしまいますよ」

怒り心頭に発すといった様子だなとアレックは思った。怒ってダイニングルームを出ていく彼女は腰を振っていなかった。

ジェイムズ・パクストンは夕食のあいだずっとシェラード卿を観察していた。そしてその結果に非常に満足していた。記憶のなかの若い男爵は、思慮深く、知的で、本人のためにならないほどにハンサムだった。少し年を重ねたいまも、思慮深く、知的なのは相変わらずで、独立心あふれる娘の目が上薬でもかけたかのようにぼんやりしていたのを考えると、いまは三年前よりもさらにハンサムになっているようだ。ジェニーがあんな目を男に向けるのははじめてだった。そのことに不安とともに安堵を覚えた。しかし、アレック・キャリックは娘に気さくに接していた。男爵は娘を女としては見ていない。なぶったりからかったりすることもあったが。ジェイムズの目が正しければ、男爵は娘を女としては見ていない。まあ、悪いのは娘のほうだが。今日の午後、男の衣服に身を包んだまま家に帰ってきて、自分の運命を大声で嘆いていたときには、ただ笑ってやったのだった。

「おまえの負けだ、ジェニー。現実に向きあって終わりにするんだな。シェラード男爵のような男をだまそうとするんじゃない」

「だますということじゃないわ」ジェニーは指を鳴らしながら言った。「ほんとうよ、お父様。それに、選択の余地もないわ。ユージーンは今夜、ヴァージニアにならなくちゃならないの」

ジェイムズ・パクストンにはシェラード男爵の心の内は読めなかった。造船所についても、息子のふりをしている娘についても。彼はモーゼスに合図してポートワインを注《つ》がせ、下がらせた。「私は吸わないが、葉巻きはいかがかな？」

アレックは首を振った。「いいえ、昔から葉巻きを吸うのはあまりよくない習慣だと思っていました。嗅《か》ぎ煙草もそうですが」

「ええ、でもいい嗅ぎ煙草を少しやるのは悪くない」とジェイムズ。「さて、ふたりきりになったところで、そろそろ仕事の話にはいりましょうか」

アレックはうなずいた。「正直なところを申しあげますが、非常に感銘を受けました。造船所だけでなく、〈ペガサス〉にも。息子さんが隅々まで案内してくれました。アメリカ製の快速帆船は何度も目にしていますし、戦争中の評判も知っていますので、パクストンの造船所を手に入れて、自分の快速帆船を造りたいと思っています。カリブ海の交易をかなりの割合で支配したいと思っていましてね」

ジェイムズ・パクストンは考えこむようにしてポートワインのはいったグラスをじっと見つめた。「手に入れる？　それは私の望みとはちがうようですな。ちなみに、ほかにも申し出があって——ポーター・ジェンクスという男からだが——彼も造船所をそっくり買いとりたいと言ってきている。ニューヨーク出身の男でね。ただ、彼は奴隷《どれい》船を造りたいと言うんです」

アレックが口を開いた。「それについてはどうお考えなんです？」

「奴隷を連れてきて売買するのは道にはずれたことではあるが、もちろん、それによってかなりの額の金が手にはいる。奴隷売買に携《たずさ》わっている人間たちはほとんどが危険を冒《おか》してでも利益を優先させようとします。自分の船を持っていれば、利益はさらに大きくなる。すでに広く普及していることで、年々奴隷貿易のために造られる船も増えています。しかし、私はラムや糖蜜や小麦粉や綿など、もっと健全なものを商《あきな》うほうがいいですな。船のなかで黒人の男女が何人死ぬだろうかと心配する必要もない。とはいえ、事実は事実です。それがいまや大きな事業となっていて、今後さらに拡大していくのはまちがいないですからな」

「アメリカの南部の州のおかげでそれはたしかでしょうね」

「まさしく。もうひとつ、ポーター・ジェンクスはジェニーと結婚したいと思っているんです。もちろん、娘は断わったが、しつこい男でね。近いうちにきっとまた訪ねてくるはずだ」

おもしろい、とアレックは胸の内でつぶやいた。「お話しの感じでは無礼な男のようですね。危険な男でもあるんですか？」

ジェイムズは思わず、自分の勘では、ジェンクスがジェニーと結婚したがっているのは造船所を手に入れたいからにほかならないと言いそうになったが、すんでのところで自分を押し留めた。一瞬、息子のユージーンがいることになっているのを忘れたのだ。彼は内心娘に対して悪態をついた。こんなふうに足かせをかけられるのは好きではなかった。頑固な娘め。人をだますのも気に入らなかった。

「無礼? ええ、そうですね。それにそう、ジェンクスは危険な男でもある。この交渉がまとまったら、ボルティモアに住むご予定かな?」

「まだまったくわかりません。この街のことも知りませんし。しかし、ここでイギリス人が歓迎されるとは思えませんね」

「富と爵位をお持ちのシェラード男爵ですから、すぐにもこの街の名士になりますよ」ジェイムズはそう言って気まぐれな社交界というものに首を振った。「それはまちがいない」

「息子さんのユージーンは交渉にはおふたりであたりたいとおっしゃっていましたが」アレックはにやりとし、ジェイムズは胸の内でつぶやいた。見すかされているのか? いや、まさか。そうだとしたら、ユージーンの父親である自分にはなにか言うはずだ。ジェニーはだまし通したとあれほど確信を持って言っていたが。

「たしかに。息子が今夜出かけたのは残念でした」そう言いながら、ジェイムズは男爵にじっと目を注いでいた。

「ええ、ほんとうに。私もそう思います」アレックはポートワインのはいったグラスを掲げた。「乾杯いたしましょう。お互いに利のある契約に。そして、あなたの興味深い娘さんに」

「賛成」と言いつつ、ジェイムズは男爵がジェニーのことを口に出すとは奇妙なことだと思った。

一時間後、ジェニーは父のベッドの端に腰をかけ、手を父の手に重ねていた。明かりはベッドの脇でろうそくが一本燃えているだけだった。お父様、顔色が悪いわ。ジェニーは心のなかでなにかがしめつけられる気がした。それは恐怖のせいだった。「ずいぶんとお疲れみたいね。眠れそう?」

「大丈夫だ。ただ、寝る前に、シェラード男爵のことをどう思ったか教えてくれ」

ジェニーは黙りこんだ。しばらくして静かに口を開いた。「とてもきれいで魅力的な人だわ。その外見の下に隠されているほんとうの姿を見通すのはむずかしいけれど。高潔な人のように見えるけど、確信を持つには早すぎる」

「正直な人間というのは私にはわかっているがな。おまえが夏に手紙を送ってから、あれこれ問いあわせてみたのだ」

「誰に?」

「そんな驚いた顔をするんじゃない、ジェニー。ボストンやニューヨークの知り合いさ。彼と妻はボストンで何年か暮らしていた。彼が結婚していたことが驚きだったよ。家庭を持つ男とは思わなかったから。とくにあれほど若くしては。もちろん、ご婦人たちが彼にぼうっとならないということではない。しかし、男爵は旅の暮らしが好きな男だ。探検したり、新しい場所を目にしたり、はじめての人に会ったり、さまざまに異なることをしたりするのが。いずれにしても、ボストンでの彼の評判はそうだった。それと、ことばにしても、考えにしても、信頼に足る男だとも言われている。〝健全な思考の人物〟と、トーマス・アダムズも書き送ってきたしな。しかし、私自身がもっと彼のことを知って自分で決断をくだしたいとは思っている」

「どうしてもっと早く教えてくださらなかったの？」

ジェイムズは娘の手を軽く叩《たた》いた。そのほっそりした指を持ちあげながら、女の手だと心のなかでつぶやいた。中指にたこができている。「教えたくなかったからさ。おまえにも自分で彼のことを判断してもらいたかった」

「奥様はなぜ亡くなったのかしら？」

「彼に訊いてみればいい」

ジェニーは突然こぶしを太腿に打ちつけ、顔をしかめた。「厄介《やっかい》なことになったわ、お父様。おわかりでしょう。ジェニー・パクストンはユージーン・パクストンなら知りうることを知りえないんだもの。逆も真なりよ。下手をすると墓穴を掘ることになりかねない。ユージーンについてあの人は嘘《うそ》をついていると思う？　あの人、とんでもないことを言ったのよ。ユージーンのこと、まじめすぎて世間知らずだけど、好色の兆しがあるですって。信じられる？」

「おまえ自身、愉快《ゆかい》だったことは否定しないようだね。喜ばしいことだ」

ジェニーは細い眉を上げてみせた。「シェラード男爵は退屈な人じゃないわ。あの人について言えるのはそれだけよ。彼との次の交渉はいつ？」

ジェイムズは目を伏せ、青いヴェルヴェットの上掛けを見つめた。ひどく疲れていた。体が言うことを聞かなくなっていることに内心毒づいた。やらなければならないことはまだ山ほどあるというのに。「すぐに具体的な交渉にはいることになるだろう。彼はボルティモアを訪ねて社交の場——とかそういうもの——に出て、ここに住みたいかどうかたしかめようと思っているらしい」

「あら」

「ユージーンは姿を消さなければならないな、ジェニー」

「まだだめよ、お父様、お願い。あの人のユージーンの扱いはちがうの。もっとまじめにとってくれるのよ。事を為《な》そうとしたり、あれこれ知りたがったりする女のことを男の人たちがどう思うかはご存じでしょう。わたしが——女のわたしが——造船所を牛耳っているとわかったら、どう扱われるか、容易に想像がつくわ」

重要な問題を男たちだけで話させてくれと、ダイニングルームからていよく追い払われたことを思いだし、ジェニーは唇を引き結んだ。それでも、彼にわざとからかわれているような感じはした。それをどう解釈していいかはわからなかったので、解釈はしないでおくことにした。

「すぐにばれることだ、ジェニー。自分で打ち明けたほうがよくないか?」

「わかったわ。でも、いまはまだだめよ」彼はユージーンの教育を明日からはじめようと言っていた。ジェニーはそのことにわくわくするものを感じていた。

ジェニーは身をかがめて父の頬にキスをした。「おやすみなさい、お父様。よく眠ってね」

「私の言ったことをよく考えてみるんだな、ジェニー」

〈ナイト・ダンサー〉では、アレックが身をかがめてハリーの額にキスをしていた。

「パパ？」

「もう一度眠るんだ、おちびさん。もう遅い時間だぞ」

ハリーは身を丸めて目を閉じた。アレックは毛布を体にきっちりと巻きつけてやった。それから立ちあがり、音をたてずにつづきのドアから自分の船室へ行った。娘が夜中に起きた場合に備えて、ドアはいつも開けっ放しにしてあった。

アレックは服を脱ぎ、几帳面《きちょうめん》にたたむと、いつものように衣服箱の上に置いた。そうしておけば、ピピンが明日片づけてくれるはずだ。係留《けいりゅう》されている〈ナイト・ダンサー〉は穏やかに揺れていた。内湾の海面は静かで、夜の空は澄みわたっていた。アレックは寝台に横たわり、シーツを一枚体にかけた。ひどくみだらな気持ちだった。痛みを覚えるほどに。それがいやでたまらなかった。心をかき乱される感じだったが、心が乱れるのは嫌いだった。まさかあのばかなジェニー・パクストンという女のせいではあるまい。あの少女、いや、オールドミス予備軍は、美人で通るほどの容姿ですらない。好みからすれば、背も高すぎ、脚も長すぎる。しかしあの胸。美しく豊かな胸が不器用に縫い直されたレース越しにはっきりとわかった。アレックは首を振った。二等航海士のティックナーに甲板のポンプでくみあげた冷たい湾の水を頭からかけてもらえたなら。

女が必要だ。明日の晩には手配しよう。それに、家を見つけてハリーとスウィンドル夫人をそこへ住まわせなければ。ハリーを乗せたままの船に女を連れこむつもりはなかった。男の欲望を解放するためには、急いで手を打たなければならないことが山ほどあった。娼館《しょうかん》に行くのはいやだった。そうやって財布の口と人生をゆるめる男が多すぎる。性病をうつされるのもごめんだった。いや、もっと格式ある方法をとるほうがいい。愛人を見つけるのだ。それなりの女を見つけてボルティモアのどこかに悪くない家をかまえ、そこに女を置く。それで問題をすべて解決できるはずだ。

あと八時間もしないうちにユージーン・パクストンの教育をはじめることになる。アレックは暗闇に向かってほほえんだ。誰かといっしょに過ごすことをたのしみにするのは久しぶりだった。それも男のふりをしている、自分の愛人でもない女と。

気がつくと、彼女の長い脚のことを考えていた。結局、それほど長すぎるとは言えないかもしれない。

ジェニーの長い脚はまただぶつくズボンに隠されていた。髪はきっちりと三つ編みに編まれ、頭に巻きつけられて毛糸の帽子におさめられている。姿見の前に戻ったジェニーは映った姿に満足した。とても男っぽく見える。タフで果敢《かかん》な男。そう、完全に男の姿。男爵は疑ってもみないことだろう。残念ながら、ほかのみんなには、わたしが変わり者のユージニアであることは知られてしまっている。でも、それについてはどうしようもない。わたしが打ち明けるまで、みんなが男爵にほんとうのことを言わないでいてくれるよう祈るしかない。

ジェニーは鏡のなかの自分に気取って敬礼し、振り返って自分の尻を見た。まちがいなく男の尻だ。それから、部屋を出た。

父がキッチンのそばの小さなダイニングルームで朝食をとっていた。よくやすんだらしく、顔色はいい。ジェニーは安堵のため息をもらした。一年前に心臓発作を起こして以来、父の健康が気がかりだったのだ。造船所の日常業務を肩代わりしてきたのも、父の負担を軽くしようと思ってのことだった。いまではほとんどの男たちが彼女を受け入れていた。ミンターのような例外もいるが、手にあまるほどではない。

「おはよう、お父様」

「ジェニー――ユージーン。ああ、元気そうだな。それに、おまえの母親そっくりだ」

ジェニーが男の装いをすると、父は必ずそう言うのだった。ドレスを着ると、今度は父にそっくりというわけだ。ジェニーはにっこりして身をかがめ、父の頰にキスをした。

「そんなことを言っているとろくな死にかたをしないわよ、お父様。さて、朝食をとっている暇はないの。造船所で男爵と会う予定だから」

ジェニーの頰が染まった。これはなんとも言えずおもしろいことだとジェイムズは思った。

「ラニーがおまえのためにお得意のソーセージパテとビスケットを作ってくれたんだぞ」

「でも、今日はいいわ。たぶん、お昼には戻ってくる。戻らないかもしれないけど。どうなるかわからないわ」

そう言うと、ジェニーは軽やかに部屋を出ていった。男にはありえないほど軽い足取りで。ジェイムズは娘の後ろ姿をじっと見つめた。あんなふうに歩いていて男と思われるはずはない。魔法にかけられた女そのものといった様子だ。うきうきとたのしそうに浮かれている女。それもすべて、アレック・キャリックに魅せられたせいだ。少女のころは知り合った同じぐらいの年ごろの少年を、大人になってからは大人の男を、なんのためらいもなく、才気走った口ぶりで軽蔑《けいべつ》していた娘が。「無駄《むだ》にする時間はないの」と、思いだしたくもないほど何度も言っていたものだ。「男たちってばかだし、思いあがっているのよ。キスしたがって、すぐにわたしを茂みの裏に連れていこうとするの」

まあ、正直言って、それはたいていの男にあてはまることだとジェイムズは胸の内でつぶやいた。少なくとも最後のくだりは。しかし、男の迫りかたは多種多様だ。男爵の場合はどうだろう？　ジェイムズは乾いたトーストをかじり、ゆっくりと嚙んでいたが、突然はっと口を止めた。反対側の壁にかけられた祖父の肖像画をじっと見つめる。巻き髪が垂れたふさふさとしたかつらをつけた老紳士が、よく言えば血色のよい顔でほほえみかけてくる。「なんとな」ジェイムズは小声でつぶやき、またトーストにかじりついた。「もしかして——もしかすると」

もちろん、問題がないわけではない。ジェイムズにはわかっていた。ボルティモアのご婦人たちがアレック・キャリックをひと目見れば、彼を追いかけ、容赦なく誘惑し、つきまとうにちがいない——しかし、アレック・キャリックはすでに五年もやもめ暮らしをしている。女たちに降服することなく。アメリカの女たちはまちがいなく彼を魅力的だと思うはずだが、イギリスの女たちも同様でないはずはない。男爵は誘惑されても降服しないすべをあれこれ身につけているにちがいない。つかみどころがなく、行く手をふさぐどんな女の策略からもうまく逃げおおせるだけ知恵も働くのだ。

これはよくよく考えなくてはなるまい。ジェイムズは「モーゼス」と執事を呼んだ。

「はい、旦那様」

「ああ、そこにいたか。アンドリューズに言って馬車を呼びにやってくれ。訪ねたいところがある」

「かしこまりました」

十月の朝は明るくひんやりしており、そよ風が吹いていた。ジェニーはまだ朝の霧に包まれているマックヘンリー要塞《ようさい》に目を向けた。アレック・キャリックを含むすべてのイギリス人に、アメリカ――とくにボルティモアの人々――を見損《みそこ》なってはならないと苦々しく思い知らせる記念物だ。ジェニーはさわやかな空気を何度か深く吸いこみ、ハミングしだした。習慣にしたがって、造船所へは歩いて向かった。ペンキを塗った大きな看板の前で足を止めて看板を見あげる――〈パクストン造船所〉。それが〈パクストンと娘の造船所〉ならいいのにと思い、そう考えた自分を笑った。兄のヴィンセントが生きていれば、〈パクストンと息子の造船所〉となっていただろう。それはまちがいない。世のなかは不公平だ。造船所の職人たちが自分にかろうじて我慢してくれているのは、父がとても好かれ、尊敬されているからにほかならない。娘のことはみな変わり者のオールドミスとみなしていた。男の恰好をしていながら、自分の思いどおりには振る舞えない女。そう、ジェニーでさえ、父の命令には逆らえなかった。ここも結局は男の世界であり、そのことが彼女をいらだたせていた。

しかし、あまりの天気のよさに腹をたててもいられなかった。おまけに、ユージーン・パクストンは放蕩者《ほうとう》となるべく、シェラード男爵から教えを受けることになっているのだ。足取りが速くなった。

フェルズ・ポイントにあるパクストン造船所には早く着いた。まだ職人たちも作業をはじめていなかった。いたのはミムズだけで、特別上質なサクラ材の板を手に甲板にすわっている。

ジェニーは挨拶《あいさつ》をしてから、彼が持っている板を指差した。

「船長室の便器の便座ですよ」

「あら」ジェニーは言った。「誰が船長になるにしても、きっと気に入るわ」

「だといいんですが」と言ってミムズは唾を吐いた。「尻にとげが刺さったりしないようにしないと」

ジェニーは水に沈む部分の船体の骨組に板を留めるためのボルトをひとつかみ手にとり、しばらくもてあそんだ。

「あのイギリス人の貴族はどうです?」ミムズがサクラ材の板から目を離さずに訊いた。

「イギリス人のなに? ああ、あの人ね。今日また訪ねてくるわ、ミムズ。さて、そろそろ下へ行くわね。帳簿をつけなくちゃならないから」

会社の帳簿の多くは〈ペガサス〉の船長室に移してあった。そうすれば、作業を監督しながら、同時に帳簿をつけることができるからだ。時間の節約になる。

ジェニーが開いたハッチからなかへはいろうと足を上げたところで、声が聞こえてきた。

「おはよう、ユージーン」

ジェニーはその深くなめらかな声を聞いてはっと振り返った。上げた足が踏み下ろす足場を失いそうになり、開いたハッチの縄《なわ》の取っ手に引っかかった。

「気をつけて」

腕をつかまれ、倒れかけた体をまっすぐに起こされる。縄に引っかかった足がはずれた。ジェニーはどこも痛めなかったが、ひどく恥ずかしい思いに駆られた。「ありがとう」と言って、美しい顔に浮かんでいるにちがいないあざけりの表情を見まいと目を伏せたままでいた。

「どういたしまして」つかんでいた手が離れる。

「おはようございます、アレック。昨晩はお会いできなくてすみませんでした」そう言って目を上げると、アレックは笑みを浮かべていたが、顔にはからかうような表情は浮かんでいなかった。

「きみの妹さんが立派に代理をはたしてくれたよ。現実を見据えてもらわなくてはならないが、きみがいなくてもあまり困りはしなかった」

「ああ、ヴァージニアですね。たぶん、それなりにちゃんとしていたことでしょう」

「ああ——そう、問題なくね。さて、もっと重要な問題に移ろう。造船所の帳簿をいくつか見せてもらいたい」

もっと重要な問題。ジェニーはハッチを通り、階段を足音高く降りた。そうしながら、肩越しに振り向き、つっけんどんな口調で訊いた。「妹のことは気に入らなかったんですか？そう、正直に言ってもらっていいんです。ジェニーはときどき生意気だから」

「正直に言えば、おもしろかったよ。とくに裁縫の腕が」

「なんですって？」

「裁縫の腕さ。ドレスのボディスについているレースを切って襟ぐりが深くなるように引き下ろして縫いつけているのを知っているかい？　それもあまりうまくない縫いかたで。女なら、針仕事は上手と思うじゃないか。それがきみの妹はどうだ？　上手とはとても言えないね。流行のスタイルの新しいドレスだったら、そんなだらしない襟ではないはずだと言ってやりたかったが、そう、私は礼儀正しい男だからね。なにも言わずにおいたよ」

「そうですか。あなたがじっさいどういう人かわかってきた気がします」

ジェニーはそう言って前を向くと船長室にはいった。この人は襟を縫い直したことに気づいていたのだ。さらに大きな屈辱《くつじょく》の波に襲われる気がした。まあ、正直にと求めたのはこっちだけれど。でもなんていやな人。すぐ後ろについてきていたアレックはジェニーがかぶっている毛糸の帽子の後ろにほほえみかけていた。

ジェニーは再度振り向こうとはせずにつづけた。「妹は、その、魅力的だと噂《うわさ》なんです。

そう思いました？」

「魅力的？　でしゃばりといった感じだったね、ユージーン。たぶん、彼女をおとなしくさせておく夫がいないオールドミスだからだろう。絶対に男が必要だね。彼女を教育して新しいドレスを買ってやる強い男が。アメリカの男のなかには彼女に関心を持つ人間はいないのか？」

「もちろんいます。長年にわたって数多くの紳士たちに求愛されてました」

「長年ね――そうか、ずいぶんと長い年月というわけだろう？」

「まあ、そうです。とにかく、妹は好みがうるさいんです。紳士たちの誰にも満足できなかったわけです」

「それでも、きっと紳士たちのほうは造船所があれば満足だったはずだ」

ジェニーは彼の頭をなぐってやりたくなった。股間を蹴《け》りつけてやりたくなった。蹴って身をふたつに折り曲げさせてやりたい。五年前、身を守る方法として父に教わったやりかただ。

「机につきませんか？　そう、そこです。おもな帳簿はここにそろっています。妹はあなたがよくご存じの浮《うわ》ついたご婦人たちとはちがうんです。恋愛遊戯《ゆうぎ》や新しいドレスといったことで頭がいっぱいの女たちとは。そう、ジェニーはまじめなんです」

アレックは腰を下ろした。「まじめ？　きみの妹が？　おやおや、異議を唱えさせてもらわなくてはならないな。自分のことをひどくばかな女だと言っていたよ。正直言って、まったくそのとおりだと思うね。まじめだって？」

ジェニーは自分で自分を卑下《ひげ》したことを忘れてしまっていた。この人は大伯母のミリセントに負けず劣らず記憶力がいい。大伯母はわたしが三カ月の赤ん坊のころ以来犯した罪をひとつたりとも忘れずにいたものだ。「ふざけていたんですよ、アレック。あなたをからかっていただけです」

「そうかな、ふうむ。髪の毛はきれいだったと言っておこう。きみの髪も同じ色なのかい、ユージーン？」

ジェニーは褒められて身の内に温かいものが湧《わ》き起こるのを感じた。これまでさんざんな言われかたをしたというのに、こんなふうに気分が浮きあがるなんて、ほんとうにばかなこと。彼女は急いで言った。「あ、いえ、ぼくのは妹の髪ほどつやもないし、色もあれほど豊かじゃありません。さて、アレック、帳簿はこれです。経営状況について感じがつかめるように、帳簿のつけかたを説明しますね。この帳簿では」――ジェニーは帳簿を開いてページのしわを伸ばした――「材料について支払った額と相手先がわかります。三十日の後払いにしたくない場合は支払い条件も書かれています。妹のこと、ほんとうにばかな女の子だと思いました？」

「ユージーン、彼女の年を考えれば、正確には女の子とは言えないよ。きみが妹思いであるのはまちがいないが、彼女がもうほとんど望みのない年であるのは認めないとね。いったいきみの妹はいくつなんだい？」

「まだ二十二です」ほんのちっぽけな嘘だった。たったひとつ年をごまかしただけ。

「もっと上に見えるね。ああ、そうだ——ところで、ミスター・ミケルスンとは誰だい？ああ、そうか、わかった。ほとんどの木材を納入している業者だね。支払い金額から見て、すばらしい品質のものなんだろうな。いや、彼女は二十五歳かそこらに見えたよ。でも、女の年はわからないからね、そうだろう？　着こなしのせいかもしれない。野暮ったい恰好のせいで老けて見えたんだろう」

「それには賛成できませんね。妹のドレスは充分しゃれてます。そう、ここの木材はとても品質のいいものです。ミケルスンは信頼できる人間ですし。お気づきと思いますが、彼にはかなりの借りがあります。だからこそ、急いでお互い好ましい条件の契約を結ぶ必要があるんです。もしくは、〈ペガサス〉の買い手を見つけるか。もっとしゃれた装いをすれば、妹のことをきれいだと思います？」

「可能性はあるね。じっさいにその姿を見てみないとたしかなことは言えないが。さて、考えてもらいたいんだが、ユージーン。ミケルスンには未払い金に対し、十三パーセントの利子をつけて払うことになっている。それも、なんだ？　そう、完成から二十日後に。ちょっと条件がきつすぎるな。言いかえれば、未払いの金の支払い期限が来るまでに船を売らなければならないが、その期間が短すぎるということだ。なんであれ、きみの妹には改良の余地はあるね。とくに耳まで届くドレスの襟を下手に引き下ろして縫い直すなんてことをしなければ」

「もちろん、ドレスを新しくしたとしても、妹の顔も物腰も変わりませんが」

アレックはユージーンに笑顔を振り向けた。「こう言っては悪いが、そこだよ。きみは図星をついている。的を射ているというわけだ。正鵠《こく》を射ると言っても――」

「おっしゃりたいことはわかります。わかりすぎるほどに」

「まさしく。さて、これは帆造りの職人への週払いの賃金かい？」

「賃金は相応の金額です。だから、ぼくが若すぎるせいで多くとられているとは言わないでください！　ぼ――妹は悪くない顔をしているし、物腰だってとても魅力的です」

「そのとおりだ。すばらしいよ」

「ほんとうに？　ほんとうにそう思います？」

「ああ。きみの払っている賃金はすばらしい。昨日ミズンマストのトップスルのできを見たんだが、最高のできだった」

ジェニーは帳簿を押しやって勢いよく閉じた。

アレックは形のよい眉を上げた。「どうしたんだい、ぼうや？」

「ぼくはぼうやじゃありません。あなたはたった八つ年上なだけで、ぼくのおじいさんというわけではない」

「それはそうだ。ただ、きみがあまりに――そう、世慣れていない、毛も生えてないひよっこに思えるからだろうね。でも、きみを教育してやると言っただろう？　教育してほしいかい、ユージーン？」

ジェニーは彼をじっと見つめた。ほかのなににもましてしてほしかった。しかし、ユージーンとしてではない。ユージニアとして教育してほしかった。彼女はうなずいた。「ええ、お願いします」

「わかった。帳簿をもう一度見せてくれ。おたくの仕組みはわかったよ。私にかまわずきみはきみの仕事をしてくれ。私は帳簿を調べているから。きみの教育は今晩からはじめよう。八時に家に迎えに行くよ」

4

「きみは立派な体つきの男だな」

ジェニーはぽかんと彼を見つめただけだった。立派な体つきなのはシェラード男爵のアレック・キャリックのほうであってわたしではない。じっさい、黒い夜会服と磨きこまれた黒いブーツを身につけた彼は信じられないほど立派だった。黒いサテンの外套の裾が歩を進めるたびにすねのところで優雅な孤を描いている。「え、その、ありがとうございます。毛が生えていないにもかかわらず、立派だと?」

「あたりが暗いからね。よく見えないはずだ。ご婦人もいいほうに解釈してくれるだろう。もちろん、その帽子は脱がなければならないが。私が脱がせてやろうか?」アレックは帽子のほうへ手を伸ばしたが、変装を見破られることへの恐れがジェニーの反応をヘビのそれほども速くした。ジェニーは帽子のてっぺんを押さえて笑いながら身をそらした。「いいえ、帽子は体の一部といってもいいぐらいですから。かぶったままでいます」

「そのいかれた帽子をご婦人がたの前でもかぶったままでいるつもりかい?　ともにベッドにはいったときにも?」

「もちろん、そんなことはありません」

それはたしかにそうだろう。彼女はいつこの茶番を終わりにするつもりだろう？　彼のほうはもう終わりにしようと決めていた。今夜のうちに。そのために彼女をぎりぎりまで追いつめなければならないとしたら、そうするだけだ。

その晩、空気はひんやりと澄みきっていた。半月がボルティモアの街を照らしている。つねに予測不可能なボルティモアの天気が、今夜ばかりはとても気分よく感じられた。

「マックヘンリー要塞はすぐそこです」ジェニーが指差して言った。

「わかっている」

「五年前、あなたたちイギリス人はボルティモアを奪おうとして失敗しました。尻尾を巻いてちっぽけな母国の島へと逃げ帰ったわけです」

「そのとおりだ。きみたちボルティモア市民が隣人のワシントン市民よりも手ごわかったのはたしかだな」

アレックがそのことを残念に思っているのはまちがいなかった。「それについてももう少し意見を闘わせたくはありませんか？」

「もしよければ、今夜これからやるつもりのことについて考えるほうがいいな」

「でも、もちろん、教えてはくれないんでしょう？」

「まだだめだ」

アレックとジェニーはチャールズ・ストリートを曲がってノース・ウェスト・ストリート

に出た。いまはサラトガと呼ばれる地域だ。ハワード・ストリートに近づくと、品のいい家並みがもっとけばけばしい建物にとってかわられた。ふたりは白いペンキを塗った正面の壁が目をひく〈ザ・ゴールデン・ホース・イン〉の前を通り、それから、〈ザ・ブラック・ベア〉を通りすぎた。そこにいる人々もよりにぎやかで騒々《そうぞう》しくなっていった。〈ザ・メイポール〉を通る際には、ジェニーはほんの少し首をめぐらしてなかをのぞきこんだ。店のなかは明るくにぎやかだった。ほとんどなにも身につけていないような女たちが何人か、目の前に飲み物を置き、手にトランプを持ってテーブルについている紳士たちのそばにはべっている。

「居酒屋は好きかい、ユージーン？」

「いつもはあまり。でもたまには。あなたは？」

「それほどはね。好みから言って、なんと言うか、あまりに品がないように思われて」

「つまり、あなたの貴族的な感性にはそぐわないと？」

「生意気なことを言うんじゃない、ぼうや」

「いまどこへ向かっているんです？　ボルティモアをご存じとは思わなかったな。まるで生まれ故郷の町みたいに歩きまわっている」

アレックはジェニーにおもしろがるような目をくれ、ダッチ・アレーへと角を曲がった。

「きちんときみの教育をはじめようとしているのに、私が信用できないのかい？」

ジェニーは考えこむように彼を見つめた。「どうでしょう。どこへ向かっているんです？」

このばかばかしいお遊びをおしまいにする場所さ、ユージニア。ズボンを穿いたきみでさえも真っ青になって逃げだすような場所さ。

「なあ」アレックは恩着せがましくやさしい口調で言った。大砲を撃つ用意はできていた。「男というものは、新しい街に来たらすぐに、最高の女をどこで見つけられるか知るものだ」

「最高の女を見つける？　まるで最高の魚市場を見つけるみたいに言うんですね！　最高の雑貨小間物店とか。まるでただの必需品を探すみたいに」

「もちろん、女は必需品さ。その利用価値をわかっていないような口ぶりだな。結婚したら、子を成して跡継ぎを作る以外に、女たちがなんの役に立つ？　現実的にならないとな、ユージーン。夜にいい女をベッドに連れこめれば、翌日は丸一日ずっと気分よく過ごせるというわけだ」

「それはまったくもって——その、反キリスト教的ですね」

アレックは吹きだした。吹きださずにいられなかった。「まったくそうじゃないね。一番の女性差別者は教会にいる。知ってたかい？　昔から聖職者というものは、女がはたして魂など持ちあわせているのかということについて議論を闘わせてきたものだ」

「そんなの作り話でしょう」

「ちがう。オックスフォード大学で得た知識を披露《ひろう》しているだけさ」

「オックスフォード」ジェニーは思わず物ほしそうな声を出していた。「ぼくもオックスフォードやケンブリッジといった場所に行けたらどんなにいいか」

「どうして行かないんだ？　たしかに少し年はいっているが、それでも、お父さんに頼んでオックスフォードに入れてもらうことはできるはずだ。それだけの金銭的余裕はあるだろうに」

それを聞いてジェニーは口を閉じた。目から物ほしそうな色も消えている。そう言われても、女は男の大学には行けないのよ、と叫びたい思いでいるのだろう。

アレックは話を戻してなめらかな口調でつづけた。「男色家じゃないかぎり、男は楽になるために女を見つけるしかない」

「男色家って？」

「女よりも男――もしくは少年――を好む男さ」

ジェニーがすばらしくも恐怖に満ちたまなざしを向けてきたため、アレックは思わず茶番を終わらせてしまいそうになったが、ようやくの思いで笑いを呑みこんだ。ジェニーは首を振って目をそらした。それからはっと足を止めた。「まさか娼館へ行こうとしているんじゃないですよね？　いや、まさか。そんなこと考えるのも――」

彼女には降参する覚悟ができているように見えたため、アレックはもう少し押してみることにした。まじめな口調でこう言ったのだ。「ボルティモアで最高の娼館さ。〈マダム・ロレインの館〉というところだ。顔が少し青ざめているぞ、ユージーン。私がまちがっていたのかな？　最高の娼館ではなかったか？　まちがった情報だったかな？　ミスター・グウェンが言っていたんだ、自分なら――」

「ミスター・グウェン？　ミスター・デイヴィッド・グウェン？」

「ああ」

ジェニーは足もとの歩道がふたつに割れて自分を呑みこんでくれたならと思わずにいられなかった。デイヴィッド・グウェンは父の友人で、自分が幼いころには彼の膝にまとわりついていたものだった。彼の妻は母性本能にあふれた愛らしい人で、いつもやさしいことばをかけてくれた。そう考えると、嫌悪感が胸をむしばんだ。「たしかに最高の場所です」と歯を食いしばるようにして言った。じつを言えば、マダム・ロレインとは何者なのか、見当もつかなかったのだが。

「ようし」とアレックは言い、またきびきびと歩きはじめた。「きみの教育はマダム・ロレインのところではじめよう。どうしたらきみのいまの状況を改善してやれるかよくよく考えたんだ、ユージーン。それで、そこがはじめるのにぴったりの場所だと思った。よかったら、きみが、その、行為におよぶのを見ていて、技術的な助言をしてやることもできる――どうした？　いや、言わなくていい。なんと、きみは童貞なんだろう、ユージーン？　まだやりかたもわかっていないんだ」

ジェニーにはもうすべて終わりにすべきだとわかっていた。遅きに失する前に。娼館などに行ったら、とんでもない赤っ恥をかくことになる。それどころか、こうして男の装いをしてはいても、そこに来ている紳士に見とがめられる危険もある。パクストンの造船所を訪れたことのあるボルティモアの男の多くは、男装のわたしを何度も目にしているはずだから。

いまわたしがどういう評判をちょうだいしているにしても、それが地に堕《お》ちるのはまずまちがいない。ジェニーは口を開いた。もう終わりにしなくては——いますぐに。ジェニーはアレックのほうを振り向いたが、彼が眉を上げ、からかうような保護者然とした顔をしているのを見た瞬間、血が沸《わ》き立った。月に向かって吠《ほ》え、股間を蹴飛ばしてやりたくなった。マダム・ロレインの娼館での教育が実技をともなわないものになるように。

しかし、口から出たことばはこうだった。「もちろん、やりかたはわかっています。ぼくは童貞じゃない。毛深くないからといって、経験がないということにはなりません」

まだ足りないのか、とアレックは声に出さずにつぶやいた。なんと頑固な女だ。彼はにやりとして首を振った。「おかしいな。きみは女の子にキスをしたこともない感じなんだが。まあ、アメリカではわれわれイギリス人とはちがうやりかたをするんだろう」

「ええ、そうです」ジェニーは心のなかではこう思っていた。この人はこんなにハンサムでこんなにすばらしい体つきなのだから、なんであれ、テクニックなど必要ないのだろう。この人にキスをしたいと言われたら、女はためらわずに爪先立って唇を差しだすはずだ。「イギリス人はどういうやりかたをするんです？」

アレックはすれちがったふたりの男たちに会釈《えしゃく》し、歩く速度を遅くした。「私の父は聖人君子のような人でね、十四歳の誕生日にすばらしい贈り物をくれた。ロンドンの愛人のところへ連れていってくれたんだ。それでその愛人が男と女のことをなにからなにまで教えてくれた。互いに悦びをもたらしあうためにできるすべてのことを。名前はたしかロリーといったな。すばらしい女だった。いまのきみよりも若かったが、もちろん、年端《としは》のいかない十四歳の少年にとってはまちがいなく年上の女だった」

「なにがあったんです？」

「ほんとうに知りたいかい？」

「ええ、もちろん」そのことばが口から出るやいなや、ジェニーはまた自分が恐怖に駆られていることを自覚した。アレックには奇妙な目で見られていたが、教育とはどんな教育で、彼からなにを期待できるのだろうと思わずにいられなかった。

このままどこまで行くべきだろう？　アレックはまた考えた。どうしてこの忌々《いまいま》しい小娘は降参してしまわないのか？　娼館まで連れていかれるつもりか？　人に見とがめられる危険を冒すのか？　彼女が男の装いをするのは日常茶飯事で、ボルティモアのほとんどの人が風変わりなミス・パクストンを見慣れているのではないかと思われた。しかし、娼館にいるところを見つかったら、彼女の評判にはとりかえしのつかない瑕《きず》がついてしまう。ちくしょう。アレックにはどうしていいかわからなかった。十分も前には彼女も茶番に幕を下ろすにちがいないと思っていたのだ。そうなれば、説教をして身のほどを思い知らせ、自宅の処女のベッドへと送り帰すことができたはずだ。ロリーのことや彼女と過ごした晩のことを詳しく教えてやるべきだろうか？　男のふりをしているオールドミス予備軍に？　アレックはどこでやめるかは彼女にまかせることにした。怒りが腹の底から湧き起こってくる。なるようになれ。「そう」とゆっくりと思い出をたどるように言った。「まずは私自身の体のことをすべて教えてくれた。私は欲情した少年で、自分を抑えきれなかったが、彼女は気にしないでくれた。たしか、文句も言わずにたてつづけに三度もいかせてくれた。それから、教育がはじまった。詳しいことを聞きたいかい、ユージーン？」

「たぶん、もう充分です。ありがとう。十四歳だったっておっしゃいました？」三度いくとはどういう意味だろう？

彼女の声に恐怖がありありと現われていたため、アレックは笑った。「ああ、そんな年まで待たせたのは悪かったと父に謝られたよ。そう、父は外交官で旅に出ていることが多かったからね。息子が性的に、その、進んでいるとは気づかなかったんだ。それでも、すべてうまくいった。まだロリーとはたまに会っているよ。すばらしい女性だ。ああ、ここだ。〈マダム・ロレインの館〉」

ジェニーは足を止め、地味な茶色の装飾をほどこした三階建てのみすぼらしい赤レンガの建物を見つめた。三階にマンサード屋根とドーマー窓がある、高く幅の広い建物だ。雨戸の閉まった窓からはほの暗い明かりがもれている。騒々しい笑い声も耳障《みみざわ》りな音楽も聞こえてこなかった。まるで聖職者の家のようだ。ジェニーは過去にその前を何度も通ったことがあったが、誰の住まいだろうかと考えたことも、なんにしろ疑問を抱いたこともなかった。彼女はしばらく目を閉じた。いまこそすべて打ち明けて終わりにすべきときだ。ユージーンがユージニアであることを打ち明け、新たな目で見られるのをよしとするのだ。しかし、その新たな目に浮かんでいるのは少なくともうんざりした色で、悪くするとあからさまな嫌悪かもしれない。もしくは、もっと悪いことに、娼館に雇われている女たちと同じぐらいだらしない女と思われてしまう可能性もある。どうしたらいい？

もはや自分では決心がつかなかった。少なくともその場では。正面の扉の目の高さのところについた小窓が開いた。「はい？」

低く物静かな男の声。

「アレック・キャリックとその連れだ」

「ああシェラード男爵様。いらっしゃいませ。どうぞ、どうぞ」

アレックはジェニーのほうを振り向き、ひどくまじめな声で言った。「どうする、ユージーン？　なかへはいりたいかい？」

その声が懸念を秘めた真剣なものであることにジェニーは気づかなかった。ただ挑戦されているとしか感じなかった。

誰かに見とがめられたらどうする？

マダム・ロレインの娼婦のひとりをあてがわれたら、どうしたらいいのだろう？　ジェニーは目を閉じた。やりすぎたことはわかっていた。わたしはボルティモア一の大ばか者で、となりに立っているのは、どこまでも相手を追いつめるひどく傲慢な男だ。いったいどうしたらいい？

「なあ、ユージーン」アレックはしばらく彼女の表情の変化を眺めていたが、やがて口を開いた。「マダム・ロレインのところには、のぞき部屋というのがあるそうだ」

ジェニーはぽかんとしてアレックを見つめた。

アレックは辛抱強くつづけた。「そう、必ずしも行為におよばなくてもいいんだ。たとえば、ほかの人のするのを見ているほうが好きな男もいる。そうやって快楽を得るというわけだ。もしくは、きみの場合は、そう、予備というか、最初の手ほどきと考えればいい。いろいろと参考になることもあるだろう」

「どうでしょう」

アレックがそれほどにか細い声を聞いたのははじめてだった。ちくしょう。ばかばかしいお芝居などおしまいにすればいいのに。アレックは考えこむように目を細めた。それとも見てみたいのだろうか？　男が娼婦とセックスするのをほんとうに見たいというのか？　オールドミス予備軍として、あれこれ束縛されることにうんざりしているのか？　そのために私を利用しようというわけか？

扉が開き、ふたりの目の前にブロンドの髪の筋骨隆々《りゅうりゅう》たる大男がそびえたった。肉づきのいい腕を胸の前で組んでいる。

「少し待ってくれ」とアレックは言った。ジェニーの腕に手をかけ、歩道の脇の物陰に引っ張りこんだ。「さて、どうする？」

ジェニーは胸を張った。追いつめようとしているのね、ひどい人。いいわ、負けるものか。「あなたの技術を拝見したいですね」さあ、受けて立ったらどう、でしゃばり男！　わたしが見ているとわかっていてこの人は服を脱いだりはしないだろう。この高慢で強情な男は。

アレックはじっと彼女を見つめた。「なんだって？」

「あなたとそのご自慢のテクニックを拝見したいと言ったんです。ぼくはさっきおっしゃったのぞき部屋から見ていますから」

妙なことだが、アレックは激しい欲望に襲われ、あやうくジェニーのこっけいな帽子をとり去って彼女を引き寄せ、その体に突如《とつじょ》としてそそりたったものを押しつけるところだった。

「いいだろう」としばらくして彼は言った。

「いいだろうって？」

「なかへはいろう。すぐに見物できるよ」

ああ、なんてこと。ジェニーは胸の内でつぶやいた。この人は引き下がろうとはしない。絶対に引き下がると思っていたのに、そうはいかなかった。

アレックは彼女のそばを離れ、大男に静かになにか告げた。なんて言ったの？　男はうなずいたが、アレックのことばに驚いた様子はみじんも見せなかった。ジェニーのてのひらは汗ばみはじめた。鼓動が激しくなる。これほどの恐怖と興奮を感じるのは生まれてはじめてだった。裸の彼を目にし、彼のすべてを目にし、彼にキスをする――いいえ、彼がキスをするのは別の女、娼婦よ。ほかの女と裸でいっしょにいる彼を見たくはなかった。まずはその女を殺してしまうことだろう。

「ユージーン、こっちだ」

ジェニーは目を丸くし、ゆっくりと彼のそばへ寄った。ふたりともそれ以上ことばを発しなかった。ふたりは広いサロンにははいらず、そこを迂回《うかい》して長く狭い廊下を渡った。廊下の端には家の正面のほうへ向かって二階に昇る階段があった。ふたりはブロンドの大男のあとにしたがって階段を昇った。ジェニーの耳に音楽が聞こえてきた。男たちと女たちの笑い声も。が、彼女は閉じたドアのほうへ目を向けることはしなかった。

大男が足を止めた。ジェニーは手から手へ金が渡されるのに気づいた。大男がうなずいた。それからしばらくジェニーをじっと見つめていたと思うと、その場から立ち去った。アレックが軽い口調で言った。「さて、ユージーン、その部屋にはいるんだ。そこがのぞき部屋だ。私はガラスの向こうで、きみに卓越したテクニックを見せるためにせいぜいがんばるとするよ」

その声はぶっきらぼうで怒っているように聞こえた。ジェニーが目を上げると、彼の明るい青い目が燃え立っているように見え、奇妙なことに、ひどく冷たくも見えた。ジェニーは身震いした。「こんなこと、したくないんでしょう?」

「どうしてだ? 私はもうひと月以上も女なしで過ごしてきた。しかし、この女とは二度寝ないといけないかもしれないな。女の扱いかたをきみにはっきりわからせるために」アレックは空気を切り裂くような手振りをしながら早口で話していた。激しい怒りの噴出にジェニーは思わず身を引いた。この人はわたし、ユージーンに対して怒っているの? そんなのおかしい。娼館へ行こうと言いだしたのはこの人で、わたしではない。あんまりだわ。ジェニーは顔をそむけ、扉を開けてなかへはいった。

アレックは薄暗い廊下に立ったままでいた。ばかげている。向こうの部屋へはいって服を脱ぎ、裸を見せびらかしてから、ミス・ユージニアの教育のために娼婦を抱くなど、そんなつもりはまったくなかった。そのとき、別のもっと年寄りで白髪のやせた男が、マダム・ロレインの娼婦を連れて歩いてくるのが目にはいった。女は小柄なブロンドで、豊かな胸と尻をしている。アレックは脇に身を引いた。ユージニアの教育はこの男にしてもらおう。こっちは解説をしてやればいい。そうだ、それがいい。アレックは静かにのぞき部屋にはいった。

部屋のなかは小さな燭台《しょくだい》に照らされているだけだった。すわり心地のよさそうなソファーと椅子が三つあり、すべてドアとは反対側にあるカーテンのかかった壁のほうを向いていた。サイドボードには飲み物とさまざまなつまみが用意されている。ユージニアはソファーの上に銅像のように身をこわばらせてすわっていた。膝をきちんと合わせ、帽子をしっかりとかぶったまま、間の抜けた様子でカーテンのかかった壁をじっと見つめている。

アレックはなにも言わずに待った。何分かたった。男がことをはじめるには充分な時間だ。カーテンのところへ行くと、ひもを引いた。後ろから息を呑む音が聞こえたが、アレックは振り返らなかった。カーテンを開けると、振り向いてソファーのところまで行き、ユージニアのとなりに腰を下ろした。

「気が変わった」と彼女のほうは見ずに言う。「よく見て学ぶんだな」

大きな窓がとなりの部屋に向いていた。となりの部屋には赤い天蓋《てんがい》のかかった大きなベッドとヴェルヴェットのソファー、水差しと洗面器が載った飾りダンスがあった。床には真っ赤なカーペットまで敷いてある。おぞましくて笑ってしまうほど、ジェニーにはなじみのない世界だった。

ジェニーは部屋のなかに立っている男をじっと見つめた。男の前には非常に若い女がいる。男はゆっくりと若い女の胸を撫で、ドレスを引き下ろした。女の胸があらわになる。男は身をかがめ、片方の胸の先を口にふくんだ。

ジェニーは目を丸くした。

「あんなに小さな女のわりに大きな胸だな。大きすぎるぐらいだ。しかし、形は悪くない。そうは思わないか？　あと数年で腹のほうに垂れてしまうのは残念だ。この手の仕事は女の体にはきついものだからね。おや、あんな大きい乳首は久しぶりに見たな。きみは女の乳首は大きいほうが好きかい？」

「さ――さあ」

「色は悪くない。とても濃いピンクだ」

ジェニーは黙ったまま女の乳房を見つめた。

「ああ、今度は紳士のほうが愛撫《あいぶ》を求めている。つまるところ、金を払っているのは彼のほうだからね。女が服を脱がせるというわけだ。えらく上手だと思わないか？　手をずっと男の体から離さずにいるのがわかるはずだ。なにか飲むかい？」

ジェニーはその場から動けずにただ首を振った。ここにこうして男のとなりにすわり、別のふたりの男女がひどく親密な行為にふけっているのを眺めているのが信じられなかった。ブロンドの女の手が男の腹を撫で、それから下へ動いて男のものを握るのがわかる。女の手の下で、ふくらんだその部分がズボンを押しあげていた。

「解説してやろうと約束したんだったな？ そう、男は女に握ってもらって手で愛撫してもらうのが好きだ。それと口でもね。きっとあのご婦人は悦びをもたらす技をすべて披露してくれると思うよ。ああ、今度は男のほうが女を見たくなった。私自身も自分が脱ぐ前に女に裸になってもらうほうがいいな。きみは？」

「さ――さあ」

アレックはちらりと横目をくれたが、なにも言わなかった。

男はズボン一枚になった。生白い肌のひどくやせた男で、あばらが浮いている。病気のようではなかったが、ジェニーの父親と言ってもいい年恰好の男だった。ブロンドの女はジェニーよりも若い。

男はベッドに腰を下ろし、女に服を脱ぐように身ぶりで示した。

ジェニーは自分が発する声を遠くに聞いた。「どうしてこうやって見られていてあんなことができるんです？ われわれが見ているのを知らないんですか？」

「知ってるさ。見せびらかすのが好きな男もいるんだ。私はちがうがね。いいから、見ててごらん。女が胸をすっかりあらわにした。ああ、そうだ、あの乳首は見ものだね。さっき言ったことばは撤回《てっかい》するよ。あの乳首は黒すぎる。私はもっと薄い色のほうがいいな。もっとピンクで――」

「ええ、わかります」

もうたくさん。こんなことは終わりにしなくては。しかしジェニーは自分の好奇心に釘付けにされ、凍りついたようにその場から動けなかった。

「そうか、彼女は生まれつきのブロンドじゃないんだな。そうじゃないかと思っていたよ。でも、下の毛はいい感じに縮れていて、ほぼ完璧な三角形を描いている。脚の線もきれいだ。私の好みから言うと少しばかり短いが」

ジェニーは若い女が腰に手をあて、挑発的な表情ですわっている男のほうへ近づいていくのをじっと見つめていた。女は男から二フィート手前で足を止めると、背をそらし、両手を腿の内側に持っていった。それから腰を動かしはじめ、慣れた様子で自分の秘所を男にさらした。

ジェニーははっと息を呑んだ。

アレックは冷たい笑みを浮かべ、ジェニーの横顔を見つめた。ショックを受けたわけだな、ユージニア？　こんなことはやめてと頼みさえすれば、やめてやるのに。突然男が手を伸ばし、若い女の腕をつかんで引き寄せた。

「ああ、いや」

アレックはジェニーの腕をつかんで彼女を動けなくした。「シッ」

「痛い思いをさせてる」

「させてないさ。黙ってるんだ」

ジェニーはぞっとして目を見開いた。男が女の脚のあいだに手を差し入れたのだ。その手を激しく動かしたが、女は痛そうには見えなかった。それどころか、身を揺らしてよじり、胸を手でもみしだきながら持ちあげている。目は閉じられ、ブロンドの髪は滝のように背中に垂れていた。

「われわれのためにやってくれているんだ。痛い思いをさせているわけじゃない。ただのふりさ」

それから男は女を押しやった。女は男の広げた脚のあいだに優雅に膝をつくと、男のズボンのボタンをはずした。男は身を持ちあげてズボンをすねまで下ろさせた。

ジェニーは男の肉体の一部が持ちあがっているのに気がついた。細く赤いものが上下に動いている。なんともおぞましい光景だった。男の腿を撫でさすっていた女の手が脚のあいだに移った。男はベッドに仰向けになり、目を閉じた。両手を女の頭にまわして引き寄せようとする。女は顔を下げて男のものを深々と口に含んだ。

ジェニーはその光景に目を釘付けにしながら飛びあがった。「いや」と恐怖と嫌悪に駆られてささやく。胃がむかむかした。「ああ、いやだ」手が喉をつかんでいる。男のものを自分自身の口に含んでいる情景を思い浮かべているのがアレックにはわかった。しかし、彼がそれに反応してこの最悪の喜劇を終わりにするよりも早く、ジェニーはドアへと走っていた。アレックがはっと振り向いたときには、ジェニーはドアを勢いよく開けて廊下へ走りだしていた。階段を降りる足音がした。

「ジェニー！」となりの部屋でくり広げられている安っぽいセックスを最後にちらりと見やると、男が口を開け、こぶしに握った手を体の両脇に押しつけたまま、女の口のなかに精を放っているところだった。「ちくしょう」と言って、アレックはジェニーを追った。男の恰好をしていても、きっと困ったことになる。忌々しい目をした女め。どうしてここまで茶番を長引かせた？

それとも、私のせいか？

立派な行ないとはとうてい言えなかった。紳士にあるまじく、淑女《しゆくじよ》を娼館へ連れてきて、猥褻《わいせつ》としか言いようのない見世物《みせもの》を見せてしまった。なんともひどいことをしたものだ。どうしてここまで追いつめてしまったのだろう？

アレックにも理由はわからなかった。理由を知りたいかどうかもはっきりしなかった。

彼女は男の性の象徴をこれまで一度も見たことがないのだろうか？　きっとないのだ。

そう、教育は為された。おそらく、彼女が予想していた以上の教育が。望んでいたものとはちがっただろうが、二度とあれほど無頓着《むとんちやく》に男のふりをすることはないはずだ。彼女が手を喉にあて、なにも言わずに口を動かす様子がまた目に浮かんだ。

アレックはハワード・ストリートを走った。前方にジェニーの姿が見えると、走る速度を落とした。彼女は足を止めてレンガの柱にもたれかかった。肩が上下している。身を折り曲げて吐いているのがわかった。吐いて膝をついている。アレックはため息をつきながらそばへ寄った。

ジェニーは肩に手が置かれ、体が支えられるのを感じた。胃からはそれ以上なにも出てこなかった。吐き気だけがこみあげてきて体を揺らした。死んでしまいたかった。それ以上に、殺してやりたかった。この男を。

アレックは外套のポケットにブランデーのフラスクを入れておけばよかったと思ったが、フラスクは持っていなかった。そこでハンカチを手渡した。「口をふくんだ」とそっけない声で命じた。

ジェニーはしたがった。立ち上がろうとはせず、目の前の茂みを見つめて膝をついたままでいた。モーゼが現われて茂みとともに自分を燃やしてくれないものかと思いながら。

アレックは目を上げて通りの先を見やった。人が近づいてくる音が聞こえたため、脇をつかんでジェニーを引っ張り起こした。「ボルティモアの中心街で吐いている少年といっしょにいるところを見られたくはないな」

「吐いてません。もうなにも吐くものが残っていないから」

「そいつはささやかながらありがたいことだ」

アレックは次の角まで彼女を支えて連れていった。「ここで待っていてくれ。動くなよ。呼吸以外のことは考えるんじゃない」

そう命じると、〈ザ・ゴールデン・ホース・イン〉にはいっていき、ウィスキーの瓶を持って戻ってきた。「さあ、ひと口あおるんだ」

ジェニーは瓶に目を向けた。生まれてこのかたウィスキーを飲んだことはなかった。が、口のなかはひどい味がした。そこで瓶を傾け、ごくりとひと口飲んだ。瓶を口から離すと、空気を求めてあえいだ。「胃が燃えている」喉からはぜいぜいと音が聞こえだした。目はうるんでいる。アレックは瓶を奪って彼女の様子を眺めた。息をしようと胃をつかんで身をふたつに折り曲げている。彼はまったく同情しなかった。

こんなことになったのはこの忌々しい小娘のせいだ。私のせいではない。まあ、私にもある意味——

酩酊《めいてい》したふたりの男が通りかかったが、アレックたちにはまったく注意を払わなかった。

「少しはよくなったか？」

「んん」しわがれた声。「こんなものをどうして飲めるんです？　恐ろしい代物《しろもの》だ」

「気分はよくなったか？」

「つまり、また吐きたいかと？　いいえ、吐きたくはありません」ジェニーは嫌悪に燃える目を彼に向けた。「お礼を言うべきなんでしょうね」

「教育に関してはほんの入門程度だったけどね」

ジェニーは身震いした。アレックはわざと明るい笑みを浮かべた。「あの男のやりかたはよかったと思わないか？　胸を愛撫するやりかたや、まずは指を一本つっこみ、そのあとで二本、それから手全体を——」

「やめて。あんなのは胸の悪くなる下劣《げれつ》なやりかただった。それを女のほうがしていたら、男はどんな反応をしたでしょう？」

アレックは太い笑い声をもらした。ジェニーは目を丸くして彼を見つめた。

「したさ、ぼうや。ほんとうだよ、したんだ」

「でも、そんなの不可能だ。男には——」崖《がけ》から石が落ちるように声が途切れた。

「男というものは、女に口に含んでもらうのがとても好きでね。きみは意気地をなくして逃げだしてしまったが、その前に女がどんなやりかたをしたか見ることはできたかい？」

これはあんまりだ。ジェニーはぎごちなく背を向け、ハワード・ストリートを歩きだした。

アレック・キャリックには二度と会いたくなかった。わたしの負け。それは悔しさも感じずに認めていた。それでも、彼があそこまでひどくからかったりしなければ——。

「たしかにもうたくさんだな」後ろから彼の声が追いかけてきた。これまで聞いたことがないほど怒りに満ちた声だ。なにがたくさんなの？　ジェニーはそう思いながら足を速めた。

腕に手がかけられ、後ろに引き戻される。

「ほんとうにもうたくさんだ」アレックは歯を食いしばるようにして言った。「さて、ミス・ユージニア・パクストン、説明してもらおうか。いったいどうやってお父さんに男のふりをするのを許してもらったんだ？」

そう言って彼女の帽子をはぎとった。

5

　ジェニーは動かなかった。運命の波に洗われて、隈《くま》なく身を清められ、すっかり溺《おぼ》れてしまったかのように、不思議に穏やかな気持ちだった。その瞬間、奇妙なことに、まったく関係ないとっぴな物事が心をよぎった。太く編んだ髪がヘビがとぐろを解くようにゆっくりとほどけてうなじに垂れるのがわかる。汗ばんだ額に夜気がひんやりと感じられた。死ぬほど暑かった帽子を脱ぐことができたのはすばらしかった。

「それで？」

「こんにちは」と彼女は言った。目はまだ茂みを見つめている。突如それに魔法のように火がついて、自分を燃やし尽くしてくれないかと思った。アレックに目を向けるつもりはなかった。彼の目に自分への嫌悪や怒りや軽蔑が浮かんでいるのを見るのは耐えられない。

「ミス・ユージニア・パクストン、だね？」

「ええ。すばらしい眼力ですね」ジェニーは彼を見ることなく背を向け、大股《おおまた》で通りを歩きだした。

「待つんだ、ジェニー。くそっ、こっちへ戻ってこい」

ジェニーは足を速め、突然全速力で走りだした。と、そこで強い手に腕をつかまれ、思いきり引き戻された。

「放して、ばか」怒りが噴出した。敵にぶちまけるべく煮えたぎっていた怒り。それは自分に対する怒りだった。みずから打ち明けず、彼に暴かれてしまったことに対する怒りだ。アレックがすぐに放してくれそうもないとみて、ジェニーはあとずさり、膝を持ちあげて彼の下腹部へ膝蹴りをくらわそうとした。イートンでの少年時代から、けんかの反則技には慣れていたアレックは、かろうじて身をかわした。が、膝蹴りが腿にはいり、それが急所に命中していたら、男としての機能があやうくなったかもしれないと気づいた。「このくそ女――」

ジェニーのこぶしがみぞおちを強打した。アレックは息を呑んでうなった。

「放して」

アレックは彼女をきつく引き寄せ、空気を求めてあえいだ。「いまのはきいたぞ」

「放してくれないなら、もっときくのをお見舞いするわよ」

アレックは手を離そうとせず、もう一方の手に持っていたまだ中身のあまり減っていないウィスキーの瓶を高く上げ、中身を彼女の頭に浴びせかけた。ジェニーは激しくもがきながら悲鳴をあげた。

「じっとしていろ。とうが立ったとはいえ、まだ多少は若い女を、ひとりでこの街を夜中に歩かせるわけにはいかない。きみは淑女じゃないかもしれないが、私は紳士なんでね。さあ、おちつくんだ」

ジェニーはその場から動かなかった。鼻先からはウィスキーがしたたっている。フレデリック・ストリートのはずれにある波止場あたりをうろついている酔っ払いさながらにひどいにおいだ。「あなたなんか大嫌い」その声は低くおちつき払っていた。アレックは自分の怒りもかつてなく高まりつつあるのを感じた。

「いいか、よく聞け、このばか女。私の問いに答えるまではどこへも行かせないぞ。今度のことは私が悪いんじゃない。まあ、娼館へ行ったのは私の考えだが、それもただ、ばかげた茶番に興じていることをきみに打ち明けさせるためだ。きみが男だとほんの一瞬でも信じたと？　私のことをそれほどにぼんくらで世間知らずだと決めつけた理由は見当もつかないね。まずもって、どうして私にこういうくだらない真似《まね》をした？」

ジェニーはまだ腕をつかんでいる長い指を見つめた。何時間かしたら、きっとくっきりと青あざができることだろう。「わたしがユージーンじゃないことをすぐに見破ったっていうの？」

いまや空になったウィスキーの瓶をつかんでいるほうの手が空を切った。「ばかなことを。もちろん、すぐにわかったさ。手が女の手だし、顔だって女の顔だ。胸もそうだ。それに――」

「もう充分よ」

「まあ、私の目には疑う余地もなかったね。きみのところの職人たちがばらさなかったのは幸運だったな。しかし、そんなことはどうでもいい。きみがこういうことをしようと思った理由が理解できないだけだ。最初はおもしろいと思った。きみの妹に会うというのもなかなか悪くないと思った。ただ、きみがあくまで私をだましつづけようとするのが気に障りだした。それで、今夜すべてを終わりにしてやろうと決めたんだ。だから娼館へ行ったわけさ」

「それがじつにうまくいったというわけね」

「ああ、そうだ。ほんとうは単刀直入なやりかたのほうが好きでね。愚かな遊びは嫌いだ」

「そう？　だったら、今夜のことは？」

「いいだろう、たしかに今夜のは単刀直入なやりかたではなかった。それでも、きみにとって勉強にはなっただろう？」

「地獄に堕ちるといいんだわ」

「若い女は、たとえとうが立っているとはいっても、そういうことは言わないものだ」

「地獄へ堕ちるといい、あなたなんか最低よ」

アレックは笑った。「もつれた髪で鼻先からウィスキーを垂らしながら私に毒づいているのを見ると、酔っ払ったスパニエルみたいだよ。私がきみの夫だったら、私にそんな口をきいたということで、尻を叩いてやるんだがな」

「夫ですって。そんなこと考えるだけでも悪夢だわ。あなたなんか豚よ。傲慢な豚野郎よ――」

「本題に戻らないか？　きみがなぜ男のズボンを穿いて私に尻を見せびらかしていたのか、理由が知りたい」

ジェニーは目を彼のウェストコートの銀ボタンから離さずに冷たく言った。「ミス・ユージニア・パクストンから仕事の手紙をもらったとしても、あなたはあざけって鼻で笑ったでしょうよ。あなたたち男って相手も男の場合しかまじめにとらないんですもの。男というごう立派な種族が自分たちだけの領域と信じていることで、女がうまく立ちまわったりすると、あざけってひどい扱いをするのよ。侮辱《ぶじょく》するの。あなたもはっきりおっしゃったとおり、あなたがいつか結婚しなければならなくなったときには、女はセックスと子を産むぐらいしか役に立たないってわけ。わたしは無視されたくなかったの。笑われるのはもっといやだった」

「どうしてお父さんが手紙を書かなかった？」

「書きたくなかったからよ」

「ああ、つまり、お父さんには内緒で手紙を出したわけか」

「イギリスに手紙を出してすぐに父には話したわ。造船所がどれほど深刻な状況におちいっているか、父はわかってなかったの。健康上の理由もあって。うちの造船所に資金が必要で、それを提供してくれそうなのはあなたしかいないという話もしたわ。それから、きっとあなたは、クラヴァットの結びかたや髪につけるポマードにしか興味のないばかなイギリスの貴族のひとりにちがいないとも言った。だとすれば、造船所の経営権はそのままで、望みどおりに物事を運ぶこともできるはずだってね」

「大きなまちがいだったわけだ」

「あなたが傲慢な最低の男だという点ではまちがってなかったわ」

「きみのおしゃべりには、きみが吐いて靴を汚すのを見ているのと同じぐらいうんざりだな」

ジェニーは大きく息を吸った。「放して。家に帰りたいの。もうおたのしみは充分でしょう」

「きみはエジンバラの蒸留所《じょうりゅうじょ》みたいなにおいだ。お父さんがなんて言うか想像もつかないな。もしくは、きみがお父さんにどういう作り話をするのか」

「父はたぶん寝ているわ。父にはなにも言いません。それだけはたしかだと思ってもらっていいわ」

「だったら、私が言おう」

「いいえ」ジェニーは目を上げて彼を見た。「だめよ」

「娼館のくだりは省くよ。それについては私にも多少責任があるからね。ただ、夜にちょっと外出して、きみがようやく茶番を終わりにしたことは話そう。それで、ひどい言い争いになって、きみに道理を思い知らせ、私が自分の大事な部分を守るために、きみに頭からウィスキーをかけるしかなかったということにする」

「もう放してくださる？」

「いいだろう。ただ、逃げないでくれ」

ジェニーはまたつかまれないようにゆっくりと体の向きを変えた。「歩いても？」

アレックはうなずき、彼女に合わせて歩幅を小さくした。

「これからどうするんです？」

「なにが？」

「鈍いふりはしないで。あなたはばかじゃないわ」

「ああ、まだ決めていない。ウイスキーについてはやりすぎたと思っているよ」

ジェニーは最後のことばは無視した。「少なくとも父と話してはくださる？　わたしたちと取り引きすることを考えてくださいます？」

「男の恰好をしている女と取り引きをするのか？」

ジェニーは火かき棒さながらに身をこわばらせたが、意外なことに――少なくともアレックにとっては――癇癪《かんしゃく》を抑えた。「造船所では男の恰好をせざるをえないんです。スカートで登ったり降りたりするのはむずかしいから。それに、スカートを穿いていると、男たちのわたしを見る目がちがうの。わたしは雇い主として見てもらいたいんです。みだらな思いの対象じゃなく、あなたが女を見ているように必需品としてでもなく。たぶん、長いこと男の恰好をしてきたせいで、そのことについて考えもしなくなっていたんだと思います」

「きみは変わり者のミス・パクストンで有名なのか？」

「人になんて言われているかはわからないわ。父の友人たちはわたしに慣れていて、あまり気にしていないと思うけど。それに、わたしはあまり出歩かないし」

「きみは二十三歳なんだね？」

「ええ。とうの立ったオールドミスです。適齢期を過ぎて一生独身で暮らすことが運命づけられていて――」

「ずいぶんとすごい言いかたをするね。若い女性たちというのが、夫を見つけられなかったからといって、そんなに若いうちから非難されるとは知らなかったよ。きみは夫探しに失敗したわけか?」

「失敗? 夫?」ジェニーの声には嫌悪がありありと表われていて、アレックはまた血が沸き立つのを感じた。

「ちっぽけな心の男に言い寄られたってそばに寄せつけたりはしないわ。あなたたち男って、女が自分の奴隷になると思っている暴君《ぼうくん》ばかりよ。くだらない冗談にも笑ってくれて、仕事がうまくいったら褒めてくれる存在――」

「ずいぶんと長口舌《ちょうこうぜつ》をふるったものだな。もう充分すぎるほどだ」

「それから、うやうやしくお辞儀《じぎ》してくれる存在。ほしいのは自分のくだらないひとりよがりのたのしみのために無駄にできる多額の持参金だけ。そんなのまっぴらごめんだわ」

アレックはにやりとした。「いまきみが言ったことは私には悪くないことに思えるね。暴君のくだりはのぞいて」

「あなたは結婚していたんでしょう。奥様もきっとわたしに賛成してくださったわ」

「いや、ネスタはきみの言うことにはまったく賛成できなかったと思うね」

アレックの声は非の打ちどころなく感じのよいものだったが、彼に関しては鋭敏になるジェニーの耳には、どこか深い痛みを含んだものに聞こえた。「ごめんなさい、奥様のことは話題に出すべきじゃなかったわ」

「そうだな。さて、ユージニア、提案がある」

「みんなわたしのことはジェニーって呼ぶわ」

「妹のジェニーと同じで?」

ジェニーはなにも言わなかった。ただ、歩道の前方、ユニオン・バンクのすぐ前にある深い穴を見て顔をしかめた。

「わかったよ、ジェニー。私のことはこのままアレックと呼んでいい。きみはこれまで裸の男を見たことがないのか?」

「なんて恥知らずな。いまどうしてそのことを持ちだせるの?」

「きみを怒らせるためさ。そう、きみが怒って真っ赤になるのがおもしろくてね」

「胸が悪くなる男だったわ。うちの父と同じぐらい年をとっていたし――」

「気の毒だが、そのとおりだ。最初に見る裸の男は若くて強靭であってしかるべきなのに――」

「あなたのように、でしょう?　たしか、あなた自身に見せてほしいとお願いしたのに、臆《おく》病《びょう》風を吹かせたのね」

「じつを言えば、そのとおりだ。それもあるし、実演を見ながら私が解説したら、きみがどんな顔をするか見たいということもあってね。きみが見ている前で娼婦を抱く自分の姿はどうしても想像できなかった。それであの男がきみがはじめて見た裸の男となったわけだ。しかも、すばらしく若い、たぶん、きみよりも若い女といっしょだった。世のなかとはそんなものさ、ジェニー」アレックは少しばかりからかおうとつけ加えた。

「わたしが言ったとおりだわ。あなたたち男って最低で、暴君で、ひとりよがりの大ばか者よ」

「それに賛成するとは言ってないだろう」

「反対とも言わなかったわ」

アレックはそのことばを手を振ってさえぎり、指で顎をこすった。「さて、これからどうしようか？」

•

ハノーヴァー・ストリートのメアリー・アバクロンビーはボルティモア随一《ずいいち》のドレスメーカーだった。メアリーというよりは、妹のアビゲイル・アバクロンビーがというほうが正確だが。メアリーは妹のアシスタントだったが、耳を傾ける人には誰にでも好んで自分の才能を披露した。メアリーは婦人服仕立て業に精通しており、九歳のころから、裕福なご婦人たちにおもねるやりかたを心得ていた。いいカモにできる客は戸口からはいってきた瞬間にわかった。着ている昼用のドレスが五年も流行遅れであるだけでなく、胸はきつすぎ、裾は短すぎるといった客だ。

ジェニーはアバクロンビーのサロンのまんなかに立ち、まわりに置かれた頭のないマネキンを見つめていた。どれもさまざまなポーズをとり、きれいな布を肩から垂らしている。ドレスメーカーを訪ねるのは十八のとき以来だった。店にはほかに客はおらず、彼女は少なくともその瞬間、ほっと安堵した。

ミス・メアリーもうれしそうだった。妹のアビゲイルが持病の頭痛のために階上《うえ》で休んでいたからだ。メアリーは勝ち誇ったような笑みを浮かべた。すばらしい記憶力が働いて、客が誰かわかったのだ。「まあ、ミス・ユージニア・パクストンじゃありませんか。またお会いできるなんてすてきですわ。お父様はお元気ですの？」

店の女が自分を覚えていたことにジェニーは驚いた。自分のほうはこのドレスメーカーに目を留めた記憶すらないほどだった。「ミス・アバクロンビー？　あ、ええ、父は元気です。今日はいくつかドレスを買いたいと思って。舞踏会用のドレスと、昼用のドレスを二、三着。その、アドヴァイスをいただきたいわ」

メアリー・アバクロンビーは踊りだしたい気分だった。歌いだしたい気分だった。ようやく自分も、顧客のために生地を選び、ぴったりの型紙を選ぶことができるのだと妹に証明してやれる。ありがたいことに、この若いご婦人は見た目もよく、とてもほっそりしていて、じっさい、すばらしい体つきをしている。

メアリーは美しい生地を次から次へと引っ張りだした――サテン、シルク、ごくやわらかいモスリン。そうしながらジェニーに、フランス製で長すぎるフランス語の名前がついた生地であっても、イタリア製の似たような生地よりも品質がいいとはかぎらないと打ち明けた。ジェニーはそうして次々にくりだされる裏事情にいちいちあいづちを打っていたが、やがて情報の山にうずもれてしまった。それと同時におじけづき、しまいに両手をあげて言った。

「ミス・アバクロンビー、有能なあなたにすっかりおまかせしますわ。わたしはこの手のことにはうといんです。お願いですから、わたしのために生地と型紙を選んでくださいな」

メアリーは歓喜した。ミス・パクストンを抱きしめたいほどに。が、どうにかおちつきは失わないでいた。ほかのふたりの顧客がサロンにはいってきたからだ。メアリーは三日後に来てくれと言ってジェニーを店から追いだした。それから、顧客のひとりにミス・アビゲイルをお願いと言われ、不当な扱いに抗議するように深々と息を吸った。まあ、いいわ、妹も含めてみんなに思い知らせてやる。ミス・パクストンのために生地を選び、服を仕立てるのはわたし。すぐにもわたしの名前がご婦人がたの口の端《は》にのぼるようになる。メアリーは手をこすりあわせ、客の女性たちに礼儀正しくほほえみかけて妹を呼びに二階に昇った。

店から出てきたジェニーはひどい頭痛と劣等感にさいなまれていた。つまるところ、自分は女なのに、服の生地やスタイルをどう選んでいいのか、まったく見当もつかないのだ。しかし、ファッションのセンスを持つか否《いな》かで選択肢があったとしても、そんなものに価値はないと思わずにいられなかった。女でいることにも価値はない。面倒でうんざりすることだ。苦痛ですらある。ジェニーはミス・メアリーのピンが誤って刺さった腰を無意識にさすった。

少なくとも新しいドレスは手にはいる。しかも、ミス・アバクロンビーはボルティモアで一番のドレスメーカーだから、最高の装いとなるはずだ。ジェニーはチャールズ・ストリートアレックが今夜夕食に訪ねてくることになっていた。

へと曲がり、足を速めた。ありがたいことに、夜の装いとして恥ずかしくないドレスがもう一着ある。やわらかいクレープ生地でできたペールグリーンのドレスで、裾と裾から一フィート上のところに、白い花と緑の葉の刺繍《ししゅう》をほどこした幅の広い別布がぐるりとつけられている。十八歳の少女のためのドレスで、二十三歳の女が着るにはふさわしくなかったが、少なくとも、襟ぐりにレースはついていなかった。引き下ろして縫いつけ、注目を集めることはないだろう。胸の中央部分はすでに黒い石の留め金で低く留められていた。手袋はひと組しか持っていなかったが、汚れていた。上履きはまだ悪くないのが一足あるのだが、残念ながら黒いものだった。

そんなことは重要ではない。身なりに気をつかわなければならない理由などまったくないのだから。

シェラード男爵のアレック・キャリックはただの男にすぎない。それも、イギリスの男。美しい男で、おそらくは本人もそれを意識している。これまで彼がうぬぼれた様子を見せることはまったくなかったが。彼の妻はどんな人だったのだろう？　夫と同じぐらい美しい人だったのだろうか？　美を競いあうような夫婦だったの？　ジェニーは彼と顔のない女性がドレッシングテーブルの鏡の前に並んですわり、おしろいやヘアスタイルのことを語りあう情景を心に浮かべ、思わず笑った。

突然雷鳴《らいめい》がとどろき、ジェニーは目を上げた。ボルティモアの天気は変わりやすく、いまは頭上からどしゃぶりの雨を降らしそうな気配だった。まだ体にしみついているウィスキーと雨が混じるわけね。彼女は顔をしかめてにわかにかきくもった空を見上げながら心のなかでつぶやいた。三時間前には晴れわたっていたというのに。これだからボルティモアは！ジェニーは歯を食いしばり、足を速めた。家に着くころには、体の芯までずぶ濡れになっていた。ボンネットはつぶれ、髪の毛は濡れた長いロープのように背中に垂れている。ブーツを履いた足はがぼがぼいっていた。

モーゼスが扉を開けてくれた。彼女の姿を見て目を丸くし、チッ、チッと舌を鳴らした。それから階段の下へ達するまでずっと小言を言いつづけた。

「モーゼス、お願いよ。濡れただけでたいしたことはないわ。すぐに乾かすから」

「あのイギリスの紳士がいまお父様と――」

「こんにちは。いや、こんばんはかな。馬車に乗ろうとも思わなかったのかい？」

これだけは避けたかったのに。ジェニーは信じがたいほどすばらしい男の声がしたほうを振り返り、非の打ちどころのない装いをしたシェラード男爵に目を向けた。薄茶色の最高級の上着と体にぴったり合ったもっと濃い茶色のズボンを身につけた彼は、ファッションの見本のようでありながら、けっして気どり屋には見えなかった。クラヴァットはシンプルに結ばれ、とても白く――ジェニーは物思いを断ち切った。彼がどんな装いをしようとどうだっていうの？　まったく、脇が破けていたとしても、わたしには関係ない。

「おやおや、これは女性かな。少なくとも私にはそう見える。溺れているのかもしれないな。いや、自分の足で歩いているぞ。きっとそれはスカートだね。頭にかぶっているのはボンネットかい？　驚きだ。びしょ濡れの小さな顔を囲むのに、ぐっしょりの羽根以上にふさわしいものはない」

それでもジェニーは口を開かなかった。恥じ入ったり気まずい思いをしたりしてはいけない。ここはわたしの家で、この人は訪ねてくるのが早すぎたのだ。この人にどう思われようとまったくどうでもいいこと。あざけってたのしんでいればいいのよ。ジェニーはつんと顎を上げた。「着替えてきます」そう言って二階へ向かった。

後ろからアレックの忍び笑いが聞こえてきた。「後ろにカヌーを浮かべられそうなほど広い水の跡ができているよ」

「少なくとも、あなたは船でそこを航海しなくてもいいはずよ」ことばが口から出た瞬間、ジェニーは白目をむきそうになった。アレックはいまや声をあげて笑っている。ジェニーはスカートを高くつまみあげて足を速め、二階へ急いだ。

アレックは彼女が階段のてっぺんで角を曲がるのを見送った。それから首を振って振り返った。

「お客様」

アレックはパクストン家の執事を見あげた。執事は目にどこかいたましい色を浮かべている。「辛辣《しんらつ》すぎたかな、モーゼス？　そう、彼女には笑いとからかいが必要なんだ。あまりにまじめすぎるからね」

「わかっております。ミス・ジェニーは昨年お父様が病気になられてからずっとあんなご様子です」

「その前はちがったと？」

「ええ、ミス・ジェニーは明るくて陽気で、いつも私やグレイシーやラニーをからかってばかりいました」

「グレイシーとは？」

「まあ、その、家政婦です。悪くない女ですが、肺の病を患《わずら》っています。ミス・ジェニーの世話係で、われわれみんなに命令をくだします。もう病気はほとんど治ったので、そのうちお会いになれますよ」モーゼスはグレイシーがいまいないことを気にしていないらしく、忍び笑いをもらした。それから急いでつけ加えた。「でもいまは問題ばかりです。いつもいつも」そう言って首を振ると、キッチンのほうへ歩み去った。

アレックは罪の意識に駆られた。気に入らない。彼女のことはただからかっていただけだ。それだけのこと。別に悪意があったわけでも、害をおよぼそうと思ったわけでもない。モーゼスが葬儀の参列者のような顔をすることではもちろんない。アレックは居間に戻った。

パクストンの屋敷は悪くなかった。とくに居間――ボルティモア市民風に言うとパーラー――はよかった。正方形の広い部屋で、クリーム色に塗られた高い型押しの天井が広々とした明るい印象を与えている。壁にはライトブルーの壁紙が貼られ、オーク材の床にはペールブルーの小さな丸いカーペットがふたつだけ敷かれていた。古風な家具のほとんどはサテンノキをはめこんだチッペンデール様式のマホガニーで、部屋の壁際にいくつかずつ並べられている。中央にはなにも置かれておらず、広々とした開放的な印象を与えた。暖炉の両側には縦長のくぼみがあり、そこにはそれぞれドライフラワーを入れた背の高い花瓶が置かれている。魅力的な印象の部屋だった。アレックは十六世紀そのままのキャリック・グレインジの居間にこういった家具が置かれていたらどんな感じだろうかと思わずにいられなかった。

ひとつでもモダンな家具を置こうと試みたら、大昔の祖先から呪われるにちがいない。

「いまのはジェニーかな?」ジェイムズ・パクストンが訊いた。

「ええ。全身ずぶ濡れでした。馬車を使うことはないんですか?」

「ええ、あの子はいつも歩くほうが好きでね。馬のように丈夫なんです。おまけに、ボルティモアの天気はつねに予想がつかない」ジェイムズ・パクストンはしばしことばを止め、ソファーのペールブルーとクリーム色のストライプ模様のサテンに指を走らせた。「ジェニーが自分は男ではなく女だとあなたに打ち明けたとはよかった」

「正確に言うと、打ち明けられたわけではありません」

「ああ、つまり、あなたが帽子を脱がせたわけだね?」

アレックは虚をつかれた。「どうしてそれを?」

「私自身がやるべきことだったたから。あの子がかぶっていたあのばかばかしい帽子はもともと私のものだった。しかし、私はもう十年もかぶっていない。昨日の晩、あの子があれをかぶって現われたときには、脱がせてやりたくて指がぴくぴくしましたよ」彼はため息をついた。「ああいうことをあの子に許しておくべきじゃなかったんでしょうね。しかし、あまりに真剣に言うものだから。自分のすぐれた商才に対してあなたに敬意を払ってもらいたいと言っていた。まあ、あなたがあの子の父親だったら、どうしますかね？」

アレックはハリーの父親だった。十五年もして、ハリーが男の恰好をしようなどと思ったら、自分はいったいどうするだろう？　見当もつかなかった。笑うか？　脅すか？　むちで打つか？

いや、正直に言って、そのどれもしないだろう。「おそらく、思いどおりにさせるでしょうね」

「そうでしょう。さて、ジェニーが来る前に、訊いておきたいことがある。まだパクストン造船所に興味はお持ちですかな？　もちろん、ジェニーが牛耳っているとわかった上でということだが。私は忌々しいこの体の自由がきかないのでね」

アレックはしばらく答えなかった。カードテーブルの上に載っている金メッキをほどこした空の鳥かごをじっと見つめていた。ビジネスを――進行中のビジネスを――女と？

「前々から考えていたことだが――」ジェイムズがつづけた。「私は健康状態に悩まされつづけている。いや、口をはさまずに聞いてください。あとどのぐらいもつものかわからない。主治医は愚痴《ぐち》っぽい婆さんのような男なんだが、禿《は》げた頭を振って顎を撫で、あまり深刻に考えるなと言うばかりだ。つまり、いまの私が船のマストに登れるとでも言うんですかね？あの世へ行く前に医者のことは殺してやりたいぐらいですよ。まあ、ビジネスの話に戻りましょう。ジェニーは私の跡とりです。残念なことに、兄のヴィンセントは十年ほど前に亡くなりました。と言っても、ジェニーでは不足だと言っているわけではない。あの子はすばらしい人間だ。働き者で太陽のように輝いている。それでも、私が明日墓へはいることになれば、ほかに家族はいないので、あの子は天涯《てんがい》孤独になってしまう。あなたもよくおわかりと思うが、自尊心を持った紳士なら、女のあの子とビジネスはしないはずだ」

「きっと、あなたと長年ビジネスをしてきた人間ならみな――」

「いや、無理でしょうな。男というものは奇妙なものだ。家庭は家庭、仕事は仕事と区別している。そのふたつはまったく別世界のもので、女が属していると思われる世界から女を連れだして別の世界に放りこめば、男は不安になって女に反発してしまう。そう、おそらく私自身も同じ反応をするでしょう」ジェイムズはそこでしばし間を置き、妻のものだったばかげた鳥かごに目を据えているアレックを眺めた。

「そこでひとつ提案がある、アレック」

そのことばにただならぬ響きを聞いてアレックはジェイムズ・パクストンをまっすぐ見据えた。老人の顔には不安と希望となにか――懇願《こんがん》――のようなものが浮かんでいる。いやな予感がした。パクストンがなにを言ってくるにしろ、気に入らないことであるのはたしかだ。しかし、彼を黙らせる方法はない。そこでアレックはただ首を傾けて次のことばを待った。

斧《おの》はすばやく振り下ろされた。「パクストン造船所はあなたのものになる。なにもかも。あなたはジェニーと結婚してくれればいい」

アレックは竿《さお》ほども身を固くして背筋を伸ばした。

「あれはきれいな子です。いや、もう大人の女だ。女でいることについてあまり多くを知らないのはたしかだが。女らしいひだ飾りとかそういったものにはまったく関心を払わないが、心根《こころね》はやさしく、賢くて快活なのはまちがいない」

シェラード男爵は頑固なほどに沈黙を守っていた。

ジェイムズは根気よく話を進めた。「あなたは男爵で、跡継ぎが必要なはずだ。ジェニーなら望むだけの子供をもたらしてくれる」

「どうして私に跡継ぎがいないと思うんです？」

ジェイムズはぎょっとした。「申し訳ない。いないのではないかと思っただけです」

アレックはため息をついた。「たしかに跡継ぎはいません。いつか爵位を継ぐ男の子供をもうけなければならないとは思っています。しかし、これだけは言っておきますが、早々に再婚するつもりはこれっぽっちもありません。最初の妻のことは愛していましたが――」彼は首を振った。「そう、また妻をめとってしばられたいとは思わない。それにいいですか、あなたの娘さんのことはまだよくわからない。きっとおっしゃるとおり、気だてのいい人間なんでしょうが。彼女のほうも私のことはわかっていない。おそらく、好いてもいないと思いますよ」

「それはほんとうよ」

今度ははっと振り向くのはアレックの番だった。ジェニーが乱痴気《らんちき》騒ぎを目にした司祭ほども身をこわばらせて部屋の入口に立っていた。

アレックは椅子から立ちあがって「ジェニー」と言った。

彼女はアレックを無視し、父に叫ばんばかりに言った。「なんてことを。わたしにこの人を買ってくれようというの？ 彼は造船所を手に入れ、わたしは彼を手に入れるってわけ？ お父様がそんなことをなさるなんて信じられない。じつの父親なのに。この人のこと、よく知りもしないじゃない。お父様、わたしだって造船所がほしいわ。わたしに権利があるはずよ、この人じゃなく。この人は遊び人のうぬぼれ屋よ。よく見て。アメリカの男にこんな人がいる？」

「これほどにハンサムな男を目にするのはずいぶんと久しぶりだ」ジェイムズ・パクストンは率直に言った。ジェニーが彼女らしくなく癇癪を起こしているのはなぜだろうと思いながら。「イギリス人なのはしかたないだろう、ジェニー」

妙な状況だとアレックは思った。自分はふたりのあいだに立っているのに、まるでその場にいないように扱われている。

「彼がロシア人であってもかわりはないわ。わたしはこんな人いらない。夫だってほしくないわ。未来永劫《えいごう》に」

捨てぜりふを残すと、ジェニーはスカートをつまみあげ、走って部屋から出ようとした。が、そこであやうく失態を演じそうになった。ズボンに慣れていたせいで、スカートの裾を踏んでしまい、手を振りまわしながらよろめいて壁際に置かれたテーブルのほうへ倒れこみそうになったのだ。最後の瞬間にどうにか体勢をたて直し、花瓶を引っくり返すだけですんだ。花瓶は床に落ちて割れた。その音はいやというほど大きく響いた。ジェニーはそこに立って割れた花瓶を見つめた。花は床に散らばり、階段の下まで水たまりが広がった。

アレックが急いで入口に近寄った。「大丈夫か?」

「ええ、もちろん」ジェニーは膝をついてカーネーションとバラを拾い集めはじめた。目を上げずにアレックに言った。「夕食はとっていかれるの?」

「まだ招待されているのかな?」

「ここは父の家ですもの。当然父はなんでも好きにできるわ。おふたかたがどうしようと、わたしにはどうでもいいことよ」ジェニーは唐突に立ち上がると、拾い集めた花をまた床に落とし、玄関へ向かった。

「いったいどこへ行くつもりだ? 外はまだ雨だぞ」

ジェニーははっと足を止めた。たしかにそのとおりだ。ゆうに一カ月は忘れられないほどの屈辱と気まずさを味わったあとでどこへ行くところがある?

ジェニーは振り向いて彼にほほえみかけた。「キッチンへ行ってあなたのお食事ができているか見てこようと思って。それでたぶん、シチューを見ながらにやにやするわ。よき女主人がほかになにをすることがあって?」

「なあ、もっと教育してもらいたいのか?」

ジェニーの目に炎が燃えた。「地獄へ堕ちればいいんだわ」

そう言ってなにかでなぐりつけてやりたいという思いをどうにか抑えつけたらしく、踵《きびす》を返してキッチンのドアの向こうへ消えた。アレックはドアが勢いよく閉まるのを見ながら、ドレス姿の彼女はとても魅力的だと思っていた。たとえそのドレスが古くてかなり裾が短いものだとしても。

6

「パパ？」

アレックはつづきのドアのところで振り返り、娘の寝台のそばへ戻った。「起きていたのか、おちびさん？　ちょっと前にうるさいいびきを聞いたばかりだと思っていたのに」

ハリーはくすくす笑い、こぶしで目をこすると、寝台の上に身を起こした。

アレックは〈ナイト・ダンサー〉とともに心地よく身を揺らしていた。内湾の波止場にしっかりと係留されているとはいえ、嵐のなかで船は前後左右に揺れていた。アレックはハリーのそばに腰を下ろして彼女の手をとった。とても小さいが、五歳児にしては形よく有能な手だ。指もまっすぐ伸びている。親指にはたこがあったが。

「ハリー、しばらくおうちで暮らしたいかい？　ほんとうのおうちだ。足もとがゆらゆらしないおうち」

娘は父を見つめた。「どうして？」

「まったくどうしてだろうな。どうして小さい女の子というのはいつも父親に質問ばかりせずにいられないんだ？　まあ、いいさ。しばらくボルティモアに留まろうかと思っているんだよ。船で暮らしつづけるのはばかばかしいからね。明日、いっしょにすてきなおうちを探しに行こう」

「あたしに選ばせてくれる？」

「私もそこまで年をとってはいないぞ。海に近い家を見つけよう。まあ、考えてみれば、家を見つけるには少し時間がかかるかもしれないな。明日、陸には上がろう」

「いいわ。ミセス・スウィンドルが堅い陸地《テラ・ファルマ》がいいと思ってるのはほんとだもの」

「なにがいいって？」

「ラテン語よ、パパ。ミセス・スウィンドルはドクター・プルーイットにいつもそう言ってるの」

「ああ、そうか」

「今夜は女の人といっしょだったの？」

「まあ、ある意味そうだな。じっさいには、その女の人は私のことをひどく怒っていてあまりお話ししてくれなかったが。しかし、彼女のお父さんはとてもやさしかった」

「その女の人、なんて名前？」

「ジェニーさ。お父さんの造船所を仕切っている」

「どうしてパパのこと怒ってたの？」

　アレックはそう訊かれてにやりとした。「私が怒らせたからだな、たぶん。我慢できないぐらいに」

「きれいな人なの?」

「きれいね」アレックはおうむ返しに言い、椅子の背にかけられたハリーの小さなズボンを見て顔をしかめた。ボルティモアにしばらく留まるつもりなら、娘に女の子らしい服を買ってやらなければならない。アレックは娘に訊かれたことに考えを戻した。「きれいと言うべきなんだろうな。本人は自分のことをそう思っていないようだが。そう、男のような恰好をして――」

「あたしみたいに?」

「ちょっとちがうな、ハリー。彼女は男に興味がないんだ。結婚したいとも思っていない」

「パパのことを嫌いなの?」父親の一番のファンである娘にとっては、それは理解しがたいことのようだった。アレックはにやりとした。

「そんなのばかだわ、パパ。女の人はみんなパパが好きなのに」アレックはその無邪気《むじゃき》な告発を聞いてしばらくことばを失った。五歳児の口から次になにが出てくるのだろう?

「あたし、その人のこと、好きになれないと思う」

「まあ、おまえが会うことはないだろう。だから、気にすることはない」

「どうしてパパはその人を怒らせたの? 怒った女の人は好きじゃないと思ってた」

いい質問だとアレックは胸の内でつぶやいた。「どうしてだろうね」と口に出しては言う。

「たぶん、彼女の反応が見たくて怒らせたんだろうな。つまらない人じゃないのはたしかだからね。それで、たまに痛いお返しをくれるってわけだ。さあ、また眠るんだ、おちびさん」

「わかったわ、パパ」ハリーはアレックの上着の襟を引っ張った。アレックは身をかがめて娘の鼻と額にキスをし、上掛けを顎まで引っ張りあげてやった。

「よく眠るんだ、ハリー。明日の朝にまた」

「おうちを買いに行くの？」

「そうだな。まずはよく考えてからだけどね」アレックは愛人を見つけようと心に誓っていたことを思いだした。こちらの言いなりになり、愛人稼業をあまり長くつづけていない女。

彼はろうそくを消し、ハリーの小さな寝室からつづきのドアを通って船長室へ行った。〈ナイト・ダンサー〉は静まり返っていた。船室というかぎられた空間にひとりでいることに飽きたアレックは甲板に出た。雨はやんでいたが、空気はまだどんよりと湿っていた。足もとの甲板はまだゆったりと揺れている。空に星は出ていなかった。黒い雲におおわれて月も影も形も見えなかった。船が係留されているのはオドネル埠頭で、〈ナイト・ダンサー〉の舳先はにぎやかなプラット・ストリートにつきだす恰好になっていた。右舷側にはフリゲート艦が係留されており、左舷側には二本マストの快速帆船があった。ボルティモア市民にとってはふつうの光景なのだろうが、入り江全体にありとあらゆる商船がところ狭しと停泊していた。バーカンティーン船、スクーナー、フリゲート艦、スノー型帆船。帆を張っていない高いマストが満潮の重々しい波に揺られてゆったりと左右に振れている。ほかにも奇妙な外見の船があってアレックは興味をひかれた。チェサピーク湾用に特別に造られた船だ。

それがスミス埠頭に沿って点在している。

フェルズ・ポイントを見晴らしながら、ボルティモアはほんとうの意味で内湾にあるのだとアレックは思った。フェルズ・ポイントは反対側のフェデラル・ヒルのほうへつきだしている鉤《かぎ》状の岬《みさき》で、内湾への入口となっている。本で読んだ記憶が正しければ、ボルティモアがフェルズ・ポイントを併合したのは一七七三年のことだ。パタプスコ川の河口に近いフェルズ・ポイントを手に入れたことは、ボルティモアにとって大いなる利点となったことだろう。おまけにそこは水深も深かったため、六つもの造船所ができた。パクストン造船所もそのひとつだ。アメリカが独立を勝ちとった戦争ののち、ボルティモアは交易においてアナポリスを凌駕《りょうが》し、いまもその地位を不動のものとしている。

ヴァージニア岬とボルティモアの北東にあるサスケハナ川の河口とのあいだに周囲百九十五マイルの湾がある。長い湾だが、チェサピーク湾は若干《じゃっかん》――コンパスの目盛にして二度ほど――湾曲しているにすぎない。そして、湾には数多くの川が流れこんでいる。そのうちもっとも小さな川は、アメリカの首都が川沿いにあるポトマック川である。美しいパタプスコ川はボルティモアの川で、アレックはこの地を去る前にその川を探検してみたいと思っていた。ここでなら、綿や煙草や小麦粉などでひと財産築けることだろう。物資を輸送できる水路がこれだけあり、加工する水力がこれだけ手にはいるのだから。

アレックはただよいつつあった物思いを目下《もっか》のことに集中させた。男としての生理的欲求に。まずは愛人を見つけなければ。欲求不満を解消しなくてはならない。これ以上先延ばしにするつもりはなかった。

パクストン父娘についてはどうする？

家も探さなければ。明日事務弁護士《ソリシター》に会おう——いや、弁護士《ロイヤー》だ。彼は心のなかで急いでアメリカことばに翻訳した。チャタム・ストリートのダニエル・レイモンド氏が力になってくれ、パクストンの財政的な信用度について助言をくれるだろう。アレックはなめらかな手ざわりの手すりに肘を載せた。

ジェニーについてはどうする？

結婚だと？　アレックは鼻を鳴らした。なんとばかげた提案だ。小さな国をひとつもらっても、もう一度結婚しようなどとは思わないのに。彼女もおまえと同じぐらいぞっとしていたぞ。そう心のなかでつぶやく声がして、奇妙な反応を引き起こした。自分でも予想外の反応だった。ちくしょう、私は歯の抜けた醜男《ぶおとこ》というわけではないぞ。端整な顔だちをしていることは自分でもわかっていた。昔からそうだ。しかし、たいていはその事実を無視してきた。まだかなり若い時分から、女たちに望まれたものだ。女たちが差しだしてくるものを受けとり、できるかぎり喜ばせてやる。いつもそうだった。ふいに十年以上も前にネスタと出会ったときのことが思いだされた。ロンドンでのことだ。彼女は社交界にデビューしたばかりで、最初の社交シーズンを過ごしていた。なぜか、自分でもよくわからないのだが、ネスタのことは会ったその場で自分のものにしたくなった。それまで会ったどんな女たちよりも彼女がほしくてたまらなかった。そのことに狼狽《ろうばい》せずにはいられなかったが、事実だった。

そのシーズンに社交界にいた女たちのなかで一番の美人だからというわけではなかった。ネスタは一番の美人でもなかった。ただ、彼女のなにかが、理性的に考えるのはもちろん、歩くのもままならないほどにみだらな気持ちにさせたのだ。

体をただ奪うわけにはいかなかった。ちゃんとした家の娘だったのだから。紳士たるもの、処女であり、淑女である女を誘惑するわけにはいかないものだ。

まだ若く、将来のことなどあまり考えておらず、自分がなにをしたいのかわかっていなかった彼は、彼女にプロポーズし、すぐさま受け入れられた。受け入れられないかもしれないとは思いもしなかった。結婚相手として不足のあろうはずはなかったからだ。ふたりは結婚し、彼は彼女をキャリック・グレインジに連れていき、何週間か寝室にこもって彼女に悦びを与え、同様の悦びを男に与える方法を教えた。

それから、アメリカにいる叔父――ボストンのルパート・ネヴィル氏から船を相続し、ネスタとともに荷造りすると、キャリック・グレインジをあとにした。ネスタはけっして文句を言わず、言い争おうともせず、いつもベッドではやさしくみずからを与えてくれた。

ネスタは気だてのいい女だった。アレックは彼女がとても好きだった。ハリーを産んで死んだときには、罪悪感のあまり息がつまりそうになったものだ。自分の子供が母親を知ることはけっしてないのだという罪の意識と苦痛。

アレックは首を振った。昔のことを考えるのはあまり好きではなかった。過去は変えられない。過去に対する自分の考えも変えられそうはなかった。考えても無駄なのだ。

ジェニー・パクストンについてはどうしよう？　どうして彼女は結婚したくないのだ？　あれほどに皮肉っぽい見かたをする理由がわからなかった。ネスタは妻でいる以上のことを望まず、どこへでも夫についていき、夫が望むことはなんでもした。

ジェニー・パクストンは自立心が強すぎ、うぬぼれが強すぎる。彼女のこともその態度も気に入らない。まったくもって。

アレックは船医のグラフ・プルーイットに小声で挨拶した。アレックが思うに、いつも不《ふ》機嫌《きげん》なグラフは驚くほどおもしろみがなく、干し肉のかけらほどもやせていて、ふさふさとした白髪頭をしている。そんな彼にスウィンドル夫人がロマンティックな関心を寄せていた。アレックはふたりがいつ祭壇に立つことになるのだろうかと思っていた。

「不快な夜ですな」とグラフ。

「少なくとも雨は降っていない。ボルティモアのことはどう思います、グラフ？」

「不快な街だ」

「ボルティモアについてミセス・スウィンドルはなんと？」

「エレノアはここに留まりたいと言っていますよ。頭が空っぽですからね」

「この街にも、〈ナイト・ダンサー〉の船上やイギリス国内に負けず劣らず大勢の病人がいるはずだ」

「アメリカ人のことなど、誰が気にします？　街じゅうの人が朽ち果てても、私はかまいませんよ。五年前にアメリカ人どもになにをされたのか覚えてないんですか？　そう、五年前の先月、たしか、九月の十三日のことです」

アレックは笑った。なんにせよ失うことに対するグラフの過剰にイギリス人的な怒りには反応しなかった。正直に言って、スウィンドル夫人とグラフ・プルーイットがいっしょになるとは想像しがたかった。あまりに似すぎている。いっしょにいれば、きっとどちらもまわりのすべてを批判しまくるはずで、ふたりの頭上には暗雲が湧くにちがいない。

しばらくしてアレックは言った。「アメリカ人を打ち破っていたら、われわれはどうしていただろうとたまに考えますよ。たぶん、一年ほど彼らを苦しめたあげく、また戦争を起こされていたんじゃないかな?」

「全員を撃ち殺していましたよ」とグラフは言った。「一列に並べて全員を撃つんです」

「まあ、それにはきっとひどく長い時間がかかっただろうな。さて、そろそろ陸へ上がりますよ。あなたもまずまずの夜を過ごしてください、グラフ」

「もうすでに陸には上がられたと聞いていますがね」

アレックはそう聞いて眉を上げた。それから、なにも言わずに首を振った。グラフ・プルーイットはすばらしい医者だ。それ以外の分野で理にかなった人間かどうかといえば、そう、すべてを期待するわけにはいかないものだ。アレックはなにも言わずに船から降りた。

マダム・ロレインの館へ行くと、鮮やかな緑の目の——ジェニー・パクストンの目ほど輝いてはいなかったが——若い女を選んだ。女は豊かでつややかな褐色の髪をしていた。ジェニー・パクストンの美しい黒髪と同じとは言えなかったが。アレックは女を二階に連れていった。女の名前はオリーといった。南部なまりがきつくて、アレックには女の言っていることはほとんど理解できなかったが、じっさい、問題はなかった。女はヴァージニア州のモーズヴィルの生まれだと言った。口を効果的に使い、アレックがうめくのを聞いて悦んだ。女の体は白くやわらかで、力強いひとつきでなかにはいると、女は腰をつきあげて声を出した。アレックは翌朝の明け方まで女とともに過ごした。オリーは深い眠りに落ち、骨折りに対して金を受けとった。アレックのほうは充分満足した。納得のいく取り引きだった。

アレックは自分をせせら笑った。これであとどのぐらい満ち足りていられる？　三日か？おそらくは一週間。そしてまた、前と同じぐらい最悪の状態になるのだ。

ジェニー・パクストンのことはどうしたらいい？

翌日、アレックは娘とスウィンドル夫人とともにジャーマン・ストリートのファウンテン・インに移った。独立戦争前の一七七三年に広々とした庭を囲むように建てられた古い建物で、部屋の窓からは、いまは葉が落ちているものの、木陰を作るブナやポプラの木々が見えた。宿の経営者のジョン・バーニーという男は、イギリス人を心から嫌っていたが、それ以上に子供が大好きだった。ハリーのおかげでアレックとスウィンドル夫人のことも丁重に扱ってくれた。船長室付きの従者のピピンは主人が陸地に移ることにまったく賛成できない様子だったが、アレックが汚れた服を全部送るので、それを頼むと言うと、どうにか納得した。エレノア・スウィンドルは予想どおり、自分とハリーの部屋の衣装ダンスが小さすぎ、悪臭がすると言った。アレックは死んだネズミがいるのではないかと思い、娘の部屋に駆けつけた。ええ、においますとも、とスウィンドル夫人。ナツメグやらなにやら奇妙なにおいがするんです。安っぽいパイのにおいがするので、服が食べ物くさくなってしまいます。ハリーはくすくす笑い、アレックは苦虫を嚙みつぶしたような顔で早々《そうそう》に部屋をあとにした。それからチャタム・ストリートにあるダニエル・レイモンド氏のオフィスへと向かった。レイモンド氏によると、いまのところ、要望に合う家はないが、噂では、ボルティモア市民にライト・ホース・ハリーと呼ばれていたヘンリー将軍が数カ月前に亡くなり、家に未亡人ひとりとなったため、まもなく彼の家が売りに出されると言われているとのことだった。レイモンド氏は噂の真偽をたしかめると約束した。また、アレックにパクストン造船所についても助言をくれた。長々《ながなが》と退屈な詳細にいたるまで。

「男爵様、ご存じでしょうが、その、イギリスとの戦争が終わって、わが国の造船業者たちは不況に見舞われました。もはや略奪して沈めるべき敵国の船がないのに、あまりにも多くの民間の武装船が出まわっています。しかし、また造船業が盛り返すのはたしかです。たとえば、造船業者のなかには、キューバへ行って奴隷船を造ろうと考える者たちもいます。そうすれば、その、あわれな連邦政府の連中の干渉を避けられますからな。それで——奴隷船には興味がおありですかな、男爵様？」

興味がないとわかって、レイモンド氏は造船所を即金で買う場合の公正と思われる価格や、考えられる条件、その他考えておくべき提携関係について話をつづけた。

パクストン家の内情や造船業の概要、現法をかいくぐる特別な方法についての長い説明を終えると、レイモンド氏はすぐさまお気に入りにちがいない話題へと話をかえた。彼は好みのうるさいきっちりとした気むずかしい中年男で、世界じゅうのペンを収集していた。じっさい、そのひとつをアレックに見せながら、自慢のあまり顔を赤らめたほどだ。「男爵様、これは――」と啞然《あぜん》とするシェラード男爵に向かって言う。「フランス製です。七面鳥の羽根ですが、これほどに珍しい色をしているので、そうとわからないでしょう。それから、ここを見てください。この今風《いまふう》の金のペン先を。きれいだと思いませんか？　掘り出し物ですよ」

アレックはそのペンがすばらしいものであることには異議はなかった。ちゃんと字が書けるペンなのかどうか訊きたかったが、問いを呑みこみ、話題をまたパクストン家のことに戻させた。とくにジェイムズ・パクストン氏のことに。

「ああ、そう、ミスター・ジェイムズ・パクストン。立派な人物ですな。ビジネスにおいては非常に有能です。健康状態がよくないことは気の毒ですが。どうも主治医はあまり楽観視していないようですな。造船所については、小さな快速帆船がもうすぐ完成するところで、買い手をすぐにも見つけなければならないはずです」

「ミスター・レイモンド、造船所で作業のすべてをとり仕切っているのがミス・パクストンであるのはご存じでしたか？　男たちに彼女が命令をくだしているのを？」

レイモンド氏は突然シュメール語で話しかけられたとでもいうようにぎょっとした目をく

れた。それから、にやりとして金のペン先のペンをアレックに向かって振った。「ああ、まさか、男爵様。そういう冗談はいけません。そんな噂が広まったら、そう、誰も考えてもみなくなります――たとえ造船業が不況でないとしても、そう――」

「どうやらすでに周知の事実のようですが。そうでなかったら、どうしてまだその快速帆船に買い手がついていないんです？　不況であろうとなかろうと、あの船は申し分ないできだ。骨組みには最高級のオーク材が使われ、金具はすべて銅製で、船底は輸入した赤銅でおおわれている。内装の仕上がりも同様にすばらしい。スペイン製のマホガニーとか――」

「ええ、たしかに周知の事実でしょうな」レイモンド氏はさえぎるように言った。アレックのことばに狼狽するあまり、礼儀作法を忘れてしまっている。「男爵様、おっしゃることはほんとうとは思えませんな、まったく。女が造船所の作業をとり仕切っているですと？　それは絶対に事実ではないでしょう。ミスター・ジェイムズ・パクストンがそんな判断力に欠けたところを見せるはずがない。若い女に――」

アレックは話しつづけるレイモンド氏のことばに耳を傾けながら、前の晩のジェイムズ・パクストンとの会話を思い浮かべていた。男の領域とみなされているところで働いているせいで、ジェニーが男たちから締めだしを食うだろうという彼のことばには賛成できなかったのだが、それはまちがいだった。とんでもないまちがいだ。

「――まったく、あの娘は結婚して子をはらむべきなんですよ！　ばかばかしいにもほどがある。あんなふうに――」

ジェニーは別の世界に足を踏み入れてしまったのだ。それが許されないとは公平ではない——少なくとも、彼女はそう思っている。アレックは自分がどう思っているかはよくわからなかったが、行動を起こさなければならないのはたしかだった。造船所を買ってジェニーをひそかにパートナーにするのがいいかもしれない。ジェニーにもわからせなければ。ビジネスの相手は、女が船造りにかかわっているなど、考えることもできないのだ。おそらく公平ではないのだろうが、それが世のありかたというわけだ。

「——そう、なんと申しあげていいかはわかりませんな、男爵様。ジェイムズ・パクストンも、ボルティモアの男たちがそうしたことを黙認するとは思っていないはずです。ましてや、若い女と取り引きするなど——」

「わかりました、ミスター・レイモンド」アレックはいまやお得意の弁舌《べんぜつ》を思いきりふるっている弁護士の話をさえぎって唐突に言うと、腰を上げた。「ミスター・パクストンとはすぐにもなんらかの契約をつめることにします。そのときにまたお力をお借りすることになるでしょう」そう言ってレイモンド氏と握手をしてその場をあとにした。「いいかげんにしてくれ」アレックはチャタム・ストリートを歩きながらひとりつぶやいた。「七面鳥の羽根と金のペン先だと」

それから急いでパクストン家へ向かった。前日のジェニーを真似て、チャタム・ストリートからチャールズ・ストリートにあるパクストン家まで歩いた。家の前に着くとしばし足を止め、ボルティモアの建物のほとんどを占めるジョージ王朝風の屋敷は悪くないと胸の内でつぶやいた。赤レンガは年月とともに豊かな色合いになっていたが、白い柱のポルチコは数年ごとにペンキを塗り直されているようだ。緑の鎧戸のついた窓と翼棟。二階建の邸宅《けいしゃ》全体がブナとユリノキの木陰になっている。住み心地《ごこち》のよさそうな悪くない家だった。傾斜のあるきれいな前庭を白い柵《さく》が囲んでいる。

モーゼスが出迎えて、二階にいるパクストン氏のところへ連れていってくれた。

「ミス・パクストンは造船所かい、モーゼス？」

「ええ。いつも朝早くに出かけられます。朝食を食べる暇があったためしがないので、ラニーがぶつぶつ言います。ああ、こちらです」

主寝室はほぼ真四角の大きな部屋で、外へ向いた壁にはふたつの張りだし窓があった。古風な背の高い椅子があり、趣のあるクルミ材の天蓋のついたベッドが一段高いところに置かれていた。部屋の中央にはアクスミンスターの厚く丸いカーペットが敷かれている。ジェイムズ・パクストンは磨きこまれたマホガニーでできたすわり心地のよさそうな古風な椅子に腰を下ろしていた。肘かけの部分と背には詰め物がされ、きわめて美しいペールブルーの布が張られている。脚は鷹《たか》の爪を模した形をしていた。

「男爵様、どうぞ、おはいりください。いらっしゃると思ってはおりましたが、これほど早くとは。モーゼス、男爵様にお茶をお持ちしろ。それから、ラニーの甘いクランペットもな」

アレックは背の固い肘かけ椅子を選び、パクストン氏の近くに寄せた。「造船所のことで来ました」と前置きなしに言った。「正直に申しますが、ジェニーがいないときを見計らって来ました。あなたにはほんとうのことを言いましょう。ジェニーがこのまま造船所を仕切っていれば、あなたは大きな損害をこうむることになります。このあいだおっしゃったとおりです。この街の男たちは、どれほどすぐれた造りであっても、ミスター・レイモンドいわく、〝若い女〟が牛耳る造船所から快速帆船を買うことはないでしょう」

「それはわかっています」ジェイムズ・パクストンは磨いたばかりの爪をじっと見つめた。

「問題はそれについてどう手を打つかだ」そう言って一瞬目を閉じ、頭を椅子の背にあずけた。

「私が即金で造船所を買いましょう。アメリカドルで六万で」

ジェイムズ・パクストンは動かなかった。表情もちらりとも変えなかった。やがてとても静かに口を開いた。「それではジェニーが傷ついてしまいます。あの子は働き者です。生きていたころの兄のヴィンセントよりもずっと仕事に心血を注いでいる。それに頭もいい。造船のことをよくわかっていて、船をあやつるすべにもすぐれている。戦争中に武装船の船長を務めた経験があるわけではないが、それでも、立派に船長の役割だってはたせる。そう、そんなことをすればあの子が傷ついてしまいます。あの子にそんな思いはさせられない」

「それでも、このまま彼女が造船所を仕切っていれば、心は傷つかなくても、あなたも彼女もすべてを失ってしまいます。彼女も分別を働かせなければならないはずだ」

「その分別というのは、物事を牛耳っているのは男だということですね」ジェイムズ・パクストンは深々とため息をついた。「この忌々しい体——私も五十五歳の男としてふつうに健康だったんですよ、アレック。しじゅう旅に出ていて、誰と会っても、なにに遭遇しても、ひるむことはなかった。ところがある日、胸にあのひどい痛みが襲ってきて、右腕が感覚を失った。まあ、愚痴や泣きごとは言いますまい。死んだり死にそうになったりすることも、誕生と同じく人生の一部ですからな。しかし、ジェニーを傷つけるとなると——どうしたらいいでしょう?」

「旦那様、お茶とクランペットをお持ちしました」

「ありがとう、モーゼス。すべてをあのテーブルの上に載せてこちらへ寄せてくれ。お茶は男爵様が注いでくださるだろう」

モーゼスはまた部屋を出ていったが、その前に主人に心配そうな目をじっと注ぐのをアレックは見逃さなかった。ジェイムズ・パクストンはつづけた。「残念だが、アレック、唯一の解決法は、造船所を仕切っているのは男だとまわりに思わせることだと思う。そうするには、ジェニーを結婚させるしかない。レモンだけ入れてください。あなたがその男になってくれないのなら、ほかをあたるしかない」

「ポーター・ジェンクスのような男を?」

「いや、あれは立派な男ではない。最後に聞いた話では、三艘の奴隷船を持っているということだった。戦争のあとに三艘の軍用船を作り直したわけです。しかし、快速帆船のほうがずっと速い。スピードがなによりも重要ですからな。とくに奴隷であふれ返った船がつかまらないように逃げるには。前にも言いましたが、奴隷貿易というのは非常に実入りがいい。あの男は誰にとっても耐えがたい人間ですよ。たとえ、私が耐えられたとしても、ジェニーがそんな男とかかわろうとするはずがない」

「私ともかかわろうとはしないでしょうよ」

ジェイムズは男爵にじっと目を注いだ。「あなたが望めば考えを変えるでしょう」

アレックはいらだち、妙な罪の意識を感じて手にとったクランペットに目を落とした。それからクランペットを置いて立ちあがると、寝室の端から端へ行ったり来たりしはじめた。

「それはできない」アレックは踵を返して部屋の主のほうを向いた。「前に再婚するつもりはないと言いましたが、ほんとうです。私は家庭向きの男ではない。感傷的な愚か者でもない。家や家庭というものが好きではないんです。それに――」彼はそこで口をつぐんだ。その朝、さよならのキスをしたときのハリーのにっこりほほえむ顔が頭に浮かんだのだ。

娘を見るたびに、胸がいっぱいになるのだった。娘が疲れて不機嫌になり、べそをかいたり不平を言ったり憎たらしい態度をとったりするときでも。ハリーは私の一部であり、ネスタの一部だ。要するに、唯一無二の存在なのだ。ハリーのことはなににも、誰にもまして愛していた。その彼女は家と家庭の賜物《たまもの》だった。ハリーが十人いても同じこと、その全員が私のものだ。「くそっ」アレックはつぶやき、広い張りだし窓のひとつに寄って外の洋梨とりんごの果樹園に目をやった。

「金曜日の夜に舞踏場で舞踏会があります。フェイエットとホリデイの交差点にある赤いレンガの大きな建物です。それに参加することをジェニーに承諾《しょうだく》させました。私もいっしょに行きます」

「昨日のような装いでは参加できないでしょう」

「ああ、たしかに。ドレスメーカーのところへ行ったと言っていましたよ。ボルティモアで最高の店だそうです。きっとふさわしい装いをしていくはずだ。あなたにも参加するようお願いしたい。つまるところ、あなたもわが街の社交界の主だった人たちと会わなければならないわけですからな、アレック。それにぴったりの場所ですよ。おそらくジェニーのことも、いわば、ちがう光をあてて見てもらえるはずだ。あなたについてジェニーのほうもそうですが。いかがかな?」

アレックは結局イエスと答えることになった。が、内心ではファウンテン・インに戻る道すがらずっと悪態をつきつづけていた。

チャールズ・ストリートとマーケット・ストリートが交差する角を曲がったところで、雨粒が鼻に落ちてきた。忌々しいボルティモアの天気め。

金曜日の夜は骨身《ほねみ》にしみるほどの寒さで、どんよりとした空には雨雲が立ちこめ、あたりは静まり返っていた。嵐の前の静けさというわけだ。パクストン親子は狭い馬車に乗って舞踏場へ向かっていた。ジェニーはミス・メアリー・アバクロンビーの店で買った新しいドレスを父に見せていなかった。自分でもそれが気に入っているかどうかわからなかったからだ。

それでも、ミス・メアリーはそれが最新流行のものだと請けあい、みんなにすばらしいと褒められ、ご婦人がたにはうらやましがられるだろうと言っていた。というのも、そのドレスは、ミス・メアリー自身がそれを着る幸運な娘さんのために自分でデザインして縫いあげたものだからだ。

それならそれでいいわ。ジェニーはロイヤルブルーのサテンのドレスの低くカットされた胸もとを少し引っ張りあげながら胸の内でつぶやいた。色についてはとくに気にならなかったが、姿身に映った自分の顔を見て、青ざめて見えると思った。ミス・メアリーは本物の天使のように見えると言ってくれたのだったが。ドレスにはさらに、フリルや、ギャザーの寄った縁飾りや、白いヴェルヴェットのリボンの並びが何列もつけられていて、ジェニーは顔をしかめずにいられなかった。ミス・メアリーによれば、飾りのついていないドレスはどうにも趣味が悪いということだった。それに、これは最新流行のスタイルよ。ジェニーは自分に何度も言い聞かせた。ミス・メアリーが仕上げた唯一のドレスでもある。いずれにしてもほかに選択肢はないのだ。

ジェニーはドレスの上に着古した黒いヴェルヴェットのマントをはおった。長年にわたりそればかり着ていたせいで、生地がてかてかと光っている。でも、いまは夜だし、誰が気にするっていうの？

舞踏場へ行くのは三年ぶりだった。舞踏会も、近隣の家からのどんな誘いも無視していたら、そのうち誘いは来なくなったのだった。舞踏会に参加するのは、自分の能力を試し、ボルティモアの社交界とふたたびお近づきになる唯一無二《ゆいいつむに》の機会だった。そして、事業をしているすべての男たちに、自分が有能であり、ばかな小娘ではないことを示すのだ。そう考えてジェニーは肩を怒らせ、有能な人間として再度祈った。胸がドレスの襟ぐりからこぼれたりしませんようにと。

舞踏会へ行こうという父のことばには逆らわなかった。成功するために、父とともに街の裕福な商人たちと親交を結ばなければならないことはジェニーにもわかっていたからだ。パクストン造船所の快速帆船が喉から手が出るほどに望ましい船であることをみんなにわからせなければならない。〈ペガサス〉の長所を説明し、スペイン製のマホガニーでできたつややかな帆桁について詳細に述べている自分の声がじっさいに聞こえる気がした。昨年は彼女も父も誰にも会わずに過ごした。そろそろ外へ出て、世間の人に自分たちが元気で生きていて、ビジネスに応じるつもりでいることを知らしめるときだ。舞踏会に参加するのは、自分が有能であることを示すため。ただそれだけのためだ。

「今夜、シェラード男爵はいらっしゃるのかしら？」

馬車のなかは暗かった。ジェイムズ・パクストンは娘に見られていないとわかっていたため、いつになく笑みを浮かべることを自分に許した。娘はアレック・キャリックに興味がないわけではない。絶対に。

「顔を見せると思うよ。つまるところ、ボルティモアの街の人々と会う必要があるからね。それには舞踏会に参加する以上にいい機会があるかい？」

「おっしゃるとおりね」とジェニーは言い、また沈黙した。雇った馬車は通りの北東の角でふたりを下ろした。ジェニーは父が降りるのに手を貸した。舞踏会の進行役であるマッケルヘイニー氏が舞踏場の入口でふたりを出迎え、雨模様の天気について触れてから、パクストン氏が元気そうに見え、ジェニーの頬はバラ色に輝いているとお世辞を言った。それから、ほかの参加者が到着すると、ふたりをなかへ通した。

「ふう」ジェニーは口を手でおおって言った。「あの人、いつも同じことしか言わないわね？　三年前にもまったく同じ会話を交わしたわ」

そう言ってヴェルヴェットのマントを脱ぐと、従者に手渡し、父の前でくるりとまわってみせた。ジェイムズ・パクストンは寄り目になりそうになった。ごくりと唾を呑む。目を閉じたが、娘の姿は脳裏に焼きついてしまっていた。

ああ、なんてことだ。いったい誰が娘をあんな姿に。即座に娘を家に連れ帰り、来ているとんでもないドレスを脱がしてそれを燃やしてやりたかった。ああ、なんてことだ。ヴェルヴェットの白いリボン。あまりの数に、数えているあいだに具合が悪くなりそうだ。

もう遅すぎる。

「あら、こんばんは、ミスター・パクストン。それにユージニアも。お会いできてうれしいわ。それに、その、おもしろい恰好ね。白いヴェルヴェットのリボンが数えきれないほどついていて。では、失礼」

それはミセス・ラヴィニア・ウォーフィールドだった。非常に裕福で権力を持つポール・

ウォーフィールド氏の夫人。ジェイムズは夫人が急いで離れていくのを見送った。彼女が小さな目をいじわるく輝かせていたのを見て、遅すぎるという思いが確信に変わった。

ああ、なんてことだ。どうしたらいい？

「彼女、妙な態度だったわね、お父様」ジェニーは人目を気にするようにリボンのひとつを指でいじった。

「ああ」ジェイムズは口から出そうになる悪態《あくたい》を抑えようとしながら言った。またため息がもれる。少なくともジェニーは想像を絶するほど美しい髪をしている。ゆるく編んだその髪を頭のてっぺんに冠《かんむり》のように巻きつけていて、顔の横とうなじにカールしたほつれ毛が垂れている。母親そっくりの美しい髪だ。母親のセンスや着る物の好みも受け継いでいてくれたならば。ほかの人々が首から上だけに目を向けてくれるといいのだが。

逃げる暇もなければ、思ったことを口に出す暇も、娘にひどい恰好だと教えてやる暇もなかった。すぐにもマレー家やプリングル家やウィンチェスター家やゲイサー家の人々に囲まれたからだ。男たちはジェイムズに会えて心からうれしそうで、女たちは残念なことに、ジェニーを見て大喜びだった。しかしそれは旧交を温めたいと思ってのことではなかった。ジェニーが女としての分を守っていないことは周知の事実で、ボルティモアの女たちは仕返ししてやる気満々だったのだ。

一方のジェニーは、とんでもないドレスに身を包んでいるせいで、女たちに千載一遇《せんざいいちぐう》のすばらしい機会を与えてしまっていた。

7

「男爵様？　シェラード男爵様ですか？」

アレックは振り返って左の肘のところにいた美しい女にほほえみかけた。「ええ、私はシェラード男爵ですが」そう言って女の手をとり、口に持っていった。

「あら、なんて礼儀正しいかたかしら。ミスター・ダニエル・レイモンドからみんなお噂は聞いてますのよ。よかったら、わたしのことは先兵隊長と呼んでくだされぱいいわ」

「正直申しあげて、そうは呼びたくないですね。お名前はなんとおっしゃるんです？」

「ローラよ。ローラ・サーモン。かわいそうな未亡人。亡くなった夫はカリブ海におもに小麦粉を輸出しておりましたの。あなたがこちらに残ってパクストン造船所を買おうと思ってらっしゃること、聞きました。すばらしい考えね。うちの小麦粉も輸出してくださるといいわ。そう、パタプスコ川沿いにサーモンの製粉所がありますの。この街からほんの二マイルほど南西に行ったところですわ」

「そうですか。私のことはアレックと呼んでください。ワルツをごいっしょにいかがです？」

アレックは断られるとは思っておらず、事実、断られなかった。この女らしい魅力の塊は、彼と恋の火花を散らしたくてたまらない様子に見えた。このうえなく美しいローラは、笑顔をアレックに向け、すばやく手を彼の腕に置いた。目がきらりと光る。彼女は舌で唇を湿らした。その舌で男の唇も濡らしたいと思っているようにも見えた。「ええ、喜んで」

ふたりは人目をひいた。おとぎばなしから抜け出た王子のようなイギリスの男爵と、雪のように白いドレスに輝くダイアモンドのネックレスを身につけた並はずれた美貌《びぼう》の王女のようなローラ。ダンスが終わると、ローラはアレックを大勢の地元の名士たちに紹介し、賢くも脇に控えて、彼がその多くを魅了する様子を眺めた。すぐにほかの名士たちもその輪に加わった。ああ、なんて――アレックが笑う様子や首を傾げてほかの男の話に聞き入っている様子を見ながら、ローラは胸の内で感嘆のため息をもらした――なんて美しい人。話すときの手振りがすばらしかった。おまけにその体は、これまで知り合ったどんなイギリス人、どんな男ともちがって、無骨な骨など一本もないように見えた。体じゅうのどこにも脂肪のついているところなどなく、その気配すらなかった。しかし、それについてはまだすっかり確信するわけにはいかないと彼女は胸の内でつけ加えた。自分の指が彼の温かな肉をまさぐり、自分の唇に彼の舌が触れるのをじっさいに感じられる気がした。ローラはかすかに身震いし、そのときその場で決心した。この人を恋人にしよう。彼の金色に輝く体がわたしの青白い体の上におおいかぶさる様子はきっとすばらしいことだろう。彼の金色がかったブロンドの髪は、わたしのつややかな黒髪にすばらしく映えるにちがいない。ふたりとも目は青い。でもわたしの目はまるで真夜中の空のようにとても暗い青だ。若い崇拝者《すうはい》たちのひとりがそう言っていた。一方、男爵の目は夏の空のように明るい青で、鮮やかで生き生きとしている。そんな目の覚めるような外見をしていながら、うぬぼれた様子はつゆほどもない。ほんとうにうぬぼれた男でないことを祈らずにいられない。でも経験から言って、ハンサムな男というものは、自分のために女がなんでもしてくれると思っているものだ。いっしょにいてやるのだから感謝しろとばかりに。

そういう男たちは身勝手な恋人になる。アレック・キャリックも身勝手な恋人になるのだろうか？　ローラは見極めたくて待ちきれないほどだった。幸い、年老いた守銭奴《しゅせんど》の夫はこの春、あの世へと旅立ち、すべての富を遺《のこ》してくれた。

オーケストラがまたワルツを演奏しはじめた。ローラが見ていると、紳士たちはダンスのパートナーを探して四散《しさん》した。残念なことに、アレックは年寄り連中とすわっているジェイムズ・パクストンのところへ歩み寄ろうとしていた。

ローラは足でワルツのリズムをとりながら、あまり広くないダンスフロアに目をやった。ああ、いやだ、あのとんでもないジェニー・パクストンがいる。しかも、彼女にダンスを申しこんだのは、こともあろうかオリヴァー・グウェンだ。

ローラはジェニーをひと目見て身震いした。なんともひどい恰好をしている。あんなドレスをいったい誰が作ったの？　おまけに、どうしてオリヴァーが彼女にダンスを申しこんだのだろう？　それとも申しこんだのは彼女のほう？　オリヴァー・グウェンはいまのところローラの恋人だった。ほかの女が自分の縄張り《ブリザーブ》を侵すなど、我慢ならないことだ。たとえオリヴァーが砂糖煮《ブリザーブ》にするには青すぎる果物だとしても。

ようやく音楽が終わった。踊っていた男女がダンスフロアから戻ってくる。そのなかにはジェニー・パクストンとオリヴァー・グウェンの姿もあった。ローラはオリヴァーが礼儀正しく、しかしきっぱりと、あのびっくりするほどおぞましい女のそばから離れるのを待った。が、彼はそうせず、そのままそばに居残った。

ボルティモアの舞踏場はアレックにロンドンのアルマックスを思い起こさせた。しかしここには、権力を持ち、キング・ストリートの大きく寒々した建物から、鉄拳《てっけん》をもって上流社会を牛耳っている女たちはいない。この舞踏場もアルマックスと同様に天井の高い広々とした四角い部屋で、窓が開いていないせいで息苦しかった。オーケストラは部屋の東の端にある演壇の上に陣取っている。つづきの部屋には、パンチボウルやケーキやキャンディを山盛りにした皿を載せた長いテーブルがあった。パンチはアルマックスのところのひどく薄いアーモンドシロップを思い起こさせた。少なくとも、アルマックスのものとちがってケーキは作りたてでおいしく、ひからびたパンとバターというわけではなかった。

アレックは自分がジェニーから目を離せずにいることに気がついた。そのぎょっとするような姿に思わずうっとりと見入ってしまっていたのだ。最初にあのドレス姿の彼女を目にしたときには、思わずパンチにむせそうになった。ジェニーは自分がどれほどひどい恰好でいるか気づいていなかった。まったく、ファッションセンス皆無の目をしている。しかし、ご婦人たちはみな彼女のひどい恰好に気づいていた。紳士の多くも。ご婦人たちは老いも若きもみな、ジェニー・パクストンをやり玉にあげるつもりでいた。

ジェニーを目にした男たちは多かれ少なかれ、互いに目を見交わして肩をすくめた。こう言いたげに——しかたないだろう？ 彼女は淑女としての振る舞いかたを知らないのだから。

アレックが見やると、いま彼女は、アレックの記憶が正しければオリヴァー・グウェンという名前の若者と話しこんでいる。最後のワルツをいっしょに踊っていたのもその若者だった。おそらくは幼なじみなのだろう。そうであればいい。アレックはまだジェニーと話していなかった。彼はジェニーと若者のほうへ向かった。

「こんばんは、ジェニー」

「あら、アレック。こんばんは。いらっしゃるとは思いもしませんでしたわ」

「そうだろうね」アレックは声に皮肉をたっぷりこめて言った。彼女は私をまったくのばかだと思っているのか？

ジェニーはアレックとオリヴァー・グウェンがことばを交わせるように一歩後ろに下がった。そういう自分の振る舞いをとても礼儀正しいと思いながら。

「ジェニーから聞いてます」オリヴァーが言った。「ボルティモアに留まって彼女と彼女のお父さんとビジネスをされるおつもりだそうですね」

「そういう可能性もなきにしもあらずです。ジェニーとは昔からのお知り合いですか？」

「よちよち歩きのころからの知り合いです」オリヴァーはジェニーにほほえみかけながら言

った。

ジェニーは白いヴェルヴェットのリボンを指でいじっていた。閉めきった部屋のなかは暑苦しかった。ひどく空気が張りつめているのもわかった。女たちに浮浪者であるかのような扱われかたをされる理由もわからなかった。まったく理にかなっていない。想像もしなかったことだ。おまけに今度はアレックだ。神さながらに威風堂々たるいでたちで、女性たちはみな欲望に駆られてよだれを垂らさんばかりでいる。しばらくしてアレックが自分のほうを振り向いてダンスを踊ってくれと頼んだときには、ジェニーは彼にはまったく注意を払っていなかった。ローラ・サーモンに目を奪われていたからだ。オリヴァーに向かって尊大に手を振っている。

「オリヴァー」ジェニーは首を傾げた。「ローラはあなたと話したいのかしら?」

さらによくわからないことに、オリヴァーは真っ赤になり、なんともなさけない顔になった。なにかもごもごとつぶやくと、ゆっくりとローラのほうへ向かった。

「いったい彼はどうしちゃったのかしら?」

「まったく、きみは世間知らずだな」アレックは笑った。「おいで、ジェニー。ダンスフロアで派手に人目をひこう」

「いいわ。アレック、わたし、ダンスは三年ぶりなの。オリヴァーの足もずいぶんと踏みつけたと思うけど、あなたの足もきっと踏むわよ」

「そうなっても、私はうんと自制心を働かせてべそをかくのもほんの少しにするよ」

アレックはそう言って彼女の背中に手をまわした。非常に礼儀正しく背中のまんなかに置かれたその手の感触に、ジェニーは少なからず喜びを覚えた。その喜びは知らず知らず心の奥底へとしみこみ、全身に広がった。ジェニーはありえないほどにハンサムな顔を見上げ、眉をひそめた。

「どうしたんだい？」

「なんでもないわ」ジェニーは鋭く答えた。「ああ、ごめんなさい」

「わざとしたんじゃないと信じるよ」

ジェニーは彼にいたずらっぽい笑みを向け、ただ首を振った。「わざとじゃないわ。ところで、今夜の舞踏会のことはどうお思い？　わが街の重鎮《じゅうちん》たちにはほとんどお会いになった？　ミスター・レイモンドのくだらない話も全部お聞きになったのかしら？　集まってきた奥様たちの手もほとんどよだれだらけにした？　それで、奥様たちがあなたによだれを垂らすのもお許しになったの？　舞踏会へのご招待ももう十以上お受けになったのかしら？」

「きみはいつまでたっても無作法だな、ジェニー。たしかに、頭がくらくらするほどたくさんの人に会ったけどね」アレックはそう言いながら、大きくくるりとまわった。ジェニーは興奮して笑った。

「ああ、あなたってすばらしいわ」

「お褒めいただきありがとう。さて、気を悪くしないでもらいたいんだが――」

「そういう言いかたをする人は絶対に信用しないことにしているの。そのあとには必ず悪い話がつづくんですもの」

「ジェニー――」アレックは深呼吸した。「そのドレスはどこで手に入れた？」

「あら、ボルティモアで一番のドレスメーカーよ」

「そんなはずはないね。まわりを見まわしてごらん。そんなけばけばしい青いサテンを身につけているご婦人がほかにいるかい？　そんなにたくさんの白いヴェルヴェットのリボンやごてごてしたひだ飾りをつけている人は？」

ジェニーは胸にちくちくする塊を感じた。それから、不安に駆られた。「たしかにこのドレスには少なからずリボンがついているわ。わたしもそう思ったんだけど、ミス・メアリー・アバクロンビーがそういうものだと言うから。そんなことを気にするなんてばかだって」

「メアリー・アバクロンビー？」

「ええ、アバクロンビー姉妹よ。街一番の店だわ。このドレス、ほんとうにあまりよくない？」

彼女の目に浮かんだ表情を見て、アレックは足を止めそうになった。これほどにはかなげな表情を見たのははじめてで、それが自分におよぼした影響が気に入らなかった。しかし、このままにしておくわけにはいかない。「ジェニー、こんなことを言ってすまないが、最低最悪だね。ほかにもなにか作ってもらっているのかい？」

はかなげな表情は消えうせ、目がくもった。にべもない、ほとんど無表情といってもいいぐらいの目だった。「ええ、ドレスを何着か。そう、ドレスはあまり持ってなくて。持ってるのもずっと前のもので流行遅れだから」

どうしたらいい？　アレックはいまのところはなにも言わないでおこうと決めた。これ以上傷つけたくはない。怒らせたくもなかった。そこでまた彼女を振りまわし、笑い声をあげさせた。

「みんなはきみに親切にしてくれているかい？」

ジェニーはびくっとして顔を上げた。「たぶん、礼儀正しくはしてくれているわ。だいたい父の知り合いか友人だから」

「ご婦人たちは？」

ジェニーは顔をうつむけた。「礼儀正しいけど冷たいわ。言っている意味はおわかりと思うけど。理由はわからない。父とわたしがもう何年も社交界に顔を出していないのはたしかだけど、みんな父には会えてうれしいみたい」

「理由を教えてあげてもいいかな？」

その質問への答えは渋面だった。「あなたが？　よそ者の？　イギリス人の？　あなたがなにを教えて――」

「いいかい、ジェニー。きみにはほんとうのことを言おう。きみは造船所で男の仕事をしている。女性の分を超えたところに足を踏み入れているせいで、すべての女性たちの反感を買っているんだ。紳士たちもみな、きみが男の恰好を真似て男の仕事に首をつっこんでいるせいで、気分を損ね、脅威を感じている。そんなきみがいま、そういう」――アレックは彼女を頭のてっぺんから爪先まで眺めまわして身震いした――「そういう、スタイルも審美眼もなにも持たない田舎者《いなか》みたいな恰好をしているというわけだ。みなきみに仕返しをしているだけなんだ。それをきみのほうがとんでもなく容易にしてやった」

ジェニーはひどく穏やかな口調で言った。「あなたがおっしゃったほんとうのことというのはそれで全部ですの、男爵様？」

「ああ、そうだ。気を悪くさせたなら謝るよ。でも、ジェニー――痛っ。わざとやったな」

ジェニーはまた彼の足を踏みつけると、腹に一発お見舞いしたいという思いを抑えつけ、足音高くダンスフロアをあとにした。ひとり残されたシェラード男爵は、自分を愚かに感じながら後ろ姿をじっと見つめた。その瞬間、胸に浮かんだのは、ふたりきりでいて彼女をつかまえられたら、あのみじめなドレスを脱がせて尻を引っぱたいてやるのにということだった。そう考えて思わずこぶしを握った。彼女の尻はすばらしいだろう。丸くてなめらかな尻。

アレックはひとり首を振った。それから、まるで何事もなかったかのように――ダンスの相手からとり残されるなど日常茶飯事だとでもいうように――ゆっくりとダンスンフロアから出たが、気がつくとまたローラ・サーモンの網に引っかかっていた。

アレックとふたりのときには、ローラは最大限の魅力を見せていた。自分が彼女を欲しているいることをアレックはみずからに認め、翌日の晩の夕食に誘われると、にっこりしてそれを受け入れた。やがてほかの男女もふたりの会話に加わった。

最初に言いだしたのはローラではなかったが、自分の番になると彼女はおおいに実力を発揮した。

「ジェニー・パクストンをご覧なさいな。あんなぞっとするような恰好を見たのは生まれてはじめてですわ」こう言ったのは、太りすぎているだけでなく、青むくれの顔をした目の細い若い女だった。

「そうね。うちの父はミスター・パクストンを高く評価しているんですけど、どうして彼は娘にあんな恰好を許したのかしら？」

「男のかたにはファッションはおわかりにならないでしょうからね」と言ってローラは裕福な金物屋の妻であるウォルターズ夫人にほほえみかけた。

アレックが軽い口調で言った。「たしか、ミス・パクストンはあのドレスをボルティモアで一番のドレスメーカーから手に入れたということだったが」

「まさか」

「そんなばかな」

「いや、ミス・アバクロンビーの店だと。本人がそう言っていましたよ」

ローラは首を振ったが、額には縦じわが寄っていた。「でも、わたしのドレスは全部アビゲイル・アバクロンビーが作ったものよ。彼女があんなドレスを作るはずがないわ」

なにかがまちがっている。アビゲイル？　いや、ジェニーはメアリーと言っていた。

「きっとミス・パクストンは自分でドレスを作ってみんなに嘘をついているのよ！」

「聞いた話では、必死で夫を見つけようとしているそうよ」とローラ。「造船所がうまくいってないらしくて。たぶん、こちらにいるイギリスの男爵様が彼女とその父親を救ってくださるんでしょうけど」そう言ってアレックに誘うような笑みを向けた。集まった輪のなかにいる女性たちには向けないような笑みだ。

「ふん」ミス・ポーソンはじっさいに鼻を鳴らした。「あんな恰好をしていてはひとりも見つからないでしょうよ。ほんとうに癪に障るわ。自分がわたしたちよりもすぐれているとでもいうようなばかばかしい態度をとって」

「あのドレスがミス・アバクロンビーが作ったものであるのはたしかですよ」アレックが言った。「ミス・メアリー・アバクロンビー」

そう聞いて女性たちの目がアレックに集まった。「メアリーですって。ああ、なんてこと、最低だわ」

「ミス・パクストンたら、ものを知らないにもほどがあるわね。メアリーに手を出させたですって？　そばに寄らせたばかりか」ミス・ポーソンは大笑いした。

「あわれね」とローラ。「ミス・アバクロンビーもミス・パクストンもどちらも。ミス・パクストンにはちょっと同情するわ。彼女の立場で、あんな容姿だったら、いったいなにを望めるっていうの？　おまけに姉妹のうちまちがったほうにドレスを作ってもらったことにも気づかないなんて。それで、結局あんな――」ローラは的を射たことばを思いつけずに目の前で手を振った。

「彼女がオリヴァーと踊っているのを見たわ」とメイヤー夫人が言った。目じりを上げてローラに向けたまなざしにはいじわるな光が宿っている。「彼はジェニーの欠点など気にしていない様子だった」

「あの人は親切にしていただけよ。ふたりは生まれたときからの知り合いなんだから」

「たしかにそれに近いわね」と言ったのは、上唇にひげを生やしたひどくやせた女だった。「彼女にどうして夫など見つかる？　そう、もう少なくとも二十五歳にはなっているにちがいないのに」

「二十三歳ですよ」とアレックが言った。

「そうは見えないわね」とローラは言ったが、アレックが少しばかり顔をこわばらせるのを見てすぐさま会話からはずれた。この紳士はゴシップ好きではない。「もう一度踊ってくださる、男爵様？」

アレックはうなずき、ローラをダンスフロアに連れだした。舞踏会が終わると、家で飲み物でもというジェイムズ・パクストンの誘いを受けた。

家に戻ると、ジェニーはマントを脱いでモーゼスに手渡した。

「おやおや」モーゼスは若い女主人を見下ろして言った。「これまでこんなきれいな若いご婦人にはお目にかかったことがありませんよ」

ジェニーは皮肉かと疑ったが、モーゼスの黒い目には皮肉っぽい光はみじんもなかった。わたしのたったひとりの味方。でも彼はいてほしいときにはそばにいてくれなかった。居間にはいると、アレックがジェニーに前置きなしに言った。「きみのドレスメーカーはミス・メアリー・アバクロンビーだと言ったね?」

「もう感想なら充分聞いたわ、アレック」

「いや」椅子から身を乗りだしてジェイムズが言った。「まだ充分ではない。質問に答えるんだ、ジェニー」

「そうよ」

「そうか、親愛なるミス・パクストン、きみはまちがったアバクロンビーの手にみずからをゆだねてしまったんだ。ミセス・サーモンによれば——」

ジェニーはその名前を聞いて鼻を鳴らしたが、アレックはそれを無視した。

「ミセス・サーモンが言うには、有能なドレスメーカーはミス・アビゲイル・アバクロンビーのほうだそうだ。なんと、きみはまちがったロープを結んでしまったわけだ」

ジェニーは腰を下ろした。ようやく思いだしたのだ。たしかにミス・アビゲイルだ。「あ、いやだ」と言ってうなった。

「そんなドレスは暖炉にくべるんだな」とジェニーの老いた父が言った。

「いま?」

「生意気を言うんじゃない、ジェニー」とアレック。「いいかい、きみに服を見る目がないのは残念だが、きみにだってほかに自慢できるものはあるじゃないか」

「それはなにかしら、男爵様」

「きみはきれいな髪をしている」

「たしかに」ジェイムズも言った。「それに娘は髪を自分で結うこともできるんですよ、アレック。とても上手でね」

「わかったよ、ジェニー」アレックはそれ以上細々とあるかなしかの長所をあげることをきっぱりあきらめて言った。「いっしょにミス・アバクロンビーに会いに行こう。正しいほうに。それで、ほかのドレスの予約をキャンセルして、姉妹のうちの正しいほうに新しいドレスを作ってもらおう」

「そんなことをして、ミス・メアリーを傷つけたくないわ。傷つくだけでなく、侮辱されたと思うでしょうし」

「いいだろう。だったら、別のドレスメーカーに行くまでだ」

「いいえ。絶対にいやよ」

「愚かな態度はやめるんだ」とジェイムズが言いかけ、口を閉じて聞き耳をたてているモーゼスが居間を出ていくのを待った。

「恥も外聞もなくローラ・サーモンといちゃついていたのはわたしじゃないわ」

「いちゃつく？　二度ダンスを踊ったら、いちゃついているというわけか？　お嬢さん、いちゃつくというのがどういうことか、きみは自分の身にまともに降りかからないとわからないようだな」

「だって、そうだったじゃない。彼女のほうもあなたを誘っている感じだったわ。どうせもう約束をとりつけたんでしょう？」

アレックは髪の毛一本動かさなかった。「そんなこと、きみの知ったことじゃない」

ジェニーはまた鼻を鳴らした。この人はローラに会いに行くつもりだ。そうとわかってなぜか猛烈《もうれつ》に腹がたった。突然指が白いヴェルヴェットのリボンをつかんだと思うと、リボンをドレスからちぎりとり、暖炉でくすぶっている火のなかへ投げこんだ。

「おみごと。でも、まだあと二百個は残っているぞ」

「ああ、もう口を閉じていてちょうだい、男爵様」

アレックは考えこむようにして指で顎を撫でた。「そう、そのドレスもちまちました飾りを全部とってしまえば、それほど悪くないかもしれないな」そう言って身を乗りだし、リボンをつかんでは次々とちぎりとった。それからこう言った。「いや、ちがうな。青の色合いも、なんとも言い表わしようのない色だが、きみの顔色を悪く見せている」

ジェニーはよろよろと立ちあがった。「あなたとはビジネスの交渉はしたくないわ。〈ペガサス〉を買ってくださったらいいのよ。今後もうちで船を作らせてくだされば」

「私が唯一の顧客ということになるぞ。その理由はきみにもよくわかっているだろうが。そう、自尊心を持つボルティモアの商人だったら、きみとはビジネスをしようとはしないだろうからね」

「そんなの嘘よ。ただ、この業界全般が不況におちいっているのと、うちが奴隷船を造らないからだわ」

ジェイムズはおもしろくてたまらないといった様子でゆったりと椅子に身をあずけていた。「ユージニア、たしかにそういうこともあるだろうが、一番の理由はきみが女なのに男の仕事をしているからだよ。私がパクストン造船所を買うとしたら、きみには辞めてもらう。潔くでもそうでなくても、とにかく辞めてもらう。きみがこのままズボン姿で歩きまわり、男たちに命令をくだしつづけることで、造船所が立ちゆかなくなるのを黙認するわけにはいかないからね」

「お父様、このかたに帰っていただいて――いますぐ」ジェニーは怒りのあまり、またふたつリボンをドレスからちぎりとった。リボンはひだ飾りのついた裾のそばに落ちた。アレックはそれを拾いあげ、うんざりした目を向けると、暖炉に投げこんだ。

「ジェニー、残念ながら、アレックの言うとおりだ。おまえに辞めてもらいたいというのは、文字どおりの意味ではないが」

「おや？」アレックは引き伸ばすように言った。「では、どういう意味なんです？」

「つまり」ジェイムズは穏やかに言った。「ジェニーはもう少し慎《つつし》みを知るべきだということだ。もう少し分別を働かせ、人目につかないようにして、表立って船を売るのは男にまかせるべきだということだ」

それはとてもいい意見だとアレックは思った。が、ジェニーの顔には賛成の色はみじんもなかった。五年前の記録的なロンドンの寒さほども冷たい声で彼女は言った。「あなたがいらっしゃる前にはわたしたちもうまくやっていたのよ、シェラード男爵。干渉ばかりして独善的な人ね。あなたがなにか主張できるとしたら、自分の美しさだけよ」

「私のなんだって?」

「ええ、あなたのとんでもない美しさよ、男爵様。あなたの外見は出会ったすべての女たちの羨望《せんぼう》の的のはずだわ」

「ばかなことを言うのはやめるんだ」アレックは身をかがめ、もうひとつリボンをちぎりとった。「いいかい、ミスター・ユージーン、私が来る前には、きみの造船所は倒産しかかっていたじゃないか。いまだ倒産していない唯一の理由は、ステュクス川(あの世とこの世を隔てる川)を渡りかけているきみを私が引っ張り戻してやるものとみんなが思っているからだ。それにきみは記憶力も悪いんだな。手紙を書いてきたのはきみのほうだ」

「大失敗だったわ。それは認めます」

「きみは単純に非現実的だったというわけさ。まったく女の考えることといったら。ちょっとでも脳みそのある男なら、きみのようなばかな女にあやつられたりはしない。イギリスで一番のろくでなしでもね。お聞きになっていますか、ミスター・パクストン? 娘さんは私がしゃれ者のお飾りになって、じっさいに手綱を握るのは自分にまかせてもらえるものと期待していたんです」

「ああ、聞きましたよ。それはちがうと言ってやったが。ジェニーは強情でね、アレック」

「それはそうかもしれないけど」ジェニーは父に向かってはより穏やかな口調で言った。

「でも、船の造りかたはわかってる。たいていの男たちよりもずっと。それに、誓って言うけど、どんな船でもあなたより速く走らせることができるわ、男爵様」

「競争したいのか、ジェニー？　私にレースを挑みたいというわけか？」

その当惑しきった声を聞いてジェニーは笑った。「船を走らせるのに筋肉は必要ないのよ、アレック。頭脳と経験さえあれば。経験ではたぶん互角でしょうけど、頭脳に関しては、そう、たぶんあなたはわたしの足もとにもおよばないわね」

「強情ですと、ミスター・パクストン？　むしろ片意地を張っているとしか思えませんね。ここまで傲慢なのは娘さん自身のためにもよくない。口やかましいし。本気で私と競争などできると思っているのか？」アレックは頭をそらして哄笑《こうしょう》した。

ジェニーはまたリボンを引きちぎり、彼の顔に投げつけた。アレックは受けとめてそれをじっと見た。肩をすくめると、顔に意地の悪い表情を浮かべた。

「おまえのドレスはどんどんよくなってきたよ、ジェニー」ジェイムズは娘とアレックのあいだに小山を成すリボンを見ながら言った。暖炉に投げこまれたリボンはくすぶってひどい煙を出している。厚手のヴェルヴェットは燃えにくいのだ。

「吐き気をもよおすような色がいいとするならばね」と言ってアレックはまた笑った。

「いつローラ・サーモンにお会いになるの？」

「明日の晩」アレックは答えた。ふと、余計なお世話の質問に自分が答えてしまったことに気づき、ばかなやりとりをしたことで、彼女だけでなく自分の首も絞めたくなった。とっさの質問だったせいだ。

「そうさ」ジェニーにものうげな目をくれながらアレックはつけ加えた。「あのきれいなご婦人に夕食に招かれたのでね」

「きっと夕食をともにするだけでしょうね」

「ジェニー」

「ごめんなさい、お父様。疲れたわ。おふたりともおやすみなさい」彼女は急いでドアへ向かった。「イギリス人なんてみんないなくなればいい」そう声を殺して言ったが、聞こえない声ではなかった。目の端にアレックがまだ見下したような笑みを浮かべているのが見え、ジェニーは歯噛みした。

「ジェニー？」

彼女はいやいや父のほうに顔を向けた。

「アレックは明日、おまえにつきあって別のドレスメーカーのところへ行ってくれるんだぞ。頼むから、強情を張るのはやめるんだ。親切に言ってくださっているんだからな。彼がすばらしいセンスの持ち主であることはおまえも認めなくてはならないぞ。食ってかかったりとかそういったことはするんじゃない」

「明日の朝十時でどうだい？」とアレックが言った。

「あなたとちがってやるべき仕事があるんです」とジェニー。

「いいや、ないね。きみは造船所へ行きたいだけだ。男の恰好をして歩きまわるのがたのしいから。さあ、もう部屋へ行っていいよ。ジェニー、また明日。待たせせないでくれよ」

ジェニーは翌朝十時にはパクストンの家にはいなかった。〈ペガサス〉の船長室で、繊細な彫刻をほどこした机につき、勝ち誇った笑みを浮かべていた。ミムズが大きな寝台のスペイン製のマホガニーの骨組みに最後の仕上げをほどこしている。きれいなサクラ材の便座も仕上がっていて、壁に立てかけてあった。

もうすぐ十時だった。アレックが家に到着するころあいだ。きっとおてんば娘の面倒を見てやるのだと悦に入った様子でやってくるにちがいない。ああ、その顔を見てやりたかった。ジェニーはため息をついた。まあ、かまわない。想像力は豊かだから。ジェニーは目を閉じ、モーゼスが男爵のためにドアを開ける様子を思い描いた。

「おはよう」

そう、アレックの声だわ。

「おはようございます」

「すばらしいできだな、ミムズ。いい腕をしている」

「ありがとうございます。この木は赤ん坊の尻ほどもやわらかくてきめが細かいんですぜ」

なにかがおかしい。ジェニーは片目を薄く開けた。血肉を持った美しいアレックがそこにいた。船長室に立ち、ミムズの仕事をしげしげと眺めている。

「ここへ来るなんて」ジェニーは言った。「ここに来るはずじゃないでしょう。あなたは――」

「どこへ来るべきかは自分でわかっているさ」アレックはジェニーに顔を向けて軽い口ぶりで言った。「しかし、私もきみが思っているほどどうしようもないばかではないのでね。出かける準備はいいかい、ミス・パクストン?」

ジェニーはいつもの男の恰好だった。髪は帽子で隠してはいなかったが。「いいえ、よくないわ。こんな恰好でドレスメーカーのところへは行けない」

「どうしてだい? 男の恰好をしてボルティモアのほかの場所だったら、まったく問題なく行けるようなのに」

ミムズは聞き耳をたてていた。ジェニーは急いで机から立った。

男爵の言うとおりだ。どうして気にする必要がある?

アレックが雇った馬車が大きな造船所の看板の下で待っていた。快速帆船のむきだしのマストのそばで、馬車は小さく見えた。作業している男たちは手を止め、ジェニーと男爵に目を向けた。それがわかってジェニーは顎をつんと上げた。そして、アレックに手を貸す暇も与えずに馬車に飛び乗った。アレックがプラット・ストリートとスミス・ストリートの角にあるマダム・ソランジュの店へ行くように御者に指示するあいだ、はらわたが煮えくり返る思いで気を張りつめて待った。

「人に訊いたんだ」ジェニーが質問をことばにする前にアレックは言った。「それでこの店のことを教わった」

「どうして?」

「きみがまたとんでもないドレスを買うようなことになって、私がその責めを負うのはいやだからさ。マダム・ソランジュは裁縫の腕と材料のすばらしさで有名だそうだ。お父さんがおっしゃったように、私のセンスも悪くはない。きみに求められているのは、つべこべ言わずにしたがうことだ。もちろん、金も必要だが」

「はじめてだわ、男の人と――」

「きみはまだ処女なのか？　二十三歳で？　おやおや、思いきった行動を起こしたことはないってことか、え？」

ジェニーは冷たい目をくれた。「男の人とドレスメーカーに行くのははじめてって言ったの」

「男といっしょに過ごすということも含めて、何事にもはじめてというものはある」

「その舌、腐るといいのに、男爵様」

「そんなこと願わないでくれよ、ジェニー。私の舌はきみにすばらしいことをしてやれるんだから」

「それってイギリス流のくどき文句かしら」

アレックはしばらくそのことを考えるふりをした。「いや、お手本どおりのちゃんとしたイギリス流のくどき文句からしたら、けしからんかぎりだろうね」

「ローラ・サーモンとけしからんことをするつもり？」

「そう聞くとなんとも妙な名前だな。きっと彼女のご主人はとても裕福な年寄りの商人だったにちがいない」

「わたしの質問に答えてないわ」

「法定弁護士になるべく弁舌の特訓中なものでね。どうだろう？」

ジェニーは彼を蹴りつけてやりたくなった。

「ローラはこっちがふたことも発しないうちに服を脱がせにかかるだろうよ」

「あなたってうぬぼれてるのね」

「見物に来たらいいじゃないか」

「あら、まあ、わたしに殺されたいの？　拳銃がいいかしら？　それとも剣？」

「ああ、ついにそうきたか。さあ、行こう、ミスター・ユージーン。そのズボンをかわいらしいシュミーズとペティコートに穿きかえるんだ。下着も私に選んでほしいかい？」

目つきで人を殺せるとしたら、アレックは息絶えて彼女の足もとに転がっていたことだろう。ジェニーはその目を自分の足もとに向けた。男物のブーツ。アレックはその目を追い、首を振って忍び笑いをもらした。

「レースのたくさんついたフリルだらけのシュミーズにするんだ。そのブーツとぴったり合うように。おもしろいいでたちになるだろうな」

「ブーツは脱ぐわ」

8

ジェニーが最初に感じたいらだちをどうにか抑えてからは、買い物は非常にうまく運んだ。ジェニーはあまり関心を示さず、受け身でしかなかったが、そのことをアレックはさほど気にしなかった。いま彼は自分が選んだ淡い黄色のシルクに身を包んだ彼女の姿を思い描いてにんまりしていた。自分が言ったからかいのことばが思いだされ、さらににんまりとほほえんだ。「これがネグリジェだと考えてごらん、ジェニー。きみは長い髪を下ろして白いシルクの枕の上に広げる。きみの胸と尻はやわらかいシルクに包まれている。なんともすばらしい光景だとは思わないか?」ジェニーは当惑と気恥ずかしさと怒りに駆られて非難するようにこう答えたのだった。「わたしは黒しか着ないし、それも綿よ。襟は高くて裾は爪先に届くぐらいあるわ」それに対してアレックは軽い声でやり返した。「きみは醜い処女ってわけかい? いや、そうは思わないね。きみはかわいいアメリカの処女だ。だからこそ、白しか身につけない。襟が高く裾が爪先に届く白しか」

アレックはまたにやりとし、ローラ・サーモンは当然ながら、その笑みは自分に向けられたものだと思った。

「なにをお考えですの、アレック？」

「ああ、私は単純な男ですから、考えることもとても単純ですよ」と彼は答えた。それは嘘ではない。たとえその単純な考えの対象がジェニー――ミスター・ユージーン――であるのがなぜか、見当もつかなかったとしても。アレックは言った。「すばらしい夕食でした。正直、あのとても軽いソースで仕上げた子牛のカツレツは私の好みにぴったりだった」

「シェフに伝えておきますわ」とローラは言った。自分がちゃんと〝コック〟ではなく、〝シェフ〟と言えたことをありがたく思いながら。つまるところ、この人はイギリスの貴族なのだから、コックよりもフランス語のシェフという言いかたに慣れているにちがいない。

「イギリスへは行ったことがありません」しばらくして彼女は言った。

「ロンドンの社交界はあなたを歓迎すると思いますよ」

「ほんとうにそう思います？　ぎょっとするようなアクセントで話す田舎者を？　このとおり、ひどい南部なまりなんです」

アレックはつかのまオリーのことを思いだし、にっこりした。「たった五年前にその田舎者たちがイギリス人を打ち破ったことをお忘れですか？」

「あら、でも、戦争は社交界とはまったく関係ありませんわ」

「まあ、それはね」

「カキのパテをもう少しいかが？」

記憶がまちがっていなければ、性欲亢進《こうしん》剤だな、とアレックは胸の内でつぶやいた。野生のヤギほども精力絶倫《ぜつりん》になるのに、そういうものの助けは必要ないと言ってやるべきかもしれない。まあ、ただじっさいに示してやればいいことだが。「いや、もう充分です、ローラ」

「でしたら、スモモのタルトを少しいかが？ ご存じでしょうが、イギリスのものなのよ」

「ああ、知ってますよ。でも、結構です。ほんとうに満腹なので」

「わたしは部屋を出たほうがいいかしら？ あなたがポートワインを飲めるように。それから葉巻でも？」

アレックはゆったりと笑みを浮かべてみせた。経験から言えることだが、かなりの力を発揮する笑みだ。それから、目を彼女の豊かな胸へとさまよわせた。なんとも美しい女だ。恋人としてもすばらしいのだろうか。経験から言って、美しいとされる女は利己的なものだ。とんでもなく利己的だったりする。そのせいで、恋人としては望ましくない。じっさい冷たい女が多いものだ。まあ、まもなくそれもわかるだろうが。

「私がいましたいのは――」アレックは彼女の喉が脈打つ様子を見ながら、率直に言った。「きみのそのドレスを腰まで引っ張り下ろして、胸にキスすることだ」

ローラは激しい悦びが膝まで体を貫くのを感じ、はっと息を呑んだ。

「それで？」

アレックは椅子を押しやって立ちあがった。「やってみせようか」

そう言って彼女の手をとり、ふたり並んでやや狭い階段を昇った。彼女の手は震えており、それがアレックを喜ばせた。足を止めると、身をかがめてキスをした。彼女の口はやわらかく、すぐさま開いて彼を受け入れた。慣れた反応だ。すばらしい。

アレックはしばらく彼女を見つめていたが、やがて彼女の左の胸を手で包んだ。心臓の鼓動が速くなっているのが感じられる。彼はまたキスをしながら、ドレスのボディス越しに愛撫をつづけた。

それから身を引き離し、また手をとって階段の上まで昇った。

ローラの寝室は広く、天井が高かった。東の壁には広い窓が連なっている。暖炉では火がくすぶっていた。部屋の家具調度は古風なスタイルで、高いベッドにはひだ飾りのついた白いレースの天蓋がかかっている。上掛けは白地にピンクと緑の花模様の布を水玉のように散らしたものだった。非常に女らしく、趣味よくととのえられた部屋だ。アレックはジェニーの寝室はどんなふうだろうと思った。おそらくは修道士の房そっくりにちがいない。そう思って鼻を鳴らした。

「アレック?」

アレックはさまよいはじめた心を目の前に立つ美しい女に戻した。身をかがめると、ふたたびキスをした。女が体を寄せてくるのがわかる。この女が最後に男と寝てからどのぐらいたっているのだろう。そう考えて哀れなオリヴァー・グウェンのことを思いだし、それが前の晩のことであったとしても、この女がそれほど悦びを得られたはずはないと思った。自分ならば悦ばせることができる。

キスとともに、指はドレスの背についている留め金をはずすのに忙しくしていた。そっとドレスを脱がせ、腰まで下ろしながら、肩にキスをする。アレックは一歩下がってローラを見た。

「きれいだ」と胸に目を据えて言う。「思ったとおり、豊かで白くて、濃いピンク色だ」彼は両手を胸にあてた。「私の手にぴったり合う」

アレックはまた彼女を抱き寄せると、耳たぶを噛んだ。

彼の注意をひきつけたのは、予期せぬ影だった。闇《やみ》と光の変化。アレックはキスをつづけながら、目を窓ガラスに向けた。また動くものがある。影が動き、向きを変えた。その影は顔だった。鼻がガラスに押しつけられる。

ジェニー・パクストンだ。

アレックは最初、自分がなにを目にしているのか理解できなかった。理解できると、怒りに襲われ、それからすぐにも腹がよじれるまで笑いたくてたまらなくなった。ここへ来て見物するように言ってからかったのは自分だ。

それで、ほんとうに来たというわけだ。

どうやってあそこにつかまっているのだろう?

忌々しい小娘め。すぐには忘れられない教訓を与えてやる。アレックはローラを引き寄せ、窓のほうへ近づいた。体をきつく抱きしめ、ふたりの横顔が窓に向くように向きを変えた。

それから背中にまわしていた手をゆるめ、胸を愛撫しはじめた。

ジェニーは目を丸くして唾を呑みこんだ。すぐさまひどく気恥ずかしくなったが、同時に体が熱くなり、張りつめたものを感じた。とんでもなく奇妙な感じだった。アレックの手は大きく、日に焼けていて、指は体のほかの部分と同様に美しい形をしていた。その手で自分の胸に触れてもらいたいと思った。彼が顔を下げてローラの胸の先を口に含む。ローラが声をあげるのが聞こえた。自分が愛撫され、胸の先を口にふくまれるのを想像すると――ジェニー自身の呼吸も速まった。

こんなのひどすぎる。ここへ来るべきではなかったのだ。ジェニーは肩越しに後ろに目を向け、二十フィートほど下の地面を見やった。よく言っても不安定な状態だ。細いカエデの木を登り、いまは四インチの窓枠に必死でしがみついているのだから。彼女はふたりに目を戻した。

ローラの手――小さな白い手――がアレックの胸を撫で、下へ下へと動き、下腹部を撫でている。ジェニーはズボンのふくらみに気がついた。ローラの手がそのふくらみを愛撫している。

ジェニーはまた唾を呑みこんだ。ああ、なんてこと、わたしはここでいったいなにをしているの？　のぞきみたいなことを。なんとも卑《いや》しむべきことに、ふたりの男女が愛を交わすさまを眺めているのだ。

アレックがローラの胸を撫で、彼女は声をあげた。それからその手がローラのドレスをまくりあげ、ストッキングを穿いた太腿があらわになった。

もうたくさん。あまりにみじめだった。わたしは弱く嫉妬《しっと》深い女だ。アレックがまっすぐ目を向けてきて、ジェニーはハッと身を後ろにそらした。怒り狂ったまなざしだった。

そのまなざしから逃れようと身をよじった瞬間、自分がそこから落ちそうになっているのがわかった。そしてじっさいに落ちた。細いカエデの枝につかまったが、枝は体の重さで下にたわみ、地面から六フィートほどのところでぽきりと折れた。ジェニーは花壇にどさりと仰向けに落ち、花壇を囲むレンガに頭を打ちつけた。あのすばらしい枝がなかったら、きっと足を折っていたことだろう。しかし、そのかわり、頭が割れた。ジェニーは痛みに声をあげ、持ちあげた頭を戻した。なにもかもが真っ暗になった。

目を開けると、そのまましばらく動かずにいた。やがてゆっくり、とてもゆっくり手を上げて頭に触れた。刺すような痛みがあったが、それほどひどくはなかった。ジェニーは上を見あげた。窓からはまだ明かりがもれている。おそらく見まちがいだったのだ。アレックが自分に気づいたと思いちがいをしただけのこと。どのぐらい意識を失っていたのだろう？五分？一時間？どれほどの時がたったにしても、かなり長いあいだであるのはたしかだ。早くここから立ち去らなければ。こうしてまぬけな顔でローラ・サーモンのサクラソウの花壇に寝そべっているのを、出てきたアレックに見つかる前に。

一本だけぽつんと生えていたバラの木が膝の下に敷かれ、その棘《とげ》がちくちくと膝の裏を刺していた。ジェニーはしばらく横たわったまま、もしかして死んでしまったのだろうかと考えた。が、そうではないとわかって自分に腹がたった。それから立ち上がろうとしたが、すぐに倒れた。

横向きに転がり、膝立ちになる。足首に鋭い痛みが走り、また横向きに身を倒した。男物の服越しに土や枯葉がかさこそと音をたてた。泣きたくなったが、すぐさま、ばかな女みたいな振る舞いはやめなさいとみずからに言い聞かせた。ここへ来たのは自分の意思だった。自分の意思であのばかな木に登り、アレックがあのおぞましい女の胸にキスをする様子を眺めたのだ。もうたくさん。ジェニーはまた立ち上がろうとしたが、不運にも身を支えるものがなく、また無様《ぶざま》に倒れることになった。

どのぐらいの時間が過ぎたのかわからなかった。アメリカ人がまたイギリス人を打ち破るに足る時間かもしれない。もしかしたら、それ以上の時間。

ああ、神様、どうかアレックがここへ出てきませんように。ジェニーは祈りつづけた。生涯、勤勉実直を貫きますと約束しながら。アレックに見つからないのであれば、足首が折れていてもかまわないとまで祈った。

「おやおや、これはいったいどうしたことだ? きっと浮浪者だな。少なくとも大ばか者であることはまちがいない」

必死の祈りは聞き届けられなかった。もう生涯実直でなどいるものか。

「女の胸にキスをしてとても愉快な時を過ごしているときに、ふと目を上げたら、別の女が窓ガラスに鼻を押しつけてそれを眺めていたというのは、ある意味ショックだな。ショックなんてものじゃない。信じがたいことだ」

ジェニーは目を上げなかった。彼のブーツを見つめながらなにも言わずにいた。彼の声はとくに怒っている声ではなかった。どちらかと言えば、おもしろがっている声だ。どちらが最悪かはわからなかった。

「おや、どうしてなにも言わない？　どうして起き上がらない？　のぞいていた場所から落ちたのか？」

「ええ、そう。それで頭を打って足首をひねったの」

「まあ、当然の報いだな。頭といっても知恵や分別といったものが多少なりともはいっているかどうかは疑わしいが。ここにこのままきみを残していきたいのは山々だが、きみのお父さんとは仕事で手を結ぶことになるかもしれないからね。おたくのおてんば娘をローラ・サーモンの花壇から連れ帰ってもらいたいと呼びつけるのはしのびないな」

「放っておいて。窓の外にいるのを見られたかしらと思っていたら、じっさい見られていたのね。わたしが落ちたかもしれないとわかっていたのにあなたはやめようとしなかった――その、キスを。大切な時間だったんでしょうけど、ずいぶんと長かったわね。わたしはいまごろ死んでいたかもしれないのに」

「もう五分長ければ、ちがう結果になっていたと思うかい？」

「向こうへ行って」ジェニーは立ちあがろうとしたが、ローラの家の壁にどさりと倒れかかることになった。アレックは手を貸そうとせず、長い指で顎を撫でながらその様子を眺めている。

「まったく、ぎょっとするよ。この調子でいくと、きみが家に帰るのは明日の朝になるな」

つまり、ジェニーは私がここへ降りてきて彼女の生死をたしかめる前に、あのままローラと体を重ねたと思っているわけだ。

「ああ、もう黙って」

「おや、悪いのは私ということかな？　私はただのみじめな男で、犯した罪といえば——」

「わたしが気を失って——もしかしたら息絶えて——ここに倒れていたのに、あなたはあそこであの女と寝ていたのよ」

「大声を出すんじゃない。家宅侵入者にまちがわれて彼女に撃たれるぞ。もしくは汚水を頭から浴びせられるか」

ジェニーは下唇を嚙んだ。足首が痛み、頭が痛んだ。あと十年は忘れられないほどの屈辱だった。ここへ来て彼の様子をうかがうなど、どうしてそんな愚かなことをしてしまったのだろう？

「わかったわ。好きにして。みじめなのはわたしよ。寒いし」

そのつぶやきはアレックにも聞こえたが、発したことばまではわからなかった。そこで彼は訊いた。「どのぐらいのあいだ気を失っていたんだ？」

「わからないわ。あなたたちふたりがあそこでやろうとしていたことをやり遂げるのには充分な時間だったでしょうけど」

誤解を解いてやることもできただろうが、アレックはそうしなかった。ローラと寝たと思わせておけばいい。ローラと十回も寝てから、ジェニーの生死をたしかめにここへ降りてきたと。ほんとうはジェニーのために死ぬほどの恐怖に駆られ、すぐさまローラを残して出てきたのだった。たとえいま、ジェニーの首を絞めてやりたいと指がぴくぴくする思いでいたとしても。ローラも彼自身も欲望を満たせずに終わり、ローラはやる気満々だった新しい恋人の身になにがあったのだろうかと首を傾げているはずだった。きわめて重要なことを忘れていたので、船に戻らなければならなくなったとしか言わなかったのだから。

「きみのことを思いきりひっぱたいてやれたら大いに愉快なんだろうが、きみが戦えるようになるまで待っているのは時間の無駄だろうからね」

ジェニーはなにも言わなかった。

ローラの寝室の明かりが消えた。

「本気だぞ、ジェニー。私はいま、まったく紳士らしからぬ気分でいる。じっさい、きみがからむと紳士の気分でいられることはめったにないけどね。きみのけがが治ったら、尻がボルティモアのトマトと同じぐらい真っ赤になるまでぶってやるつもりでいる」

「やってみなさいよ。蹴ってやるから、あなたの――」

アレックは黙れというように手を上げた。「もう充分だ、ミスター・ユージーン。さあ、ローラに声を聞かれるか、誰かが通りかかるかする前にここから退散しよう」

「手を貸して家まで連れ帰ってくれれば――」

「もうこれ以上愚かしい真似はなしだ」

アレックはジェニーを腕に抱きあげた。ジェニーは一瞬身をこわばらせたが、すぐに緊張をゆるめた。男に抱きあげられたのは生まれてはじめてだった。不安ではあったが、同時にとても興味深かった。たくましいのね、とても。ジェニーは恐る恐る首に腕をまわした。においもすばらしかった。白檀《びゃくだん》の香り、と思ったが、確信は持てなかった。

「家に連れて帰ってくれるの、アレック?」

「いや」

「だったら、どこへ?」

「〈ナイト・ダンサー〉へ。すぐそこのオドネル埠頭に停まっている」

「どうして?」

「お父さんのところへ連れて帰る前に、きみが足や頭の骨を折っていないかたしかめたいんだ」

「折ってないわ」

「シッ、ジェニー」

ジェニーは黙った。

今夜のボルティモアの天気は好都合だった。黒い雲が半月を隠していたが、雨は降っていなかった。途中、何人か水夫とすれちがった。酔っ払っている者もいれば、けんか相手を探している者もおり、ただ街をぶらついているだけの者もいた。

ジェニーが目を上げると、アレックはオドネル埠頭へと道を曲がるところだった。バーカンティーン船の舳先がプラット・ストリートの上へ高くつきだしている。アレックは道板を登り、夜番についている男に小声でなにか言った。ジェニーはじっとしていた。ただまっすぐ前に目を向け、なにも見るまいとした。

しかし、それも長くはつづかなかった。彼の船を見たくなり、目をそちらに向けようとした。が、頭をもたげると、十五歳にもならないような少年のぎょっとして見開かれた目をまっすぐのぞきこむ恰好になった。

「ピピン」アレックは船長室付きの従者に愛想よく声をかけた。「ただいま。見てわかると思うが、お客さんだ。邪魔がはいらないようにしてくれよ」

「了解です、船長」

ハッチから下へ降りるのはむずかしかったが、アレックは自分の頭を一度、ジェニーの肘を二度ぶつけただけでどうにか降りた。「わたしのこと、いやらしいことをするために連れてきたふしだらな女みたいに言ったわね」

アレックは笑った。「きみはふしだらな女とはかけ離れた姿だよ。ピピンが私のことを知らなかったら、男色家だと思ったかもしれない。きみは男の恰好をしているからね、ジェニー。その毛糸の帽子にいたるまで」

「あら」

「善良なる神よ、愚かな女から私をお救いください」アレックはそこでことばを止め、それから、ひどくびっくりしたようにつけ加えた。「まったく、私がこんな余計なことをしたのは久しぶりだな」

ジェニーは歯ぎしりした。

この船はかぐわしいにおいがする。そう思ってジェニーは深呼吸した。アレックが船長室のドアを蹴り開けると、白檀の深い香りがよりいっそうはっきりした。アレックは船長室のなかにはいってドアを閉めた。

「きれいな部屋」

「ああ、ありがとう、お嬢さん」彼はそう言ってジェニーを広い寝台の上に下ろした。

ジェニーはすぐに身を起こそうとしたが、アレックが押し戻して寝かせた。「じっとしているんだ。足首を見たいからね。ほんとうのところ、見たくなんかないんだが、選択の余地はあまりないようだ」

「やさしくしてくれてもいいのに」

「いや、ちがうね。いまの私はまったくやさしくする気分じゃない。自分でも驚くほどだ。おとなしくしていてくれ」

ジェニーは口を閉じた。アレックに右足を持ちあげられると、目も閉じた。顔をしかめ、思わず声をもらす。

「すまない。ブーツを脱がせないといけないからね。じっとしているんだ」

ジェニーは体の脇に置いた両手をこぶしににぎり、口を閉じたままでいた。アレックはブーツを脱がせて床に放った。ジェニーの顔を見ると、すっかり血の気を失っている。アレックは態度をやわらげた。そうしたくはなかったのだが、ほかに選択肢はないようだった。彼女の横に腰を下ろすと、やさしく言った。「痛くして悪かったよ、ジェニー。もう終わったから」

「大丈夫よ」

「嘘つきだな」ジェニーは男の指が頰を撫でるのを感じた。それから、彼が動いたせいでマットレスが揺れた。アレックはジェニーのウールの靴下を脱がせた。「男のブーツを履いているんだから当然だが、きみの足は男の足のようなにおいがする」

「いったいそれはどういう意味?」ジェニーは目を開けた。アレックはにやにやしている。

「嫌味《いやみ》を思いつくから少し待っていてくれ」そこで息を吞む音が聞こえた。「きみの足首はとんでもなくすばらしいことになっているよ。まるで熟れたメロンのように腫れている」アレックが腫れに触れると、ジェニーは食いしばった歯のあいだから息を出した。

「すまない」アレックは立ちあがった。「じっとしていてくれ。冷たい水を持ってくるから。きみを家に帰す前に、足首を水にひたして包帯を巻かないとね」

アレックが船室を出ていくと、ジェニーは肘をついて身を起こした。そこは男らしいねぐらで、置かれている本や船具などは彼女の好みに合っていた。机の上には書類がきちんと重ねて置かれ、乱雑なところは少しもない。となりの船室につづいているにちがいないドアが見え、そこになにがあるのだろうかと考えた。ジェニーは足首を見下ろして顔をしかめた。

「わたし、ひどいありさまね」と彼女は言った。

「たしかに。でも、どうしようもないだろう?　きみは教育を受けたいと思い、ローラ・サーモンの家の壁をよじ登って寝室をのぞきこんだんだから。ジェニー、こっちを見るんだ。きみのしたことは気に入らないね。たとえば、男であれ女であれ、われわれが愛を交わしている姿を誰かに見られたらどんな気分がする？」

「そんなのばかばかしいわ」

「なにが？」

「だって、あなたとわたしが愛を交わすだなんて――どうかしてる」

「ほんとうにそう思うかい？　いや、答えなくていい」アレックはタオルをしぼって腫れた足首を包んだ。腫れた足首と濡れたタオルの冷たさと、どちらがより痛むかジェニーには判別がつかなかった。やがて感覚が麻痺し、心地よくなってきた。

「じっとしているんだ。十五分ぐらいこうしていよう。それから包帯を巻いてきみを家に送っていくよ。残念ながら、うちの船医のグラフ・プルーイットはご機嫌ななめのご婦人のお伴をしてボルティモアをうろついているようだ」

「そのご機嫌ななめのご婦人とはどこで出会ったのかしら？」

「知り合って長いご婦人さ。ローラ・サーモンのように思わず眉を上げたくなるような名前なんだ。スウィンドルという。ブランデーを少しどうだい？　いいさ、答えなくても。飲ませることにかわりはない」

ジェニーはブランデーを飲んだ。なめらかな口当たりのフランス産のブランデーで内臓全体を温めてくれた。ジェニーは三口もごくりと飲み、アレックはその様子を見てにやりとした。

「ねじが一本抜けた人みたいににやにやしているのはなぜ？」

「きみのせいさ。ブランデーをごくごく飲んだりして。もうまったく痛みは感じなくなったんだろうな」

「ええ、感じないわ」とジェニーは答えた。それはほんとうだった。

「じっとしているんだ」アレックはそう言ってタオルを足からとり、別のタオルを巻いた。今度のはもっと冷たくてもっと濡れていた。ジェニーははっと息を呑んだが、なにも言わなかった。

アレックは机の後ろから椅子を引いてきて、大きな寝台に寄せた。椅子に腰を下ろし、軽く足を組んだ。胸の前で腕を組むと、ジェニーがブランデーをさらにごくごくと飲むのを見守った。ジェニーはアレックに目を向け、ゆがんだ笑みを見せた。

「彼女とはほんとうに寝たの？」

「さっきも言ったが、寝たさ。へとへとにされた。とても上手で情の深い人だからね」

「わたしだって情は深いわ」

アレックはそんなことばがミス・ユージニアの口から出るとは信じられなかった。生意気な男嫌いのユージニアの口から。これはおもしろい。アレックには自分が限界に挑戦せずにいられない人間であることがわかっていた。相手が自然であれ、ほかの人間であれ。結局、いまの彼女には濡れた冷たいタオルを顔に投げつけてくるのが精いっぱいだろう。「きみにとって情が深いとはどういう意味だい？」

「つまり、わたしだって愛し愛されるために生きているってことよ。あなたはちがうの？」

「ちがわないさ。とくに美しい女性に愛されるためにね」

「わたしの言いたいことは正確にはちがうけど、いまのところはそれでいいわ。だって――」

「わかってるさ。私は男だから、きみたち女のようにとらえどころのない曖昧《あいまい》な感情や情感を理解できるはずはないというわけだ」

「そのとおり。あなたたち男って傲慢で――」

「もう充分だ。ここにこうしてすわって、どうやってきみを罰してやろうかと考えていたんだが、ようやくいい考えが浮かんだぞ」

「どんな考え？」

「きみは二十三歳で処女だ。えらくとうの立った処女だが」

ジェニーは目をむきそうになったが、どうにか口は閉じていた。はじまる前から負けるとわかっている口げんかに引きこまれるつもりはなかったからだ。

「オルガスムを経験したことは、ジェニー？」

ジェニーは口をぽかんと開けた。すばらしく真っ正直な返答だったが、ことばは発せられなかった。

「いいかい、お嬢さん、オルガスムは人間が経験できる感覚のなかで、おそらくはもっとも驚くべき感覚なんだ。つまり、きみは女の悦びを経験したことがないということだね？」

「もう家に帰りたいわ」

「いや、だめだ、ジェニー。きみには罰を受けてもらうことにしたからね。罰ではあっても、とても気に入るはずだ。私のことは魔術師と呼んでくれていい。非常にすばらしい、金色の心を持った男だとね」

「家に帰りたいの」ジェニーは身を起こし、足からタオルをとった。アレックもすばやく動き、そのタオルを奪うと、冷たい水のはいった桶《おけ》に戻した。それから彼女のそばにすわり、手を肩に置いて身を倒させた。

「これから私がきみになにをするつもりか知りたくないかい、ユージニア・パクストン？」

「いいえ、そんなことさせないわ」

「なにを？」

「あなたが考えていることよ。そのオルガスムがどうのということ。絶対にさせないわ」

「ジェニー、どうしてローラのところへ来た？　家のそばにある木に登って窓ガラスに鼻を押しつけて寝室をのぞいたのはなぜだ？」

返答はなかった。

「教育を受けたいんじゃなかったのか？」

かすれ声すら発せられなかった。

「私が女になにをするのか見たかったんじゃないのか？　そう、これからほんの少しだけきみを教育してやるつもりさ」

ジェニーの美しい鮮やかな緑の目が一瞬うつろになった。「いやよ」と声が発せられる。

「きっと気に入るよ。二十三歳で処女でいることにうんざりなんじゃないのか、ジェニー?」

「どんな男にも触れてほしくないわ」

「私はただの男じゃない。きみが追ってきた男だ。きみに女としての悦びを与える最初の男でもある」

「ありえない」

「なにがありえないんだ?」

「そんなものは存在しないもの。そういうものが存在するはずはないわ。それはあなたたちいやらしい男が女をベッドに連れこむためにでっちあげたことにすぎないのよ」

アレックは笑った。「小賢《こざか》しいことを言うね、ジェニー。そういうばかげたことばはあとでとり消すことになるだろうが。ああ、私がローラと寝たからといって、同じようにしてきみを襲うんじゃないかと心配する必要はない。きみは少なくとも厳密には二十三歳の処女のままでいられるからね」そう言いながら、胸の内では残念だとつぶやいていた。いまこの場で処女を奪ってやりたい思いでいっぱいだったからだ。彼女のなかにはいり、彼女に包まれたい。どんどん奥へつき進み、それから引き抜く。そのときに彼女が驚愕《きょうがく》するのを感じたい。目を見開く様子を見たい。指で触れ、舌で触れたときに彼女が身を震わせるのを感じ、声をあげるのを聞きたかった。

「同じようにって？」

「同じようにだって？　ああ、きみのなかにはいるということさ。男というものはふたたび元気になるのに時間が必要なんだ。気持ちと同じだけ体も準備できるまでにはね。準備ができたら――」

「そんなことしてほしくないわ」

「そんなことって？」

「わたしに触れることよ。家に帰りたいの」

「きみはまともに歩けないじゃないか。パタプスコ川に落ちてしまうぞ。だめだ、きみはここにいてたのしむんだ。しかし、覚えていてほしいんだが、ジェニー、これはきみのとんでもない振る舞いに対する罰だからな」

「あなたがやろうとしていることのほうがとんでもないわ。そんなことをさせるつもりはありません、アレック。絶対に」

アレックは彼女の肩をつかむ手に力を加えた。それから頭をかがめて彼女にキスをした。固く閉じられた唇にそっとやさしく。ジェニーは逃れようともがいたが、力ではかなうはずもなかった。アレックはキスをくり返した。正直に言って信じられない思いだった。最初はすぐに身を引き離すつもりでいたのだが、そうはいかなかった。これまで数多くの女にキスをしてきたが、こうしてジェニーにキスしてみて、あまりのよさに、死ぬその日までキスしつづけた思いに駆られるほどだった。そしてそのことが怖くなった。それでもキスはやめなかった。やめるつもりはなかった。

ようやく顔を上げ、彼女を見下ろしたときには、彼女も同じぐらい動揺しているのが見てとれた。目は驚きのあまりぼんやりとくもり、喉からは小さな声がもれている。しかしアレックはその反応を理解し、またキスをした。

次の瞬間、ジェニーはこぶしでアレックの肩をなぐった。とくに痛くはなかったが、気はそらされた。

「家に帰りたいの」

「家には帰さない。だから騒ぐんじゃない。なあ、きみも私と同じぐらいキスをたのしんでいたじゃないか。いったいどうしたというんだ？　これからもっと悦ばせてやるんだぞ」

「わたしはあなたの娼婦じゃないわ」

「ああ、ちがう。きみには娼婦の才能も技もない。職に就くのに面接を受けることさえできないさ。ミスター・ユージーン、私がやろうとしていることを終えたら、きみはどうして男の真似をしようと思ったのか自分で不思議になるだろうよ。女であることをとても喜ばしく思うだろうからね。きっと持っているズボンをみな燃やして——」

「それで、あなたに愛人にしてくれと頼むの？　わたしと寝てくれと？　あなたなんか大嫌いよ、アレック・キャリック」

「少なくとも私は人のあとをつけて、その人たちが自然の欲求にしたがって個人的で親密な行為におよぶのをのぞいたりはしないさ。もうたくさんだ」

アレックはいまや腹をたてており、再度キスをはじめたときには、荒々しく強《し》いるようにして唇をこじ開けた。そして、口をつけたまま言った。「嚙みついてみてもいいが、きみにとってありがたくないことになるぞ」

じっさい、アレックの舌の感触はジェニーの体じゅうに驚くような影響をもたらしていて、嚙みついてやろうなどとは思いつきもしなかったのだった。彼にそう言われてジェニーは、自尊心を守るためには嚙みついてやるべきだったのだと思い、そうした。思いきり。

アレックは顔を欲望と怒りで真っ赤にしてはっと身を引き離した。そんな入り混じった感情にとらわれたのははじめてだった。「ああ、ジェニー、こんなことをして、ひどく後悔させてやるからな」

「すぐに家に帰りたいの、アレック」

「じっとしていたほうがいいぞ。さもないと男の服をびりびりにされた状態で家に帰ることになる」アレックはおちついた様子で彼女のシャツのボタンをはずしはじめた。

「いや」

「必要ならしばってもいいんだ、ジェニー。そうしたら、きみの喉にもっとブランデーを流しこんでやる」

「いいえ、だめよ、そんなことさせないわ。あなたの顔をずたずたにして——」

アレックは自分のクラヴァットをほどくと、彼女の両手首をつかんでしばり、腕を頭上に上げさせた。「いや」

それからクラヴァットの端を寝台のヘッドボードに結びつけた。「さて、もうほんとうにたくさんだ。そろそろ罰と教育に移ろう。きみは負けると同時に勝つことにもなる。そんなふうに考えるんだな。もしくは、当然の権利として男が女を征服するのだと思ってくれてもいい。私がきみを服従させ、この手で情熱をかきたててやるんだ。私がきみをボルティモアに生まれ落ちたときと同じぐらい裸にするあいだ、そのことをよく考えてみるんだな」

「わたしはボルティモア生まれじゃないわ」

アレックは笑った。彼の指がズボンのボタンを探りあて、ジェニーは彼の手から逃れようと身をよじらせたが、逃れることはできなかった。

「だったら、どこで生まれたんだい？　地獄か？　悪魔がきみをひと目見て、真っ青になったとか？」

アレックはジェニーのズボンを膝まで引き下ろした。

9

「ちがうな」アレックはジェニーを見下ろしてゆっくりと言った。「悪魔でもきみを蹴りだしたりはしなかっただろうさ。きみには驚かされるな、ユージニア・パクストン」

そう言って右腕で彼女の脚を押さえつけ、真っ白な腹と女らしい下腹部をおおう薄い栗色の縮れ毛をじっと見つめた。左手をその上に持ってくると、ひどく緩慢《かんまん》にその手を下ろした。ジェニーが手の動きを見ているのはわかっていた。指にじっと目を注いでいる。ズボンを膝まで下ろしてからというもの、声はまったく発していなかった。

アレックはジェニーの顔には目を向けず、ただひたすら美しく女らしい肉体に目を吸い寄せられていた。指で軽く彼女に触れる。それからそっと離したと思うと、平らな腹にてのひらをあてた。

「すごくいいよ、ジェニー。ほんとうにいい」こんなことばではまったく足りないとアレックは胸の内でつぶやいた。それからあとはなにも言わずにズボンと下着を下ろして足からはずした。服は床に放られた。

「さて、あとは。ふうむ。きみにはあとで私のシャツを貸さないといけないな」

アレックはシャツを引き裂いてはがし、シュミーズの肩ひもを切った。シュミーズをはぎとると、頭のてっぺんから爪先まで彼女の全身を眺められるように身を起こした。

ひどく奇妙な感じだった。大人になって女を知ってからというもの、覚えているかぎり、自分がこんなふうに反応したことはなかった。この女もただの女ではないか。しかも特別美しい女でもない。それでも、その真っ白な体、豊かな胸、とても長く均整のとれた脚が――

アレックは身震いした。彼女に触れたい、全身をくまなく味わいたい。自分の衣服を脱ぎ捨て、彼女のなかに深々とはいり、言ってやりたい。ああ、いったいなんと言うのだ？

その瞬間だった、ジェニーが行動を起こしたのは。腰を上げ、その下に足を持ってきて、全力で手首の結び目を引っ張ったのだ。手首をしばるクラヴァットをぐいと引っ張り、身を起こそうとしながらまた引っ張った。

結び目はゆるまなかった。

ジェニーはつらつらと悪態をつき、また身を起こそうとしながら引っ張った。

「私は海の男だ、ジェニー。結び目を作るのはお手のものだ」

「放して、アレック・キャリック。こんなふうにあなたの目の前で笑いものになったままでいるつもりはないわ」

「私が笑ったかい？」

「笑うわ。わたしは男みたいだし、やせっぽちで醜いもの。それに――」

「きみがなんだって？　ジェニー、きみが男みたいだったら、いまこの瞬間に私は男色家になるよ」アレックは腹に載せていた手を持ちあげ、胸を包んだ。「自分のことをやせっぽちだと言うのかい？　きみの胸は、まあ、私は手が大きいからね。でも、ジェニー、きみはやせっぽちじゃない」

胸はやわらかでとても薄いピンク色の胸の先はヴェルヴェットのようにやわらかい手触りだった。アレックはつかのま罪の意識に駆られ、さらに別の思いにもとらわれた。そう、自分に嫌気がさしたのだ。奇妙なことに、それはちゃんとした家の娘を寝台にしばりつけ、服を脱がせて悦びを教えてやろうとしているからではなかった。窓のところにいるジェニーを目にするまでローラを求め、その胸に触れ、ローラへの欲望を激しく燃やしていたせいだった。ジェニーの姿を見てからは、その欲望も夏の炉床の燃えかすのように突如として消え失せたのだったが。アレックにはその理由が理解できず、そのことがまったくもって気に入らなかった。

「それにきみは醜くもない。どうしてそんなふうに思うんだ？　鏡を持ってないのか？　男だって鏡ぐらいは見るぞ。そう、男に扮するにあたって、鏡を見るのは当然のことだろうに」

ジェニーはまた手首をしばるクラヴァットを引っ張った。「あなたが見慣れているご婦人がたと比べたら、わたしなど不器量な物乞《ものご》いぐらいにしか見えないことはよくおわかりでしように」

「不器量な物乞いね」アレックはにやりとしてくり返した。「そこまでかな？　ジェニー、昔の軍隊の戦術にちなんだ言いかたをすれば、きみはこれまで私が急襲をかけたなかで、もっとも醜くない女性だよ」

ジェニーはしばらく頭のなかで軍隊の比喩《ひゆ》を反芻《はんすう》していたが、やがて唐突に言った。「あなたがローラの胸にキスしているのを見たわ。彼女にさわって愛撫する様子も」

「そうだ」ほかになにが言えるだろう？　きみに触れるのと同じではないと言ったとしても信じないだろう。きっと信じてはもらえない。ああ、私自身が信じられないのだから。たとえそれがほんとうであっても。

ジェニーはどうしていいかわからなかった。ブランデーのせいで頭にはかすみがかかったようになっていたが、アレックの顔に浮かぶ表情のひとつひとつや、すばらしい指の感触がわからないほどではなかった。こんなことはやめさせなければ。男にしばられて眺められ、さわられるのをただおとなしく許しておくわけにはいかない。「アレック、お願い、もう家に帰して。あなたとローラのことをのぞき見したことは謝るわ。ほんとうよ。もう二度としない。約束します」

「もう遅いよ、ジェニー」とアレックは言った。ジェニーが聞いたこともないほど太く荒々しい声だった。「いまではもう遅すぎる。言っただろう、きみの処女を奪うつもりはない。それは女が男にささげるもので、男が奪うものではない。しかし、きみに女としての悦びはぜひとも与えるつもりだ」

「いいえ、与えてほしくなんてない。ばかばかしいわ。悦びなんてものはないのよ」

「ばかな女だ。その悦びのせいできみはひどく乱れるだろうよ、ジェニー。そうして完全に私のものになるんだ。私の意思で動くものにね」

「あなたなんかの思いどおりにはならないわ」

「そいつは残念だ」アレックはにやりとし、突然ジェニーのウールの帽子をはぎとって床に山を成す服のほうへ放った。それからピンをはずすと、彼女の髪を指で梳《す》き、枕の上に広げて撫でた。「このほうがずっといい。こうすれば、誰もきみを男とまちがえたりしない」

「これをほどいて、アレック」

「絶対にだめだ、ミスター・ユージーン。いくらでも私をおとしめればいい。それでもきみのことはしばったままにしておきたいね。そうすれば、大切なところをつぶされる心配をせずにきみを悦ばせることに気持ちを集中できる」そう言いながらアレックは手を胸に走らせ、あばら骨を撫で下ろして両手でウエストをつかんだ。

「きみは少しもやせっぽちではないよ。さあ、ちょっと位置を変えさせてくれ。きみのすべてを見たいからね、ジェニー。一番いいのは腿のあいだからの眺めだ」

ジェニーはその不埒《ふらち》なことばを聞いて身もだえしはじめたが、彼の動きを止めることはできなかった。アレックは彼女の股を開かせ、そのあいだに身を置いた。「もっと開いたほうがいいな」そう言って膝で腿を押しつけて大きく股を開かせた。曲がった膝は彼の脚の上に来た。

ジェニーは目を閉じた。こんなのひどすぎる。いままで誰にもこんなことをされたことはない。しかしどうしようもなかった。一瞬目を上げると、アレックに見つめられているのがわかった。わたしは彼に対し、全身あますところなく裸体をさらしているのだ。

「きれいだ」とアレックは言った。温かく力強い指がやさしく彼女を撫でさすり、やがてゆっくりと押し入ろうとした。ジェニーにはそこを見られているのもわかった。「とてもきれいだ」

「やめて。わたしを見ないで」

アレックは顔を上げた。「どうしてだい? よく見えるように脚を開かせたのに。これからなかにはいろうと思っている場所をよく見るのは男にとってたのしいものだ。今夜ははいらないが、いつかはね。それだけははっきり言っておきたい」

ジェニーは悲しげな声をあげた。その声を聞いて、悲しげとしか言いようのない声だなとアレックはにやりとして思った。経験に裏打ちされた推理が正しければ、怒り狂っているとはいえ、興奮もしている声だ。男の思いのままにされていることと、それを男がおいにたのしんでいる状況に相反する思いを感じているのだ。そっとアレックは指をなかに差し入れた。彼女が息を呑むのが聞こえ、筋肉がこわばり、指がしめつけられるのがわかった。「きみはとても狭いな、ジェニー。すばらしく狭く熱い」声が途切れた。指をさらになかへ、しかしとてもゆっくりと差し入れる。ジェニーは痛みを感じているようではなかった。信じられないほどの興奮を覚え、それをなにになぞらえていいのかすら思いつかない様子だった。体は欲情していた腰を動かさずにひたすら気を張りつめ、怒り狂い、興奮して待っている。

――ひどく欲情していた。

アレックは目を閉じた。指がようやく処女膜へと達する。そっと押してみたが、薄い膜は破れなかった。「ジェニー」とささやく。ゆっくりと指を抜きだすと、またなかに差し入れた。ジェニーは声をあげ、腰を持ちあげた。アレックは彼女の顔を見ながらほほえんだ。驚愕の表情。それを見て想像を絶するほどの悦びを感じた。驚愕し、途中で指の動きが止まったことに失望している顔だ。

「これも教育だ」そう言ってアレックは首をかがめ、指で彼女を探った。口がそこに触れ、ジェニーはショックのあまり死にそうになった。

「いや！」

「シッ」と彼は言った。温かい息を感じてジェニーは身を震わせ、彼の指がもたらしたのと同じ信じられないような感覚におののいた。生まれてこのかた、男と女がこんなことまでしているとは思ってもみなかった。とても親密だった。いや、親密という以上だった。彼が口や手で愛撫しているのはこれまで意識したこともない部分だったが、これからは意識せずにいられないだろう。

ああ、どうしよう、信じられない。

ジェニーは自分が彼の口のほうへ腰を持ちあげているのを感じた。下にまわされた彼の手が腰を支えている。「とてもいいよ、ジェニー」アレックは言った。その息の温かさがまた心地よい忘我の境地に彼女を送りこんだ。「きみは甘い味がする。きみ自身と同じように。

女らしい甘い味だ」

ジェニーはどうしていいかわからなかった。自分が降参しかけているのはわかった。自分の心に正直になれば、すでに降参してしまっていたのだ。何分も、何日も前に。じつを言えば、最初にアレックの姿を目にしたときからそうだった。彼が口をつけ、愛撫し、味わっているその場所から、うずくような悦びが湧き起こり、つかのま引いたと思ったら、よりいっそう強く襲ってきて全身を貫いた。自分が熱く湿っているのが自分でもわかった。これまでまったく想像したこともないながら、得られるならば死んでもいいと思うようなものへの期待で胸がいっぱいになる。そうでなければ、その場でやめるように言ったことだろう。しかし、口からもれたのはうめき声だけだった。うめいて背をそらす。脚が震え、やがてこわばった。

「そうだ、ジェニー」アレックがつぶやいた。指は愛撫をつづけている。「力を抜いて。解き放つんだ。私の口のほうへ腰を押しつけてごらん。そう、それでいい。きみの味はすばらしいね。きみの脚が緊張してこわばっているのがわかる。ちょっと待っていてくれ。ほうら、いいだろう?」

アレックは指をなかに戻し、それ以上奥へは進めないほどに深く差し入れた。

もう耐えられない、とジェニーは思った。

頭を枕に押しつける。自分でも抑えきれずに声がもれた。悲しげなかすれた声だった。腿の筋肉がこわばり、予期せぬ強い痙攣《けいれん》が襲ってきて、このまま死んでしまうのではないかと思うほどだった。しかしそれでもかまわなかった。この信じられないような感覚にこのままずっと全身を脈打たせていたい。ジェニーは何度も声をもらした。

アレックはつき放した態度をとりつづけようと努めていた。いまや彼女は自分のもので、なんでも言うことを聞くはずだった。こちらの意思に嬉々《きき》としてしたがうだろう。きっと死ぬまで今夜のことは忘れないにちがいない。この美しい悦びを与えてくれたのが誰であったかについても。アレックが思うに、彼自身、死ぬまで忘れえぬ夜になるのはまちがいなかった。しかしそんなことはどうでもいい。彼女は私のものなのだから。これまで望んだなににもまして、彼女のなかにはいりたかった。いま、この瞬間に、深く貫き、もっと深く引きこまれ、子宮に達するほどに彼女を満たしたかった。そして、その奥深くで自分の種をまき散らしたかった。

ジェニーの悦びの痙攣はおさまりつつあったが、アレックの息はぜいぜいといっそう荒くなっていた。彼は指をなかから出し、口での愛撫も勢いをゆるめた。しばらくして痙攣がおさまったのを感じると、顔を上げて彼女の顔を眺めた。

ジェニーはじっと彼を見つめていた。ひとこともことばを発することなく、ただ見つめていた。呆然《ぼうぜん》としているようだ。アレックはにやりとした。が、笑みを浮かべることは苦痛だった。たったいま悦びを与えた女を完全にあますところなく味わうために、そのなかに身をうずめたいと思っていたからだ。

ミスター・ユージーン、どうやら私は新しい性の奴隷を手に入れたようだな。アレックはそんなふうに軽薄で傲慢なほど超然《ちょうぜん》としていたいと思ったが、そのことばは胸の内にしまいおかれ、かわりに「大丈夫かい。ジェニー?」と口に出していた。

まだジェニーはただじっと見つめるだけだったが、ようやく、ほとんどささやくようにして言った。「わからない。もう大丈夫なことなどなにもない感じだわ。前とはすべてちがってしまった。わからないわ」

「ゆっくり息をすればいい。とてもゆっくり。そうだ。もう胸もそれほど激しく動いていないし、そう、鼓動もゆっくりになってきているのがわかるよ」アレックは手を彼女の胸から持ちあげた。「ましになったかい?」

「わからないわ」ジェニーは答えた。大きく見開かれた目には当惑の色が濃かった。

「女の悦びさ、ジェニー。きみははじめてクライマックスを経験したんだ。つまりはセックスということだ。今夜はいい勉強をしたな」

「あなたのことがわからないわ。どうして——ローラの手があなたのおなかの下に降りてさわるのを見た。大きくなっていて——」

ああ、そのことばが局部にどれほどの痛みをもたらすか。アレックは首を振り、それによって痛みを振り払おうとした。「きみはまだ処女のままだ。心配はいらない。きみといつか結婚することになる誰かががっかりすることはないだろう。哀れなほど感謝しながらきみの処女膜を破ることだろうさ、それはまちがいない」

「いいえ」

「いいえ?」

「そんなことは誰にもさせないわ」

アレックはため息をついた。「きみはなににについてもはっきり〝ノー〟と言う癖があるね。〝ノー〟と言われると、ほかのなににもましてそれをやってみたくなるよ。ミス・ユージニア、処女でいつづけるということについては、あまりきっぱりした態度をとらないほうがいいと思うね」

「したいことはしたんでしょう。さあ、ほどいて」

いましめをほどくかわりにアレックは身をかがめてキスをした。彼の口はジェニー自身の味がした。「唇を開くんだ」アレックに言われてジェニーはほんの少しだけそうした。また唇を噛んでやろうとは思わなかった。彼の口はすばらしい味わいだった。すてきな気分にしてくれる。腹の奥底にうずきが募ってくるのがわかってジェニーは「ああ」と声をもらした。

「ん?」

「またはじまりそう」

アレックは顔を上げ、にやりとしてみせた。指先でそっと彼女の顎をなぞる。「いやらしい女だな。また悦ばせてほしいのかい?」

拒絶はすぐさまもたらされた。「もちろん、そうじゃないわ。いましめをほどいてほしいの」

「そう、朝まで実験をくり返して過ごしてもいいんだ。きみの体が女の悦びに何度たかぶるか数えてもいい。いわば、目的地は同じでも、行きかたはさまざまあるからね。私といっしょに科学者になるつもりはないかい、ジェニー？　私の個人的な実験材料になるつもりは？」

「わたしはそういう堕落《だらく》した女じゃないわ」

「しかし、きみは情熱にあふれている女だ、ミス・パクストン。その情熱をもっと見たいね。クライマックスに達したときのきみの表情は――処女の純潔《じゅんけつ》と濃い色情の入り混じった美しいものだった。そう、私の世をすね、世に疲れた血さえも沸き立たせてくれるほどに」

「ほどいて、アレック」

アレックはため息をついた。「そうすべきなんだろうな。でも、次にはきみの悦びをくり返し見たいものだ」

「次なんてないわ」

アレックは突然険しく無慈悲《むじひ》そのもののといった顔になった。が、発したのは、やさしくおもしろがっているような声だった。「そう思うかい？　またもやえらく確信に満ちた口調だな。きみは私という人間を知る必要があるよ、ジェニー。ほんとうの意味で。次に私がきみにこういうことをするときには、きっとしばりつける必要もないだろうな。さあ、足首の具合はどうだい？　腫れは少し引いたようだが」そう言って指でそっと足首に触れた。ジェニーははっと息を呑んだ。「まだ痛むんだな。まあそれはそうだろう。ゆうに二十フィートの高さから落ちたことを考えれば。この世に神の裁きというものがあるとすれば、きみは三カ所ぐらい骨を折っていたはずだ。幸運だったと思わないとね、お嬢さん。きみのとんでもない振る舞いについてローラに話さなかったことはもっと幸運だったと思ってもらわなければ。彼女がどんな噂を――いまこの瞬間にさえも――ボルティモアじゅうに広げるものか、想像できるかい？　まったく、ぞっとするよ」

そのことばには効きめがあった。ジェニーにも、まさしく彼の言うとおりだとわかったのだ。「あなたは誰かに言う？」

アレックは独特の信じられないほどセクシーな笑みをゆっくりと浮かべた。彼が望めばこの世のどんな女も思いのままにできる笑みだ。「取り引きをしよう、ミス・パクストン。私の愛人になることに同意するなら、口を閉じていよう。ローラにさえもひとこともらさない。どうだい？」

手首が自由だったら、ジェニーはその提案に対する答えを思いきり態度で示していたことだろう。手首は自由ではなかったので、ジェニーはできるだけ思いきりいましめを引っ張り、歯をくいしばるようにして言った。「愛人になるには技が足りないって言ったじゃない」

「言ったさ。ただ、最初の判断を見直さなきゃならないのはたしかだ。きみは情熱にあふれ、熱中する度合も高い。そう、とても喜ばしいことだ。技にすぐれているよりもずっとすごい資質さ」

「いつかあなたにもこういうことをしてやるわ」

アレックの目がほんの少し大きくなり、声には驚きが表われていた。「約束するかい？」

それを聞いてジェニーは唾を呑みこんだ。その瞬間、頭の上で手をしばられて仰向けに寝そべる彼の姿が目に浮かんだからだ。ジェニー自身は彼におおいかぶさるようにして服を脱がせ、さっき自分がそうされたように、裸の彼を眺め、検分し、愛撫している。尋常でない光景だったが、いますぐそうしたいと思うほどだった。それでも、彼は男であり、男というものはほかの誰かの思いのままにされるのを好まない。その誰かが女であればなおさらだ。

「いやじゃないの？　なすすべもなく仰向けに横たわりたいと言うの？　わたしがなんでも望むとおりのことをあなたにできるとわかっていて？　肯定しないで。信じないから」

「きみを信用できて、きみがさっきの私と同じぐらい、熱意とそう、敬意をもって接してくれるなら、まったくいやじゃないね。たのしいぐらいだ。そう、なにかに秀でようと思ったら、くり返し練習するのが一番だしね」

「男は女を信用しないわ」

「自明の理ってやつかい？　おやおや、ジェニー、きみはいつから男という男を二十三歳の汚れた目で見るようになったんだい？」

「ふん、あなただって、自尊心のある男だったら、わたしとは取り引きしないだろうって言ってたじゃない。わたしはすばらしい船を造るし、たまたま女だからってなにも変わらないのに。わたしの目はまったく汚れてないわ。さあ、ほどいてもらえます？　寒いわ」

アレックは最後にじっくり彼女を眺めた。爪先から眉まで永遠とも言えるほど時間をかけて。「いいだろう」そう言っていましめをほどいて手首を下ろし、マッサージした。それからウエストまで毛布をかけてやった。「きみの胸は寒くないだろう」

「そんなのあなたにはわからないでしょうに。胸だって寒いわ」

「きみの胸の先はとてもなめらかでやわらかい。寒かったら、すぼまっているはずだ——そう、もうきみにもわかるだろうけどね。それにきみの胸はとてもきれいだ。眺めているとことばがすらすら出てくるよ」

「そうして出てくることばはいやらしいことばかりじゃない」ジェニーは毛布を顎まで引っ張りあげた。アレックは傷ついてはいるものの、ぐっとこらえているという顔をした。

「許してくれ。でも、きみの胸は少しもいやらしくないよ。だから自分を愚弄《ぐろう》するのはやめるんだ、ジェニー」

「もう罰は充分よ、男爵様。家に帰りたいわ」

アレックは天を仰いだ。「女に悦びを与えたというのに、女はそれを罰と呼ぶのか。胸を褒めたら、いやらしいと言われるし。男がどれほど努力しても、女は文句を言うんだな」

「わたしは文句を言っているわけじゃないわ」

「それはそうさ」アレックは考えこむようにしてジェニーを見ながらゆっくりと言った。「そう、文句は言ってない、そうだろう?」

モーゼスは男爵に目を向け、その目を男爵と手をつないでそばに立つ幼い少女に向けた。少女は男爵の縮小版といった様子だった。

「いらっしゃいませ、シェラード男爵様。どうぞおはいりください。ああ、そう、小さなご婦人もごいっしょなんですね」

「おはよう、モーゼス」

「さて、こちらの小さなご婦人はどなたでしょう？　キャベツの葉の下で見つけなさったのかな？　おやおや、なんともかわいらしいお嬢様ではありませんか」

「これは娘のハリーだ。ハリー、こちらはモーゼス。パクストン家をとり仕切っている。それもとてもうまくね」

ハリーは背の高いやせた黒人に目を向けた。「おかしな髪の毛ね。縮れてて硬くて胡椒《こしょう》みたいな色。さわってもいい？」

「ええ、小さなお嬢さん、もちろんいいですよ」アレックもうなずき、モーゼスはハリーを腕に抱えあげた。ハリーは大まじめな顔でモーゼスを見つめた。恐る恐る指で髪の毛に触れ、それからもっとしっかりとさわった。少しつかんで引っ張ったりもした。やがてにっこりとほほえんだ。「すてきな髪だわ、ミスター・モーゼス。わたしの髪もこんなすてきな感じだといいのに」

「なんてかわいらしいお嬢様でしょう」とモーゼス。「でも、きっとお父様はそのままの髪でいてもらいたいと思ってますよ」

「なんの騒ぎかな？」

アレックが振り返ると、声の主はジェイムズ・パクストン氏だった。「おはようございますす。みなさんに紹介しようと思って娘を連れてきたんです。ハリー、こちら、ミスター・パクストンだ」

ハリーはモーゼスの腕から降りようとする気配を見せなかった。「こんにちは。すてきなおうちですね。ジョージ王朝風の建物だってパパが言ってました。イギリスのあたしたちのおうちとはうんとちがうわ」

「おうちはいくつあるんだね、お嬢さん？」とジェイムズが訊いた。

「わかりません。パパに訊いてもらわないと」

「四つです」とアレック。

「ミスター・モーゼスはとってもすてきな髪の毛をしてますね」

「気がつかなかったな」とジェイムズは言い、すぐに驚いた顔になった。「ほんとうにそうだね、ハリー。モーゼスはとても豊かな髪をしている」

モーゼスはハリーを抱きしめてから父親に返した。「ラニーのおいしいシードリング・ケーキを持ってきましょう。食べたいですか、お嬢さん？」

「ええ、ミスター・モーゼス、とっても」

ジェイムズは子供の頭越しにアレックにほほえみかけた。「娘さんを籠絡《ろうらく》する外交師団のことは想定内ということですな？」

アレックはにやりとした。

「パパ、どんなケーキなの？」

「ラニーのケーキさ。ミスター・モーゼスの言うことを信じるんだ。おまえがそのケーキを好きなはずだと彼が言うなら、きっとそうだから」

今朝はジェイムズ・パクストンの身のこなしがずいぶんと緩慢だとアレックは思った。よくない兆候だ。はじめて、老人の健康がかんばしくないことがはっきりと見てとれた。アレックはジェイムズのあとから居間にはいると、ハリーに金メッキされた鳥かごを見せ、それからジェイムズのそばへ行ってとなりにすわった。

「お加減はいかがですか？」

ジェイムズはほほえんだ。「年のせいですよ。みじめなことだが、死んでしまうほうがずっと最悪だろうしね」

「ジェニーは家に？」

「ええ、不思議なことに」ジェイムズは言った。「たいてい早すぎるほど早く出かけるんだが。しかし、娘が足首をひねったとかなんとか、モーゼスが言っていた。ほんとうとは思えんが、まあ、あとでわかるでしょう。娘さんはきれいなお子さんですな。あなたにそっくりだ。お母さんには似てないのかな？」

アレックは娘に目をやった。ハリーはひどく慎重に、恐る恐るといった様子で、鳥かごのなかの手彫りの止まり木に指でそっと触れようとしている。

「夢中になっている顔がわかりますか？　いましていることに全神経を集中させているんです。母親もそんな感じでした。ハリーは私にとって唯一無二の大切な存在です」とアレックはつけ加えた。

「奥さんは娘さんを産んだときに亡くなったとか?」

「ええ」

「私の妻もそうでした。役立たずの医者どもめ。問題が起こったら、どう対処してそれを止めるか医者ならわかっていると思うじゃないですか。あまりに腹がたったので、唾を吐きかけてやるところでしたよ。かわいそうなメアリー。その後何年も生きられただろうに。いっしょに――」ジェイムズは急に黙りこんだ。その沈黙のなかにアレックはいまや穏やかでぼんやりしたものになったとはいえ、一生消えない痛みを感じることができた。アレックはまたハリーに目を向けた。ありがたいことに娘は生き延びてくれた。

「感傷的な老人の姿をお見せして申し訳ない。決心はつきましたかな、アレック?」

「おはようございます、お父様、男爵様」

アレックはジェニーの声を聞いて自分の心の奥底でなにかが強く引かれるのを感じた。こわばった異常に堅苦しい声だった。アレックは彼女のほうへゆっくりと顔を振り向けながらひとりほくそえんだ。ハリーをともなったのが緩衝材《かんしょうざい》としてであることは臆面《おくめん》もなく認めるつもりだった。もちろん、心のなかでだが。結局、私もまったくのばかではないということだ。

「やあ、ジェニー。足首を捻挫《ねんざ》したというのはどういうことだい?」そのことばは事情を知らない人間の耳には心配そうに聞こえただろうが、ジェニーにはからかわれているようにしか聞こえなかった。彼の美しい目にはいたずらっぽい光が宿っている。ジェニーは彼に唾を吐きかけ、怒鳴りつけ、床に押し倒してキスしてやりたくなった。そうして彼が——彼がなに？　ばか、なんてばかなの。この人は目の前でわたしをあざ笑っているというのに。こっちが気まずい思いでいるのをたのしみ、服を透かしてまた裸を眺め、わたしの体を探り、愛撫しているというのに。ジェニーは身震いした。「なんでもないわ。昨日の夜、階段を昇るときにひねっただけよ」

「教えてくれればよかったのにな」とジェイムズ。「冷やしてやったのに」

「捻挫の場合は冷やすのが一番ですね」とアレックが言った。「階段でどうやって捻挫したって言うんだい？　捻挫といえば、どこかから落ちてするものじゃないか？」

「いいえ、落ちたりはしていないわ。ああ、モーゼスがお茶とお菓子を持ってきた。なあに？　あれは誰？」

そのときになってはじめてジェニーはハリーに気がついた。小さな女の子をじっと見つめると、女の子のほうも見つめ返してきた。ジェニーは目を離さなかった。離せなかったのだ。ハリーはこれまで見たこともないほど美しい子供だった。子供のことはよくわからず、理解もできなかった。そういう意味ではあまり子供というものに関心もなかったが、そのまじめな小さな顔は、そう、アレックに生き写しだった。子供の父親はアレックだ。ジェニーは唾を呑みこんだ。ありがたいことに、モーゼスがコーヒーとお茶を注いでまわっているあいだ、言葉を発する必要はなかった。

「ありがとう、ミスター・モーゼス」ハリーは申し分のない礼儀正しさで言い、小さな手をお茶のカップのほうへ伸ばした。

「ミルクは、小さいお嬢様?」

「あ、ええ、お願いします、ミスター・モーゼス。これがラニーお得意のシードリング・ケーキなの?」

「ええ、そうです。お好きなだけどうぞ」

「ありがとう」

ジェニーはまだハリーに目を釘付けにしていた。アレックには子供が、小さな娘がいたのだ。その小さな娘が、わたしと同じように男の衣服に身を包んでいる。

「あなたはどなた?」

ハリーはかわいい少年に見えるがそうではない相手にほほえみかけた。「パパとちがってほんとの男の人じゃないのね。あたしは寒くなければウールの帽子はかぶらないわ」

「自分が男に見えると信じているのはわたしだけじゃないかと思えてきたわ」ジェニーはそう言ってウールの帽子を脱いだ。

「あたしはハリー・キャリックよ。こちらはパパ。あたしにウールの帽子をかぶせたいときには、あなたがいましてるみたいな三つ編みをパパが編んでくれるの。そうじゃないと髪がもつれちゃって、あたしには言えないようなことをパパが言ったり、あたしのお尻をぶつって脅したりするの」

この美しい男が小さな女の子の髪の毛を編む？

「おまえはパパをひたすら褒めてくれるはずなんだがね、ハリー」

「パパは世界一のパパよ」

「そのほうがいい。当然ながら、それはまぎれもない真実だしね。さて、おすわり、おちびさん。それでお茶を飲むんだ。ラニーのケーキはセサミシードとレモンのケーキのようだぞ。さて、こちらはミスター・ユージーン・パクストンだ。私の目をあざむこうとするときはユージーンで、そうじゃないときはユージニアになる。もしくはジェニー。ジェニー、こちらは私の娘だ」

「会えてうれしいわ、ハリー。コーヒーをもらえる、モーゼス？」

モーゼスはジェニーにほほえみかけ、高級なイギリス製の磁器のカップを手渡した。

「どうやら」アレックはジェニーにわかるように目にいたずらっぽい光を宿したまま言った。「ハリーはきみと同じ状況にあるようなんだ、ジェニー。彼女にも小さな女の子用のドレスと下着と靴と靴下がいくつか必要だ。おそらくそういったものについてはきみも聞いたことはあるはずだが」

アレックはポケットにエレノア・スウィンドルが作ったリストを持っていた。彼女は五歳の女の子がズボン姿でいるなど、言語道断だと何度となく不満をもらしていた。リストを渡すときにはこう言った。「お持ちの服はみな小さくなってしまいましたよ。このばかげたズボンでさえ、丈が短すぎます」もちろん、ファウンテン・インのハリーの部屋に置かれている衣装ダンスについては我慢ならないというわけだ。ナツメグとショウノウのにおいのする衣装ダンス。小さな女の子には好ましくないにおいだ。この植民地の人間といったら、衣装ダンスというものがわかっていない。小さな女の子についてもしかり。そのとおりだと思ったわけではなかったが、アレックはスウィンドル夫人と言い争うほどばかではなかった。ナツメグに関する論争は宿に移ってすぐにうんざりするほど闘わせていたからだ。

「そこで、きみのドレスメーカーのところへいっしょに来てもらおうと思ってこうして訪ねてきたんだ。きみのドレスもなにかできあがってるんじゃないかな、ジェニー。きみももっと社交界のお眼鏡にかなうようなものを身につけたいんじゃないかい?」

「どんな店であれ、足首が痛くて歩いてはいけないわ」

「おかしいな。まったく問題なく見えるのに。じっさい、きみの回復力の速さには驚いたよ。高いところから落ちたら――きみは階段を昇っているときと言ったかな?――けがを軽く見てはいけない。見てやろうか? 私は足首の専門家のようなものとして有名なんだ」

ジェニーは面と向かってアレックを口汚くののしってやりたかった。が、その瞬間、彼と目が合い、自分の姿がそこに映っているのがわかった。裸で仰向けに横たわる自分。手は頭の上でしばられ、口と手で愛撫されるあいだ、背をそらしている自分。

ジェニーはごくりと唾を呑んだ。

「ジェニー?」

10

「わたしは造船所に行かなければ」

ハリーがケーキから目をあげた。「造船所？　あなたが造船所で働いているジェニーなの？」

ジェニーはアレックにちらりと目をくれた。「ええ、父とわたしがフェルズ・ポイントのパクストン造船所の所有者よ」

自分のことをアレックが娘にどう話しているか知るのに長く待つ必要はなかった。「ふうん。パパが怒らせてばかりのご婦人ってあなたね」

「ええ、そのとおり。ほんとうにいつもすぐさまみごとにやられるわ」

「ハリー」アレックが急いで言った。「おまえ、その、もう一度ミスター・モーゼスの髪にさわりたくはないかい？」

「いまはいいわ、パパ」ハリーは辛抱するように言うと、またジェニーに注意を戻した。

「パパにはどうしてそんなことをしたのって訊いたんだけど、わからないって。あなたがどうするか見てみたかったそうよ。あなたは男の人が好きじゃなくて、結婚したくないんですってね。そんなことあるはずないってあたしは言ったの。だって、女の人はみんなパパが好きなんですもの」

「パパにそう聞いたの？」

ハリーはおもしろがるような目をくれた。「もちろんちがうわ。パパといるとみんながどんなふうにするか、よく見てたらわかるもの」

ジェニーは自分がばかになった気がした。子供にしてやられた気分。そこでにっこりしてハリーにシードリング・ケーキのおかわりを差しだした。

「あなたがあたしと同じような恰好をしてるってパパから聞いてうれしかったの。なのに今度はあたしにフリルのついたドレスを買いたいって言うのよ。パパはあなたの言うことは聞くかしら、ジェニー？」

「いいえ、絶対に聞かないわ」

「そう、そうよね。パパはたいていまちがったことは言わないから。造船所を見せてもらえる？　いいでしょう、パパ？　まだばかな女の子のドレスはほしくないわ。お願いよ、パパ」

「ジェニーの前で私のことを嚙み砕いて吐き散らしておいて、ご褒美《ほうび》がほしいと言うのかい？」アレックは両手をあげた。

ハリーは父の美しい青い目の強い視線をジェニーのほうへねじ向けた。「ピピンが――パパの船長室付きの従者なんだけど――造船所のことを教えてくれたの。ピピンは見習いのカルターだったの――」

「コーキン（甲板に槙皮を詰める職人）？」

「そう、それ、コーキン。ずっと前にリヴァプールにいたのよ。あたしもコーキンになりたいな。それで、板の全部のすきまに槙皮《まいはだ》をつめて、船に水がはいらないようにするの。コーキンを見学してもいい？　みんなねじれた麻を使ってるのかしら？　槙肌《オーカム》っていうんだってピピンが教えてくれたわ」

　ジェニーはにっこりした。にっこりせずにいられなかった。「ええ、うちのコーキンを見学してくれていいわ。来週から作業にかかるはずよ。すてきな音をたてるの。造船所でしか聞けない音よ」

「ああ、そうだな」とジェイムズ。「コーキンの槌《つち》の音がなつかしいよ。ハリー、ここボルティモアではコーキンには鉄をメスキート材で作った槌で打ちこむんだ。槌の両端は鉄でおおってあってね。きみはコーキンの組合《ブラザーフッド》にはいれるぐらい力が強いかな？」

「はいるならシスターフッドでしょうね」とアレック。

「それでもいいさ。筋肉を見せてごらん」

　ハリーに筋肉を見せられて、ジェイムズはじっと考えこむような顔になった。「ボルティモア・ビリーの筋肉ほどもすばらしいな」ハリーの二の腕を軽く握って言う。「そう、そいつはけっして怒らせたくないような男なんだ」

「体にタールを塗ることもできるわ」ハリーがあまりに歓喜した声で言うので、アレックは思わず吹きだし、娘は傷ついた顔になった。

「ごめんよ、ハリー。まるですごいクリスマス・プレゼントでももらったように言うから」

ジェニーは気がつくとまた小さい女の子をじっと見つめていた。「ママはどこにいるの？」

そのことばを口にしたとたん、はっと息を呑んだ。「ああ、いいの、ごめんなさい。忘れてたわ。どうしよう。ケーキをもうひと切れいかが、ハリー？」

ハリーは感情のこもらない声で言った。「ママはずっと前、あたしが生まれたときに死んだの。ママのことは覚えてないけど、パパが写真を持ってる。とってもきれいな人よ。うんとやさしい人だったってパパが言ってた。旅は嫌いだったけど、パパといっしょに旅をして、文句も言わなかったって」

「あなたはパパといっしょに旅してまわってるの？」とジェニーが訊いた。

「ええ、そう。パパとあたしはいっしょにどこへでも行くの。ジブラルタルの総督と食事したこともあるわ。この前の二月だった。ミセス・スウィンドルはジブラルタルが大嫌いだったけど——スペイン人がやってきて、イギリス人を皆殺しにするつもりでいるって言うのよ。それに、汚いサルだらけで、サルが人間に襲いかかって怖がらせるせいでみんな髪の毛が真っ白になってペストにかかってしまうって言うの」

ジェイムズ・パクストンは笑い声をあげ、身を乗りだしてハリーの肩を軽く叩いた。「汚いサルはじっさいにいたのかい？」

「ええ、いたわ。パパに一匹つかまえてって頼んだんだけど、サルは船に乗せたらかわいそうだってパパが言うの。サルを乗せる前にペストを乗せてしまうことにもなるって」

「それはパパの言うとおりだと思うわ」とジェニーが言った。いまわかった彼の新たな一面を自分の知っているアレックという人物にあてはめるのはむずかしかった。しかし、昨晩のことは夢ではない。この人はわたしを寝台にしばりつけ、衣服をすべてはぎとり、体に触れたのだ。ジェニーははっと背筋を伸ばした。「やめてちょうだい」と声に出した。それから勢いよく立ちあがり、足首の痛みにうめいてまたすぐに腰を下ろした。アレックに向かって「やめて。聞こえないの？」と言った。

アレックに見つめられて、ジェニーは自分が口に出したことばにハリーが傷ついた顔をしているのに気づいた。アレックは肩をすくめ、意地の悪い表情を顔に浮かべた。「なにを考えているんだい、ジェニー？　昨晩のことかな？　足首をひねったときのことを？　ほんとうに気をつけないといけないな。たしか、家の壁から落ちたんだったかな？」

「いいえ、落ちたのは——いいえ、階段を昇っているときよ」

「実演してくれてもいいな。そうすれば、これからはみんなそういうけがを避けられるだろうからね」

「着替えなくては。またすぐにね、ハリー」

「造船所へ行くんだと思っていたが」とジェイムズが言った。

「あとで行くわ、パパ。まずはハリーの服を買いに行かなくては。造船所へはお昼のあとに寄るわ。ハリーをジョン・ファリングに会わせようと思うの。オーカムを撚《よ》ってコーキン用の縄にしている職人の」それからハリーに向かってつけ加えた。「年寄りで、すてきなお話をたくさん知っている人よ」

ハリーは心臓が止まりそうになるような笑みをくれた。「その人に会いたいわ。ありがとう、ジェニー」

「さて、これはずいぶんとおもしろくなってきたぞ」ジェイムズは足を引きずって居間を出ていく娘の後ろ姿を見送りながら言った。

「ハリー、その三切れめのケーキを持ってまた鳥かごをよく見ておいで」

「ええ、パパ。ミスター・パクストンとお仕事の話をしたいのね」

「そのとおり」

「小さいがすばらしい娘さんだね、アレック」

「ええ、そうですね。あの子には驚かされないことがありません。造船について知識があるとは思いもしませんでした。たしかに、船長室付きの従者は腕のいいコーキンでしたが。さて、ビジネスの話ですが、ご病気になる前はご自分で造船所を経営なさっていたんですか？あなたご自身が造船の指揮をとっていたと？」

「ええ。おもに帳簿の面ではジェニーの力を借りていましたがね。娘は造船についてもあらゆる面についてかなり詳しいんです。それも十三歳のころから。〈ペガサス〉の設計図は昨年の冬に私が描きました。ところがそのときに心臓発作に襲われましてね。ジェニーがあとを引き継いで設計図を完成させた。ジェニーはうちの倉庫は見せましたかな？　まだ？　まあ、じっさい残っているのは私が作った簡単な模型といくつかの設計図だけだが。それでも、パクストンの資産だから、見ていただかないと。それから、プラット・ストリートには製帆所がある。おそらくいまも八人の職人たちが〈ペガサス〉の帆を縫っているところでしょう。帆をいくつかに分けて装備するというのはジェニーの考えです。予定どおりに作業は進んでいると言っていたから、帆も十月の末までには全部準備できるはずだ」

「まだ買い手は現われないんですか？」

「ええ。前にも言ったように、ミスター・ドナルド・ポイントンから注文を受けて材料費の一部は払ってもらったんだが、その後彼が破産しましてね。同じ嵐で二艘の船を失ったらしい。どちらも黒人奴隷を乗せた奴隷船だった。これ以上奴隷船はいらないとはっきり言っていたんだが――」ジェイムズは肩をすくめた。「彼はこの街の名士でして。あなたもよくご存じのタイプですよ、アレック――外向きにはざっくばらんで愛想がいいんだが、中身はヘビのように無慈悲な人間だ。わが社の資金は尽きつつある。九月はじめには従業員たちに賃金を払い、材料を買い足すためにユニオン・バンクから融資を受けなければならなかった。さもないとつくりかけた船をつぶさなければなりませんからな。そんなことはできない。そんなことをすれば、すべてを失うことになってしまうわけだから。あの快速帆船は驚くべき船になりますよ。どうあっても完成させなければ。今後五年のあいだに大きな利益を生む船なのだから」

アレックは組みあわせた自分の手を見下ろした。「娘と同じく、私もじっさいの作業を見てみたいですね」

「製帆所も？ ああ、たしかに見ものではある。職人たちが力を合わせている様子を見ると、心が温かくなりますからな。私の見積もりでは、職人たちは完成までに何マイルもの糸とゆうに四十ポンドもの蜜を使って、一万一千平方フィートほどの布を縫うことになるはずだ」

アレックは口笛を鳴らしたが、すぐさまその音が変わった。ジェニーが足を引きずりながら居間に戻ってきたのだ。シンプルなモスリンのドレスを身につけている。彼女には短すぎ、襟が耳たぶに達するようなドレスだったが、そんなことはどうでもよかった。ドレスの下に隠されているものはわかっていたからだ。アレックはまた裸の彼女が見たかった。いますぐにでも。彼女のすべてを。ジェニーがそれに同意するとは思えなかったが、それもどうでもよかった。ジェニー・パクストンを怒らせてから誘惑するのも娯楽のひとつにしようと決めていたからだ。

「では、出かける準備はいいかな？」彼は立ちあがって言った。ジェイムズに向かってつけ加える。「すべて満足いく結果になるでしょう。これ以上ご心配なさらないように」

「まあ、私の望みはおわかりだろうからね、アレック」

アレックにはわかっていたが、思わず顔をしかめた。造船所の経営権のためだけにジェニー・パクストンと結婚するつもりはなかった。

「ネスタのようにきみを死なせるわけにはいかない。どうすればいいかはわかっている。きみの身になにかが起こるということは絶対にない。絶対に。誓うよ!」

「パパ?」

アレックははっと目を覚ました。鼓動が激しくなっている。開いているつづきのドアのところからハリーの怯えた声が聞こえてきて、すぐさま身を起こした。「ハリー? 大丈夫かい? 具合が悪いのか?」

「ううん、パパ。パパが誰かにお話ししてるのが聞こえたから。誰かがいてパパにひどいことしてるんじゃないかと思ったの。叫んでいたから。でも、誰もいないのね」

つまり、私は薄暗い朝の光のなか、娘の小さな輪郭をじっと見つめているのだなとアレックは胸の内でつぶやいた。叫んでいたのはジェニーに対してだった。子を身ごもってふくれた腹をしたジェニー。

「夢さ、ハリー。悪い夢を見たんだ。ジェニーの」

「寒いわ、パパ」

アレックは悪夢のなごりの奇妙な感じを払いのけ、上掛けを持ち上げた。「ここへおいで、おちびさん」

ハリーはベッドの父のそばに身をすべりこませた。アレックは娘がシーツの上に来るように気をつけた。自分が裸だったからだ。それからシーツに包んだ娘を胸に引き寄せ、耳にキスをし、ふたりの上に毛布をかけてまた眠りにつこうとした。が、そうはいかなかった。

「ジェニーになにが起こらないようにするの、パパ?」

「彼女が私と結婚して赤ん坊を産むことになる夢を見たんだ。おまえの弟か妹さ。彼女はお産を怖がっていた。私は怖がる必要はないと言ってやっていたんだ。私が彼女の身になにも起こらないようにするからと」

「ジェニーはママみたいに死んだりしない？」

「しないさ。夢のなかでも、私がどうすればいいかわかっているから、死なせたりはしないと約束していたんだ」

「あたしのせいでママは死んだの？」

「もちろん、そんなことはない。どうしてそんなふうに思ったんだ、ハリー？」

「だって、あたしが生まれたので、ママが死んだんでしょう。ミセス・スウィンドルがドクター・プルーイットに言ってたわ。母親から生まれるには大きすぎる赤ちゃんもいるって」

「それはたしかにそうだが、それがおまえのせいだと言っているわけじゃない。おまえも死んでいたかもしれないんだからね、ハリー。そうだったら私は耐えられなかっただろう。少なくともおまえはこうして生きていてくれる」

「ママのことはどうして助けてあげられなかったの？」

「当時の私は愚かで無知だったんだ。赤ん坊のことをなにも知らなかった。それに、ドクター・リチャーズ――おまえのママのお医者さんだったが――彼も私と同じぐらい無知だったと思うね。去年、北アフリカに行ったときに、たまたまとても賢い人物に出会った。オランを覚えているかい？」眠そうなうなずきを肩に感じてアレックはつづけた。「彼はアラブ人の医者だった。それで、彼におまえの母親の話をすることになったんだが、今度お産に立ち会うことになったら、どうすればいいか教えてくれたよ」

「ジェニーが赤ちゃんを産むのを怖がっているの？」

「それが私の夢の妙なところさ。ジェニーが赤ん坊を産むのを怖がっているかどうか、私には見当もつかないんだからね。たぶん、彼女が死ぬのを私が恐れているんだろうな。おまえのママはとても特別な人だったんだ、ハリー。だからいなくなったときにはひどく辛かった。罪の意識も感じている。いま知っていることをあのとき知っていさえすればと思うとね。そうすれば、たぶんいまも彼女は生きていただろう。でも、物事はそううまくはいかないんだ。そう、それはたしかだ。おまえのママはとてもやさしい人だった。それだけは忘れないでいておくれ」

「でも、ママはあたしたちみたいに旅が好きじゃなかった」

「ああ、あまりね」明るい陽射しのもとでは、これほど娘に率直に話をしたことを後悔するかもしれない。そうアレックは思ったが、娘に対しては物事を曖昧にしておかないのが常だった。

「ジェニーはいっしょにいてたのしい人だったわ。ジェニーったら、女の人の服についてはなにも知らないのよ、パパ。ミセス・スウィンドルとはちがうわ。ミセス・スウィンドルはなににについてもあれこれ言うし、ときどきひどいことも言うもの。ジェニーがなにも知らないのは不思議だった」

「知らないのはおまえも同じだろう。私はファッションの評論家になった気分だったよ」

「ジェニーはいい人だわ――」

「でも？」

「自分のことをよくわかっていない人ね、パパ」

アレックは身をこわばらせて思った。これはふいをつかれたな。

「どういうことかわかって言ってるのかい、おちびさん？」

「ジェニーはなんだかパパのこと怖がってるみたい。パパもひどくからかうし。でも――ジェニーはあたしのママになるの？」

またもふいをつかれた。まだ最初の衝撃のせいで頭がくらくらしているというのに。「いや」とアレックは言った。「ならないさ」

「でも、赤ちゃんの夢を見て怖くなったんでしょう」

「たしかにね。自分でもわからないが。なあ、ジェニーが自分のことをよくわかっていないとはどういう意味だい？」

「彼女は怖がっているの。それだけよ」

「私のことをかい？」

肩にもたれたハリーの頭がまたうなずくのがわかった。まあ、少なくともジェニーは私を警戒はしているはずだ。彼女にはやりたいと思ったことをそのまま全部やってしまったのだから。いや、全部とは言えない。彼女のなかにはいり、体をひとつにし、男と女がどういうふうになれるのか見せてやれたなら。ふたりだったらどうなるのかわからせてやりたい。アレックは自分の愚かさに鼻を鳴らした。

「ジェニーはうんと怒ってもいたわ。頭を棍棒《こんぼう》でなぐってやりたいって感じだった」

「まさしくね。どうも私は彼女をいらいらさせてしまうようだ」

「ジェニーはどうして足首を捻挫したの、パパ？」

「階段を昇るときに転んだって言ってただろう」

ハリーは鼻を鳴らした。鳴らしかたが父にそっくりで、アレックはにやりとした。

「パパがなにかしたの？」

「いや、してないさ——少なくとも、足首を捻挫させたりはしていない」

ハリーは黙りこんだ。しばらくして眠そうな不明瞭《ふめいりょう》な声で言った。「あたし、弟か妹がほしいな、パパ。ジェニーはばかな人じゃないから、あたしのこともばかじゃないといいと思ってるはずよ。ジェニーは船の造りかたを教えてくれるわよね？　それから、あちこち旅をするのもきっと好きよ。パパより好きなんじゃないかと思うわ」

「たぶん、そうかもしれないな」

「もしかしたら、ママにはなりたくないのかもしれない。パパみたいに、奥さんを持たずにただ旅をするほうがいいのかもしれないな」

しかし、女は夫や子供をほしがるものだ。家や家庭といったものを。そう考えて、はっとした。自分の考えかたに驚いたのだ。これまでよく考えもしなかったのだが、ネスタといっしょにいたときには私は自分のしたいようにして、ネスタがそれに合わせるのを望んでいないかもしれないとは思ってもみなかった。ネスタがいつも文句も言わずに合わせてくれていたからだ。私は自分勝手で傲慢なくそ野郎だった。自分をそういう否定的な目で見るのは愉快ではなかったが、それが真実であるのもたしかだった。そしていま、ジェニーが現われた。しかし、ジェニーは頑固でひどく短気な女だ。ネスタとはまったくちがう。おまけに彼女にはなにをすべきか教えてやる人間が必要だ。できれば私のような人間が。アレックは娘に、ジェニーはこっちが望めばそのとおりにするにちがいないと言いかけたが、そんなことを口に出すのはばかげていると気がついた。それになによりも、ハリーは眠ってしまっていて、規則正しく呼吸していた。アレックは呼吸に耳を傾け、やがて自分も眠りに落ちた。

アレックとハリーはパクストン家のダイニングテーブルについていた。ハリーは買ったばかりの青と白の花枝模様のモスリンのドレスに身を包み、ジェニーは薄い桃色のシルクのドレスを着ていた。そのドレスは彼女の肌をつややかに髪を金褐色に輝かせ、目を鮮やかな緑に――アレックはユージニア・パクストンの外見に関するばかばかしい考察を中断した。悪くない見かけではあるが、それほど並はずれてはいない。アレックは知らず知らず彼女の腹を凝視していた。夢のなかと同様に、自分の子供を宿してふくれた腹を見ていたのだ。

ジェニーは笑い声をあげていた。まさかいまこの瞬間、妊娠した姿を想像されているとは思ってもいないのだ。話をわかりやすくするために、銀器を動かしている。「見て、お父様、ハリー。アレックは船尾にあるハッチの上げ縁のそばに立っていたの」そう言ってハリーににっこりとほほえみかけ、話をつづけた。「ハッチの上げ縁は箱になっていて、下甲板へつづく穴をふさぐ役割をしているわ。雨が下に流れこまないようにするためにね。とにかく、その箱はまだ固定されていなかった。アレックがミスター・ノウルズに質問しようと振り返ったときに、頭上で帆桁を固定しようとしていた職人のひとりがハンマーを落としたの。それがすぐそこに落ちて、上げ縁の箱が跳ね、アレックの足を直撃しそうになったのよ。男の人があんなに高く、あんなにすばやく飛びあがったのを見たのははじめてだったわ。しかも、まだ飛びあがっているあいだに、次から次へと悪態までついて」

「あなたの娘さんは加虐嗜好《かぎゃくしこう》がありますね」

「なんのこと、パパ？」

ジェイムズが答えた。「加虐嗜好とは他人の不幸を喜ぶ人間のことさ。ここにいるうちの娘のように」

ハリーはくすくす笑った。「あたしも見たかったわ。ミスター・ファリングはとても親切だったけど。ほんとにおかしかった？　パパは飛びあがったり、誰かに笑われるようなことをしたりは絶対にしないのよ。ハンマーが落ちてきたことは話してくれなかったわ」

アレックは眉をゆうに一インチは上げた。「いったいどうしてそんなふうに思ってるんだ？　もちろん、私だってたまにはばかなことをするさ」

「ううん、パパ。パパはいつも完璧よ」ハリーはそう言ってローストされたキジをひと口食べた。

ジェニーは笑いながら言った。「ハリー、あなたのお父様はあやうく豚みたいな悲鳴をあげるところだったのよ。髪の毛も逆立っていたし。目なんか黄色になってたわ。口はぽかんと開いて、顎はおなかまで落ちていた」そこでいったん口をつぐむと、さらにくすくす笑い、やがてつづけた。「あなたがそこまで傲慢なのも不思議はないわね、アレック。だって、なにも知らない娘をしつけて父親讃歌《さんか》を歌わせているんですもの」

「ううん」ハリーはまじめくさった口調で言った。「パパはそんなことしないわ、ジェニー。ただ、みんながパパを好きで、パパをすばらしいと思ってるだけなの。パパはとても賢いから、もちろん、男の人にも好かれるけど、女の人たちは、そう、ときどきよく見てると、みんなパパのことばかり見ていて扇《おうぎ》の陰でパパの噂をしているのよ」

「食べなさい、ハリー」アレックが言った。「もうおしゃべりはおしまいだ。さもないとミセス・スウィンドルを呼ぶぞ。彼女が来たら、このあたりは雨模様になるだろうな」

「それはどういうことだね？」ジェイムズは口に持っていこうとしていたワイングラスを途中で止めて言った。

「ミセス・スウィンドルはいわゆる楽観主義者ではないんです。雲にちらりとでも黒いものが走るような話になれば、大喜びでそれに飛びつき、みんなが眠くなるか、彼女と同じぐらい鬱々《うつうつ》とした気分になるまでその話をやめないわけです」

「あの人はこれまでパパを好きにならなかったただひとりの女性よ」

「ハリー、食べるんだ。口を閉じないと困ったことになるぞ。これは脅しじゃない」

「わかったわ、パパ。パパを好きにならないのはジェニーだってそうだけど、それはあたしがまちがっているかもしれないしね」

「ハリー」ジェニー自身悲鳴をあげそうになりながら言った。「パパの言うことを聞いて。食べるの」

「前から考えていたことがあってね」食卓についている全員が気をおちつけたところで、ジェイムズが口を開いた。「ファウンテン・インは悪くない場所だし、あなたが家を探していることも知っている。しかしね、アレック、この家は途方もなく大きく、ほとんどが空き部屋だ。ジェニーと私はあなたとハリーと、そう、ミセス・スウィンドルも、適当な家が見つかるまでここで暮らしてくれたらうれしいんだが」

「毎日ミスター・モーゼスに会えるのね。グレイシーもほんとうにいい人だわ。ラニーが見ていないところで、干しぶどうとりんごをくれたのよ。ここに住めたらすごいわ、パパ」

アレックは急いで開いた娘の口にフォークでブレッド・ソースをつめこんだ。「口を閉じて、呑みこめと言うまで嚙んでいるんだ」

ジェニーは父親をじっと見つめた。そんな提案を耳にするのははじめてだった。それについての自分の意見は自分でもわからなかった。わかっているのは、自分の思いがすべて彼に集中していることだけだった。あのときの感触とまなざし。それを考えただけで顔が赤くなり、全身がほてった。しかし、彼と同じ家に住み、廊下の向こうの部屋に彼がいるというのは、想像しただけで——。

「さあ、呑みこんでいいぞ。それからもうひと口食べるんだ。いい子だ」

「反対かい、ジェニー?」ジェイムズが娘に訊いた。「部屋はたくさんあまっている。グレイシーの手伝いにもうひとりメイドを雇ってもいいしな」

「ええ、それはそうね」

アレックはテーブル越しにジェニーと目を合わせた。ジェニーは驚いた顔をしている。わずかに恐怖に駆られてはいるものの、興奮を覚えているのもまちがいない。アレックはその瞬間に気を変えた。自分があまのじゃくであることは自分でもわかっている。「ほんとうにそれほどご迷惑でないならば、ハリーといっしょに喜んでこちらに来させてもらいます。ミセス・スウィンドルについては、どこへ移ろうともなにかしら悲観的なことを言うのはまちがいありませんが、娘にはよくしてくれるので、どうにかしておたくの使用人たちの邪魔をしないようにさせておくつもりです」

「すばらしい。では、決まりですな。モーゼス。われわれ男にポートワインを持ってきてくれ。ジェニー、ハリーを連れて居間へ行って、はじめてコーキンに挑戦したときの話でも聞かせてやりなさい。ああ、ハリー、それがどれほどひどいことになったか!」

ジェイムズは椅子に背をあずけてほほえんだ。望みどおりに事が進むのはいいことだ。それはまちがいない。ジェニーはプルーンを丸ごと飲みこんだような顔をしているが、どうにか受け入れてくれるはずだ。それにしても、ほんとうのところ、どうして足首を捻挫したのだろう。

アレックはジェニーがハリーの手をとるのを見守っていたが、またあのいわく言いがたい思いに駆られた。自分でも認めたくない欲求。またオリーに会いに行かなければならない。今夜遅く。いま感じているのはただの欲望にすぎない。それ以上のなにものでもない。そのことを覚えておかなければ。しかし、思いだすと指が曲がり、熱くなった。なかに差し入れたときの指を包みこむ肉の感触。アレックはごくりと唾を呑みこんだ。

三十分後、アレックは居間のドアのところでしばし足を止めた。パクストン家の居間のカーペットの上で寝てしまわないうちに、ハリーをファウンテン・インに連れ帰る時間だ。ジェイムズがモーゼスの手を借りて部屋に引きとり、あとはご自由にとアレックはひとり残されたのだった。足を止めたのは、ジェニーの声が聞こえたからだ。「カマツカ釣りに連れていってあげるわ。でも、四月になってからね。そのころにならないと姿を見せないの。カマツカって？　そう、コイの仲間よ。体長は五インチほどかしら。背中が玉虫色で、腹は銀色なの。カマツカ釣りのときはパタプスコ川をリレイまで下るのよ。ボルティモアから南に何マイルか行ったところね。なあに？　ああ、そう、魚を釣ったら、はらわたを抜いて、ひきわりトウモロコシの衣をつけてベーコンの脂で焼くの。それで食べる。おいしいわよ、食べたらわかるわ」

「カマツカ？」アレックは居間に足を踏み入れながら言った。

「そうよ、パパ。ジェニーが釣りに連れていってくれるって。パパも連れていってくれる？」ハリーが訊いた。

「行くさ」とアレック。「でも、その恐ろしい響きのものを抜くのはごめんだが」

「パパは釣りは好きなんだけど、はらわたを抜くのは気持ち悪いと思ってるのよ」

アレックはにやりとした。娘にかかっては秘密などというものはありえない。絶対に。

「ジェニーに私の欠点を洗いざらい話すつもりかい？」

「ううん、パパ。そんなことしないわ。約束する。あら、ピアノ」ハリーはピアノを見に部屋の隅へとスキップしていった。

「ピアノは弾くの、ハリー？」とジェニーが訊いた。

ハリーは物ほしそうな顔で首を振った。それから恐る恐るそっと指でドの鍵盤《けんばん》に触れた。

「ニューヨークのジョン・ゲイブが作ったピアノよ。去年の誕生日に父が買ってくれたの」

「船にはピアノを置く場所はないからね」とアレックが言った。ボルティモアの未婚婦人たるミス・ユージニア・パクストンになにかしら説明しなくてはと思ったのだ。夢が正夢なら、自分の子供を産む、とても情熱的なご婦人に。アレックは首を振った。どんどん自分が愚かしくなっていくような気がした。

「ええ、そんな場所はないでしょうね。それに、嵐のときにはあちこち動いてしまうし。わたしは少し弾けるから、よかったらハリーに教えるわ」

「そいつはご親切に、ジェニー。ハリーと私がきみの家に移ってきたらいいやかい？」

「ミセス・スウィンドルのこともお忘れなく」

「質問に答えるんだ、ジェニー」

ジェニーは彼の美しい顔を見あげ、正直に言った。「ここへは来てほしくないわ。造船所の経営権を買ってあとは出ていってほしい。〈ペガサス〉のことも買ってくださるなら、助かるけど」

そのことばはアレックをかっとさせた。彼は冷たく言った。「きみとベッドをともにするまでは出ていくつもりはないね」

「もうあなたのベッドにははいったわ」

ありがたいことに、ハリーは鍵盤を調べるのに夢中だった。「ああ、そうだね。でも、私はきみのなかにはいっていない」

ジェニーは勢いよく立ちあがった。が、足首が体を支えられず、また腰を下ろすことになった。「やめて、アレック。あなたの愛人になるつもりはないわ」

「そうだろうね。それでも私はきみの最初の男になるつもりでいる」そして願わくは最後の男に。いったいどこからこんなばかげた考えが浮かんだのだ？「今夜うちの船に来ないか？」

ジェニーはこぶしを握って腕を引き、彼の顎めがけてくりだした。が、アレックのほうがすばやかった。手首をつかむと、腕を下ろさせ、体を引き寄せた。ジェニーは顔に彼の甘い息を感じた。「きみのなかにはいるよ、ジェニー。きみは脚を私の体に巻きつけるんだ。きっと気に入るよ。きみはきつくて熱い。私に指で愛撫されて、きみは声をあげるんだ。口と口を合わせたまま。私はきみを無事に――」

「パパ？」

「娘というのはすばらしいお目付け役だな」とアレック。「ああ、どうした？」そう言いながらもジェニーの手首は放さなかった。

「ジェニーは怒ってるみたい」

「そうさ、でもきっと機嫌を直すよ。さて、ハリー、そろそろ帰るがいいかな？　ミセス・スウィンドルは今夜ドクター・プルーイットと出かけているから、私がおまえのメイドになるよ。いいかい？」

ハリーはうなずいたが、少しばかり心配そうな顔だった。

「大丈夫よ、ハリー」と言ってジェニーはまた手首を引いた。アレックは手を放した。「あなたのパパはわたしのことをからかうのが好きなだけなの。明日の朝会いましょう。あなたについては、男爵様、船のレースを申しこみますわ。〈ペガサス〉とあなたの〈ナイト・ダンサー〉とで。ナッソーまで行って戻ってくるレースを」

「きみはいかれてるな。でも、受けてたつよ」

11

ジェニーは足もとでやさしく揺れる〈ペガサス〉の感触がとても気に入った。いつもながら完成した船を水に浮かべ、造船所から外へ出すのはたのしい仕事だった。船はしっかりと波止場に係留されてはいたものの、これから海に乗りだす本物の船らしく思えた。

ジェニーが物心ついたときから、父も造ったすべての船についてこう言っていたものだ。「さて、船を水に浮かべるときがきたな。チェサピーク湾にはまだ出せないが、パタプスコなら大丈夫だ」〈ペガサス〉はアレックがやってくる二日前にはじめて水に浮かべたのだったが、彼にもそれを見せたかったと思わずにいられなかった。それはつねに、じっとしていられないほどに興奮をもたらすイベントだった。父が船の支柱でブラックラムの瓶を割ると、それを合図に男たちが木の支え——昔風に言えば架台——をとりはずす。〈ペガサス〉もそうして水上へと乗りだしたのだった。男たちはみな大きな歓声をあげた。

それからモーゼスが父を家に連れ帰った。疲弊《ひへい》しきっていてひとりではほとんど歩けなかったからだ。

ボス・ラムの索具係が、フォアマストのハリヤードで帆桁を引きあげようと、うっそうとした森の木から木へ飛び移るサルさながらに飛びまわっている。ジェニーはそれを見てため息をついた。

とんでもない賭《か》けを申し出てアレックがそれを受けてたってから、まだほんのつかのまし か時間がたっていない感じだったが、もう二日ほどもたっていた。彼は髪の毛一本も姿を見せなかった。父といっしょにパクストンの帳簿を調べたり、ミスター・ファリングの案内で製帆所やパクストンの倉庫を訪ねたりしていることは知っていた。今朝はいったいどこにいるのだろう。

ジェニーは長く想像をめぐらす必要はなかった。目を上げると、男爵の姿がはっきりと見えたからだ。髪の毛どころかその全身が。〈ペガサス〉に乗ってきて、ここへ来る途中、作業している男たちみんなに声をかけ、船のでき具合について適切な感想を述べているらしい。まるでここの主のような態度だ。そのことにわけもなく腹がたった。

アレックはばかげたウールの帽子をかぶったジェニーがにらみつけてきているのに気づき、お返しに思いきりにやりとすると、そばへ寄って前置きなしに言った。「なにを賭ける?」

ジェニーは顎をつんと上げ、即答した。「よくご存じのくせに」

「そうかな?　まあ、私がきみを負かすのは絶対だが。たとえ〈ペガサス〉のほうがスピードが速くても――」

「ふん。〈ペガサス〉がスピードでは勝っているのはよくご存じなのね。じゃあ、どちらが勝つかは指揮をとる男――女しだいだってこともよくおわかりのはずだわ」

「わかっているさ、ジェニー、わかっている。いいだろう、私が負けたら、造船所の四十九パーセントの権利を買い、経営はきみにまかせる。それでいいか？」

「いいわ」

「よろしい。こちらもそれで結構だ。昨日きみのお父さんが提示してくれた金額もそれで不足はない。驚いたかい？　さて、私が勝ったらだが――」話しながらも、アレックの目はジェニーの胸にじっと注がれていた。そうすることで彼女を怒らせることはわかっていた。アレックはできるかぎりいやらしい目つきを作った。それからわざとそこで間を置いた。ジェニーが最悪の申し出を覚悟しているとわかっていながら、快速帆船の上を動きまわるボス・ラムと索具係たちに気をとられたふりをしてその様子をじっと眺めた。水夫たちはタールを塗った麻のロープを引いて細いマストをしっかりと立てようとしていた。ボス・ラム自身は自分の口ひげを嚙みながら、フォアトゲルンマストの見張り台に陣取って前後に身を揺らし、マストに目をやったり、マストを支える横静索《ロープ》の強度をたしかめたりしている。ことば数の少ない男で、女から直接命令されることにも頓着《とんちやく》しないように見えた。ジェニーのことはスコットランド風に嬢ちゃんと呼んでいたが、どう見てもスコットランド人ではなく、ジェニーも嬢ちゃんという柄ではなかった。アレックに会ったときも値踏みするようにじろじろと彼を眺めたが、なにも言わなかった。ジェニーから聞いたことからして、ボス・ラムはジェイムズ・パクストンとは互いに子供のころからの知り合いらしかった。だからこそ、主人に忠実なのだろうとアレックは思った。

「それで?」

アレックはジェニーに目を戻した。「きみが言うほんのひとことがどれほど口やかましく聞こえるかは驚くほどだね。ああ、見てごらん、重い策具をバウスプリットにとりつけたぞ。叔父がよく言っていたものだが、船はギターと同じように調整すべきなんだ。右舷のトップマストの横静索をほんの少し強めに張ったり、メインのトゲルンスルの支索をゆるめたりとかそういうことだが」

「アレック、からかうのをやめないと、頭をなぐるわよ」

「でも、あんまりたのしいものでね。きみをからかうということだが。そう、私の手はあまるほどのきみの胸の感触を思いだしていまでも自然に丸まってしまうよ。それに――」

ジェニーがうなるような声を発した。アレックが思うに、手に槌を持っていたなら、頭めがけて振り下ろしてやりたいといった様子だった。

「でも、待てよ。そんなはずはないな。きみは仰向けになって手を頭上に上げていた。そんなときには女の胸がそれほどたっぷりしているはずはない。だから――」

ジェニーはできるだけ手加減してアレックの肋骨に肘鉄を食らわせた。アレックは笑った。

それから、なだめるように手を上げた。「わかった。もう口を閉じているよ。まじめな男を装うから」そう言って磨きこまれた前甲板の手すりに寄りかかった。「私が勝ったら、褒美はふたつだ。まず、きみがみずから進んで私のベッドにはいること。もうひとつは、造船所の権利を五十一パーセントもらいたい。ミスター・ユージーン、つまり、造船所の経営権ということだ」

ジェニーの顔に信じられないという憤怒《ふんぬ》の色が走り、アレックは喜びを覚えた。ひとつめとふたつめ、どちらの提案に対してだろうか？　その瞬間、彼女の帽子をはぎとってキスしてやりたくてたまらなくなった。彼女がぼうっとなり、膝が崩れそうになるまで。前の晩のオリーとの営みが思いだされた。あの女にへとへとにされたはずだった。オリーができるかぎりのことをしてくれたのはたしかだ。しかし、いま彼は野生の雄ヤギほども欲情していた。それも男の恰好をした女を相手に。よく洗った顔はボルティモアの弱い陽射しを受けて光り輝き、ズボンはぶかぶかで、きれいな髪はいつものひどい帽子の下にすっかり隠れてしまっている。

アレックは自分でもぎょっとするような思いをきっぱりと振りきって言った。「私が造船所を引き継いだら、きみにはどうにかして夫を見つけてやろう。そうすれば、きみも女がすべきことをして時間をつぶせるはずだ。造船所の経営からは手を引くんだ。男の領域に首をつっこむのはやめてね」

「いいえ。絶対にいやよ。それに、アレック、わたしは夫なんかほしくないわ！　一生。聞いてる？　わたしをからかって遊ぶのはやめて。わたしはどこかのあほ男に自分の一生をさげたり、その男の言いなりになったりは絶対にしないんだから」

「へえ、そうかい？　なんと、きみはずいぶんとはっきりした考えを持っているんだね。いいかい、ミスター・ユージーン。いずれにしても、きみがこの造船所に干渉することは今後許さない」

「干渉ですって？」発せられた声は興奮のあまり金切り声となり、アレックも思わずびくりとせずにいられなかった。「ここはわたしの造船所よ、アレック・キャリック。責任者はわたしで、口出しは許さないわ。さもない——」

「このままきみが造船所を牛耳るつもりなら、造船所に未来はないな。どうしてそんなにわからずやなんだ、ジェニー？　きみは男というものにほとんど敬意を払っていないようだが、物事を動かしているのは男なんだ。それは認めたほうがいいな。きみはそうは思わないかもしれないが、それが世のならわしだということを知らなくてはならない。陰でお遊びするのはかまわないが、男の真似をするのはもうやめだ。私の言うことがわかるかい？」

ジェニーは両脇に下ろした手をこぶしに握った。彼の頭の固さにはいらだちと怒りを覚え、むせそうになるほどだった。が、どうにかおちついた声を出して彼を追い払おうと試みた。

「〈ペガサス〉が完成したらすぐにレースをしましょう。あと十日ほどよ」

「条件はいまのでいいのかい？」

ジェニーはじっと彼を見つめた。それから、そのまなざしと同じだけ冷たい声で言った。

「あなたとベッドへですって？　そうね、そうなるかもしれないわね、男爵様。あなたたち男ってセックスをとてもすばらしいものだと思っているようだし——」

「いいかい、きみの記憶はそんなに短命で選択的ではないはずだ。きみだって女の悦びを与えられたじゃないか。私とベッドにはいるときには、毎回同じ悦びを与えてあげるよ、ジェ

それを聞いてジェニーはほんのつかのまひるんだだけだった。「あら、男爵様、ご自分が文明社会の誰よりもすばらしい愛人だと自負してらっしゃるようですけど――」

「あえて言わせてもらえば、野蛮《やばん》な世界においてもそうだ」

ジェニーはみごとなまでの無関心さで肩をすくめた。「まあ、そうでしょうね。わたしだって大人の女であって、ばかな若い娘じゃないのよ。なんでも自分のしたいようにできるわ。あなたがご自分のことをすばらしい愛人だと自画自賛したいなら、どうしてそれを信じないと言い張って、そんなすばらしい経験をみすみす逃す必要があって？　結局、試しに我慢してみるのもたった一度ですむわけだし――」

アレックが優雅にさえぎった。「逆だよ、ジェニー。きみが望むなら、我慢して実行するのは私の役目だ。何事においても行動を起こすべきとされるのは男の私だからね。女は性質上、ただ寝そべっていればいい。仰向けになったり、横を向いたり、膝をついて――まあ、私の言いたいことはわかるだろうが」

「おっしゃること、あまりわかりたいと思わないわ。あなたが無作法に口をはさむ前に言おうとしていたんだけど、あんなことは一度で結構よ。なんとも言えずおぞましい不自然なことだもの」

アレックは笑った。「そうじゃない。自分でもわかっているはずだ」

「なにがそうじゃないの？」

「一度きりでいいということさ。何度もしてほしくなるよ、ジェニー、きみが望むならそれについて別の賭けをしてもいい。どうだい？」

「あなたなんて地獄に堕ちるぐらいじゃ生ぬるいわ」

「うまい言いかたをするね。褒めてつかわすよ、ミスター・ユージーン。たしかにそうだ。私は下劣な男という存在にしっかり身をおとしめているわけだから。しかし、じつを言うと気が変わってね――」

「だめよ」

「まだ握手していないだろう、ミスター・ユージーン。経営者なら知っているはずだ。きちんと握手するまで契約は成立しない」

「なにについて気が変わったの？」

「いますぐきみをベッドに連れこみたい。今夜にでも。ナッソーから戻るまで待ちたくはないな」

「ああ、ジェイクが来たわ。たしか、あなたも会ったことがあるはずよ。製帆所のミスター・ファリングのもとで働いているの。ハリーを連れてきてくれたわ。索具係がうろついているところには彼女をいさせたくない。下へ連れていって船長室を見せてあげるわね」

「それよりも水夫たちの船室を見たがるんじゃないかな」

「下は全部見せてまわるわ。いずれにしてもジェイクと話をしなくちゃならないし。そのあいだハリーはあちこち探検していればいいわ」

「上に戻ってきたら、答えがほしい、ジェニー」

「あなたは若くして死ぬ運命ね、男爵様。そういう運命よ。しかも、怒り狂った女の手によって」

「でも、それはきみの手じゃない」

偶然ではないな、とアレックは胸の内でつぶやいた。ジェニーがハリーを連れて下へ降りるやいなや、ボス・ラムが見ているだけで怖くなるほど高い見張り台から降りてきたのだ。アレックがひとりになるのを待ちかまえていたようだ。

「マストは最高のものですぜ」と言ってボス・ラムは嚙み煙草を海に吐きだした。「アメリカには世界でも最高のマツ材がある。そう、それで最高のマストやらなにやらを作るってわけです」

「アメリカでは虫がつかないように、作ったマストを汚いよどみにつけておくとなにかで読んだが」

「そのとおり。虫が悩みの種でしてね。そう、もちろん、オークでできた船体部分はピッチでおおってやり、その上にフェルトをかぶせ、さらに薄く白いマツ材でおおいを作ってかぶせます。水に沈む部分は胴でおおいますしね。そうすると木につく虫を防げるんです。ありがたいことに」

「なるほど」

「あたしが首をつっこむことじゃないんでしょうが、男爵様、造船所がどうなるのか心配でしてね。ジェイムズ・パクストンは友達なんです。娘もそうだが」

ボス・ラムはひどくやせた初老の男だったが、煙草を嚙みながらずっとそのことを考えていたようだった。「そう、あの嬢ちゃんは賢い人だ。ある方面のことに関しちゃ、賢すぎるほどに。ポンプのチューブやいかりやハリヤード・ブロックになにか問題があると相談してごらんなさい。すぐに解決法を見つけだしてくれますぜ。でも、粗野な態度をとったり、残酷なことをしたりはできない。それにそう、あたしの言いたいことはおわかりと思いますが、男にだってなれない。たとえなれたとしても、男のほうが受け入れちゃくれません。侮辱や中傷に気づかないふりをしたり、気にせずにいたりってことも無理ですしね。嬢ちゃんがたいていいつも侮辱や中傷ばかりされてるってことには、イギリスの一ポンドを賭けてもいい。ボルティモアの名士だけじゃなく、あたしたちのような男からもです。みんな、嬢ちゃんは仰向けに寝そべって脚を開いていればいいんだって目で見るんです。彼女の命令にしたがうのは業腹《ごうはら》だってわけだ。あたし自身は女だからってそれほどのちがいがあるとは思いませんがね。嬢ちゃんが脳みそを持ったかたじゃなかったら、話は別だが」

「つまり、公平とは思えないってわけだ?」アレックは自分の言ったことに自分で驚き、急いで口を閉じた。

「ええ。まったくもって公平じゃありません。でもそれが世のありかたってもんでしょう? かわいそうな嬢ちゃん。この造船所を買うおつもりですか? 細かい監督作業までご自分で引き継ぐと?」

「なんらかの契約を結ぶことにはなる。パクストン造船所をつぶすことはしないよ。いま交渉の真っ最中だ」

「嬢ちゃんがお気の毒で」ボス・ラムはまた海に煙草を吐いた。「あのかたは男の家に飾っておかれるようには生まれついてないんです。居間にすわって口先だけの女たちにお茶を注いでいる姿は想像もできない」

「父親がきちんと育てなかったんだな」とアレックは言った。ボス・ラムがそれに対してなにも言わなかったので、話をつづけた。「ジェニーが造ったせいで〈ペガサス〉を買う者が現われないときみも思うのか？」

「それはそうです。ボイントンのやつが破産してから、造船所を仕切っているのがジェイムズじゃなく、ジェニーだという噂が広まりました。そのせいですよ。いまも、お仲間の紳士たちはクラブで両切り葉巻を吸いながら、嬢ちゃんを笑いものにしているわけです。ズボンを穿いたばかな小娘と言ってね。そう呼ばれているのはまちがいないですよ。おまけにその奥方たちが火に石炭を足すんです。嫉妬に駆られて。みんなそうだ。自分たちは赤ん坊を産んだりつまらないドレスの話をしたりしか能がないからって」

アレックはハリーのことを思い浮かべて言った。「赤ん坊を産んでくれてありがたいよ。産んでくれなくては世界はすぐに空っぽになってしまうだろうから」

「ええ、そりゃあね。でも、あたしの言いたいことはおわかりのはずだ」

「私に言わせれば、天に唾しているにすぎない感じだね。快速帆船は設計も造りもすばらしい。たとえ化け物が造ったとしても誰が気にする？」

「そうなんですけどね。でも、それが世の常ってもんじゃありませんか？　みな誰かを見下さずにはいられない。この場合は上流の紳士がたがちっちゃな嬢ちゃんを見下して軽蔑してるってわけです」

「ああ、きっときみの言うとおりなんだろう。心配はいらないさ、ボス、なにも悪いことは起こらないから。約束する」

アレックはその約束を守れるだろうかと疑問を呈《てい》することすらみずからに許さなかった。パクストン造船所が存続し、利益をあげつづけるよう、手を打つつもりでいた。どうすればそれができるか、まだはっきりとせず、ジェニーをどうしたらいいかは見当もつかなかったが。

ジェニーが軽蔑され、笑われているとしたら、それは公平なことではない。アレックは内心眉をひそめた。ボス・ラムの言ったとおり、この世には公平でないことが山ほどある。これが昔からある不公平なことのひとつだとして、それがどうだというのだ？　私は不正を正す騎士ではない。とくにこのことについては、なにがまちがっているのかよくわからなかった。

アレックは策具装置のできをじっくり眺めながら甲板で待った。マストは細く長く、ほかの船のマストのように完全にまっすぐ立てられてはいなかった。それどころか、この船のマストは、ほかの快速帆船で見たもの以上に後ろに傾いている。また、船底の勾配もバーカンティーン船とはまったくちがってとても急だ。バーカンティーンの船底はほぼ平らに近く、そこからじょじょに傾斜していき、船側は海面に対してほぼ直角となっている。

ボルティモアの快速帆船は称賛すべき船だった。日々その思いが強くなる。製帆所で縫われていた何ヤードにもおよぶ帆が頭に浮かんだ。すでに索具装置にとりつけられている帆もあった。〈ペガサス〉は三倍の大きさのバーカンティーン船以上の帆を備えた船になるだろう。それでいながら、船体はとても軽い。風に真っ向からつっこんでいっても、後ろに引き戻して速度を落とす重しとなるものはなにもない。

バーカンティーン船とちがって、〈ペガサス〉の甲板には物が置かれていない。なにもなく広々していて水面までの距離が近い。これほど乾舷が低くては、嵐になれば甲板はすぐに波に洗われてしまうことだろう。しかし、この船の長所はスピードであって、それ以外ではないのだ。なんともすばらしいデザインだ。ほんとうに。

船を称賛しつつ、アレックの頭はかすみがかかったようになっていたが、娘の声でそのかすみが晴れた。「パパ！　パパ！　製帆所ってとっても涼しくてすてきなのよ。男の人たちがみんないろんな話をしながら帆を縫っているの。針はさんきく――」

「三角」とジェニーが笑いながら言った。

「そう、三角針とパームを使っていたわ」

「やしの木《パーム》？　ココナッツは持ってきてくれたかい？」

「木じゃないのよ、パパ。革の切れ端なの。手にぴったりの大きさで、鋭い針から手を守ってくれるのよ」

「ああ、そいつはいい考えだ」アレックは娘の髪をくしゃくしゃにし、娘の面倒を見てくれたジェイクに礼を言った。

「賢いおちびちゃんですよ」ジェイクは言った。「えらく賢くて、怖くなるほどだ、まったく」

「パパには似ていないのね」ジェニーは声を殺して言ったが、アレックの耳には届いてしまった。アレックはなにも言わず、ジェニーに目を向けた。ジェニーはじっと見返した。しばらくしてアレックは肩をすくめると、別れを告げ、ハリーを腕に抱きあげた。

「どこへ行くの、パパ？」

「ファウンテン・インに戻ってミセス・スウィンドルとおいしいランチを食べるのさ。宿の亭主のミスター・バーニーはおまえに夢中だからね。私は別にいなくても大丈夫というわけだ」

「あら、パパ、ミセス・スウィンドルはあそこのダイニングルームで出される料理は全部大嫌いよ。コイなんか腐ったカブみたいな味だって――」

「おやおや、じゃあ、メカジキはどうだい？」

「ミセス・スウィンドルに会いたいわ」とジェニー。

「きみと似たような気性の女性だが？」

「いっしょにお食事しない、ジェニー？」アレックの無邪気な娘が訊いた。

「そうね、もちろん、いいわ。腐ったカブを食べさせられていたなら、うちではラニーに生のホウレンソウを出させるわ」

「げえ」ハリーは大声を出し、父に抱かれて〈ペガサス〉から降りるあいだ、笑いつづけた。

波止場に降りると、アレックは振り返って静かに言った。「今夜答えがほしい、ミスター・ユージーン。そうでなければ賭けは中止だ。時間切れだよ」

ジェニーはことばを発しなかった、ボス・ラムにじっと見られていることや、ジェイクがとまどった様子でそこに立っていること、いやらしいミンターがにやにやしていることがひどく気になった。

あなたたちのボスはわたしよ、と怒鳴ってやりたかった。娼婦かなにかであるようにぽかんと見つめられるのはたまらなかった。「ああ、もうっ」そう言って足音高く下の船長室へ――自分の部屋へ――向かった。


その日の夕方、ジェニーが造船所から家へ戻ると、アレックとハリーとミセス・スウィンドルが移ってきていた。

「こんにちは」と言ってジェニーは階段の下に立っていた年上の女性に手を差しだした。

「ミセス・スウィンドルね」

「ええ、そうです。それで、あなたは、その、若いお嬢さんということしかわからないわ。並はずれたかただと旦那様がおっしゃっていたけど、今度ばかりはほんとうだったみたいですね」

そしてジェニーが驚いたことに、スウィンドル夫人は差しだされた手をとり、心をこめて握った。

「ありがとう」とジェニーは言った。「夕食をごいっしょしませんか？」

「いいえ。わたしはハリーの世話係です。ごいっしょするなんて礼儀にかなったことではありませんわ。それに、ドクター・プルーイットと食事することになっているんです」

「あら、そう。その、すべて問題ないといいんですけど、ミセス・スウィンドル。なにか必要なものがあったら、モーゼスに言ってくださいな」

「グレイシーに尋ねたんですけど――こんな言いかたをしてお気になさらないといいんですが――あの人、臆病な影みたいなかたですね。はっきりしなくて、モーゼスがなにもかもわかっていると言われましたわ」

「グレイシーは具合がよくなくて」ジェニーは自分が七歳のころから家族といっしょにいる女を無意識にかばうように言った。「まもなくここを辞めてアナポリスにいる妹と暮らすことになっているんです」

「それがいいでしょうね」とエレノア・スウィンドルは言った。

かわいそうなグレイシー。スウィンドル夫人が立ち去るのを見送りながらジェニーは胸の内でつぶやいた。それに比べてあの人ははっきりした人ね。目を上げると、グレイシー・リマーがダイニングルームからホールへ出てくるところだった。ジェニーはにっこりとほほえみかけた。「具合はよくなった?」

「だいぶよくなりました」グレイシーは言った。「お客様はすてきなかたがたですね、ミス・ジェニー。あのミセス・スウィンドルというかたは身分をわきまえている人ですし。これからいろいろと家のことをしてくれますわ」そう言って深呼吸すると、意を決したように口を開いた。「お父様に明日ここを出ていくとお伝えしました」

ジェニーはじっとグレイシーを見つめ、抱きしめると、元気でと別れの挨拶をした。それほどショックではなかった。グレイシーはここ何カ月か、いるかいないかわからないほどだったのだから。変化のときが来たということだ。そしてその変化がすぐそこまで来ているのはたしかだった。

「お手柄です、男爵様」それからしばらくして、正面の階段を降りているときに、そこにはいないアレックにスウィンドル夫人が語りかける声が聞こえた。ジェニーはにやりとした。風変わりなミセス・スウィンドルはきっとおもしろい人にちがいない。これまでの経験ではありえなかったことだが、この女性は男の真似をする女主人を容認しているようだった。

ジェニーは寝室に戻るころにはほほえんでいた。つまり、わたしは並はずれているというのね、アレック? それはどういう意味だろう?

着替えているあいだじゅういやでたまらなかったが、寝室から出るときには、ジェニーはアレックが選んでくれて仕立てたばかりの美しいドレスに身を包んでいた。襟ぐりが深くカーブしていて、胸の下で淡い黄色のサテンの帯を結ぶようになっているクリーム色と淡い黄色のシルクの夜会用ドレスだ。髪はブラシをあて、ゆるくコロネットに結いあげていたが、いくつものほつれ毛が顔をとり囲み、カールした毛先が襟もとまで落ちていた。母の形見のアメジストのネックレスまでつけていた。紫に近い色の不透明な宝石で、それをつけるとなぜかジェニーの目はとても深い緑色に見えた。

居間の扉は開いていた。ジェニーはアレックの姿に気づいて足を止めた。こんなの不公平よ。居間にはいりたくないと思いながら、彼女は胸の内でつぶやいた。アレックはとても美しかった。息を呑むほどの秀麗《しゅうれい》さ。それに比べ、自分はぼろ布拾いのような気がした。漆黒と白の夜の装いをし、日に焼けた顔と金色の髪をしたアレックは、おとぎばなしを聞いて想像したどんな男にも勝る外見をしていた。ジェニーがどうにか彼から目を引き離し、その目を彼の娘へと向けるのに何分もかかった。花枝模様のモスリンのドレスに身を包んだハリーはジェイムズ・パクストンのとなりに席をとり、これまで目にしたすべてについてしゃべりつづけていた。父によく似た金色の髪は輝くまでブラシをかけられ、父と同じ驚くほど鮮やかなブルーの目はきらきらと輝いている。見目麗《うるわ》しい子供で、びっくりするほどおませでもあった。生まれてから五年間、ずっと大人ばかりに囲まれてきたからだろうとジェニーは思った。

それに、母親の賢さを受け継いでいるのだ。

そして父親の美しさも。

ジェニーは居間に足を踏み入れながら、無理にも明るく言った。「こんばんは。ようこそわが家へ、ハリー、男爵様も」

アレックは小さく口笛を吹いた。「すごいな、ミスター・ユージーン」そう言ってジェニーの手をとった。「きみは服を着ているときも脱いだときと同じぐらいきれいだね」

「ちょっと」

「なあに、パパ？」

「ジェニーはようこそって言っただけだよ。私はきみをどう装わせたらいいか、ちゃんと心得てるな。それはまちがいない。脱がせかたもそうだしね」アレックは声を最大限ひそめてつけ加えた。それから間を置かずにジェイムズに言った。「どうお思いです？　生まれたてのヴィーナスみたいじゃないですか？　まぎれもないボルティモアの女神では？」

ジェイムズは気になるほどに押し黙っており、ただじっと娘を見つめていた。それから、驚愕したような声で言った。「おまえがおまえのお母さんにどれほど似ているか、これまで気づかなかったよ。ジェニー、きれいだ。ほんとうにきれいだ」

「あら、パパ、わたしが並はずれているってことはお墨《すみ》つきなのよ」

「どういうこと？」とハリー。

「つまり」アレックがジェニーから目を離さずに答えた。「ミス・ユージニア・パクストンはこの街のどんな若いご婦人とも似ても似つかないということさ。独創的な女性ということだ」

どうしてそんなに惚《ほ》れ惚れした声を出さなければならないの？　まあいいわ、どうせ嘘、すべて嘘なのだから。この人はただわたしをベッドに連れこんで処女を奪いたいだけ。

残念ながら、彼女自身、彼に処女を奪ってもらいたいと思っていた。ジェニーは否定しきれない自分の欲望に青くなる思いだった。アレックが来るまでは性的なことについてそれほど考えをめぐらすこともなかったのに。いまはアレックを見るだけで自分の体の隅々を意識させられるのだった。胸や腿のあいだの秘めやかな部分にいたるまで。じっと見つめてくるアレックの美しい目に深刻な色はない。ただ、おもしろがるような、いたずらっぽい光が浮かんでいるだけ。いじわるそうな色にもあふれている。わたしの胸の内をよくわかっているのだ。

ジェニーは顎をつんと上げ、最低の客をあしらうときに礼儀正しい女主人が浮かべるような笑みを作ろうとした。「夕食の準備はできているはずですわ」

「ミスター・モーゼス」と言って、ハリーが両手を広げて執事のもとへ駆け寄った。モーゼスはハリーを抱きあげて言った。「ミス・ハリー。ドレスもすてきだ。いやいや、ほんとうに。お父様が選んでくだすったんですか?」

「ええ、そうよ。ジェニーといっしょに」

アレックは執事の腕に飛びこんだりするものではないと娘に言ってやるべきだとは思ったが、老いた執事の目にはうれしそうな色が浮かび、ハリーの顔は喜びに輝いていた。ハリーはモーゼスにその日一日のことを話して聞かせている。「ええ、そうよ、モーゼス。ミセス・スウィンドルが腐ったカブのことを言ったの。そうしたら、ジェニーがうちでは生のホウレンソウを出すって言ったのよ。そう聞いたら、ラニーはなんて言うかしら？」

心やさしきモーゼスはハリーといっしょに笑った。アレックはジェニーを無視してジェイムズのほうを振り返った。「どうぞ」と言って、腕を差しだし、ジェイムズはありがたくその腕をとった。ジェニーは急いでもう一方の腕をとった。

「ひどく疲れていてね」とジェイムズは言い、娘に向かってあわててつけ加えた。「とても忙しくて長い一日だったんだ、ジェニー。それだけのことだ」

ジェイムズは夕食に降りてくるべきではなかったのだとアレックは思ったが、口は閉じたままでいた。

真夜中になり、家は寝静まっていた。アレックはベッドで身を起こし、エドマンド・バークが書いたつまらない評論を読んでいた。寒い夜で、暖炉の火はまだ細々と燃えている。アレックは本を下ろすと、ため息をつき、枕を置いたヘッドボードに身をあずけた。人生は入り組んだものになってしまった。突如として、とり戻しがたく入り組んだものに。それもイギリス人でもないひとりの女のために。

ミスター・ユージーン・パクストンの手紙に応じてボルティモアへなど来なければよかったのだ。愚かだったために、いま彼らの人生にかかわり、彼らの命運を握ることになってしまった。そこから逃れ出る道は見つからなかった。逃れ出たいとも思っていなかったが。

ほしいのはジェニーだけだ。大人になってからこれほどにひとりの女を欲したことはついぞなかった。願わくはこれが単なる欲望であればいいのだが。欲望であれば、簡単に処理できる。しかしそれは欲望ではなかった。それは認めざるをえない。自分でもわけがわからなかったが、真実だった。彼女が自分の子をはらむ姿が絶えず目に浮かんだ。くそっ。そんなことはこれまで望んだこともなかったのに。ネスタが死んでから一度も。家庭や家族を持ち、家庭的な人間になって夜ごと居間にすわり、しばりつけられてただ老いていく暮らし。

アレックはまた枕に載せた首を振った。これまでそんなものは望んでいなかったのに、いまの自分はそれを求めている。あの緑の目のせいだ。そしていま、なんともおかしな話だが、家や家庭など持ちたくないと言っているのはジェニーのほうだ。あのひねくれた女が、妻を支配し、妻に服従を求める夫などいらないと言い張っている。そう、彼女は自由でいつづけたいのだ。しかし、あのばかな小娘はけっして自由ではない。少しでも脳みそのある男なら見てとれることだ。ジェニーはほとんどの人が夢に見ることしかできないものを創造し、築きあげ、成し遂げ、旅に出てじかに目にしたいと思っている。

それは正しいことではない。自然の法則にかなったことでもない。男に家庭をもたらすのが女の役割で、その逆はないのだ。そう考えると同時に、なんとも不吉なことに、ジェニーとふたり、居間にいる自分の姿が目に浮かぶのだった。ふたりで話しあい、言い争い――そう、大いに言い争い、それから愛を交わす。子供たちの姿も見えた。ひとところに留まって築いていく人生。その場所は意義を持ち、友人たちや絆《きずな》にあふれている。壊すのが耐えられないほどに大事なものだ。

寝室のドアが静かに開く音がしたが、アレックは首をめぐらさなかった。まっすぐ上を見あげ、心臓をばくばく言わせながら待った。体は期待でこわばっている。

「アレック」

「やあ、ジェニー。来たね。来ると思っていたよ」

「そう。そうだと思った——こっちを見てくれない？」

アレックは枕の上で首をめぐらし、ジェニーににっこりとほほえみかけた。彼女はネグリジェに身を包んでいた。爪先まで届く長さで、顎まできっちりとつまったテントのような白いコットンのネグリジェだ。

「純潔な処女そのものといった姿だね。かなりとうの立った純潔の処女だが、文句は言わないさ」

その口調が冗談を言っているものであることはわかったが、ジェニーは緊張のあまりそれに応《こた》えることができなかった。おまえはおかしくなってしまったのだと自分を諭しもしたのだが、心は決まっていた。目的をはたすと決めていた。アレックはボルティモアに残る人ではない。男爵のような男が残るはずはない。すぐにここからいなくなってしまう。そうなれば、男と女のあいだの肉体的なことについて学ぶ機会も失われてしまうのだ。アレックでなければ、ほかのどんな男にも自分に目を向けてもほしくなかった。

「きみは今晩、決意を聞かせてくれることなしに逃げていってしまった。いま直接それを教えに来てくれてうれしいよ」

「わたしと寝てほしいの」

「ほう。たぶん、お茶が一杯ほしいのかと思ったよ」アレックは彼女の大きく見開かれた目を見て急いで冗談を切りあげ、上掛けをほんの少し持ちあげた。「ここへおいで、ジェニー」

彼は裸で、それはベッドの支柱以上に固くなっていた。

ジェニーはゆっくりとベッドのそばに歩み寄り、足を止めた。乾ききった下唇に舌を這《は》わせる。「アレック、あなたを見てもいい？」

「私の体をかい？」

「ええ。男の人の裸を見たことがないの」

「起きあがってきみの前で行進したほうがいいかな？　それとも自然のなりゆきにまかせるか？」

「自然のなりゆきにまかせるって？」

「ここへおいで。そのことについて話をしよう」

ジェニーは持ちあげられた上掛けを見つめた。ベッドの彼のそばへはいれば、それですべて決まることはわかっていた。「ネグリジェを脱いだほうがいい？」

死ぬほど怖がっている声だった。「まだいい。脱がせるのは私がしたいよ。自然のなりゆきのなかで。ここへおいで、ジェニー」

12

手をぴくぴくさせ、持ちあげられた上掛けに目を釘付けにしたまま、ジェニーはためらった。

「ここにすわるほうがいいかい？」そう言って彼は上掛けを下ろし、自分のとなりを軽く叩いて示した。「きみがそうしたいなら、話をしてもいい。コンスタンティノープルのハーレムの話か、イスラム教徒の女性たちがおおやけの場では体や顔を隠すという話でもいい」

アレックの声はジェニーにはおもしろがっているように聞こえた。ひどくおもしろがって保護者然とした声。ジェニーは辛辣なことばやあざけりの声で打ちのめしてやるだけの冷静さが自分にあればと思った。

ジェニーはことばを発することなくとなりに腰を下ろした。手は膝の上できちんと組みあわせていたが、裸足の足は床に届くか届かないかだった。まるで子供か、もっと最悪なことに、道化になった気分だった。来るのではなかった。処女を失うことだけを期待して、思考も判断力も失ってしまったのだ。

「そういう話はしたくないわ」

「どういう話がいいんだ？」

ジェニーは目を上げて彼を見つめた。「わたしがあなたに身をまかせないと言ったら、ほんとうに賭けを中止するつもり？」

「もちろんさ。そうすると言っただろう？」

ジェニーは唾を呑みこんだ。

「物事を計画するのはそれを実行するよりもずっと簡単だ。そうじゃないか、ミスター・ユージーン？」

「きっぱり心を決めてここへ来たのよ」とジェニーは言った。目は彼の肩越しに白い枕に向けられている。その肩はむきだしだった。胸もそうだ。ジェニーは彼を、じっくりと心ゆくまで眺めたかった。それにはゆうに五十年は必要だろうが。そして、その体に触れ、キスをしたかった。ジェニーは息を呑んだ。

「いいだろう。こっちの準備はできている」

アレックはそう言ってにやりとしてみせたが、笑みを浮かべることは苦痛だった。たかぶったものがうずいたからだ。心の奥底のなにかがしめつけられ、脈打ち、痛んでいた。しかしそれと同時に、なにかとても甘く、深い満足を与えてくれるものに満たされてもいた。

「こんなことはしなくていい、ジェニー」

ジェニーは彼を真正面から見つめた。「なんですって？　わたしを欲しくなくなったの？　そそられないってこと？　わたしのネグリジェを古臭くて野暮ったいと思っているのはわかるわ。でも、ほかに持っていないの。ローラ・サーモンが持っているようなものは」

「いや、きみにはそそられているよ。いったい、どこで〝そそる〟なんてことばを見つけてきたんだ？　それに、そう、きみのネグリジェはきみに合っている」彼は忍び笑いをもらしたが、ジェニーは軽口を叩くには緊張しすぎていた。そこでコットンのネグリジェをもじもじといじった。

「いや、そうじゃなくて、遅まきながら気づいたんだ。自分が紳士で、紳士というものは、尊敬している人の娘をベッドに誘いこむものじゃないとね。しかも、自分が客として滞在している家のなかで」

「そう聞くと、とても高尚な人物に思えるわね、アレック。でも、おっしゃったこと、ほんとうじゃないわ。誘惑しているのはあなたじゃなくて、わたしだもの」そう言うと、ジェニーは彼の胸に身をあずけ、肩をつかんでキスしようとした。最初は空振りに終わったが、二度目は口に近いところに唇を寄せることができた。

アレックは笑い声をあげ、両手で彼女の腕をつかまえると、彼女の身を引き離そうとした。が、口が口に触れたとたん、自分がそれほど長くは理性的な大人の男として振る舞えないことがわかった。ジェニーはやわらかく甘かった。「ジェニー」口をつけたまま彼は言った。彼女の体がすぐさま興奮してこわばるのがわかった。

アレックは両手でやわらかい髪をまさぐり、背中に撫でつけた。そのあいだ一瞬たりとも口は離さなかった。ジェニーの唇は無垢な女学生のように固く閉じられていた。ある意味、彼女は無垢な女学生と言ってもいいぐらいだったが、アレックは気にしなかった。これから五十年ものあいだ、このやわらかい口を自分の口でふさぐ光景が目に浮かび、彼はさらにキスを深めた。ゆっくり、とてもゆっくりと彼女の顔から髪の毛を払いのけ、そっと体を引き離した。彼女の顔が上から彼の顔をのぞきこむ恰好になった。目は大きく見開かれ、驚きと悦びに満ちていたが、いまはそこに失望の色が浮かんでいる。

「お願い、アレック」

「いや、ジェニー。すまない。本気で言ったんだ。きみのお父さんにこんな真似はできない。私を信用してくれているんだからね。それに、私もまだ気高さをすべて失ったわけではないと思いたい。きみのことは悦ばせてあげようか？　ああ、そうだ、そうしよう。こっちへおいで」

ジェニーはその悦びがどういうものかわかっていたが、同時にそれは、自分が裸になって乱れ、その姿を彼に見られることでもあった。そのあいだ彼は傍観者のようにただ眺めているのだ。今度はそんなことはいやだった。

アレックの指がネグリジェのボタンをはずしはじめる。ジェニーはやめてと言いたかったが、できたのは彼の手の上に自分の手を置くことぐらいだった。アレックはほほえんだ。

「力を抜いて、ジェニー」

ネグリジェの前が開き、アレックはそれを広げて胸をあらわにした。「きれいだ」そう言ってベッドに起き直り、膝の上に彼女を引き寄せた。ジェニーは腰まで裸になって彼の右腕のくぼみにおさまった。アレックは見ているだけではとうてい満足できない気がした。そこでゆっくりと人差し指で胸の先に触れ、その感触を味わうように目を閉じた。ジェニーが息を呑むのを聞いて目を開けた。

「ああ、なんて」

「いいだろう？　手を貸してごらん。自分で感じてほしいんだ」

ジェニーは自分の手が持ちあげられるのを感じた。その手が胸へと下ろされる。自分の胸の先が手に触れた。「わたしの感触だわ」

アレックは忍び笑いをもらし、また自分の手で彼女の胸を愛撫した。喜ばしいことに、ジェニーは彼の思いどおりにはならないという決意とは裏腹にうめき声をもらした。

「いいんだ、ジェニー。私になにをされてもきみは悦んでいればいい。ただ、なにが気持ちいいか言ってくれればいいだけだ」

「あなたに触れたいわ」

そんな予期せぬことばを聞いて、あの名状《めいじょう》しがたい満ち足りた痛みが全身を襲った。「いいだろう」

ジェニーは指を広げ、手をアレックの胸や肩に這わせた。彼の胸は金色の毛でおおわれ、体は引きしまっていた。指の感触に厚い筋肉が震えている。「あなたみたいな男の人はほかにいないわ」とジェニーは言った。アレックはそのことばを信じ、彼女の声に率直な驚きがこめられているのを喜んだ。指の感触のエロティックな甘さをたのしむとともに。

アレックは首をかがめてまたキスをした。手で胸を持ちあげるようにしながら、鼓動を感じようとでもするように内側に寄せる。それから彼女の体を腕で押し倒すと、手を下に這わせ、ウエストのすぐ下の白い腹の上に載せた。

ジェニーは身を震わせながらキスをやめ、彼の指先が触れているウエストのすぐ下あたりにすべての感覚を集中させた。「アレック」とささやく。アレックには彼女がなにを望んでいるかよくわかっていた。彼自身が感じているほどではないものの、充分すぎるほどのうずきを彼女も感じているのだ。

「わかったよ」アレックはそう言って指を縮れ毛にからませ、ジェニーの顔を見ながら彼女を見つけた。「やわらかいよ、ジェニー。きみはとてもやわらかい」指がやさしく一定のリズムで動きはじめ、ジェニーは大きく目をみはって彼の顔を見つめた。

「気持ちいいだろう? 男が女のなかにはいりたいと思う気持ちは相当なものだが――男はそこで身にあまるほどの悦びを得るわけだからね――きみもきみの強い思いをここに隠しているんだ、ジェニー。きみをすばらしく乱れさせてくれる小さな隠された宝というわけだ。このあいだの晩のことを覚えているかい、ジェニー? きみは声をあげ、私の指に合わせて動いた。そうしてすべてが粉々になり、きみはわれを失い、体がきみを支配した」

「覚えているわ」ジェニーは答えた。まだ自分の頭にことばが浮かぶことは驚きだった。

「さて、口できみを愛撫したい。そうしてほしいだろう?」

「いいえ、アレック、だめよ――ああ、お願い……」

ジェニーは愛撫をくり返す指にわずかに腰を押しつけるようにして身を震わせた。

「だめじゃないさ――」そのときなにを言おうとしていたのか、アレックが思いだすことはけっしてないだろう。というのも、その瞬間、モーゼスの叫び声が聞こえてきたからだ。

「ああ、なんてことだ！　ミス・ジェニー！　男爵様！　ああ、どうしよう、早く来てください！」

アレックはジェニーを膝から下ろした。「急いで、ジェニー」そう言うと、ベッドから降りてガウンをはおった。ジェニーがガウンをはおり、ボタンを留めながら、すぐ後ろについてきていることは音でわかった。

寝室のドアを思いきり叩く音がして、モーゼスが勢いよくドアを開けてよろめきながらなかにはいってきた。「早く！　旦那様が！　ああ、どうしましょう、ミス・ジェニー――」

アレックはモーゼスのそばをすり抜け、廊下を渡って主寝室へ向かった。ジェニーがそのすぐ後ろにつきしたがった。主寝室に着くと、しばし足を止めてから、なかへはいった。ベッドのそばにろうそくが一本だけついていた。アレックはジェイムズ・パクストンが息絶えているのを即座に見てとった。

驚きに胸をつかれ、ジェイムズが死んだことへの悲しみを感じながらそのそばに寄った。故人は目を閉じ、穏やかな顔をしていた。眠っているあいだに安らかに逝《い》ったのだ。アレックは身をかがめ、そっと喉に指先をあてた。もちろん、脈はなかった。

「パパ？」

「亡くなっているよ、ジェニー。残念だ」アレックはベッドの足もとに立って死んだ主人をじっと見つめているモーゼスのほうを振り返った。

「旦那様の様子を見に来たんです。ふつうはそんなことはしないんですが、胸騒ぎがして、来てみたんです。今夜はひどくお疲れだったので、心配でしたし。そうしたら、お亡くなりになっていました」

ジェニーはアレックの後ろをまわりこんで父のそばにすわった。手をとると、そこに唇を寄せた。

「心臓だよ、ジェニー。まちがいなく心臓のせいだ。眠っているあいだに、安らかに逝かれたんだ」

「そうね」ジェニーはまだ父の顔を見下ろしながら言った。

「パパ？」

アレックが振り返ると、入口のところにハリーが立っていた。ネグリジェ姿で、裸足で、左脇にバーカンティーン船の模型を抱えている。

「ちょっと待っていてくれ、ハリー。モーゼス、医者を呼びにやってくれ。あとの始末は医者が知っている」

「かしこまりました」

「すぐに戻るよ、ジェニー。ハリーの面倒を見させてくれ」アレックは娘を腕に抱きあげると、寝室の外へ連れだした。

ジェニーは小声で言った。「ごめんなさい、パパ。ほんとうにごめんなさい。アレックが安らかに逝ったと言っていたわ。そうだったならいいんだけど。心から愛してる。もうわたしには誰もいなくなってしまった。パパが亡くなったときに付き添っていることもせず、わたしは男の膝の上に身を横たえ、指で体に触れさせていた。パパをひとりで逝かせて」

不明瞭な小声だったが、アレックには聞きとれた。彼は足を止めた。ジェニーは身をかがめてジェイムズの胸に顔をうずめている。泣いているのではなく、ただそこに顔をつけていた。

アレックはジェニーをひとり残して部屋をあとにした。

ジェイムズ・パクストンの葬儀には、ボルティモアの社交界のありとあらゆる階級の市民が百人以上も参列した。仕事にあぶれた水夫から、グウェン一家、ウォーフィールド一家、ウィンチェスター一家にいたるまで。ローラ・サーモンさえも顔を見せていた。天気はよくなかった。寒くぐずついた空模様で、日が射すことも暖かくなる気配もなかった。アレックはジェニーの肘を支えてそばに立っていた。が、ジェニーには支えなど必要なかった。身動きひとつせずにまっすぐ前を見据え、背筋をぴんと伸ばしている。そこに居合わせた誰にも関心を払っていないのは明らかだった。

アレックはハリーが葬儀に参列することは許さなかった。彼女はなにがあったのか、ほんとうには理解できなかったからだ。ただ、ミスター・パクストンがママと同じように天国に行ってしまったということしか。ハリーとスウィンドル夫人はパクストンの屋敷に残った。

それともうひとつ決心しなければならないことがある、とアレックは胸の内でつぶやき、セント・ポール監督教会のマレー司祭の話に注意を戻した。ひどくやせた男で、長年きつい陽射しにさらされてきたせいか、顔にはくっきりとしわが刻まれている。口調は歯切れよく、故人への追悼のことばには心を動かすものがあった。ジェイムズ・パクストンとは幼なじみで、よくノース・ポイントで釣りをしたものだと抑制のきいた声でゆっくりと語った。それから、ボルティモアの街の発展にジェイムズがいかに貢献したか話した。一七八五年に最初のボルティモアの快速帆船、〈ガリレオ号〉を完成させ、一八一四年九月のボルティモアの戦闘では、イギリス軍に立ち向かった。街が爆撃を受けていたときには、マックヘンリー要塞にいて、兵士たちの動揺を抑えた。彼は静かな英雄だった。知り合いになれたことを、自分――マレー司祭――が誇りに思う男だった。あとにはすばらしい娘、ユージニア・パクストンを遺した。アーメン。

ジェニーは追悼のことばを聞いているあいだ微動だにしなかった。アレックは彼女がなにかしてくれないものかと願っていた。なんでもいい、頭や心を働かせているとわかるようなことを。なにか。ローラ・サーモンが自分を見ているのに気づき、彼はかすかに笑ってみせた。

葬儀のあと、ジェニーが何十人もの人々からお悔みを受けるあいだも、アレックはそばに付き添った。ずっと昔、五年も前のあの日のことが心によみがえる。呆然としながら、お悔みを受け、それがなんの役に立つのだと思っていたあの日。

ジェニーを家に連れ帰ると、弔問客がひそめた声で会話しながら飲み食いし、さらに際限《さいげん》なくお悔みを言うあいだも、ずっと彼女のそばに付き添っていた。ジェニーは穏やかでおちついた様子だった。心ここにあらずといった様子。アレックは自分もネスタの葬儀のあとには同じ様子だったのだろうかと思った。

奇妙なことに、客のもてなしをとり仕切ったのはスウィンドル夫人だった。グレイシー・リマーはあと一週間は残るつもりだと言ったが、家事についてはいっさいの責任をスウィンドル夫人に引き渡していた。ラニーはボルティモアの半分の市民が来ても足りるほどの食料を用意していた。弔問客《ちょうもんきゃく》の最後のひとりがいとまを告げるころには、夕方になっていた。

ダニエル・レイモンド氏だけは残ったが。

「あなたさえよろしければ、ミス・ジェニー、お父様の遺言《ゆいごん》を読みあげたいのですが」

アレックはもっとあとでもいいではないかと抗議しそうになったが、ジェニーはすんなりとうなずき、踵を返して家の東側にある小さな書斎へと向かった。

「ごいっしょに来ていただけますかな、男爵様？」

アレックは驚いた顔をした。「まさか、私には関係ないはずだが、ミスター・レイモンド」

「関係あるのです、男爵様。すぐにおわかりになりますが――」

「わかった。話は聞きましょう。ただ、ミス・パクストンの前でおっしゃってください」

ジェニーはダニエル・レイモンドが書斎にはいり、アレックがそのすぐ後ろにつづくのを見つめていた。アレックがここへなんの用？　しかし、とりあえずはさして重要なことではなかった。重要なことなどなにもない気がした。ジェニーは父の机につくようにとふたりを手招きした。

「ミス・パクストン」ダニエル・レイモンドは腰を下ろして言った。「お父様は新しい遺言状を作成なさいました」

「なんですって？」

「新しい遺言状です、ミス・パクストン。ほんの五日ほど前です」

「よくわからないんですけど――」

「新しい遺言状の内容について話してくれ」アレックが口をはさんだ。

どうしてこの人はこんなに怒った口ぶりなのかしら？　ジェニーはそう思いながら、アレックのこわばった顔をしばらく見つめ、やがて目をレイモンド氏に戻した。

「いいでしょう、男爵様。まず、使用人への遺贈《いぞう》があります。一番金額の大きいものはモーゼスへの五百ドルとミセス・リマーへの三百ドルです。ミス・パクストン、ご存じのようにモーゼスは奴隷です。ミスター・パクストンは自分の死後はモーゼスを解放するようにと明記なさっています。その後もモーゼスがこの家の雇い人でいつづけることは可能だろうともお考えでした」レイモンド氏はそこでことばを止めた。不愉快な仕事の前に気を引きしめているようにアレックには思えた。それがなんであるか、彼には見当がついた。なぜかわかったのだ。ジェイムズ・パクストンめ。

「ミス・パクストン、お父様はご自分がやろうとしていることは、あなたのためを思ってのことだと、それだけははっきりさせておきたいとお思いでした。あなたはほかに家族もなく、男性の後ろ盾《だて》もなく、ひとり残されました。お父様はあなたを愛しておいででした。あなたの将来を心配し、それをたしかなものにしたいとお考えだったのです」

「ええ」とだけ言ってジェニーは口をつぐんだ。

なんてことだ。アレックは彼女の真っ青な顔を見ながら胸の内でつぶやいた。まったく興味なさそうな口ぶりだ。

レイモンド氏は咳払いをし、苦痛に満ちたまなざしをアレックに向けた。「ミスター・ジェイムズ・パクストンはパクストン造船所をシェラード男爵のアレック・キャリックに遺されました。自分の死後三十日以内に娘と結婚することを条件に。シェラード男爵がそれを拒否なさるか、ミス・パクストン、あなたが拒絶なさった場合は、造船所はシェラード男爵以外の誰かに売られることになり、あなたはその代金を受けとることになります」

ジェニーはなにも言わずにレイモンド氏をじっと見つめた。

「いいですか、ミス・パクストン――」レイモンド氏はやぶれかぶれの口調になって言った。「お父様はあなたが造船所を経営していくのは無理だとおわかりだったのです。そんなことをすれば、すべてを失ってしまうだろうと。あなたを守りたいとお思いだったのです。貧困におちいるようなことにはしたくなかった」

「ありがとう、ミスター・レイモンド。よくわかりました」ジェニーはそう言って立ちあがり、不運な弁護士に手を差しだした。弁護士はならわしを忘れて思わずその手を握った。

「ご質問はないんですか、ミス・パクストン？」

ジェニーは首を振り、アレックのほうはちらりとも見ずに部屋を出ていった。黒いボンバジンのドレスを身にまとった彼女はひどいありさまだった。ドレスのせいで顔色が悪く見え、ドレスそのものも短すぎた。アレックはそのドレスがいやでたまらなかった。

「男爵様、きっとあなたには質問がおありでしょう――」

アレックは敗北感と怒りにけんかをしかけたくなった。が、どうにか自分を抑えた。これは弁護士の責任ではないのだ。「私が問いたださなければならない人物は亡くなっていますよ、ミスター・レイモンド。自分でよく見直したいので、遺言書の写しを置いていってください。いらしてくださってありがとうございました。ああ、そうだ、そういえばひとつ質問があります。三十日以内とは、ミスター・パクストンの亡くなった日からですか、それとも、葬儀の日からですか？」

レイモンド氏は細かい字の書かれた書類に目を通した。「亡くなった日から数えてです」

「つまり、あと二十七日ということですね。ありがとう、ミスター・レイモンド。玄関までお送りしましょう」

ネスタの死からほぼ五年が過ぎていた。五年のあいだ、アレックはまた妻を持とうとは考えてもみなかったのだった。少なくとも、真剣には。マドリッドのマリア・コルドヴァ・サンチェスのことが頭に浮かんだ。記憶が正しければ、非常に裕福な伯爵の未亡人だった。べッドでもとても情熱的で、それまで経験したことのないような技も見せてくれ、ハリーのことも大騒ぎして猫かわいがりしてくれた。そのころまだほんの赤ん坊だったハリーが、彼女の一番のよそいきのドレスの胸で吐くまでのことだったが。アレックは思いだしてにんまりした。その後マリアがハリーをかわいがることはなかった。

いや、あの伯爵夫人と結婚したいとは思わなかった。誰とも結婚したいとは思わずにきたのだ。

ジェニーのことはどうしたらいい？　ジェイムズは少なくともこちらが死ぬほど責任を感じるような遺言状を書いてくれた。ジェニーが造船所を相続するのが不可能であることは前からわかっていた。相続したとしても、数カ月のうちには失うことになってしまうだろう。ジェイムズはいわば、造船所を載せた皿に結婚する気などさらさらない娘を添えて差しだしてきたというわけだ。

どうしたらいい？　ジェニーは父の死後、まるで亡霊のようになってしまい、まわりのすべての人を心から締めだしている。すでに死んでしまった父へのとぎれとぎれの懺悔《ざんげ》のことばを思いだして、アレックは顔をしかめた。ジェニーの罪悪感は想像を絶するほどにちがいない。自分がそこではたした役割を思うと申し訳ない気持ちでいっぱいになったが、起こってしまったものはしかたない。彼女は私のベッドのなかにいた。その事実を変えることはできない。

どうして彼女と結婚しない？　アレックは自分で自分を笑った。墓のなかの男に無理強いさせられるというわけだ。しかしアレックは、そのことにはとくに腹はたたなかった。ハリーと話してみることにしよう。

娘は東棟の二階の寝室にいた。小さいながら独立心にあふれ、自尊心を持つハリーは、床にあぐらをかいてすわり、模型の船で遊ぶのに忙しくしていた。

「ハリー」アレックは娘を驚かさないように静かに声をかけた。

ハリーは目を上げ、聡明《そうめい》なまなざしを父に向けた。「こんにちは、パパ。ジェニーは大丈夫？　真っ青で悲しそうだったわ」

「大丈夫さ、おちびさん」そう言ってアレックは娘のそばの床にすわり、船の模型を手にとった。それは十四の砲台を持つブリガンティンだった。

「フランスの船よ、パパ。〈エグランティーヌ〉っていうの。一八〇四年にジブラルタル沖で沈んだ船」

「そうだね」アレックは心ここにあらずで答え、ブリガンティンを床に置いた。「ハリー、ジェニーのことで話をしたいんだが」

娘は首を一方に傾《かし》げた。

賢い子だ、私の娘は。「今日、ミスター・パクストンの遺言状が読みあげられた。それによってずいぶんと物事が複雑になったが、つまるところ、私にジェニーと結婚してほしいというんだ。ジェニーにはほかに家族がなくて誰もいないからね。それについておまえがどう思うか知りたかった」

「ジェニーと結婚しなくちゃならないの？」

アレックは首を振った。

「よかった」ハリーはそう言ってイギリスのフリゲート艦、〈ハルシオン〉の模型を手にとった。

「よかったってなにが？」

「だって、ジェニーと無理やり結婚させられる気がするなら、よくないことだもの。自分で結婚したいと思わなきゃ」

「おまえは私に彼女と結婚してほしいかい？」

「ジェニーは好きよ。弟や妹を産んでくれるかしら？」

「きっと産んでくれるさ。そう思いたいね」

「いまはとってもいやな気分でいるわよ、パパ」

「わかってるさ、ハリー、わかってる。ジェニーの手助けをしてやらなくちゃな。気分がよくなるように」

「あたしの模型を見たいかしら？」

「見せたらうんと喜ぶと思うよ」

アレックはパクストン家のダイニングルームでひとり食事をとっていた。この堂々たる豪《ごう》奢《しゃ》な部屋にすわっていると、まるでこの家の主人になったようで、妙な気分だった。アレックの望みのものを即座にとってこられるように、モーゼスがキッチンへつづくドアのそばに恭《うやうや》しく控えている。

ジェニーは部屋で食事をとるということだった。アレックは野ウサギのシチューをひと口食べた。悪くない味だ。ちょっと胡椒がききすぎているが、けっして悪くはない。しかしすぐにフォークを皿の上でナイフと並べた。腹は減っていなかった。それから、ワインを見ながら思った。喉も乾いていない。

「ミス・ジェニーは夕食をとったのかい、モーゼス？」

「ええ。ラニーがトレイに載せて運びました」

「あとで様子を見に行こう」アレックはため息をついた。「困ったことになってね、モーゼス」

「ええ。ミス・ジェニーは、そう、強いおかたですが、お父様はたったひとりの身内でした。ひどい打撃だったんです」

「わかっている。いますぐ様子を見に行くことにするよ。皿が割れた音がしなかったか――いや、気にするな、モーゼス」

「かしこまりました」

五分後、アレックはジェニーの寝室の前で足を止めた。手を上げてノックしようとしたが、すぐにその手を下ろした。ジェニーは泣いていた。押し殺したすすり泣きが聞こえたのだ。その声がアレックの心をよじった。父親が死んでからずっと彼女は泣いていなかった。少なくとも、アレックの知るところでは。泣くときが来たということだ。しかし、アレックは踵を返してその場を立ち去ることができなかった。静かにドアを開けると、部屋のなかに足を踏み入れた。部屋はマントルピースの上に置かれた燭台のろうそくがともっているだけで、あとは暗闇に沈んでいた。アレックはしばし動かずにいて、薄暗さに目が慣れるのを待った。ジェニーは膝を胸に抱えて窓辺のベンチに腰を下ろしていた。顔を腿に押しつけ、肩を震わせている。アレックはそっとそばに歩み寄り、手を肩に置いた。

「ジェニー」

彼女ははっと顔を上げた。「出ていって、アレック。いますぐ。ひとりにしておいて」

「いや、そうしないほうがいいだろう。私がすわる場所はあるかな？　きっとあるな」アレックは彼女に身を押しつけるようにしてとなりにすわる場所を空けさせた。「さて、夕食は食べていないようだね」

「野ウサギのシチューは嫌いなの」

アレックはポケットからハンカチをとりだし、指で彼女の顎を持ちあげて目をふいてやった。

「なにがしたいの？」

アレックは答えずに目をふきつづけた。ジェニーは彼の手首をつかみ、手を引き離した。

「向こうへ行って、アレック。あなたには二度と会いたくない」

「よく聞くんだ、ジェニー」そう言いかけてアレックは、彼女の目に苦痛の色が濃いのを見ると、すぐさま口を閉じた。耐えられなかった。ネスタが死んだあとの日々の記憶がよみがえってきたからだ。アレックはジェニーを腕のなかに引き寄せ、肩に頭を押しつけさせた。

「悪かった、ジェニー。心が痛むのはわかっている。ああ、わかっているさ」

そのやさしさがジェニーの心を溶かした。ジェニーは静かに絶え間なく泣きつづけた。そのあいだずっとアレックは彼女に話しかけていた。あまり意味のないことばではあったが。泣くことで痛みや悲しみを外に押し流してもらいたかった。そうしなかったせいで、自分は痛みや悲しみを乗り越えるのに何カ月もかかったのだった。

ジェニーが泣きやんだときにも、アレックは彼女を抱いたままでいた。両手で背中をさすり、つぶやきつづけていた。ある瞬間、ジェニーは慰めを必要とする女から、彼を男として必要とする女へと変貌《へんぼう》した。

彼女は顔を上げ、彼を見つめた。視線が口に落ち、唇がわずかに開く。アレックはその瞬間に自制心を失った。舌をつきだしながら、むさぼるように激しいキスをした。ジェニーは身をこわばらせも、引き離しもしなかった。口を開け、みずから求めるように舌を受け入れた。彼女が要求にまったく逆らおうとしなかったことで、アレックはすぐにやさしい気持ちになった。「ああ、ジェニー」温かい息がジェニーの口にかかった。「お願い、アレック」

胸が胸に押しつけられ、腕が彼の背中にまわされる。

アレックは自制心を働かせた。むずかしいことだったが、この、彼女のはじめてのときだけは、誘惑してその気にさせ、そそくさと奪ってしまうわけにはいかない。このまま彼女を自分のものにする。それはわかっていた。自分でも受け入れていた。たとえ彼女が身をまかせてきたのがまちがった理由からであっても。自分の衝動についてもよく考えてのことではなかった。しかしそんなことはどうでもいい。進むべき道は決まっており、ふたりにとって正しいと思われる道を進むのに、彼女も手を貸してくれているのだ。

驚いたことに、ジェニーは夢中になって体を押しつけてきていた。まるで奔放《ほんぽう》な恋人のように。アレックは彼女を抱えて立ちあがった。彼女が腹をこすりつけるようにしてきて、アレックは自分が欲望のあまり爆発するのではないかと思った。ジェニーを両手で抱えあげ、その体を自分のこわばったものにこすりつけるようにする。あえぐ声が聞こえ、熱く速い息が顔にかかった。

こんなふうに彼女が衝動に駆られるのはまちがっている。が、それでも彼はやめられなかった。ジェニーは自分が生きていることをふたたび確認したいと思っているのだ。アレックにもそれは理解できた。突然ジェニーが腕を下ろし、手をふたりの体のあいだにすべりこませた。指が彼を包む。「ああ」アレックはうめき、腰を前につきだした。愛撫してほしかったのだ。愛撫されて種がまき散らされそうになった。

アレックは荒い息で身を引き離し、ジェニーを抱きあげてベッドへ運んだ。ベッドの上に彼女を仰向けに横たえると、急いで寝室の入口へ行ってドアを閉めた。それから戻ってきて服を脱いだ。ジェニーは肘をついて身を起こした。シャツを脱ぎ、ブーツを足から引き抜こうとしているアレックをじっと見つめた。アレックは半裸のズボン姿になった。ジェニーはのはどになにかをしたいと思った。生まれてこのかた、これほどになにかをしたいと思ったのははじめてだった。

アレックはその瞬間、目を上げ、ズボンのボタンに指をかけたまま身動きを止めた。ジェニーは目を見開き、身じろぎもせずにいる。「服を脱ぐんだ、ジェニー」

「あなたを見ていたいの」

「いいさ。見ていればいい」アレックはほほえむと、ズボンを脱いだ。それから背筋を伸ばし、全身をジェニーの視線にさらした。目を下に向けると、自分のものが固くなって前につきだしているのがわかった。そこがずきずきと痛んだ。彼女の白い脚が大きく開かれている光景が目に浮かぶ。なかにはいり、渾身《こんしん》の力でつき、彼女を完全に満たす自分の姿も。アレックは咳払いした。「私はただの男だよ、ジェニー」

「あなたは想像を絶するような男だわ」

「ありがとう。さて、今度はきみの番だ」

アレックはベッドのそばへ戻り、服を脱がせにかかった。ドレスをはぎとり、下着を引きはがす。裸になって脚を広げ、彼にのしかかられるころには、興奮のあまりジェニーは荒い息をしていた。「お願い、アレック。ああ、お願い――」

しかしアレックは急がないだけの知恵と経験を備えていた。彼女のそばに身を横たえると、性の呪文《じゆもん》を唱えはじめた。「これからきみになにをするつもりでいるかわかるかい？」

「ええ。あなたはわたしのなかにそれをつき刺すつもりよ。どんなふうにするのかわからなくて怖いけど、してほしくないとは思わないわ」

アレックはそんな答えがジェニーから返ってくるとは思っていなかった。「私を抱いてくれ、ジェニー。きみの体はそのためにあるんだ。ただ、最初に私がはいるときには少し痛い思いをするだろう。次からはそんなことはないが」

ジェニーは身を横に向けて彼と向きあい、腕を彼の胸にまわした。「いますぐ女になりたいわ、アレック」

それが最後の明瞭な思考であり、最後の意味のあることばだった。胸に触れられ、手で背中を尻まで撫でられて、ジェニーはわれを失った。はじめての相手に対して、思いもしなかったほどの情熱をもって応えながら、ジェニー自身は自分が乱れていることには気づかなかったが、アレックは気がついた。すばらしい反応だ。彼はキスをし、舌を探った。そうすることで彼女に負けず劣らず荒々しい情熱にとらわれた。

指が彼女を見つけた。濡れて熱くなっている。下へ、さらに奥へと押しこむと、ジェニーが背中をそらして声をあげた。ああ、なんてことだ。アレックはジェニーの顔を見下ろしながら胸の内でつぶやいた。いまにもクライマックスに達しそうな顔だ。急いで彼は彼女の脚のあいだに身を置き、膝を曲げさせて言った。「ジェニー、私を見るんだ。なかにはいったときのきみの顔が見たい」

ジェニーはアレックの顔を見た。荒々しい衝動が目にそのまま表われている。アレックは脚のあいだに身を置いたまま、手で脚を大きく開かせた。押しつけられた大きく固いものに、ジェニーは一抹《いちまつ》の不安を感じて唾を呑みこんだ。

「大丈夫だ。怖がらなくていい」アレックの指が彼女を開かせ、彼を受け入れられるように広げた。こわばったものがなかにはいってきて、無意識にジェニーは腰を浮かせ、みずからを差しだしていた。アレックはしばし目を閉じて声をあげ、背をそらした。

「ジェニー」太くかすれた声。彼は腰を前につきだした。小さな膜が彼を一瞬押し戻そうとしたが、やがて破れ、ジェニーは声をあげた。「じっとしているんだ」と言って、アレックは自分の発した命令に自分でもしたがおうとしたが、彼女のはじめての男になったという事実には胸躍るものを感じた。しかも彼女はとてもやわらかく、従順だった。アレックは深々と規則正しい呼吸をしながら、彼女の上で力を抜き、身じろぎひとつしないことを自分に強いた。

「大丈夫かい?」

ジェニーは目を上げて彼の美しい顔を見つめた。自制心を働かせようとするあまり、こわばった顔になっている。彼女は頬と唇と鼻に触れた。「こんなの想像もできなかったわ。あなたがこんなに深々とわたしのなかにはいっているなんて。こんなふうになるなんて、妙じゃない?」

「そうだな」と言ってアレックは膝をついて身を起こし、深々とはいっていたものをそっと入口のところまで戻した。そして、「そうだな」ともう一度言うと、子宮に達するほど深く差し入れた。

ジェニーは痛みとひりひりする感覚に襲われたが、彼の指がふたりの体のあいだにすべりこみ、彼女を見つけて愛撫をはじめるのがわかった。ジェニーはその指に合わせて体を動かした。脚を胴に巻きつけろと言われ、そのことばにしたがった。彼がさらに奥にはいるのがわかり、やがて指も一定の調子で動きだした。いまやなにもかもがちがってしまった。わたしは溶けてちがう人間になろうとしている。まだ見も知らず、理解もできないジェニーに。わかっているのは、もはや以前のジェニー・パクストンではないということだけだ。自分の殻に閉じこもり、自分だけに満足していた若い女、どんな形でも男に触れられたことのないジェニー・パクストン。

しかし、アレックは触れてくれた。

体が制御できずに跳ね、ジェニーは叫び声をあげた。アレックの顔を見あげると、じっと見つめてくる彼の目には驚きが浮かんでいた。かすれたうなり声も聞こえた。荒々しくなかにはいってきている彼も、愛撫をつづける指もジェニーは喜んで受け入れ、ずっとそのままやめてほしくないと思った。

アレックは深々となかにいた。自分の種が奥深くでまかれ、彼女の処女膜が血を流しているのはわかったが、動こうとはしなかった。動けなかったのだ。しばらくしてようやく肘をついて身を起こした。

ジェニーは目を閉じていた。まつげは頬で長く湿って見えた。眠っているようだ。

アレックは聞こえるか聞こえないかの声で言った。「結婚してくれ、ジェニー」

13

ジェニーは眠ってはいなかった。ふたりのあいだにたったいま起こったことに呆然としていたのだ。彼が小声で言ったことばに注意を集中させることさえできなかった。

「なんて言ったの、アレック？」

アレックはくり返したくなくて口を閉じた。ふいにまだ早すぎることに気づいたのだ。ジェニーは傷つきやすくなっており、自分は——そう、自分はなにを求めているのか、そしてなにをするつもりでいるのか、まったくわからなかった。いや、それは厳密には正しくない。それでも、急ぎすぎてはならなかった。アレックは身をかがめて彼女の鼻先にキスをし、軽い口調で答えた。「なんでもない。意味のないことさ。きみがあんまりきつく私をなかに留めておくものだから、もう一度きみを奪いたくなったと言っただけだ。なんだと思った？」

「驚くほど少ないことば数だったわ。いままでになく」

アレックは忍び笑いをもらしたが、彼女の耳には少しばかり不自然に聞こえた。ジェニーはため息をついて言った。「ああ、もう分別なんて持ちたくない。こんなふうにずっといられたらいいのに。なんだか頭のなかが軽くてふわふわしている」

「体のほかの部分もそうさ」

ジェニーが彼の下で身動きしたせいで、また欲望に駆られた彼が激しく彼女を満たすことになった。自分がそんな反応をすることがアレックには不思議だった。「やわらかくてきつい。それがきみだよ、ジェニー。私はきみを押しつぶしてしまっているかな？」

ジェニーはそのことばに答えることができず、ただ首を振った。

「私を見てくれないか？　私はきみのはじめての男だからね、ジェニー。きみを充分悦ばせたかどうかたしかめたいんだ」

ジェニーはその少しばかりばかばかしいことばを聞いて目を開けた。「なにが充分でなにがそうでないのかわからないわ」

「そうだな、きみは叫び声をあげ、身をそらし、爪を私の背中や肩に食いこませた。たぶん、私の口を嚙むまでした——」

「もう充分よ」

「よかった。私も度を超えて満足したいとは思わないしね。さもなければ、きみの情熱に殺されていたかもしれない。きみが物事を正しく見る目を持っているのがわかってうれしいよ」アレックはわずかに深くなかにはいった。「痛むかい？」

「いいえ。たぶん、ほんのちょっとだけ」

アレックはまたほんの少し動いた。わずかに引きだしてからとてもゆっくりとまた差し入れる。彼を包みこむ筋肉が収縮して震えた。アレックはその強烈な感覚に目を閉じ、動きを止めた。

ジェニーは物思わしそうな声で言った。「そうね、はじめてだったけど、なにも恐ろしいことは起こらなかったわ。若い女の子って、男に体をさわらせてはいけないって何度も何度も言われるのよ。ご存じだった？　そういったことを許してしまったら、髪の毛が抜け落ちるようなことになるって脅されるの。もしくは、それと同じぐらいぞっとするようなことが身に降りかかるって。わたしの髪は抜け落ちたりしていないようね」

アレックはジェニーににやりとしてみせた。「ああ、大丈夫だ。でも、激しい運動をしたせいで少しばかり湿っているけどね」

「まあ、それはちょっと恥ずかしいけど、恐ろしいことが身に降りかかったとは言えないわね。ありがとう、アレック。なんだか、科学の実験で大成功をおさめた賢い女性になった気分よ。謎《なぞ》が解けたから。これでもう解放される」

感情をおおい隠すために発せられたそうしたことばは目覚ましい効果をおよぼし、アレックは理性を失うほどの怒りに駆られた。つまり、私を利用しただけだということか？　私に愛情を感じているわけではなく、単に女としての目的をはたすために男の体が必要だったということか？　アレックは怒りも、心のなかで募りつつある罪悪感も見せまいと、歯を食いしばった。しかし、驚いたのは、怒りがそのまま欲情に変化したことだった。ひとことも発することなく、それ以上思考をめぐらすこともせずに、アレックはまた彼女のなかに深々と押し入り、一定の調子で動いた。

「アレック?」

「そう、私はまだ謎を解いていないんでね。脚をもっと広げてくれ、ジェニー。それでわたしのほうに腰をつきだすようにするんだ。そう、そうだ」

「でも、こんなのいやよ――ああ、アレック」

「それでいい、考えるんじゃない。ただ感じるんだ」

ジェニーは声を出すまいとしたが、そうしていられたのもほんの三秒ほどだった。やがて脚が彼の胴体にまわされた。アレックは両手で彼女の体を持ちあげて自分の体に押しつけた。そうされることも、ささやかれることばも、信じられないほどエロティックだったが、ジェニーは再度それに屈して理性を失ってしまうつもりはなかった。他人のなかでわれを失い、すっかり身をあずけて理性や自制心を超えた感情に振りまわされるのは恐ろしいことだった。

「きみを奪うやりかたがいくつあるか知っているかい、ジェニー? きみが泣きわめくまで悦ばせてやる方法については? きみがその美しい背中をベッドにつけ、脚を私のために広げているいまの体勢は古風なやりかただ。でも、そのうちわかるよ。きみをうつぶせにして腰を持ちあげさせ、後ろからきみのなかにはいるやりかたもある。そうするとうんと奥まではいれるんだ、ジェニー。同時にきみの胸をつかむこともできる」アレックはうなり声をあげた。自分のことばにわたしと同じぐらい強く反応しているのではないかしらとジェニーは思った。「きみがどれほどきつく私を包んでいるか感じてくれ。そう、脚をもっと高く上げるんだ。そう、そうだ」

突然、前触れもなしにアレックはジェニーから身を引き離した。ジェニーは声をあげ、肩をつかんで彼を引き戻そうとしたが、アレックはかまわず離れた。そしてまたも突然、両腕を彼女の腿にまわしたと思うと、体を持ちあげた。頭をかがめるその顔に明確な意図が見えたと思うと、彼は彼女を見つけ、口で愛撫をはじめた。それがもたらす悦びは想像を絶するもので、苦痛を覚えるほどだった。が、やめてほしくはなかった。ジェニーは声をあげて泣きながらもつれたシーツの上で頭を左右に振り、こぶしに握った手で体の両脇のベッドを叩いて背中を弓なりにそらせた。アレックはまだ口を押しつけたり離したりをくり返している。「アレック、ああ、お願い」クライマックスに達した彼女の顔を見るために、アレックはすばやく口のかわりに指を差し入れた。彼女の表情は想像をはるかに超えていた。ここまでにしたのは自分なのだ。自分が彼女にわれを忘れさせたのだ。自制心を失わせ、望んでいたとおりの状態に昇りつめさせた。その興奮が失せる前に、アレックは彼女のなかにはいり、深々と貫いた。

実験など、くそくらえだ。

ばかな女。いまや私のものになったのに。それだけはたしかだ。

アレックは決心がついていた。

今度はジェニーも疲れはてて眠りに落ちた。アレックはやさしくそのそばに身を横たえ、ふたりの体の上に毛布を引きあげた。

「ばかな女だ」と言って、額にキスをした。それから、ジェニーを横向きにして、頭が自分の肩にもたれかかるようにした。豊かでやわらかな髪の毛が彼の胸の上に広がった。「きみの居場所はここなんだ。忘れないでいてくれるとありがたいね」

ジェニーは眠ったまま小さな声をあげた。

アレックはまたキスをした。それから自分も眠りにつこうと目を閉じた。先週の晩のことが思いだされた。あのときには、名誉と彼女の父親のためにセックスを拒んだのだった。そのことで彼女に責められるだろうか。じつのところ、いまこうして寝たのはある意味彼女の父親のためだった。それは少なくとも、満たされた男の脳には納得のいく理由に思えた。これで彼女は私と結婚しなくてはならなくなった。

アレックはジェニーが子をはらんでくれるといいと思った。

このことは彼女の父親が望んだことでもあると彼女にわからせなければならない。ジェイムズは私がこんなふうに強硬な手段に出るとわかっていたのだろうか？　おそらく。あの人はとても洞察力《どうさつりょく》の鋭い人だった。娘を私が欲していることもわかっていたのだ。

アレックはため息をついた。

「パパ？」

アレックははっと身を起こした。眠気のもやのかかった頭が奇跡のようにはっきりし、部屋の入口にハリーが立っているのがわかった。ドアに鍵をかけておくべきだった。くそっ。むずかしいことではあったが、アレックはどうにか気をおちつけてにっこりとほほえんだ。

いまこのとき、おまえにだけは会いたくなかったとハリーに知らせるつもりはなかった。

「おはよう、おちびさん。廊下をうろつきまわるにはえらく早い時間じゃないかい？」

「わかんない。目が覚めたんだから、そんなに早いはずはないわ。お日様もちょっぴり顔を出してるのよ、パパ。どうしてジェニーを抱っこしてるの？」

当のジェニーが身動きし、息を吐いて伸びをしたと思うと、目を開けた。その目に五歳の女の子の姿が飛びこんできた。船の模型――見まちがいでなければ、フリゲート艦――を脇にはさんで部屋のなかに立っている。

ジェニーは声にならない声をあげてアレックの腕の下に顔をうずめた。

「おじけづくんじゃない。こっちへおいで、ハリー。寒いからね。ああ、そうだ、ドアを閉めてくれるかい？」

「ああ、だめよ」ジェニーがさらに隠れようとしながら言った。

「どうしてジェニーを抱っこしてるの？　どうしてジェニーは変な声を出してパパの下に隠れようとするの？」

「おはよう、ハリー」ジェニーが首をもたげて言った。が、身を起こすことはできなかった。なにも身につけていなかったからだ。喉のところまで上掛けを引きあげ、ベッドのなかで急いで動こうとした。しかし、アレックには別の考えがあった。抱きしめる腕がきつくなり、ジェニーは身動きできなくなった。

「あたしはときどきパパと寝るの」ハリーはそう言って目をぱちくりさせることもなく、無邪気な目でふたりを見つめつづけた。

「まだすきまはあるさ。こっちへおいで。ジェニーは気にしないから。体を温めてくれるよ」

「ああ、だめよ」ジェニーはすっかり動転してまた言った。

ハリーはそっとフリゲート艦をナイトテーブルの上に置くと、ベッドによじ登り、ジェニーとアレックのあいだにはいりこんだ。アレックは自分とジェニーがシーツにおおわれていて、ハリーがその上に来るようにした。

「そこにはいるんだ。そう、それでいい」

アレックは三人の上に上掛けをかけ、仰向けに寝そべって右腕を伸ばすと、ハリーの頭が肩の上に、ジェニーの頭が肘のくぼみの上に来るようにした。

「これでいいわ」ハリーがきっぱりと言った。「ジェニーもパパと同じぐらい温かい」

「ああ、だめよ」とジェニー。

「どうしてジェニーの部屋に来たんだい、ハリー?」

「最初はパパの部屋に行ったのよ、パパ。でも、パパはいなくて。パパがジェニーを好きなことはわかっていたから、ここへ来たの」

アレックは忍び笑いをもらした。「ジェニー、もう一度うめいたら、きみにはがっかりするぞ」

「これであたしには弟か妹ができるの?」

ジェニーはうめかなかった。ただ息を呑んだ。

アレックが軽い口調で答えた。「どうだろうな、おちびさん。そういうことには時間がかかるんだ。でも、これからもがんばってみるよ。ジェニーとはうまくやっていけそうかい？」

ハリーは考えをめぐらすように黙りこんだ。しばらくして答えた。「あのミス・チャドウィックとかいう女の人よりはずっといいわ。あの人、いつもあたしのこと、ちっちゃな甘いプラムちゃんって呼んでたのよ。とってもいやな感じだったわ、パパ。でも、パパがあの人のこと大好きだったから、あたしはなにも言わなかったの」

アレックはハリーの頭越しにジェニーに言った。「かわいそうなパパの繊細な感情を守るためになにも言わないというのは、この子の場合、ミス・チャドウィックの上靴のなかにひどい味のパンチを注ぎ入れるということなんだ。そう、特別激しいワルツを踊ったあとでそのご婦人は靴を脱いだんだが、脱いだところをハリーが狙うというわけさ」

「怒鳴ってたわね」ハリーはとても愉快そうに言った。「それで、ものすごく真っ赤になったわ。パパによると朱色っていうんですって。パパは笑ってた。でもそれはあとになってからだったけど」

「ほんとうにそのミス・チャドウィックがお好きだったの？」

アレックはジェニーの声に辛辣な響きを聞き、そのことでとてつもなく愉快になった。

「とても情熱的なパートナーだったからね。ただ、結婚するつもりは毛頭《もうとう》なかった」

「港々で気の合うパートナーを見つけるってわけね。みな喜んで愛人になるばかりか、列を成してあなたから恩寵《おんちょう》を賜《たまわ》るのを待つんだわ」

「ふうむ、おもしろい発想だな。私はただの男だと言っただろう、ジェニー。一度にそれほどたくさんの恩寵をばらまくなどできないさ。今度は、そう、ボルティモアでは、いつにもましてついていたようだ。恩寵を山ほど降り注ぐにぴったりの愛人が見つかったからね。おまけに妻も見つかったかもしれない。こういう結果になったことは喜ばしいよ」

「娘さんがあいだにいて、耳をそばだてているのはまちがいないのに」

「ハリー、眠っているかい？」

「ううん、パパ」

「ほら、言ったでしょう！　わたしがあなたのことをほんとうはどう思っているか、ここでは言えないとわかっているのね」

「パパを愛してるの、ジェニー？」

ジェニーは歯を食いしばるようにして言った。「あなたのフリゲート艦で頭をなぐりつけてやりたいと思っているわ、ハリー」

ハリーは身をよじってジェニーのほうに顔を向け、しげしげとジェニーの顔を眺めた。

「あなたってとてもきれいね。髪が好きだわ。あたしの髪よりずっと色とりどりだし。赤と茶色とブロンドがあるのはあたしといっしょだけど、金色もあるわ。目もとてもすてき。まじりけのない鮮やかな緑だってパパは言ってた。でも、どんな女の人も、あたしだって、そう、パパほどきれいにはなれないわ。でもたぶん、あなたはパパには充分きれいなのね。あたしはもうがんばることもやめたけど」

「ハリー、あなたはまだ五歳じゃない」

「女に関しては、年寄り、いや、古代の遺物さ」

「ハリー、あなたが大きくなったら、男の人たちに追いまわされるわよ。みんなあなたの眉毛だの耳たぶだのについて詩を書くわ――」

「それも、その人たちのお姉さんや妹がパパに夢中だからよ」

ハリーのことばを聞いて思いがけず、アレックと結婚している自分の姿が脳裏に浮かんだ。ゆうに五十歳を超えた自分の姿。アレックも五十歳をはるかに超えているのだが、いまと変わらぬ容姿で、若い娘たちに言い寄られている。ああ、なんてこと。「そんなふうに言ってはだめよ。そんなことばかり言われていると、あなたのパパは耐えがたいほど傲慢でうぬぼれた人になってしまう。いまだって我慢できないぐらいなのに。完璧だなんてしじゅう言ってあげてはいけないわ」

「パパは完璧じゃないわ、ジェニー。そうじゃないってパパもいつも言ってる。でも、すてきなパパよ」

「この子の言っていることはすばらしく理にかなっているだろう？　私はどこまでも正直な男なんだ、ジェニー」

ジェニーは天井を見つめた。突然、もう何年もきちんと天井を見ていなかったことに気がついた。とても簡素な天井だった。ベッドのすぐ上の天井には水のしみがついている。まわり縁のところまで貼られた壁紙はかつては明るい青と黄色だった。いまはくすんだ灰色っぽい色で、信じられないほど陰気に見える。どうして誰もなにも言わなかったの？　使用人たちはわたしが気にしないと思っているのかしら？　きっとそうね。ジェニーは口を開いた。思わず、おもしろがるような声になっていた。「こんな妙な朝を迎えたのは生まれてはじめてだわ。自分のベッドに男の人といっしょに寝ていて、あいだには彼の幼い娘がいるなんて。野ウサギのシチューのせいで常軌《じょうき》を逸《いっ》した夢を見ているにちがいないわね」

「きみは野ウサギのシチューをひと口も食べなかったじゃないか」

ハリーはくすくす笑った。「ミセス・スウィンドルがあれは食べなくていいって言ってたわ。まるで骨を料理したようなものだからって。あたしにはすものプディングを大きなボウルいっぱいくれた。パパはなにを食べたの？」

アレックはジェニーをしばらく見つめてから、軽い口調で言った。「最初から最後までラニーを喜ばせたよ。夕食は全部平らげたからね。さて、おちびさん、自分の部屋へ戻ったらどうだ？　ジェニーと私は起きないといけない。ジェニーはおまえがここにいるあいだは起きあがりたくないだろうし、私も起きられない」

「わかったわ」とハリーは言い、ジェニーの頬にキスをして、父親の首に抱きついてから、フリゲート艦を脇に抱えてスキップで寝室を出ていった。

アレックはいっときも無駄にしなかった。身を転がしてジェニーに腕をまわして引き寄せた。「大丈夫かい、いとしい人？」

ジェニーはそんなふうに呼ばれたくないと思ったが、彼の口から発せられると、とてもすてきに聞こえたので、なにも言わなかった。

ジェニーは肩に顔を寄せたままうなずいた。

アレックは手の節で彼女の顎や頬をなぞった。「ひりひりするかい？」

ジェニーはひりひりするだけでなく、ひどくべとついていることにも気がついた。はっとして身を起こしたが、あぶないところでシーツをつかんで胸を隠した。

「ああ、どうしよう」

「どうした？」

ジェニーは真っ赤になった。「ここから出ていって、アレック」

アレックは考えこむようにしばらく彼女を見つめた。「少し血が出ているはずだ、ジェニー。破れた処女膜からの出血で、たいしたことはない。それと、私の種が残っている。困っているのはそのことかい？」

ジェニーは彼のほうに顔を向けてきつい口調で言った。「なんでもご存じなのね、男爵様？　処女を失って怯えるちっちゃな娘たちに、なにをしたらいいか、なにを言ったらいいか——」

「きみは処女を失ったかもしれないが、ちっちゃくはないな。そのシーツをもうほんの少しでも下ろしたら、はっきり教えてやれるんだがな。きみのきれいな胸は——」

「黙って。あなたは一週間に十人のちがう女たちをベッドに連れこむのに慣れた女たらしにちがいないわね。そう、わたしはもう処女じゃないかもしれないけれど、後悔はしていないわ。これがどういうものか知りたかったんだから。でもこれ以上あなたに求めるものはありません。聞いてらっしゃる？」

なんともきれいな女だ。大声で怒りをぶつけてくるジェニーを見つめながら、アレックは的外れなことを考えていた。娘が大まじめに言っていたように、私には充分きれいだ。顔をとりまく髪はもつれ、背中に垂れている。緑の目はなぜかいっそう鮮やかに見える。おそらくは顔が血の気を失っているからだろう。父親が亡くなってから、やせたのもたしかだ。高い頬骨がいっそう目だち、すぐれた骨格がはっきりしている。そのせいでか弱く見え、アレックは不安を感じた。彼女には強くいてほしかった。強くはあるが、私に対しては従順な女。

ああ、くそっ。

「聞こえてるさ。きみは怒鳴っているも同然だからね」

ジェニーはベッドにこぶしを振り下ろした。「地獄に堕ちるといいんだわ、男爵様。本気で言っているのよ――」

「きみは子をはらんだかもしれない、ジェニー。そうであってほしいと思うよ。そうなれば、きみにも分別がつくだろうからね」

非難のことばをつらつらと述べようとしていたジェニーははっと口を閉じた。「子をはらむですって」と鸚鵡《おうむ》返しに言う。まるで自分の声とは思えない声が出た。その声とも言えない声は、新聞紙のように薄っぺらく響いた。

「子を宿したかもしれないということさ。きみのなかに私の種を二度もまいたからね。きみのなかでクライマックスに達したときには子宮に触れてもいた。いわば、ほぼそこにそのまま植えつけたというわけだ」

そのとても穏やかで引き延ばすような言いかたを聞いて、ジェニーは我慢の限界に達した。くるりと振り向くと、彼の顎にこぶしをお見舞いし、飛びかかっていった。アレックはあおむけに転がりながら笑い声をあげた。ジェニーはその上にまたがり、怒鳴りながらありったけの力でこぶしを胸に叩きつけた。髪の毛が肩から彼の胸に垂れる。しまいにアレックは彼女の腕をつかんで引き倒した。

「きみは魅力的でいかれた女だよ」アレックはそう言ってキスをした。ジェニーは唇を嚙もうとしたが、アレックはすばやくキスをやめた。

それから、手はつかんだままで、ジェニーが半身を起こすのを許した。「いとしいジェニー、これも愛を交わすもうひとつのやりかただよ。ああ、そんなふうに目をむいているのを見ると、私の言っている意味がわかってきたんだね。そうやって、私にまたがってするんだ。私が下からきみのなかにつきあげたらどんな感じか想像できるかい？　でも、そう、主導権はきみにある。きみは私の上で動き、私はきみを引き倒して胸にキスをし——」

ジェニーはすばやくアレックの上から降り、ベッドの端に転がると、上掛けを引っ張ってベッドからはがした。それを自分の体に巻きつけ、彼のほうに向き直った。自分の気持ちをぶつけてやりたかったのだが、はぎとった上掛けは彼の体もおおっていたものだったので、ベッドのまんなかに足をわずかに開いて仰向けに横たわるアレックは一糸まとわぬ裸だった。そのふくらんだ部分を見てジェニーは唾を呑みこんだ。裸体はあまりに美しく、思わずまた上に乗って全身に触れたり、キスの雨を降らせたりしたくなるほどだった。こんなことはやめにしなくては。気をしっかり持つのよ。

「ああ、なんてこと」とジェニーは言った。

アレックはにやりとした。

肘をついて身を起こし、こう言った。「ジェニー、きみが逃げだす前に聞いてほしいことがある。いくらきみが男の真似をしていたとしても、自分が女であることはわかっていたはずだ。女は男と寝れば、子をはらむかもしれない」

「寝るですって、ふん」

「私の言っている意味はわかるはずだ。私たちはセックスをしたんだ、ジェニー、二度も。きみはいまこの瞬間にも子を宿しているかもしれない。こうして話をしているあいだにも――」

「ああ、黙って。出ていって。お願いよ、アレック、しなければならないことがたくさんあるの――」

「私をそんなに簡単に追いだして、お父さんの遺言状にあった条件を忘れてしまうのかい？」

ジェニーは身動きをやめた。肩がすぼみ、髪の毛が下に垂れ、横顔が見えなくなった。

「出ていったりはしないよ、ジェニー」アレックの声は信じられないほどやさしくなった。「このままひと月が過ぎたら、きみにとっても私にとってもすべておしまいになってしまう。話しあわないとね」

アレックは身を起こし、脚をベッドの端から垂らすと伸びをした。ジェニーは彼の背中の筋肉の動きをじっと見つめるしかできなかった。まるでここが自分の部屋で、自分のベッドにいるかのような態度だ。

「いまは無理よ」ジェニーの声は低く、うつろに響いた。アレックは争おうとはしなかった。

「いいだろう。だったら、今日の午後に。あと二十六日しかないからね」

ジェニーは顔を上げなかった。ぼんやりと、父が亡くなったというのに、わたしはベッドで男といちゃつき、処女を失うのに忙しくしていたのだと考えていた。目の後ろを涙が刺すのがわかり、ごくりと唾を呑みこんだ。口に出してはなにも言わず、アレックが寝室から出ていくのをただじっと待っていた。

「ジェニー、きみはごくわずかに残っていた脳みそさえなくしてしまったのか？」

「いいえ、なくしてないわ。大まじめに言っているの、アレック。お茶のおかわりはいかが？」

アレックは当惑して彼女をじっと見つめていたが、カップは手渡した。「整理させてくれ。

私が本心から、嘘いつわりなく、きみと結婚したいと思っているかどうか、知りたいというんだね？」

「ええ、そう。ほんとうのことを教えて、アレック」

「いいだろう。そうさ、私はきみと結婚したいと思っている」

「わたしと知りあってまだまもないのに？」

「そうだ」

「わたしが吐くのを見たりもしたのに？」

「きみの質問はむずかしくなってきたな。でも、そうさ、それでもだ」

「わたしはローラ・サーモンの家まであなたについていって、木によじ登って彼女の寝室の窓からのぞき見したりもしたわ。それでも？」

「どんどんむずかしくなっていくね。しかし、そうだ、そんなことがあってもだ」

「わたしを愛しているの？」

アレックはしばらくカップのなかをのぞきこんだ。自分が子供のころ、キャリック・グレインジをよく訪ねてきていたジプシーたちのことを思いだしながら。老婆のひとりがお茶の葉の占いをしたものだった。老婆は彼のことをかわいがり、占うやりかたを教えてくれた。そのやりかたはいまは役に立たなかった。カップの底には、凶兆《きょうちょう》であれ、なにも見えなかった。「きみのことを大切に思っている、ジェニー」しばらくして低い声で答えた。「きみを好いてもいる。きっといい夫婦になれると思うよ」

「愛してはいないのね」

「私は愛などというものが存在するかどうかも定かでないと思っているんだが、きみはずいぶんとしつこいんだな。きみは私を愛しているのか、ジェニー？」

その質問が意表をつくものであったのは明らかだ。ジェニーに途方に暮れたまなざしを向けられ、アレックは彼女を腕に引き寄せて揺らし、髪の毛一本でも彼女に害をおよぼす可能性のあるものから守ってやりたくなった。ジェニーは勢いよく立ちあがると、正面の芝生を見下ろす張りだし窓のところへ行った。自分で自分を守ろうとするように、腕を体に巻きつけている。

「私はきみを娼館へ連れていったりもした。私の寝台にしばりつけて悦びに声をあげさせたりもした。それでも私を愛しているかい、ジェニー？」

「今度はあなたがしつこく訊くのね」振り向かずに彼女は言った。「それに、お互いのあいだに知り合ってからのごく短い時間しかないのに、どうして愛するなんてことがありえて？」

「お互いのあいだにはもっとたくさんのものがあるさ。たとえば、私の男性の象徴がある。ふたりのあいだにあり、きみのなかにあった。われわれが単なる知りあい以上の関係になったのはたしかだしね。きみに気まずい思いをさせるのはいやなんだが――」

「あなたってわたしを怒らせてたのしんでいるのよ。わかってやってるんだわ」

ジェニーはまだ振り向かなかった。そのこわばった背中に向かってアレックはにやりとした。「そのとおり。きみは申し分のない聞き手だからね。なんとも言えず傲慢で無垢だ。そう、そのふたつはたまらない組みあわせってわけさ。われわれはお互いのことをわかっているよ、ジェニー。私はきみを幸せにするつもりだ」

「わたしは結婚したくないわ。ほんとうよ。純情ぶっているわけじゃないの、アレック。それよりもいろいろな場所へ行って、いろいろなものを見て、自分とはちがう人たちと交流して、その人たちがどんな暮らしをしているか見たいの――」ジェニーは両手を上げた。「わたしの言いたいこと、あなたにはわかってもらえないでしょうけど」

「妙なことだが、きみの言いたいことはよくわかるよ。大人になってから、そういうことをしたいと女性が言うのを聞いたことがなかっただけだ。そういったことは男の願望だからね――いろいろなところへ行って、いろいろなことを経験したいというのは」

そこでジェニーが振り向いた。「男ね」と言って、指を体の前で広げた。「たのしみも冒険もなにもかも男だけが享受《きょうじゅ》すべきというわけね。いいえ、わたしだって経験したいわ。夫が世界じゅうを旅してまわり、新しいものを見て、新しい場所について知識を得ているときに、自分だけ居間でお茶のもてなしをしたり、十人もの子供にスカートにまとわりつかれたりするのはいやよ。そんなの受け入れられない。聞いてらっしゃる?」

「また怒鳴りだしたな。もちろん、聞いているさ」アレックはボス・ラムのことばを思いだしていた。そのときには、ジェニーもほんの少しぐらい冒険を求めてもいいはずだと思ったのだった。しかし、これは――くそっ、まるで自分のことばを聞いているようだ。心がかき乱される。これまでゆうに十年ものあいだ、世界各地を旅してまわってきた。最初は妻ある身として、ネスタを家に残していっても、旅に連れていっても、罪の意識を感じていた。その後は自由を享受しながら、なにも考えずに幼い娘をブラジルからジェノヴァにいたるまで引っ張りまわした。もはやそうした生活を求めてやまない気持ちはそれほど強くなくなっている。ここ数日、ジェニーのことを考えるときには、ふたりでどこかの家におちつき、堅実な暮らしを送ろうと思っていたのだった。

アレックは声にならない声で悪態をついた。

「それで?」

「それでって?」

「いいえ、いいの。あなたもわたしが知っているたくさんの男たちといっしょね、アレック。訊かれたことが気に入らないと、女が訊いたことをただ無視するのよ」

「じつを言うととても深遠なことを考えていたものでね」

「それで、どういう結論に達したの?」

「今週末に結婚すべきだってことさ。できればもっと早く」

ジェニーは窓から離れ、居間のドアのところへ歩み寄った。「造船所へ行くわ」

「それもまた考えなければならない問題だ、ジェニー。二十六日以内に私と結婚しないと、きみは造船所も失うことになる」

「〈ペガサス〉を買って。そうすれば、別の造船所を建てるお金ができる」

「それも可能だが、金をうんと無駄にすることになるよ。ボルティモア随一の造船所を建てることもできるだろうが、事業は成功しない。そのことについてはこれ以上考えたくないね。世のありかたはきみにも変えられない――」

ジェニーは居間のドアを荒っぽく開けて出ていった。階段を駆け昇る足音が聞こえ、男の衣装に着替えるために寝室に行くつもりであるのがわかった。アレックはため息をついた。自分がこうして――付き添いもなしに――この家にいるだけでも、とんでもなく不適切なことなのに、ジェニーはまだそれに思いいたることもないのだ。ジェニーとちがってアレックには、ボルティモアの社交界がふたりがどういう行動におよんでいるかありとあらゆる想像をめぐらし、嬉々として噂していることがわかっていた。いや、ありとあらゆるとは言えないかもしれない。アレックはゆっくりと立ち上がり、居間の奥にあるサイドボードに歩み寄った。ブランデーをグラスに注ぐと、ゆっくりとすすった。突然ある考えが浮かんだ。アレックは何度もよく考えてみた。ブランデーのグラスを下ろす。

とてもうまくいく可能性はある。

それに、ジェニーのプライドも守れるはずだ。彼女には敗北感を味わってほしくなかった。父親の遺言状は彼女に敗北感を味わわせたはずだ。それが敗北ではなく勝利なのだと思わせられれば、彼女は自分のプライドを救い、私は造船所を救うことができる。

アレックは両方を救うつもりでいた。

14

自分がアレックやその連れたちと付き添いもなしに同居している事実については、ジェニーも思いいたっていた。しかし、自分の殻に閉じこもっていたため、そのことについてはさして思い悩みもしなかった。いずれにしても、それがどうだというの？　すでにアレックと寝ることで一線は越えてしまったのだ。そのことを後悔しているわけでもない。父は死に、造船所はすぐにほかの誰かに売られることだろう――当然ながら男に。なんにせよ、自分の未来に希望があるとは思えなかった。たぶん、パクストン造船所を売らなければならないことで、お金は手にはいるだろう。ポーター・ジェンクスはこのいまわしい遺言状について噂を耳にしただろうか。いいえ、誰も遺言状の詳細については知らないはずだ。ダニエル・レイモンドに関してはそう断言できた。彼はハマグリほども口が堅い。

アレックについてはどうだろう？

ジェニーは〈ペガサス〉でたった二時間しか過ごしていなかった。ボス・ラムと少しおしゃべりをし、古きよきボルティモアにおける彼と自分の父親の逸話《いつわ》に耳を傾けた。ジェニーが船長室へと降りたときには、彼は音をたてて鼻をかんでいた。ジェニーはひとり静かに泣きたかった。しばらく泣くと、身をふるいたたせた。父は娘に弱く愚かな人間のようには振る舞ってほしくないだろう。そこで、帳簿を調べたが、頭痛を招いただけだった。どれほど眺めても、一番下の残高の欄に記入された乏しいドルの値は変わらなかった。金曜日に従業員たちに支払う給金がようやく捻出《ねんしゅつ》できる程度の額だ。それからは、〈ペガサス〉に買い手がつかなければ——ジェニーは首を振った。そんなことはもうどうでもいいことだ。誰が造船所を買うにしろ、その人が〈ペガサス〉も手に入れることになる。もうどうでもいいことなのだ。

二時間後、ジェニーは造船所をあとにした。家へは歩いて帰ることにした。晴れた日でもかなり遠く感じる距離だったが、今日は空が黒い雨雲におおわれている。そのせいか、歩いている人はほとんどいなかった。プラット・ストリートとフレデリック・ストリートの角で、ジェニーはしばし足を止め、〈ナイト・ダンサー〉を眺めた。オドネル埠頭にしっかりと係留されている。美しい船だった。なめらかで鋭角的な船体のボルティモアの快速帆船とは異なるが、頑丈な骨組みで、冬のもっとも激しい嵐にも耐えられるような造りになっている。

ジェニーは顔をうつむけ、また歩きだした。

アレックはわたしと結婚したがっている。どうしたらいい？

彼に愛されていないことはわかっていたが、わたしもやはり彼を愛してはいない。これから五十年のあいだ、いっしょに過ごしたいとは思うが、それは愛だろうか？　アレックはほとんどの男と同じように、自分が正しいと思うことに女をしたがわせたいと考える男だ。定められた枠からはみだした女を、ほかの女たちがどれほど糾弾《きゅうだん》するかは奇妙なほどだ。どうやら、女は自分たち女の振る舞いかたについて、男の何倍も厳しいようだ。でも、男は――ああ、そう、アレックがどういう類《たぐ》いの女を求めているかはわかっている。素直で絶対的に従順で、けっして口応えせず、いつもフリルに身を包むか、さもなければなにも身につけない女。そう、アレックは女の振る舞いかたについてははっきりした考えを持っていて、それにはずれた振る舞いには耐えられない男だ。最低の男。

どうしたらいい？

アレックは造船所をほしがっている。〈ペガサス〉のことも。わたしと結婚すれば両方が手にはいり、一セントも金を使う必要はない。ジェニーは首を振って考えをめぐらすのをやめた。こんなふうに考えていてもどうしようもない。アレックはすでにとても裕福な男だ――少なくとも、そう見える。父もそう考えていたようだ。ほんとうに裕福な人間なら、パクストン造船所が手にはいらなくても問題はないはずだ。造船所はほかにいくらでもある。それに、明らかに自分の流儀《りゅうぎ》に合わない女にしばられなくてもすむ。

わたしが子を身ごもっていたらどうする？

ならばアレックと同じように、子供を連れて海にこぎだし、冒険に次ぐ冒険の暮らしを送ればいい。子供はきっとハリーのようになるだろう。おませで、ときに正直すぎるほど正直で、愛らしい性格の子供。誰が水夫として働いてくれるだろう？　わたしを男だと思ってくれる目の不自由な男たち？　ジェニーは足を速めた。いずれにしても、変えられないことをくよくよ悩んでいてもしかたない。

「あら、ミス・パクストン、天気はもっと思ってらっしゃるのね？」

ジェニーはローラ・サーモンの声に振り返った。「こんにちは、ミセス・サーモン。たぶん、あまりお話しする暇なく大雨になると思いますわ」

ローラはぞんざいに手を振った。「お父様がお亡くなりになったこと、とてもお気の毒だとお悔みを言わせてくださいな。少しは気も楽になって？」

「ええ、大丈夫ですわ」

「その恰好をなさっているのを見ると、またお父様の造船所でご活躍なのね」

「いまはわたしの造船所ですわ、ローラ」とジェニーは応じた。少なくともこれから二十六日間はそれも真実だ。

ローラは黒い縁取りのついたダークグリーンのヴェルヴェットのウォーキングドレスというスタイリッシュな装いだった。頭にはドレスとおそろいの緑と黒のヴェルヴェットでできた高いボンネットをかぶっていて、黒いヴェルヴェットのダチョウの羽根が頰のところまで垂れ下がっている。とても魅惑的な装いだった。女がかくあるべきという装い。アレックが好む女の装い。

ローラはじつの母には見透かされてしまうであろう計算されたなにげなさで、話をつづけた。「たしか、シェラード男爵はあなたの家にご滞在よね。ミス・パクストン、状況が変わってしまった以上、それは正しいことではないわ」

「あのかたの娘がすばらしい付き添いになってくれているわ」ジェニーは今朝部屋にやってきたハリーを思いだし、前の晩に来てくれていれば、アレックにさんざんな思いをさせてやれたのにと思った。

「娘ですって。おっしゃってることがわからないわ。いったい――」

「あのかたの娘はきれいな女の子よ。そう、彼をうまく操縦しているわ。あの子の言うことには彼もしたがうの。男爵は娘の思いのままよ」

「娘のことなんて誰も教えてくれなかったわ」ローラはジェニーにというよりはひとりごとのように言った。その瞬間、雨粒が鼻に落ちたが、ローラはまだ話は終わっていないというようにしつこくつづけた。「たしか、男爵はやもめよね。その子は婚外子じゃないの？」

「男爵はやもめよ」

「ああ、ほんとうに、彼はあなたの家にいるべきじゃないわ。誰かがあなたに言うべきだと思っていたの。心からあなたを心配している友人がね」

ジェニーはローラのパラソルを奪ってそれを未亡人のきれいな首に巻きつけてやりたくなったが、口では「そんなのたいした問題じゃないわ」と言った。

「あなたは変わり者という評判の持ち主だけど、これはちょっと行きすぎよ。もちろん、わたしは理解しているけど、ほかの人はしないでしょうね。男爵はファウンテン・インに戻るべきよ。もしくは、家を買うか」

「それは彼に言うべきだわ、ローラ。今日の午後、お茶にいらしたらどう？　男爵もいるはずだし、彼がなにをすべきで、なにをすべきでないか、はっきりと本人に言ってやることができるわよ」

「なんてご親切なの。そうね、ご招待をお受けするわ。では、ご機嫌よう、ミス・パクストン」

「四時にまた、ミセス・サーモン」ジェニーは同じぐらい堅苦しい声で返した。「雨に濡れないようにね」

三十分後、ジェニーはアレックにいい知らせをもたらしていた。襟のまわりはぐっしょりだったが、ほかはそれほど雨にあたっていなかった。アレックは眉根を寄せて彼女をじっと見つめた。

「ミセス・サーモンってだあれ、ジェニー？」スウィンドル夫人からもらった子供向けの散文詩の本から目を上げてハリーが訊いた。「とてもおかしな名前ね」

「スモークサーモンとは似ても似つかないご婦人で、あなたのパパのことをうんと崇拝してるのよ、ハリー。あなたのパパには、ボルティモアの社交界で評判を落とすようなことをしてほしくないと思っているの」

「パパの気をひきたいのね」とハリー。「こういうことって何度もあったのよ、ジェニー。きっと、その女の人は自分の気持ちをうまく隠せていないのね。そうよ、パパ、その人はパパの気をひきたいの」

「もうひいたわよね」ジェニーはアレックだけに聞こえるように言った。「どこまでかはともかく」

　アレックはジェニーにゆっくりととても魅力的な笑みを見せた。

「あなたはいつか女に殺されるわね」ジェニーは歯を食いしばるようにして言った。

「妬《や》いてるのかい？」

　挑発するような言いかただったが、ジェニーは挑発に乗る気分ではなかった。そこでただそのことばを聞き流した。「さて、ハリー。わたしはお客様のためにお茶にふさわしい恰好に着替えなきゃならないわ。手伝ってくれる？」

　ハリーは依頼に応え、ふたりは不満顔のアレックをひとり居間に残して去った。アレックはジェニーが帰ってくるほんの数分前に帰ってきたのだった。忙しい日で、事の運びには満足していた。ジェニーと娘と静かに午後を過ごし、同じぐらい静かに夕食をとるのをたのしみにしていたのだった。しかし、ジェニーに提案をぶつける前に、ローラと過ごさなければならなくなったわけだ。

　アレックは常々、なにかをするとなれば、きちんとやり遂げるべきだと思っていた。そして、必ずそうしてきた。ローラのことも愛想よくやり過ごさなければならない。お茶の席で私とローラがいちゃいちゃしているように見えたら、ジェニーもハリーも不愉快になることだろう。

「なんてかわいいおちびちゃんなの」ローラはおそらくは三度めにそう言った。ハリーはまた火かき棒ほども身を固くした。二度目のときには、声をひそめてジェニーに、このお魚の名前のご婦人はミス・チャドウィックと似ていると言った。

「ありがとう」とアレック。「しかし、そう、この子をかわいいおちびさんだと思うことはめったになくてね」

「ジェニーの話からもっと年上で成長した娘さんかと思っていましたけど、もちろん、あなたは成長した娘さんがいるには若すぎますものね、男爵様？」

「もしかしたら、彼が少年時代にまわりにいた少女たちしだいだったのかもしれないわ」ジェニーが言った。「よく聞く話だけど、少年のころの男爵様がもっと口がうまかったら、ハリーがゆうに十五歳ぐらいだったことも充分ありうるわけだから」

「ミス・パクストン、なんてことを」

「きっとそうね」とハリーが言い、サーモン夫人からあっけにとられたまなざしを向けられた。「もちろん、少年のころのパパは知らないけど、いまと変わらなかっただろうと思うもの。いまほどすてきじゃなかったかもしれないけど」

アレックは声をあげて笑っていた。皿から小さなレモンケーキを手にとると、娘に向かって放った。ハリーは器用にそれを受けとめた。

「それを口につっこんでおくんだ。それで、そのぞっとするような意見は自分の胸に留めておきなさい」

「はい、パパ」

「いい子だ。ときどきだが」

ハリーは口を開きかけたが、アレックが首を振って制した。「だめだ。黙っていないと、ミセス・スウィンドルのところへやるぞ」

「ミセス・スウィンドルって？」

「われわれの付き添い――」

「ハリーの世話係――」

アレックとジェニーは目を見あわせて笑った。

「その両方です」とアレックが言った。

ローラはイチゴジャムを脇に垂らした小さなスコーンをつついていたが、ようやく――少なくともジェニーにはそう思われた――気をとり直して言った。「ミス・パクストン、そのかわいらしいお嬢さんを二階に連れていったらどう？　男爵様とふたりきりでお話ししなくちゃならないことがあるの」

ジェニーはアレックににこやかにほほえみかけた。「ええ、もちろん。いらっしゃい、ハリー。口応えはなしよ。キッチンに寄って、もっとおいしいものをもらっていきましょう」

ハリーは本をつかみ、居間のドアへ走って向かった。小声で父に名前を呼ばれ、即座に振り返った。「お会いできてよかったです、ミセス・サーモン。ご機嫌よう」

「なんて愛らしいお子さんかしら」とローラは言った。

ハリーの口調は大まじめだった。「あの女の人、気をひこうとするだろうけど、きっと無理よ、ジェニー。心配しないで。パパは大事なことになるとばかなことはしないから。あなたのことは大事なことだし」

ジェニーは階段の途中で足を止め、ひどくおちついた声で話す小さな少女を見下ろした。

「ほんとうよ」ハリーは手を軽く叩いた。ジェニーの手を。「とてもきれいで、美しいって言ってもいいくらいの人だけど、そう、パパはああいう女の人は好きじゃないの。そりゃ、たぶん、機嫌のいいときにはお世辞ぐらいは言うし、寝室にいっしょにはいったり、大人がみんなしているようなことをしたりはするけどね。でも、パパは中身がきれいな人のほうが好きなのよ。あなたみたいに」

「わたしのこと、きれいだと思うって言ってたじゃない」

ハリーは大まじめにうなずいた。「ええ、それはほんとうよ。でも、ミセス・サーモンはとぶ……とびくり――」

「とびきり？」

「そう、とびきりの美人。シェラード男爵夫人になりたがっていて、なれるだけ自分がきれいだと思っているわ。でもそう、パパはそういう人にだまされたりしないの」

「わたしにはどうでもいいことよ、ハリー」

ハリーは我慢に我慢を重ね、耐えているようなまなざしをくれた。ジェニーに自分がいたらない人間だと思わせるようなまなざしで、じっさいに彼女はそう思った。しかし、それを表には出さなかった。

ジェニーは階段のてっぺんで突然立ち止まった。「ハリー、あなた――いいえ、まさか、ありえない」

「なあに、ジェニー？」

「パパが女の人の寝室に行くって言ったわね」

「もちろんよ、たまにだけど。ばかね、ジェニー。パパだって男なんだから。あなたの寝室にも行ったじゃない。大人って――」ハリーは肩をすくめてつけ加えた。「そういうことをするものよ」

ジェニーはその永久普遍の真実を聞いてむせた。「ハリー、これからの一時間はただの小さな女の子でいてくれない？」

ハリーはにっこりした。「ご本を読んでくれる？　あたしがもうどんな本でも読めるとパパは思っているんだけど、ほんとはそうじゃないの」

「喜んで」

「こんなことを言うと妙に聞こえるかもしれないが、黒い服を着たきみはきれいだ」

「ありがとう。スービーズソースをかけた羊のカツレツをもうひと切れいかが？」

「いや、いい。とてもおいしかったが。ミセス・サーモンみたいな心温かい友人がいるのはすばらしいことじゃないかい？」

「ほんとうに。頬肉のベーコンは？」

「いや、おかわりはいい、ありがとう。明日の晩、家に招待されたよ」

「ぜひいらっしゃいな。芽キャベツは？」

「芽キャベツだなんて考えただけで吐き気がするよ。ミセス・サーモンはよき友人として当然ながら、私がここできみと――貧しくて無防備で無垢なオールドミス《ロング・イン・ザ・トゥース》のきみと暮らしていることを心配してくれている」

「スープのおかわりは？」

「もう冷めてるよ。きみは無防備とはとうてい言えないし、あと三週間もしたら貧しくなくなるし、きみの長い歯《ロング・トゥース》は気に入ってると彼女には言ってやったよ。ああ、そうだ、きみは無垢とはかけ離れているということもちゃんと言っておいた」

「冷めた野ウサギのスープを顔にかけてあげましょうか？」

「ジェニー、ジェニー、きみはふだん、驚くほどの気迫をこめて侮辱のことばを次から次へと吐きだすじゃないか。いったいどうしたんだ？　具合でも悪い《フィーリング・アンダー・ザ・ウェザー》のかい？　たしかにいやな天気《ウェザー》だが。それとも、セックスを知ったので、もっとしたいとか？　まあ、どうしてもというなら、今夜また訪ねていってもいいが。もしかして、別の体位を試してみたいんじゃないのか？　横向きというのも悪くない。きっと気に入るよ。膝を曲げるんだ。きみのきれいな右足を胸に引き寄せ、それから私がきみの体に体を沿わせて――」

スプーン一杯の豆がアレックの顔にあたった。

アレックは笑った。ジェニーをあざ笑うように。

お返しに顔にスプーン一杯の豆をぶつけられ、ジェニーははっと息を呑んだ。とくに丸々とした豆がひと粒胸に落ち、そこに留まった。

「さて、これは見ものだ」アレックは彼女の胸に目を向けて言った。「いや、ほら、そこだよ。ミセス・サーモンは私が触れる栄誉に浴した胸のなかでもっとも上等な胸の持ち主だった。しかし、そう言えば、きみも彼女の上半身は見たんじゃなかったか？」

「ええ、見たわ」

「窓から落ちて、そのすばらしい尻を地面に打ちつけ、同じくすばらしい足音をひねってしまう前に？」

「ええ」

「ああ、それから、きみのたのしい夜がはじまったんだったね。船室の寝台にしばりつけられたのはよかったかい、ジェニー？　私はきみが悦ぶ姿を見てとてもたのしかったよ。きみがうめいたり、うなったり、かすれた声をあげたりするのを聞いて私も悦びを感じた。そう、きみはとてもきれいだ。脚は長くて引きしまっていて、形も悪くない――」

「黙って」

アレックがまた口を開こうとするのを見て、ジェニーは声を張りあげた。「モーゼス、モーゼス」

モーゼスが物音ひとつたてずにダイニングルームにはいってきた。「はい、ご用ですか？」

ジェニーは彼に最高の笑顔を向けた。「そろそろコーヒーを出してくれていいわ」

「私はまだ羊のカツレツを食べ終えていないが」とアレックが口を出した。

「それ以上食べると脂肪がつくわ。コーヒーをお願い、モーゼス」

「男爵様？」

ジェニーは叫びだしたい気分でアレックのことばを待った。

「ミス・ジェニーの言うとおりだ。太るのはよくない」少なくともきみから結婚の確約を得るまではね、ミス・ユージニア、とジェニーに向けた目ははっきりと語っていた。「コーヒーを頼む。ブランデーもいっしょに」

「かしこまりました」

モーゼスははいってきたときと同様に音もなくダイニングルームを出ていった。

ジェニーは身を前に乗りだした。「けしからぬ態度は慎んでいただける、アレック？」

アレックは即座にまじめな顔になった。「きみはこの三十分、気が滅入《めい》る様子を見せたり、黙りこんだり、自分の殻に閉じこもったりということがなかった。夕食も食べたしね」

ジェニーはほぼ空になっている自分の皿を見下ろした。アレックの言ったとおりだ。彼の息の根を止めてやりたいと思うあまり、父のことや絶えず胸にある痛みを忘れ、認めたくないローラ・サーモンへの嫉妬も忘れて食事をしたのだった。じっさい、ひどく空腹でもあった。ジェニーは目を上げてアレックを見た。彼の目にはおもしろがっている色もいたずらっぽい光もなかった。

「だめだ、ジェニー。過去を振り返っては。前を向いて生きるんだ。きみにはほかに選択肢はないのだから」

「先のことは考えたくないわ。希望がないんですもの」

「希望がないと思われているなんて心外だな。いや、言い争おうとしないでくれ。ただ、しばらく耳を傾けていてくれないか。私はきみを救うためにここにいるんだ、ジェニー。すでにきみとは愛を交わし、きみはその方面では私の努力を評価してくれている」アレックはそこでしばし間を置き、やがて眉根を寄せてつづけた。「じっさい私の体はそろそろきみとまたお近づきになるころあいだと矢の催促《さいそく》をつづけている。いま、このダイニングテーブルの上できみのスカートをまくりあげたいとすら思うほどだ。しかし——ああ、モーゼスがコーヒーを持ってきた。間の悪い男だ」

ジェニーはひとこともことばを発しなかった。モーゼスがアレックにちらりと目をやり、アレックがうなずいただけではっきりと命令をくだすのをただ見ていた。自分の家にこうしていても望みはなかった。少なくとも、この家は父に遺してもらったはずなのに。

「また後ろ向きに物を考える女の顔になっているぞ。ブランデーを少しどうだい？　いらない？　まあ、飲んだほうがいい。きみには必要だ。元気が出るよ」

たしかにそのとおりだった。ジェニーは最初のひと口をごくりと飲んだ。ブランデーのせいで口から胃までが温かくなり、思わずむせた。アレックはサイドボードの上の壁にかけられたジェイムズ・パクストンの父親の肖像画を眺めながらコーヒーを飲んでいた。肖像画の人物はかつらをかぶっており、着ている鯨骨《げいこつ》のはいった長い外套は厚手の紫のブロケードで、袖には太い組ひもの飾りがついている。威風堂々たるたたずまい。まさにそういった感じだったが、その表情は北海ほども冷たかった。

ジェニーはブランデーの刺激に慣れ、平静をとり戻していた。体が温かくなり、ほどけていく感じがした。物事がそれほど絶望的でなくなっていく気もしていた。

「さて、さっきも言ったように――」アレックはジェニーのウェッジウッドのカップにコーヒーのおかわりとブランデーを少し注ぎながらことばを継いだ。「私のことはきみの守護騎士だと思ってもらいたいんだ。私は勇敢な人間だからね、いとしいミス・ユージニア、きみは自分が聖杯《せいはい》の輝きに包まれていると思ってかまわない。そう考えるのは悪くないだろう?」

「おっしゃってること、ひどくばかげているわ」そう言いながらも、それほど真剣な口調ではなかった。コーヒーはおいしく、とても熱くて、膝まで体がうずくほどだった。

「われわれのこれからの予定はこうだ、お嬢さん。きみは金曜日に私と結婚するんだ」

そう聞いてジェニーは顔を上げた。じっと彼を見つめる。「あなた、おかしいわ。すっかりおかしくなってしまったのね。わたしのことを愛してないのに。あなたがほしいのは造船所と〈ペガサス〉だけでしょう。どうして結婚なんて?」

「これから先の四十年、毎晩、毎朝、きみと愛を交わしたいからだ。たぶん、朝食のあとやお茶の前にも――」

「ばかばかしい」

「きみの返事はだんだん短くなってきたな、いとしいユージニア。そろそろただ口を閉じているんだな。さっきも言ったが、きみは金曜日に私と結婚するんだ。そうすれば、造船所は安泰《あんたい》だ。それから、ナッソーまでのレースを実行すればいい」

「そのこと、お忘れかと思っていたわ。わたしは忘れていたし。どうしていまさら？　もう賭けをする理由がないわ。あなたはすべてを手に入れたんだから」

「私のことをばかだと思っているようだが、私はそれほどばかじゃないんでね、ジェニー。きみは私とはかかわりを持ちたくないと思っている——少なくとも、夫候補としては見ていない」

「どんな男の人のことも夫候補とは見ていないわ。あなたたち男ってみんなひどく傲慢な最低の人間で——」

「もうそのくらいで充分だろう。きみの感情はよくわかっているから、ビジネスとして提案させてもらうよ。きみがナッソーまで行って帰ってくるレースで私を負かしたら、きみは好きにしていいということにしよう。造船所の所有権もきみに譲渡するよ。きみは造船所を経営できるというわけだ。破産に追いこまれるのは火を見るより明らかだが、それがきみの望みならね。私はまったくかまわない。すぐに破産してしまわないよう、〈ペガサス〉は買いとろう。しかし、レースから戻ったら、きみは私にも娘にもしばりつけられる必要はない」

「なにか恐ろしいまちがいがあって、わたしがあなたを負かせなかったら？」

「ああ、そのときはすべてにおいて私のやりかたを通させてもらうよ、ジェニー」

「たとえば？」

「きみは私の妻になる。私の家庭を切り盛りする妻に。男の恰好をすることは二度とふたたびない。神の恵みがあれば、私の子を産むことにもなるだろう。ビジネスのことには口をはさまず、造船所に関していっさいの干渉をあきらめてもらう」

「わたしに死ねとおっしゃるのね」

そのことばを聞いてアレックは口を閉じた。罪悪感と呼んでもいいような感覚に胃のあたりがしめつけられる気がしたが、気持ちをふるいたたせてつづけた。「その逆さ。いまどんな荒っぽい空想をめぐらしているにせよ、きみは女なんだ。そう、昨晩それを思い知らされたよ。だから、私の妻になるという結末がきみを幸せに導くと私は信じたいね」

ジェニーに途方に暮れたまなざしを向けられ、アレックはまたつかのま罪悪感に駆られた。彼女は腰を上げて椅子のそばに立った。

「なにか質問は？　変更したり修正したりしたいところはないかな？」

ジェニーは首を振りながら言った。「レースの前に結婚することになるけど、わたしが勝ったら、出ていってくれるって言ったわね。でも、それでもまだ結婚したままだわ。わたしはかまわないけど、あなたはもう一度結婚したいとは思わないの？」

「ああ」

ブランデーはまだ胃のあたりを熱くしていたが、目の奥には涙がたまっていて、こらえていると頭がずきずきと痛んだ。その涙は父の死を悼《いた》むだけのものではなく――ジェニーは首

いいかしら？」

「ああ、しかし、明日には必ず答えてくれ」

ジェニーはダイニングルームからゆっくりと歩み出てドアを閉めた。一カ月前にはなにもかもがあるべき姿だった。人生はなんとも奇妙な方向にそれてしまった。しかしいまは——なんて厄介なことになったのだろう。

「おやすみなさい、男爵様」

「きみの答えは、ジェニー？」

ジェニーは彼には目を向けず、うなだれたままでいた。「明日の朝お返事するわ。それで

を振った。

ジェニーはゆっくりと目を覚ました。足の爪先まで生きていることを実感しながら。それは申し分なく満たされた思いだった。全身がうずき、腿のあいだの奥深いところが痛む。彼の大きな手は温かく、ほぼ全身を撫でまわしていた。ネグリジェはボタンをはずされ、腰のあたりにたまっている。胸の先は軽く彼の唇に愛撫されている。

「アレック、あなた、いったい……」

「シッ、ジェニー。きみを説得しに来ただけだ。こうされると気持ちいいかい？」温かい口がまた胸の先をおおい、ジェニーは悦びに身をそらし、喉の奥から声をもらした。手がネグリジェの下に忍びこみ、指を広げて腹の上で動かなくなった。

「なんだい、ジェニー？　触れてほしいのかい？　ここに？」指が彼女を見つけた。指に愛撫されるのがわかる。でも、どうしてこんなことが？　恥ずかしがってしかるべきなのに。たしかにつかのま恥ずかしい思いにとらわれたが、やがてジェニーは指に押しつけるように腰を浮かせていた。

「アレック――」

「いいよ、ジェニー。きみが私にとってどんな感じなのかわかるかい？　きみの夫になる男だ。いや、口応えはなしだ。ただ感じていてくれ。きみは死ぬまで毎日こうされるんだ、ジェニー。約束するよ」ジェニーが声をもらし、アレックは彼女にキスをした。舌が舌に触れる。彼女が驚きに身をこわばらせるのを感じながら、愛撫の手をゆっくりとやさしくした。指をなかに差し入れる。指を包む彼女はきつく、その瞬間、彼女のなかにはいりたくてたまらず、みずからを抑えられないのではないかと思うほどだった。腿に押しつけたものは固くなっていた。しかし、アレックはなかにはいる前に彼女にクライマックスを迎えさせてやりたかった。

「ジェニー、脚をもっと広げるんだ」

ジェニーには彼の言う意味がわからなかった。体のなかに呼び起こされた感覚に深く引きこまれていたからだ。

「脚を開くんだ」アレックはくり返して言い、今度は自分があいだに身を置けるよう、彼女の腿を広げて押さえつけた。それから全体重をかけてのしかかり、口に何度もキスをした。

「哲学を語りあいたいかい？」彼は言った。「それとも、ナポレオンの功績についてでも？」

からかわれているのはわかったが、ジェニーは言い返すことばをひとつも思いつけなかった。「アレック」とつぶやくのが精いっぱいだった。

「とてもいいよ、ジェニー」アレックはまたキスをはじめた。ようやく彼女もこれが避けがたいことであるのを実感し、受け入れ、おそらくは望みさえしているのだ。悦びを与えてもらえると信じ、それこそが自分にとって必要であり、いいものだと信じている。アレックはその思いを裏切らなかった。彼女の体を離すと、キスをしながら手で愛撫し、腰をつかんで持ちあげた。口が彼女をおおうと、ジェニーは声をあげ、しばらくしてもう一度声をもらした。

アレックは自分の体の奥底のなにかがほどけていくような感じを覚えた。それはとらえどころのない感覚で、自然に感じとれたものだった。ジェニーから自分のなかへと流れこんできた感覚。

ジェニーが弓なりに思いきり背をそらして脚をこわばらせた。アレックがさらにきつく口を押しつけると、彼女はこぶしで彼の肩を打ちはじめた。しかし彼はその悦びが褪せるのを許さなかった。力強いひとつきでなかにはいり、高く腰を持ちあげ、さらに広く腿を開かせた。「私のリズムに合わせるんだ」その声は夜と同じぐらい深く暗かった。

ジェニーは言われたとおりにした。悦びの小さな余波が全身に走る。やがてアレックはペースを速めた。ジェニーはそれに合わせた。突然彼の指がふたりの体のあいだにすべりこみ、ジェニーは声をあげた。興奮のあまり、彼の体を思いきりつき飛ばそうとしたと思うと、肩をつかんで胸に顔をうずめた。アレックはふたりはひとつだと悟り、そのことを受け入れながら、深々と彼女を貫き、種をまいて彼女を満たした。

けっして終わってほしくない瞬間だった。

少しして、アレックは正気に返った。過ぎた時間が五分なのか一時間なのかはわからなかった。ただ、ジェニーが声を殺して泣いているのはわかった。彼は彼女の名を呼び、肘をついて身を起こした。

15

「シッ、泣くんじゃない。どうしたんだ、ジェニー?」

ジェニーは泣きやもうとした。アレックの肩に顔をうずめてしゃくりあげる。彼は首をかがめ、彼女の喉に唇を寄せた。

「怖いの、アレック」彼の頬に彼女はささやいた。

アレックはそっと身を離し、横向きに寝そべった。「私を見てごらん、ジェニー」

ジェニーは枕の上で首をめぐらし、彼と向きあった。アレックはベッドサイトのテーブルに一本だけ置かれたろうそくに火をともした。ろうそくの明かりを受けて陰影ができ、顔が謎めいて見える。きらめく目はとても濃い青で、ほとんど真っ黒と言ってもいいぐらいだった。ジェニーは彼の喉から肩へと目を落とし、そこにわずかに生えた金色の産毛《うぶげ》を見つめた。

アレックは指でそっとジェニーの顎をなぞった。「なぜ怖いのか教えてくれ」

説明するのはむずかしかった。あまりにもむずかしかった。ジェニーは自分を愚かに感じた。「一カ月前、わたしはわたしだったわ。わたし自身だった。もちろん、悩みはあったけど、なにもかも生まれたときからなじみのことばかりだった。父も病気ではあったけど、そのことには慣れていたわ。そんなところへあなたがやってきた。あなたをはじめて目にしたときに思ったの。わたしにとってなにもかもがおしまいだって。でも、おしまいにしたくはなかった。あなたはただもうまったくかなわない相手だったけど」

「私も一カ月前にはきみが存在することすら知らなかったよ、ジェニー。そう、きみがシェラード男爵を知っていたように、ミスター・ユージーン・パクストンという人物がいることは知っていた。しかしそれはきみじゃない、ジェニー。私も気づいていなかったんだと思う。私にとってもおしまいだとね。きみが娼館からあわてて逃げだしたあの思い出の晩に、嘔吐《おうと》するきみの頭を支えていてはじめて気がついた。私がきみの人生に足を踏み入れたことを残念に思うかい？」

「ええ——いいえ。ああ、アレック、わからないわ」

「頭を支えてもらって助かったかい？」

ジェニーはことばを発しようとして呑みこみ、こぶしで彼の腕を叩いた。

アレックは指先で彼女の顎をなぞった。とてもなめらかで、頑固な顎だ。「いいかい、まじめな話なんだ。よく聞いてくれ。私も自分がどんな感情を抱いているのかはっきりはわからない——喜びなのか、恐れなのか、それともただ混乱しているだけなのか。しかし、私のことを怖がらないでほしいんだ、ジェニー。きみを傷つけたりはけっしてしないから。けっして」

傷つけても、あなたはそれに気づかないのよ。ああ、いったいどうしたらいいの？　すすり泣きをもらし、ジェニーはアレックから顔をそむけた。

「だめだ、泣くんじゃない。具合を悪くするぞ。シッ」

アレックはハリーを扱うようにジェニーを扱っていた。夜中に怖い夢を見た子供を大人がなだめるようになだめ、髪を撫で、背中をさすって。ジェニーは腹をたてると同時に、妙なことではあったが、少しばかりなぐさめられる思いがした。

「わたしは子供じゃないわ」と彼女は言った。

アレックはにんまりした。「いとしいジェニー、そのことについては私が個人的に保証するよ」そう言って腹にまたてのひらをあて、撫でさすりはじめた。「きみはとてもやわらかい」彼は彼女を愛撫する自分の長い指に目を落とした。女の体というのは無限の喜ばしい探索の機会を与えてくれる魅力的なものだと昔から思っていたが、ああ、ジェニーの体は——それ以上だった。うまく説明できないが、それだけはたしかだ。彼女のことは味わっても味わい尽くせない。自分でもそれを受け入れつつあった。ただ触れたくてたまらず、彼女がそばにいることをたしかめたいと思う自分がいた。そしていま、彼女は私のものになるのだ。

ジェニーの動きが速まり、顔に物憂い笑みが浮かんだ。そのときアレックは気づいた。いま自分が求めているのはセックスではない。彼女と話がしたかった。アレックは自分の手をどうにか止めた。

「きっとうまくいくよ、ジェニー。きみはただ、性的なこと以外でも私を信じてくればいい」

「わたしが性的なことであなたを信じているかどうかもわからないでしょうに」

アレックは最大限いたずらっぽい笑みを浮かべた。「自分がすっかり身をあずけていることに気づいてないのかい？　腿を大きく広げろと言ったら、きみはすぐさまそれにしたがった。私が悦びを与えることを知っているからだ。自分のなかに私をもっと深く引き入れようと腰を浮かすのもわかったよ。きみが声をもらすのも聞いた。クライマックスに達したときのきみの顔も見た。ジェニー、クライマックスに達したきみはきれいだよ。自由で。アメリカ人らしい奔放さとでも呼ぼうか。だからこそ、性的なことでは私を信じてくれていると思うのさ。ほかのことでも私を信じてくれるかい？」

「わたしにとってなにが一番いいのか、あなたがご存じだと言いたいの？」

その声には棘があり、苦々しい響きもあったが、アレックはそれに反応するまいとした。

ジェニーは父を亡くしてほどなく、それは彼女にとってとても辛いことだった。そして彼女のプライドは――そう、彼女の父は娘をまちがった道に送りだしてしまっていた。独立心をあおり、女が持つべき以上のプライドを持たせてしまったのだ。そのせいで物事がより複雑でむずかしくなっている。「私はただ、私のほうが何歳か年上で、きみをとても気に入っていると言おうとしただけだ。きみの幸せを心から願っていると言ってもいい」

「でも、わたしの考えていることこそが、わたしにとってなによりも幸せなのだとは認めようとなさらないのよ」

「ジェニー、正直、いまのきみが自分にとってなにが最善なのかわかっているとは思えない。

とても混乱していて、将来についても、われわれのことについても、確信が持てずにいるからね。あまりに多くの変化があって、予期せぬ出来事にも数多く対処しなければならない状況だ。でも、私にはひとつわかっていることがある。娘が男の恰好をして造船所をうろつき、淑女であれば居間にはいるのさえ許さないような連中と親しく付き合うのを許しておいたお父さんは、きみを正当に扱ったとは言えない」

泣いてどうなるの？　ジェニーは黙りこみ、涙をきっぱりと引っこめた。ばかな女の涙など、この人には理解できないだろう。できたとしても、きっと許さない。そこに希望はなかった。彼と結婚して賭けを受けてたつか、造船所を知らない誰かに売るかだ。

ジェニーにはそれだけはできなかった。

わたしがまちがっているの？　父がまちがった導きかたをしたの？　わたしを亡くした息子のかわりにしようとしたとでも？

ジェニーはそんなことはないと叫びたかった。わたしはわたしだと。まちがってなどいない。父もまちがってなどいなかったのだ。

ハリーのことが頭に浮かんだ。アレックもハリーのことは息子であるかのように自由にさせている。ハリーがそれなりの年になったら、家に押しこめ、刺繍の仕方を習わせ、ペティコートを穿かせるのだろうか？　これまで享受してきた自由をすべて忘れろと言うのだろうか？　ジェニーは尋ねてみたかった。納得のいく説明をしてもらいたかった。

しかし、アレックの指が腹の上でまた動き、ゆっくりと下へと降りはじめると、ジェニーは期待に胸を震わせた。うずきが高まるのがわかっていたからだ。どうして彼は指の単純な動きでわたしの体から難なく反応を引きだすことができるのだろう。ジェニーはその感覚を無視したいと思った。彼を押しやりたかった。招かれもせずに寝室へ来て、無理やりのしかかってきたこの人を。

「また無理強いされるのはいやよ」

その石のように冷たい声で発せられた聞き捨てならないことばにも、アレックの指はリズムを刻むのをやめなかった。「無理強いする？　それはなんとも愉快な考えかただな。たしかにいわば、はじめたのは私だ、それは認める。でも、あとほんの少し指できみを愛撫したら、きみのほうから悦ばせてくれと私に懇願することだろうよ」

ジェニーはなにも言わなかった。うずきがいっそう強くなり、自分では抑えようもなく、指に合わせて身をよじらせていたのだ。アレックが忍び笑いをもらした。ジェニーは彼を怒鳴りつけ、その呪わしいほど美しい体を壁の羽目板めがけて放り投げてやりたくなった。

「これからの四十年、ひと晩に二回だ。それが頭で考えられる精いっぱいだからね。きみのせいで私はへとへとになってしまうだろうが、ジェニー、どうにかきみに負けないようにがんばるよ、約束する。それだけだ。私にまかせてくれ、ジェニー。私を信頼してくれ。きみを守り、きみの世話をするよ。大丈夫だ。私がここにいるからね。いつもそばにいる。ただそれを信じてくれないか？」

ジェニーはそばにはいてもらいたかったが、守ってもらう必要はなかった。していいことと悪いことを男に命令されたくもなかった。幼児のように、女のように、ローラ・サーモンのように世話をされたくもなかった。ジェニーは口を開いた。あなたを信じはするけれど、自分の面倒は自分で見られると言うつもりで。

しかし、口からもれたのはうめき声だった。

アレックの体が震え、即座におおいかぶさってきた。彼に開かれた太腿をジェニーはさらに広く開いた。そこに口があてられ、ジェニーは自分が彼に対して完全に体を開いたことを知った。この人の言ったとおりだ。この人がどんな感覚をもたらしてくれるかわかっていて、わたしはその感覚を求めている。朝が来て、自分自身や彼を日の光のなかで見ることになってもかまわない。明日になればわたしは今後の人生を変える決断をくださなければならないだろう。そしてその決断は彼やハリーの人生も変えることになる。

ジェニーはクライマックスに達して声をあげた。しばしののち、アレックも激しいクライマックスに達した。頭をのけぞらせ、指を彼女の尻に食いこませながら。

アレックは横向きにころがり、ジェニーを引き寄せた。背中と脚の曲線に体を沿わせ、もつれた髪の毛の上からうなじにキスをした。手はけだるそうに胸に触れている。まるで届くところに胸があるから触れていて、そうして触れるだけで充分満足という撫でかただった。

ジェニーは状況を整理しようとしたが、彼女自身、とりとめのない物思いにとらわれていた。それはじっさい、答えの出ない問いでもあった。少なくとも、きみを守り、世話をしたいと言う男に二度愛されたあとの夜の暗闇のなかでは。ジェニーは考えるのをあきらめ、眠りに落ちた。

アレックはてのひらで彼女の胸の重みをはかりながら胸の内でつぶやいた。ほんとうのところ、レースの結果がどうなろうと、彼女は妻でいつづけることだろう。もちろん、結果がどうなるかは疑問の余地もないが。アレックはしばらく目を閉じた。彼女を貫き、手を尻や胸や腹に置いたときに自分を包んだ信じられないような感覚がよみがえるのを感じていた。彼女のすべてがほしかった。その渇望《かつぼう》はどんどん強くなる一方に思われ、いまや自分でもそれを認め、内心、息絶えるその日まで、彼女に献身と貞節《ていせつ》を誓っていた。指にはさまれて胸の先が固くなるのがわかる。なんとも言えず甘美な感覚だった。甘く、安らかでゆったりとした感覚。しかし、少し前に感じていた感情は甘くはなかった。激しく、強引で、せっぱつまったものだった。そして自分の種が彼女の体の奥深くにまかれる感覚。ジェニーはさらに深く引き入れようとし、同じだけ欲望に駆られていた。その悦びの声がまだ聞こえる気がし、背をそらして腰をつきあげてくる彼女の髪が腰のあたりで小刻みに揺れるのが見える気がした。

誰かに訊かれたら、絶対的な確信をもってこう答えたことだろう。今夜ジェニーをはらませたと。すぐに彼女も自分が女であること——私の女であることを受け入れようと思うはずだ。女の服を身にまとい、私の子を産み、私に世話をしてほしいと思うようになるだろう。

きっと自分の本来あるべき姿を受け入れる気になる。そうなるのは明らかだ。

アレックは五年前に亡くなった妻のネスタのことを考えた。愛らしく、いとしいネスタ。

手のほどこしようを知らなかった愚かな医者のせいで、彼女はあれほどに若くして亡くなってしまった。そう、いまなら私にはどうすればいいかわかる。ジェニーの身になにかが起こることは許さない。絶対に。

ジェニーは、たとえボルティモアの快速帆船であっても、私を負かせるなどとどうして思えたのだろう？

理解できないのは——それが彼女の父の失敗であることはまちがいないが——ジェニーが男の役割を演じることに固執していることだ。そんなばかげた真似はやめさせなければ。きっとやめさせてみせる。

十一月二日。秋のボルティモアはエデンの園に匹敵するほど美しい。少なくとも、ボルティモア市民は互いや耳を貸すよそ者にそう言った。しかしじっさいは、今日のように寒々とした天気で、いまにも雨が降りだしそうに空に黒い雨雲がかかっていることが多かった。

アレックは男の装いをして足を大きく広げ、腰に手をあてて〈ペガサス〉の甲板に立つジェニーに手を振った。自分が寛大で、なんとも言えず我慢強い男に思えた。彼女が男の恰好をしてまわるのもこれが最後だ。だぼついたズボン、きれいな胸の形や女らしいウエストのラインを隠す革のヴェスト、いつもの青いウールの帽子を身につけていても、彼女が美しく見えることは認めざるをえなかった。ジェニーは視線を受け止めてほほえみ、手を振り返してきた。

彼女はシェラード男爵夫人、ユージニア・メアリー・キャリックだった。そして、願わくは子を身ごもっている。アレックは訊いてみることはしなかった。すでに彼女自身にわかるものかどうかはっきりしなかったからだ。月のものは来ていない。少なくとも、彼が彼女のベッドを訪ねて以来は。それから三週間はたっている。ジェニーが自分から知らせてくることはなかったが、アレックが思うに、淑女というものは、たとえ夫に対しても、そういった個人的な問題を話すことに慣れていないものなのだ。ネスタもそうだった。そのことでからかったこともあった。ついには〝おばかさんのネスタ〟と呼ぶほどに。アレックは甘苦い思い出に喉に塊がつかえるのを感じた。ネスタ、私はまた結婚したよ。長い五年の歳月を経て。妻はアメリカ人だ。それだけでも呑みこみがたい事実じゃないか？　おまけに変わった女だ。しかし、私が必要とする妻になってくれるはずで、私も彼女が必要とする夫であるのはたしかだ。ハリーは彼女が好きで、彼女のほうもハリーを気に入ってくれている。きみにもきっと認めてもらえるはずだ、ネスタ。われわれの娘は大丈夫だ。

アレックが夫になって二日たっていた。

不思議にも、自分のしていることについて、いつ何時もためらいや不安を感じることはなかった。おそらくそれは、ジェニーのほうが言い表わしようのない恐れや不安でいっぱいで、軽薄《けいはく》で頭の軽い女のようにおろおろしながら、命令をくだしてはそれを撤回し、ついにはスウィンドル夫人に家のことも結婚式の準備のことも自分にまかせて船の仕上げに行ってらっしゃいと言われるほどだったからだろう。アレックは賢くも口に出してはなにも感想を述べず、最初はただできるだけジェニーに自信を持たせようとした。それが失敗すると、しまいには彼女になにをしたらいいか指示するようになり、声を険しくして再度命令すると、ジェニーはそれにしたがうのだった。しかし彼女は、マレー司祭によってセント・ポール監督教会での結婚式に集まった会衆にアレックと夫婦であると宣言されるまで、ほとんど支離滅裂《しりめつれつ》な状態でいた。

アレックが思うに、夫婦と宣言されてはじめて、ジェニーにも、もはや決断すべきことはなにもなく、すべては終わり、あとはただ受け入れるのみだとわかったようだった。アレックは花嫁のヴェールを持ちあげ、勝ち誇ったような笑みを浮かべてみせた。それからとても軽くやさしくキスをした。ジェニーの見開かれた目ももはや気にならなくなっていた。

パクストン家の友人のほとんどが、ふたりの結婚を心から祝福しているようだった。彼らがなにより強く感じていたのは安堵の思いだっただろう。ユージニア・パクストンはもはや心配してやるべき奇矯《ききょう》な若い女ではなくなった。いまや奇矯ではあっても既婚の女性となったのだ。男爵夫人にもなったため、ジェニーは非常に運の良い若い女とも思われていた。その意見にはたしてジェニー自身は賛成するだろうかと思わずにいられなかったが。自分、アレック・キャリックがボルティモアにやってこなかったら、ジェニーはオリヴァー・グウェンと結婚していたのだろうか。オリヴァーは拒絶された求婚者という以上にしょげかえった様子だった。少なくともジェニーが彼を求婚者と考えていなかったのはたしかだが。

ハリーはといえば、父の結婚を受け入れ、あまりことばを発さずにただジェニーにほほえみかけ、ときおり手をとって黙って力づけるように握っていた。五歳の娘が英知に長けた老女のようだった。結婚式の何日か前には父に向かってこう言った。「パパ、あたし、ジェニーのことは大好きよ。彼女がいればなにもかもうまくいくわ。パパとジェニーが戻ってきたら、あたしたち、ほんとうの家族になるのね」

それに対してアレックはハリーをきつく抱きしめてこう答えた。「ありがとう、おちびさん。ジェニーから目を離さないでいてくれるかい？　最後の最後になって逃げだされると困るからね」

「ジェニーはおばかさんじゃないわよ、パパ」しかし、そう言いながらも、ハリーはまもなく継母になる女性をしっかり見張っていた。

腹の虫がおさまらず、ささやかな結婚式に招待もされなかったローラ・サーモンは、ちゃんとした付き添いもなしに男爵がパクストン家に滞在していたことについて、忙しく噂を広めた。もちろん、そんな噂も彼女が思ったほど広がりはしなかったが。アレックがおもしろがったことに、誰もローラの悪意ある噂を信じず、彼女の怒りにただ首を振るばかりだった。アレックはまた、賭けのことや、それがミス・ユージニアにとって男の恰好をして遊ぶ最後のお祭りであることが、ボルティモアの重鎮たる紳士たちに知られるようにとりはからった。夫として自分はそれを容認しており、ナッソーから戻ってきたあかつきには、ジェニーはちゃんとした女であり妻として、晩餐会《ばんさんかい》を開いて彼らやその妻たちをもてなすことになっていると知らしめたのだ。紳士たちはアレックをとても進歩的な考えかたの男とみなすことにした。ジェニーについては、過去の罪をすべて許すことにし、男爵が彼女の手綱をとっている以上、こうしたばか騒ぎも黙認してやることにした。男爵がそれを許しているなら、自分たちになにが言える？

結婚式に参列した紳士たちみんなが知っていることをジェニーが知ったら、父が戦争で使った古い銃をとりだしてきてアレックの脚を撃ったことだろう。

それはまたアレックにとって、ジェニーがナッソーへのレースの舵とりをするにあたり、水夫を確保する唯一の方法でもあった。この若いご婦人は結婚したばかりの献身的な夫に甘やかされているにすぎないと水夫たちを納得させるのは、じっさい彼の役割だったのだ。

アレックにはそのことが花嫁の繊細な耳に届かないようにと祈るしかなかった。

今朝、両方の船はフェルズ・ポイントに並んで係留されていた。海面は凪《な》いで穏やかで、風はそよとも吹いていなかった。それでもジェニーには、〈ペガサス〉の高いマストと高い帆がチェサピーク湾に特有の上空に吹く風をとらえてくれるとわかっているのだ。彼女の快速帆船は、バーカンティーン船の水夫がラットラインの上へ送りだされる前にノース・ポイントを通過していることだろう。しかし、それはたいした問題にはならない。航海技術と経験の差は大西洋を南下するうちに明らかになるはずだ。アレックはジェニーに目を戻した。

出航の時間ね。ジェニーは胸の内でつぶやき、咳払いをして水夫たちを後甲板の自分のまわりに集めた。

集まった九つの顔を見まわすと、知らない顔はふたつだけだった。

「このなかには——モーガン、フィップス、ダニエルズ、スナッガーなど——わたしのことをこの舵ぐらいの背丈だったころから知っている人がいるわ。あなたたちはきっと、わたしのことを知らない者たちに、〈ペガサス〉と乗組員の安全に関してわたしが信頼に足る人間であることを保証してくれるわね。みんながこのレースのことを不思議に思っているのはわかってる。女の船長から命令を受けることに首を傾げていることも。これだけはほんとうだけど、わたしは向こうの扱いにくいおんぼろバーカンティーン船に乗っている忌々しいイギリス人よりは水夫としても船長としてもずっとましよ。わたしたちはみなアメリカ人で、〈ペガサス〉はアメリカの船だわ。このボルティモアの快速帆船は世界最速の船よ。ご存じのとおり、わたしの父が設計した船でもある。これまで造られたどの船よりも舳先は鋭くとがっていて、いまある同じ大きさの快速帆船のなかではマストも一番高いわ。これはこの船の処女航海よ。あの水に浮かんだ丸太さながらのイギリスの船になど負けはしない。みんなで勝利を奪いとりましょう。この船は船体が軽いわりに帆が大きいわ。わたしたち十人で完璧にあやつれる。この整然とした甲板を見てごらんなさい。ロープや留め具や結び目に足をとられることもない。大西洋に出たら、風をうまくとらえて航海し、あの時代遅れのバーカンティーン船をはるか後方に置き去りにしてやることになるでしょう。あの船は右へ左へとタッキングし、わたしたちの三倍は余分に遠まわりして、同じ時間で三分の一程度しか距離を稼げないはずよ。〈ペガサス〉のことは誇りに思ってる。みずから手を貸して造りあげた船だから。自分がアメリカ人で、この船がアメリカの船だからこその誇りも感じる。このレースのことは男と女の競い合いじゃなく、イギリスの船をあやつるイギリス人と、ボルティモアの快速帆船をあやつるアメリカ人の競争だと思ってちょうだい」

ジェニーが深く安堵し、満足したことに、男たちは互いに目を見交わし、スナッガーなどはバーカンティーン船に向かって唾を吐くまでして、一同歓声をあげた。

「五年前、この街からイギリス人どもを根こそぎにしてやったことを覚えてる？　それを今度は海の上でやってやるのよ」

荒々しい歓喜の声があがった。

「風を見つけましょう！」

その様子を眺めていたアレックは、士気を上げるような大きな歓声を聞いて目をぱちくりさせた。いったい彼女は水夫たちになんと言ったんだ？　金を払おうと申し出たのか？　アレックは好奇心を抑え、声がおさまるまで待って呼びかけた。「準備はいいかい、ミスター・ユージーン？」

「風を奪う準備ならできてるわ、男爵！」

「お先にどうぞ！」

アレックは〈ペガサス〉が埠頭から離れていくのを見守った。ジェニーのおちついた声が命令を発するのが聞こえた。

その朝、パタプスコ川の風は穏やかだった。アレックのバーカンティーン船には不利な条件だ。一方、より高いマストと帆を持つ快速帆船は、バーカンティーンには届かない上のほうの風をとらえることができる。アレックの船はのろのろと湾を出た。願わくは大きな帆いっぱいに風を受け、大西洋まで百五十マイルほどのところで快速帆船に追いつけるといいのだが。しかし、アレックは現実的でもあった。この世でもっとも経験不足の船長でも、湾を出て大西洋に乗りだすまでは、本物の風は見つからないとわかるはずだ。

時を待つしかなかった。なかなかやってこない時を。大洋に乗りだすまで、ゆうに九時間はかかるだろう。

船はパタプスコ川の河口にあるノース・ポイントを通過した。ボルティモア攻撃の際、イギリスの指揮官が船を停め、右舷に舵をまわしてチェサピーク湾へと舳先を向けた場所だ。そこには強い風が吹いていた。アレックはにやりとした。

その日の夕方六時に、〈ペガサス〉と〈ナイト・ダンサー〉は舳先を並べるようにしてヘンリー岬を過ぎ、大西洋へとこぎだした。

アレックはジェニーを見やり、敬礼してわざとらしくお辞儀してみせた。

ジェニーはあまりに気分がよく、ただ呆《ほう》けたようににやりと笑みを返しただけだった。

「みんな、レース開始よ！」

16

一等航海士はスナッガーだった。毛深く頑丈な上半身をした背の低い男だ。野太い声は強風吹き荒れる嵐の轟音《ごうおん》越しにも聞こえるほどだった。

ジェニーの発した命令を男たちに大声で伝えるのはスナッガーの役目だった。スナッガーに大声で命令を伝えるよう指示したのはジェニーだった。おそらく、水夫たちは命令はスナッガーが発したと思うはずだ。男であるがゆえに、少なくとも女の船長よりは有能であるはずの彼が。

ダニエルズがそばに立ち、水夫たちがラットラインを登ったり降りたりする様子を見守っていた。

「凪いだ海面に小石を飛ばすように快調に進んでいるわね」

「ええ、船長、まったくで。お父様もえらく自慢だったでしょうな。船も船長もどちらのことも」

ダニエルズに船長と呼ばれ、喜びが全身に走った。父が自慢に思ってくれただろうかとジェニー自身考えた。それは大いに疑問だと思わずにいられなかったが。ああ、でも、父がここにいて、わたしのこの姿を見て、わたしのしていることを認めてくれたなら。

ジェニーは自分がこの船の指揮官で、すべての責任を負っていることを意識していた。二等航海士のダニエルズに舵をまかせると、船長らしい声を出して言った。「詰め開き《クローズ・ホールド》を保って。あのおんぼろのバーカンティーンは後ろ向きに進んでいるみたいに見えるはずよ」

「夢のように舵がとりやすいですね、この船は」

ジェニーは鼻を鳴らした。頭上には上弦《じょうげん》の月がかかっている。夜空は澄みわたっていて、輝く星が海面に銀色の光を投げかけている。ジェニーはあくびをして伸びをした。

「今晩は寝床も気持ちいいでしょう、船長」

「ええ、そうね、ダニエルズ。わたしは三番めの夜番につくわ。スナッガーに二時に起こすように伝えて」

「かしこまりました」

ジェニーはにやりとしてダニエルズの褐色の腕をぎゅっとつかむと、開いたハッチへと身をひるがえした。階段を降りながら、大きく深呼吸する。できたての〈ペガサス〉は、まだ淦水《かんすい》やネズミや濡れた布のにおいはしなかった。もしくはありがたいことに、男の汗や洗っていない男の体のにおいもしなかった。

アレックのバーカンティーン船とちがい、快速帆船は音が静かで、波間に落ちても船自体の重みで船体がきしむこともなかった。支索も軽く、索具の音に静けさが破られることもなかった。

わたしの船。ジェニーは胸の内でつぶやいた。〈ペガサス〉はわたしのものだ。

しかし、そうではなかった。ほかのすべてのものと同様、この船もアレックのものだった。自宅ですら、アレックが夫になったというだけで、いまや彼のものだ。少なくとも、ジェニーはそう思っていた。少し前に、ふたりの紳士が妻とその所有物はすべて自分たちのものだと話しているのを聞いたことがあったからだ。

このレースには勝つだろう。アレックはわかっていないが、わたしは六歳のころから船をあやつり、十五歳になるころには快速帆船の舵をとっていた。〈ボルター〉のことがその末端のハリヤード・ブロックにいたるまで思いだされた。あの快速帆船のデザインは時代に先んじていた。それでも、〈ペガサス〉には比べるべくもない。〈ペガサス〉は真に並はずれた船なのだ。アレックと重量級のバーカンティーン船をはるか後方においてきぼりにすることについては、心にみじんも疑いはよぎらなかった。向こうの船に追いつくだけの能力があるはずはない。

まったく、頑固な人だわ。思い知らせてあげる。そうなったときにあの人はどんな反応をするだろう。ボルティモアの多くの男たちと同様に、女に負けたということで怒り狂うかしら？　それともほんとうに造船所を返してくれるの？

ジェニーは船室用のランタンをともし、船長の美しいマホガニーの机の上にあるくぼみにそれをはめこんだ。ドアを閉めて掛け金をかけると、湿った服を脱いだ。それからもうひと組の衣服を整然と並べておいた。緊急事態には三十秒かそこらで甲板に出なければならないとわかっていたからだ。

フランタンを消すと、フランネルのネグリジェを頭からかぶり、寝台に身を横たえた。〈ペガサス〉は左舷に大きく傾いていたが、それは船の定期的な動きにすぎず、何分かするととくに気にならなくなった。自分もそちらに身を倒すか、転がるかすればいいだけのこと。いまジェニーもそうしていた。〈ペガサス〉は設計されたときの思惑どおり、水面から高く船体をつきだし、波をきれいに切ってとてもなめらかに進んでいた。

どうして誰もわたしから〈ペガサス〉を買わないのだろう？　どうしてわたしが女であることによって船までが低く評価されるのか？

答えの出ないばかげた疑問だった。アレックなら首を振ってそれが世の習いだと言い、そんなことは忘れてしまえと言うはずだ。もちろん、彼は忘れることだろう。結局男なのだから。ジェニーはあくびをした。長い一日だった。水夫たちは憎きイギリス人どもを打ち破ってレースに勝とうと血を沸き立たせていた。ジェニーは暗闇のなかでにやりとした。あの演説はうまくいった。水夫たちの士気は高めておかなければ。アレックとその船を敵とみなさせるのだ。そうすれば、船長が女であることについて水夫たちがあれこれ考える時間もなくなるだろう。

ナッソーに到着するまではほぼ二週間はかかる。風しだいでもっと短くてすむかもしれない。東海岸では風はいつも気まぐれだ。とくに秋には。暗くなる直前、アレックのバーカンティーン船が遠くに見えた。二艘の距離は縮んでいなかったが、広がってもいなかった。距離をできるだけ広げまいと一日じゅうタッキングをくり返し、向こうの船の水夫たちがくたくたになっているのはまずまちがいなかった。

ジェニーは目を閉じた。アレックの姿が浮かんだ。バーカンティーン船を指揮するアレックではなく、夫であり愛人である彼が、裸で上にのしかかり、キスをし、胸を愛撫してくる姿。激しい感覚に目をつぶらずにいられないというようにまぶたを閉じてなかにはいってくる彼。そして深々と貫き、なかで動きだす前に悦びのため息をもらす。わたしは彼の喉や胸にキスをし、思いきり腕をつかみ、彼がどんどん深くはいりこんでくるのを感じる。アレックはそこでいたぶるように身を引こうとする。どうすればわたしが乱れるかわかっているのだ。わたしはもう一度彼を引き入れようと腰を浮かせる。彼はほほえんでなにが望みか言ってくれと頼む。わたしは彼にかきたてられた情熱の荒々しさに圧倒されるあまり、口に出して望みを言えないでいる。いまどんなふうに感じ、なにを求めているのか声に出して言うには生来の恥ずかしがり屋の性格も邪魔をする。でも、わたしがなにも言わなくても彼にはいつもわかっている。自分が正しいと信じ、わたしに力をおよぼしていることをたのしんでいる。

ジェニーははっと目を開けた。額にはうっすらと汗が浮かんでいる。なんてこと、彼がそばにいるかのように体が反応するなんて。彼がほしい。いますぐに。とてもほしい。その感情の激しさには自分でも驚くほどだった。彼にはじめて情熱を教えてもらってから、まだそれほどたっていないのに。しかし、教えてもらったのはたしかだ。ジェニーはまた、自分が一度も主導権をとったことがないのに気がついた。女が主導権をとることは許されるのだろうか？　もしくは主導権をとることを期待されている？　ジェニーにはわからなかった。彼が思いだされた。腹に押しつけられた固くなめらかなそれを手でこすったり、口に含んだりしたら、彼はどう感じるのだろうか。わたしが愛撫されたり撫でられたりするときとちがうのだろうか？　ジェニーにはわからなかったが、きっとたしかめてやろうと思った。双方が双方に力をおよぼせなくてはならないはずだ。そうでなければ公平ではない。しかし、そうなると、別の問題が頭をもたげてくる。

わたしがレースに勝ったらどうしたらいい？　彼と別れる？　彼に出ていってもらう？　アレックがそばにいないことなど想像できなかった。彼に二度と会えないなど。

しかし、自分が造船所で働かないでいることも想像できなかった。船を動かすことも、責任を負うことも、なにかを成し遂げて達成感を得ることも、みずからの努力が報われるのを目にすることもなくなるなど。アレックなら、子供が生まれたときにきっとすばらしい達成感を得られると言うことだろう。

雌馬は子を産むことができるが、すべての雌馬がレースに勝てるわけではない。かなりうぬぼれた尊大な類推ではあるが、ジェニーはそんなふうに考えたいと思っていた。すべての女がボルティモアの快速帆船を造れるわけではない。

そう、じっさいのところ、人形遊びをしたり、刺繍をしたりといった以外のことをする機会に恵まれる小さな女の子はほとんどいない。みな揺籠《ゆりかご》で揺られているころから教育を受けるが、それは女たちを有能で自立した人間にする教育ではない。それどころか、どうしたら男を喜ばせ、男の家を切り盛りできるかという教育ばかりだ。父が兄と区別なく育ててくれたわたしは運がよかった。あの遺言状が読みあげられるまでは。父の呪わしい遺言状。その父がかつて言っていた。人生とは妥協の連続だと。悪魔のように心痛む妥協もある。王様か女王様にでもなったように感じる妥協もある。しかし、こと結婚に関して、父が妥協を考えていたとは思えなかった。

それとも考えたのかもしれない。だから、ああいう遺言状を書いたのだろうか？　わたしに妥協させるために？

ジェニーは枕の上で首を振った。それがほんとうなら、その妥協はわたしの完全な敗北と降服を意味する。

ジェニーはアレックはなにをし、なにを考えているのだろうかと思いながら眠りに落ちた――わたしのことを考えていてくれるだろうか？　そして、ダニエルズに夜番に起こされるまでぐっすりと眠った。

夫のシェラード男爵はといえば、上質のフランス産のブランデーを飲みながら、このばかげたレースなど持ちかけなければよかったと後悔していた。

ちくしょう。彼女のことを甘く見ていた。あのいまいましい快速帆船のことも。あの流線型の船が風に真っ向からぶつかるほどのクローズ・ホールドで進んでいくのを、口をぽかんと開けんばかりに見ているしかなかった。一方のこっちはふたつの船の距離をある程度まで縮めるために水夫たちにくり返しタッキングを命じなければならなかった。しかし、勝利は彼女のものになるだろう。水夫たちに二十四時間タッキングをつづけさせるわけにはいかないからだ。体力を奪う仕事なのだから。アレックはブランデーをもうひと口飲んだ。ちくしょう。彼女の勝ちだ。こっちに勝てる望みはない。

そうなれば、ジェニーはみずから去るか、去ってくれと要求してくることだろう。しかし、そんなことはできない。彼女は私の妻なのだ。造船所をまかせてみずからを破産に追いこむようなことをさせるわけにはいかない。そういう事態になるのはまずまちがいないだろう。それについては疑問の余地はない。

彼女は子をみごもっているのだろうか？

アレックは自分が悲観論者であるだけでなく、敗北主義者であることを実感した。まだ負けたわけではない。〈ペガサス〉が一度ですむところを、〈ナイト・ダンサー〉が百度タッキングしなければならないとしたら、するだけのことだ。彼女を負かすためなら、必要なことはなんでもやる。彼女自身のために。

水夫たちがそれについてどう思うだろうかと考えずにはいられなかったが。

翌日の午後は小雨にけぶっていた。空は真っ暗で、波は騒ぎ、風は二時間前よりもいっそう不規則に吹いていた。

〈ペガサス〉はこういう気候条件では実力を発揮できない。

「大西洋だからね、ジェニー」とダニエルズが言った。そばにいる血色のよい若い女が船長であることを忘れている口ぶりだ。「秋も深まっている。快速帆船が事故に見舞われずに航海できると思うには少し遅い季節だ。あなたも知っているでしょう。悪天候に出くわす危険を冒そうと決めたのはあなたなんだから」

「ええ、知ってるわ。運に恵まれてあのすばらしい北西の風がつづいてくれることを祈っただけよ」

「たぶん、風は鎮まって、そよとも吹かなくなってしまうでしょう。バーカンティーンとのいまの距離をこのまま維持できれば、問題はないでしょうが。あとはナッソーの太陽と穏やかな海を思い浮かべていればいいですよ」

「いまはほかにも少し考えなきゃならないことがあるわ」突然突風が吹き、ジェニーのウールの帽子を飛ばした。ジェニーはそれをつかもうとしたが、間に合わなかった。彼女とダニエルズの目の前で、帽子は風にくるくるとまわされながらペガサスの舷側から海に落ちた。

「これは一時的な嵐にすぎないわ、それだけのことよ」とジェニーは言った。

ダニエルズも忠実にうなずいた。そうであってほしいと祈りながら。じっさいのところ、ミス・ジェニーが——船長であれなんであれ——大西洋で嵐につかまるというのは気に入らなかった。とくにこの〈ペガサス〉に乗っているときに。ジェニーがハリケーンのことを考えているのはわかっていた。季節でもあり、ありえないことではない。これがハリケーンだとしたら、ひどく困ったことになる。ダニエルズには斬新《ざんしん》なデザインの快速帆船が激しい嵐に耐えうるとはとうてい思えなかった。たとえ比較的安全な海域であったとしても。ミスター・パクストンは快速帆船のマストを以前の船のものよりも鋭く傾斜するように設計しており、支柱も最低限のものでしかなかった。帆をいっぱいに広げることで、フォアマストのメインスルがメインマストに重なり、両方のマストが大きな白い二等辺三角形を形作るようになっている。嵐にまともにつっこんだら、突風の力ですでに傾斜の急なマストが真っ二つに折れ、帆をずたずたに引き裂いてしまうかもしれない。しかも、乾舷はかなり海面に近い。嵐がそれなりに強いものであれば、波が甲板を洗うことにもなるだろう。

　ああ、ちくしょう。ダニエルズは胸の内で悪態をつきながら目を凝らした。できることはあまりない。ミス・ジェニーは――なんと、いまや彼女はイギリスの男爵夫人だ――両方のマストのトップスルをしぼるよう命令を発している。いい考えであり、タイミングも完璧だった。このぐらいの風でも、マストに荷重を加えるのは賢明ではないからだ。スナッガーがその大きな声で命令をくり返すのが聞こえた。今度は男たちにも命令が聞こえ、みなそれにしたがってたしかな足どりで索具に登りはじめた。

　ダニエルズは左の人差し指をなめ、風のなかにつきあげた。指にあたる風のにおいをかいでみる。そうしながら声に出さずに毒づいた。

〈ペガサス〉の処女航海は成功裡《せいこうり》には終わるまい。

「どう思います、船長？」アレックの一等航海士のアベル・ピッツが訊いた。

「そうだな」アレックは暗くなりつつあるなかで、懸命にペガサスを見分けようとしながら答えた。「これが穏やかな秋の嵐で、すぐに過ぎてくれればいいが。さもないと、結婚して四日の私の花嫁は苦境におちいることになる」

いまの状況に関して自分がずいぶんと軽い口調で話しているのはわかっていたが、内心は死ぬほどの恐怖に駆られていた。秋に南大西洋を航海した経験はあまりなかったが、この時期、ハリケーンが発生することは知っていた。いや、ちがう。これはただの一時的な嵐だ。それ以上のものであるはずはない。心配することはない。アレックは自分の船に目を移した。〈ナイト・ダンサー〉はいつもとちがうことなどなにもないというように、波立つ海面を進んでいる。深い波間に落ちると船体がきしり、風が帆を引っ張ったり、はためかせたりすると、タールを塗った麻のロープの索具がぎしぎしいったり甲高い音をたてたりした。どれもアレックが慣れ親しんでいるふつうの音だ。

「いまわれわれはどこにいる、アベル?」

「おそらく、ハッテラス岬の北、百五マイルほどのところです」

「それはパムリコ湾の端にある岬か? ノースカロライナの?」

「ええ、船長。船にはやさしくない岬ですわ。危険な海域として知られてましてね。水夫たちには大西洋の墓場と呼ばれています」

「妻がそのことを知っているのはまちがいないな。東の航路を保つだろう」

「ええ、船長」と言ってからアベルは考えこんだ。男爵は遠くに目をやったままだ。旦那様はきっとあの快速帆船をちらりとでいいから見たいと思っているのだ。

アベルは首をめぐらし、自分の仕事に戻った。トップスルは若干縮められている。フォアマストの帆とミズンマストの帆はしまわれていた。風は強さをましつつあり、あたりはほぼ真っ暗になっている。船長室付きのピピンが二等航海士のティックナーにこう言うのが聞こえた。「ねえ、いやな雲行きじゃない、ティック。空気がどんよりしてきた。舌でわかるぐらいに。まったく気に入らないよ」

ティックナーはフォアマストの支索の張り具合をたしかめながら鼻を鳴らした。支索はきつく張っており、うずまく風にあおられてかすかに音をたてている。

「大丈夫さ」とティックナーは答えた。「船長はなにがなんだかちゃんとわかっているおかただ。そのことで気をもむのはおれたちの仕事じゃない」

「でも、奥様があの快速帆船に乗ってるんだよ」

「ああ。奥様のお姿はようく拝見したのか?」とティックナー。

「何週間か前に旦那様が船にお連れになったときによく見た」

「ここにか？　旦那様がこの船にお連れになったって？　そんなこと言ってなかったじゃないか」

「あんたには関係ないことだからさ。抱きあげて連れておいでだった。どうもけがかなにかしてらしたみたいで」

「変だな」とティックナー。「だって、ちゃんとした家柄のご婦人なのに」

「そうじゃなかったら旦那様が結婚しないだろう、ばかだな」

「おれの言いたいことはわかるだろう。あのかたはちがうんだ。あの快速帆船の船長なんだぞ」

「ああ」とピピン。「たしかに。おれたちがあの船を負かさないと、船長は一生心安らかにはいられない」

そのころアレックは暗闇のなかで目を凝らすのをあきらめ、クレッグが目の前に置いてくれたものを食べて心ここにあらずで料理人に礼を言っていた。ハッテラス岬までの海図をたしかめる。いまのように不規則な風であれば、明日の昼前までにたどり着ければ幸運ということになる。ジェニーは岬から充分離れた航路をとるだろうか？　たとえそれによって時間を無駄にすることになっても。もちろん、とるだろう。彼女もばかではない。

しかし、彼女はレースに勝ちたがっている。それが問題だ。おそらくこの世のなににもまして私を負かしたいと思っている。アレックは皿のグレイヴィーソースのなかで冷えつつある牛肉の塊に毒づくと、皿を押しやって立ちあがった。船室にいるのも、くよくよ考えているのも耐えられなかった。それからは雨が激しくなって下に戻らざるをえなくなるまで甲板に出ていた。

ようやく眠りについたときには、恐ろしい悪夢に襲われた。ジェニーが叫び、悲鳴をあげている。その声には恐怖がありありと感じられた。アレックは彼女のほうに顔をめぐらそうとするのだが、なにかに押さえつけられてしまっている。彼女の名前を呼ぶと、姿が見えた。

全身ではなく、目だけが。そこには苦痛が浮かんでいる。見ているだけで腹がきつくしめつけられるような苦痛が。それからそれはジェニーの目ではなくなり、誰か、知らない人の目になった。

アレックは腹にほんとうにしこりを感じて目を覚ました。

なにかが彼女の身に起こるのだ。まちがいない。生まれてこのかた、これほどに自分を無力に感じたのははじめてだった。ネスタが悲鳴をあげながら死に、どうしていいかわからず、なにもしてやれなかったとき以外には。

アレックは身を転がして寝台から降り、ランタンをともした。不気味な影が小さな船室に躍った。船尾に向いた窓から外をのぞいてみる。雨は激しさを増し、土砂降りになっている。それでも、とくに心配することはないはずだ。これがハリケーンの前兆でないかぎりは。アレックはブーツを履き、オイルスキンのコートを着て後甲板に昇った。

すべてが整然としていた。

「こんばんは、船長」と見張りについていたティックナーが声をかけてきた。

アレックはうなずいた。腹のしこりがほぐれ、腹をこする手を止めた。あのくそ悪夢が！なんてぞっとする悪夢だ。いったいこれからどうしたらいいだろう？

ジェニーはどこだ？

ジェニーは波がどんどん高くなるのを見つめていた。嵐がつづけば、いっそう波は荒れ、海水が甲板を洗うことになるだろう。あまり歓迎すべきことではないが、逆にこの世の終わりというわけでもなかった。ふいに空が暗さを増した。そのとき、心の奥底で彼女は悟った。ハリケーンがカリブ海から北上してくる。空気のにおい――じっさいには感触――でわかった。直感がこれから起こることを知らせてくれたのだ。「そろそろいまの状況について考えるころあいね、スナッガー」

スナッガーは晩秋に西から来る嵐は予期せぬものではないと言ってやりたかった。嵐にまともにぶつかったとしても、きっと生き延びられると。これは一時的なものにすぎないと言ってやりたかった。が、なにも言う暇はなかった。ジェニーに命令をくだされ、それを水夫たちに向かって怒鳴ることになった。

「若干右舷へ」ジェニーは舵をとっているダニエルズに言った。「ええ、それでいいわ。できるだけクローズ・ホールドで」

「了解、船長」

「スナッガー、フォアマストのトップスルを下ろすように言って。メインスルを上げて――いいえ、待って。ダニエルズ、急いで針路を変えて」

ダニエルズは舵をまわした。大きな手のなかで舵がぐるぐるとまわった。

ジェニーは横に飛ばされて転び、メインマストに腰を強く打ちつけた。

「大丈夫ですか？」

「ええ。さあ、わたしを信じて口応えはなしよ。これはハリケーンだわ。船をパムリコ湾のオクラコーク島に向かわせます。そこに湾内で一番深い入り江があることは知っているでしょう。そこへ行けば安全だわ。そこでハリケーンが過ぎるのを待つことにする」ジェニーはしばらくのあいだ、甲板に打ち寄せる波を眺めて立っていた。髪の毛は顔を打ち、頬を刺し、束が口にはいった。しまいにジェニーは髪を束ねてつかみ、三つ編みにした。編み終えると、それをしばるものがなにもないことに気がついた。スナッガーがなにも言わずに細い革ひもを差しだした。ジェニーは三つ編みした髪をきっちりとしばると言った。「みんなに気をつけるように言って。誰ひとり失いたくない。これからどうするつもりでいるか伝えて」

スナッガーはうなずき、風音に負けない声で叫んだ。

「ハリケーンだと伝えて」

スナッガーは言われたとおりにした。しばらくしてから振り向き、咳払いして言った。

「あの湾は浅くて危険です」

「わかってる。ダイアモンド・ショール経由で入り江にはいり、オクラコークへ向かうわ。おそらく、三、四時間かかるはずよ。風にもよるけど」

スナッガーはため息をついた。「えらく危険な賭けだ」

「大西洋のまんなかで沈みかけるよりはましよ。ハリケーンにマストを三つに折られ、波に呑みこまれてしまうわ。ものの数分でわたしたちは海のなかよ。ハッテラスに間に合ってたどり着けるよう、祈っていたほうがいいわね」

「直線方位をとりましょう」そう言って彼はダニエルズに右舷方向へ舵を切るように呼びか

けた。三フィートしか離れていなかったが、叫ばなければならなかった。いまや風はハロウィーンの晩に暗闇のなかで叫び声をあげるバンシーさながらに甲高い音をたてていた。

「バーカンティーン船にもついてきてもらいたいわ。男爵様はこのあたりを航海した経験はあまりないでしょうから。この船といっしょに入り江にはいるべきよ」

「きっとそうしますよ」とスナッガー。「オシェイが手助けするでしょうから」

ジェニーは目をみはってスナッガーを見やった。「オシェイを連れていったの？」

「あなたも認めるでしょうが、あの男は北半球において、一番直線距離に近く、一番安全な航路を探すことにかけては魔術師みたいなやつだ。まあ、アイリッシュ・ウィスキー好きはどうしようもありませんがね。たぶん、航海が終わるまで、男爵様がやつをウィスキーのそばには寄せないでしょうよ」

「オシェイは荒っぽい男だわ」

「居酒屋ではね、ミス・ジェニー。船の甲板に乗せたら、奇跡を起こしますよ。アイルランド人の奇跡だって本人は言ってますが。お父様もいつも言っておいでだった。あれは魂の奇跡だって」

〈ナイト・ダンサー〉上ではアレックがミスター・オシェイと状況を話しあっていた。オシェイはボルティモア生まれでほぼずっとこのあたりで暮らしてきたにもかかわらず、アレックが聞いたこともないほどひどいアイルランドなまりを話した。

「あ、いや、たしかにね、男爵様。ぞっとすることに、こいつはハリケーンですぜ。前にいる快速帆船に乗ってるお嬢さんが、そう、どうすればいいかおわかりになってることを祈るしかありませんや。お父様は常々、女でも彼女は賢い女だとおっしゃっておいでだったが」

「それで？」

「自分のすべきことがわかっていたら、舵を切ってハッテラスにまっすぐ向かうはずでさあ。そう、パムリコ湾の入り江にはいり、オクラコーク島をめざすんです。そこには深い入り江がある。嵐をやり過ごすとしたら、あたしだったら唯一そこを選びますね」

「あの快速帆船に追いつかなきゃならないぞ、オシェイ。なにかがあったときに駆けつけたいんだ」

「かしこまりました。やってみましょう、男爵様」

ジェニーはこれほどずぶ濡れになったのは生まれてはじめてだった。濡れて凍えているのがあたりまえになり、指は感覚を失っていた。別のウールの帽子を見つけ、それを三つ編みした頭にかぶった。風は顔の肉をちぎりとりそうなほどに激しく吹いている。ジェニーは風に背を向けようとしたが、風は前触れもなく東から北へ向きを変え、どこから吹いてくるか予測もできなかった。

水夫たちも彼女と同じぐらいみじめな様子だったが、みなそれぞれ自分の責任を心得ていて耐えていた。責任を果たさなければ命はないかもしれない。誰も死にたいとは思わなかった。

わたしのはじめての外洋航海がこんなことになるなんて。公平じゃないわ。皮肉ですらない。こんなことが起こってはならないのに。

ジェニーはこぶしを腿に打ちつけて顔をしかめた。

風はいまや咆哮《ほうこう》をあげていた。少し前よりもいっそう強くなったようだ。ジェニーは風速約五十マイルと判断した。船は追い風を受けたときしか前進できなくなっていたが、すぐにも大砲から放たれた砲弾のように前に飛びだした。水夫たちは祈りながら舵を切り、タッキングをくり返すことにほとんどの時間を費やしていた。波は甲板を洗っている。

呪わしいハリケーン。人生には公平なことなどなにもない。

「あと一時間ほどでハッテラスにたどり着くでしょう」ダニエルズが風をよけて唾を吐いた。

昼日中にもかかわらず、空はどんよりとくもっており、雨ははっきり目に見えるほど雨脚を強めて甲板に打ちつけていた。風は背後から勢いよく吹きつけており、快速帆船は前代未聞のスピードで進んでいた。

「風がこのまま吹きつづけていてくれたら、もっと早く着くわ」とジェニーが言った。

風には一定の強さで吹いていてほしかった。そうすれば、バーカンティーン船のことも前へ押し進めてくれるだろう。

風音がこの世のものとは思えないほど甲高くなった。ジェニーは身震いし、意を決して疲れきったダニエルズから舵をあずかった。

「コーヒーをちょうだい」と叫ぶ。

コーヒーが運ばれてきたときには半分雨がまじって冷たくなっていたが、ジェニーはそれをひと息に飲んだ。

ダイアモンド・ショールが見えてくると、ジェニーは指を差して叫んだ。水夫たちも首をめぐらしてそれを目にすると、大きな歓声をあげた。後ろを見やると、強さを増す追い風に押されて、バーカンティーンが真っ黒な雲の中心から飛びだしてくるところだった。

バーカンティーン船の水夫たちは快速帆船の歓声を耳にして、叫び返してきた。

ジェニーは生まれてこのかた、これほどの安堵を感じたことはないほどだった。

オクラコークの深い入り江に到達するには、パムリコ湾の浅瀬を切り抜けなければならないことを考えれば、ほっとするなどばかげていた。ジェニーは祈った。単純で率直な祈りだった。

「神様、お願いします。アレックと〈ペガサス〉をお救いください」

スナッガーがそのことばを聞いて、風に負けない声で叫んだ。「おれのことも祈ってくださいよ、ミス・ジェニー。おれみたいにやさしくて女たちが放っておかない男はまだ魚の餌《えさ》になるには早いんでね」

ジェニーはにっこりして快速帆船の次にスナッガーの名前をつけ加えた。

風はどんどん強くなっていた。船はどうにかダイアモンド・ショールを越えて入り江へ向かった。風のせいでジェニーのオイルスキンのコートは背中からはがされそうになっていた。

彼女はコートの襟をつかみ、感覚を失って真っ青になっている指で喉のところで合わせた。

それから、ダニエルズに舵を返した。この世で船をオクラコークまで運べる人間がいるとしたら、それはダニエルズだった。

そして、オシェイと。

アレックは双眼鏡を目にあてた。ジェニーの姿が見分けられた。舵のところから離れ、風を受けて船側まで飛ばされているのが見える。

「頼むから、気をつけてくれ」

胃が喉から出そうな思いで、ジェニーがフォアマストの索具を優雅につかむのを見つめた。彼女はラットラインにしがみついている水夫のひとりを見あげている。水夫はパニックに襲われ、動けなくなっていた。

風が咆哮をあげ、甲高い音をたてた。〈ナイト・ダンサー〉は大きく上下に揺さぶられてきしんだ。上甲板の太い支索が引っ張られ、船体が不気味《ぶきみ》な音をたてた。

二十分後、〈ナイト・ダンサー〉はダイアモンド・ショールをまわりこみ、鋭く右舷側に舵をきった。

「よかった」ジェニーが言った。「わたしたち、どちらも切り抜けたわ」

スナッガーはそれほど確信を持てなかった。風は軽い支索の快速帆船に強く吹きつけ、湾内の危険な浅瀬へ船を押しやろうとしている。船はおもちゃにすぎないかのように、打ち寄せる波にもてあそばれていた。ジェニーにも状況はよくわかっていた。水夫たちに対し、声が嗄《か》れるまで命令を叫びつづけた。

スナッガーはその命令を飽かずに大声でくり返した。

「メイン・トップマストのステイスルを下ろす！　トップスルをもう一段縮める！」

〈ペガサス〉は湾内の荒立つ波にもまれて狂ったように上下左右に大揺れしていた。まるでこの世のものとは思えないほどの荒れようだわと、ジェニーは絶望的な思いを募らせながら胸の内でつぶやいた。

「停止！　風が強すぎる、船長」

「風下に流されてるわよ、ダニエルズ！　しっかり舵を握って！」

ジェニーは後ろのバーカンティーン船に半分注意を向けていた。大きく、そして小刻みに揺れながら、荒立つ波間を進み、距離も位置も保っている。

「誰かハリヤードを！　ダニエルズ、面舵いっぱい！」

両方の船が波にもまれながら湾内を入り江へ向かうあいだ、それはつづいた。バーカンティーン船はその大きさと性能のよさを強みに快速帆船との距離を縮めていた。

「もうすぐ追いつきます」とオシェイが言った。

「ああ、なんてことだ、フォアマストを見ろ！」

それはアベル・ピッツの叫びだった。アレックは何度も目を凝らした。帆はしっかりと束ねられており、真っ暗な空のもと、支索やマストはほぼむきだしに見えていた。

「あっちのマストは折れるかもしれないな」オシェイが感情を殺した声で言った。「それについてはどうしようもない。フォアマストがあれほど前に傾いているのは見たことがないから」

「くそっ、向こうの船は風に向かって舵を切り、逆流につっこまずにすむんじゃないのか」

「ええ、たしかに、男爵様。しかし、この湾はえらく危険なんです。船はいま通っている航路をはずれずに進む必要があります。無事に深い入り江に到達するよう祈りましょう」

頑丈なバーカンティーン船は灰色の海面に泡立つ白波を押しつぶして進んだ。凍るような水が何ガロンも後甲板に激しく叩きつけられている。アレックの目に、快速帆船の甲板が波に完全におおわれているのが見えた。ああ、ジェニー、無事でいてくれ。がんばるんだ。

しかし、ジェニーはおちついているようだった。舵のそばの定位置から離れずにいる。アレックの目に彼女の唇が動くのが見え、それから風の轟音に負けない男の大声がかすかに聞こえてきた。

アレックは生まれてこのかた、これほどの恐怖に襲われたのははじめてだった。

このレースは危険をともなわない競争だったはずだ。ナッソーの暖かいさわやかな風のなか、バーカンティーン船が快速帆船を抜き去るときに、ジェニーに手を振る自分の姿を思い浮かべていたのだった。なんと愚かだったのだろう。十一月にこんなばかげたレースをするなど。彼は知らなかったが、ジェニーは知っていたはずだ。しかし、夫にいなくなってほしいと願うあまり、危険を知りながらも、それを無視し、なにも言わなかったのだ。造船所を手に入れたいと思い、夫はほしくないという思いから。

この嵐を乗りきったら、命を奪ってやってもいいぐらいだ。

「快速帆船に乗り移りたい」アレックはアベルに向かって叫んだ。「入り江にはいったら、向こうに移る」

「了解、船長」

17

ジェニーはバーカンティーン船が上下左右に揺れるのを見て息を呑んだ。船は向かってくる波を押しつぶすようにして進んでいる。

ジェニーは目を閉じ、天に祈りをささげた。アレックの船はすぐそばまで来ている。なにがあろうとも、少なくともこの難局に彼が近くにいてくれる。

風向きが右舷方向に変わり、ペガサスはタッキングした。そうしながらも、快速帆船は容赦なく風下に押し返そうとする豪風《ごうふう》にいたぶられていた。

しばらくのあいだ、その地獄はつづいた。ようやく風向きがまた変わり、風が少しおさまった。快速帆船は引きつづきオクラコーク島近くの深い入り江を目指した。

アレックは快速帆船の様子を見守りながら、血の凍るような恐怖を感じていた。

「あのお嬢さんは腕もいいし、ちゃんとしてますよ、船長」とオシェイが言った。その陽気な声を聞いて、アレックは首を絞めてやりたくなった。

「その入り江と島まではあとどのぐらいなんだ？」

「もうすぐそこですよ。あの陸地が見えますか？　マツやらカシの木やらが？　オクラコー

クもハリケーンに直撃されるでしょうが、嵐が過ぎ去ったあとも、風に吹きあおられている
あの木はまだ残っているでしょうよ」

アレックは成長不良の木々や不毛の平地を見やった。身震いせずにいられなかった。あんなみじめな島に置き去りにされるのだけはごめんだ。

ジェニーには自分たちがどうやって成し遂げたのか、さだかにはわからなかったが、船はようやくオクラコークの入り江の水深の深い海域に到達した。

「風に向かってまっすぐ舵を切って」と彼女はダニエルズに命じた。

縮められ、束ねられていた帆は完全に下ろされ、しっかりと結ばれていた。ジェニーは水夫のひとりが暴風によって索具から飛ばされかけたのを見て叫んだ。あろうことか、その水夫はくるりと振り向き、脚をラットラインに引っかけてジェニーににやりとしてみせ、敬礼すると、くねくねと腰を揺らしながら甲板に降りた。高いマストがその上にむきだしに立っている。ジェニーは快速帆船を隅々まで見まわした。なにもかもがあて木をあてて締められている。あとはどうにか嵐をやり過ごすしかほかに打つ手はなかった。

バーカンティーン船はどんどん近づいてきていた。オイルスキンを着て頭にはなにもかぶっていないアレックの姿が見分けられた。指を差し、ジェニーには聞きとれない命令を叫んでいる。

いったいなにをするつもりなの？

快速帆船のほうへ飛び移ってくるつもりだとわかったときには、プルーンの種を十四個も

呑みこみ、それが腹にたまっているような気分になった。おかしくなってしまったの？危険だわ、あまりに危険すぎる。ああ、神様、ほんとうにそうするつもりだ。もしかして風向きが突然変わったら、バーカンティーン船が快速帆船の船側につっこんでくることにもなりかねないのに。もしかして風が強まったら、前に押しだされたバーカンティーン船が快速帆船の舳先にぶつかってしまうかもしれない。が、この世に〝もしかして〟はなかった。あるのは〝いま〟とやってこようとするアレックだけだ。ジェニーは口を閉じ、バーカンティーン船の様子を見守っていた。

この嵐のせいでふたりとも命を落とすことだってありうるのだ。そう考えて自分で自分に腹がたったが、その考えは心から振り払えなかった。アレックにはそばにいてほしい。彼といっしょにいられれば、ほかはどうでもよかった。

バーカンティーン船は危険なほど近くに寄りつつあった。風向きが突然変わり、ぶつかるとジェニーは思った。メインスルの下の部分をつかみ、衝撃に備えた。が、最後の瞬間にバーカンティーン船が舵を切って衝突を避けた。オシェイがうまくやったのだ。舵をとっているのは彼で、指が舵の取っ手のまわりで踊っている。まるで魔法でも使っているようだ。アレックの姿も見える。バーカンティーン船の手すりに身をあずけている。

快速帆船の水夫も四人が甲板に出て、アレックが飛び移ってくるのを待っている。

アレックが宙に飛びだした。永遠とも思える一瞬、風が彼の体をおもちゃのように持ちあげた。それから突然、その体を前に押しだした。アレックは膝を曲げて足から着地し、強風によって前に押しやられた。しかし彼はひるまず、風とともに身を転がしてにっこりとほほえみながら立ちあがった。

ふたりの水夫が彼のもとへ駆け寄り、握手した。バーカンティーン船からは歓声が沸き起こっている。快速帆船の水夫たちも歓声をあげた。ジェニーは呆けたように夫に笑みを向けながらその場につっ立っていた。

オシェイが舵を切り、バーカンティーン船の舳先が快速帆船の船尾を軽くかすった。アレックは身を起こし、花嫁のほうに目を向けた。

ジェニーは無事だった。強風にさらされて身を折り曲げるようにしながら、アレックは彼女のそばに歩み寄った。そばへ行くと、足を止め、両腕を差しだした。

ジェニーはためらうことなく腕のなかに飛びこんだ。

「無事だったんだね」アレックは彼女の濡れたウールの帽子に顔をうずめて言った。「きみが無事でよかった。そうでなかったら、耐えられなかった」

ジェニーが抱いた感情はあまりに強く、あまりに慣れないものだった。そこで口に出してはこう言った。「オシェイに船をまかせてきたの？」

アレックは彼女にほほえみかけた。「彼はうまくやるさ。私はきみの安全をたしかめたかったんだ」アレックの手が腕や肩など彼女の全身に走り、最後はキスするあいだ、顔を包みこんだ。

ジェニーは少し身を引いた。「できるだけ安全な場所には来たわ。こうなると、なにが起こるかわからないけど。アレック、あなたにもそれはわかっているでしょう。こうして風に向かって船を進めていて、帆を下ろしているんだから。このまま嵐をやり過ごす以外にしようがないのよ」

　今度はしばらく口をつぐむのは彼の番だった。それから、あろうことか、アレックはまた笑みを浮かべた。いたずらっぽい、あまのじゃくの笑みだった。きれいな目が薄暗いなかできらきらと輝きだす。「ナッソーまでのレース、私が望んだのはそれだけだった。それなのにご覧、きみがどういうことに私を巻きこんでくれたか。忌々しいハリケーンだ。ジェニー、いますぐきみを打ち据えたほうがいいかな、それともあとでか」

「つまり、このひどい嵐がわたしのせいだと？」

「そうではないだろうね。このいやな雨にあたらなくてすむところへ行こう。なにもかもあて木をあてて締めてしまったのかい？」

「あなたの厄介なバーカンティーン船とちがって、わたしの快速帆船はあまりあて木をあてたりはしないわ。船室に行きます？　上には三人だけ残していくわ。みんながいっぺんに大変な思いをする必要はないから」ジェニーはそこでしばし間をおき、それからわざとらしくつけ加えた。「最悪のことが起こっても、甲板に昇ってくる暇はあるはずよ」

　アレックにはその声の調子が気に入らなかったが、彼にできることはなにもなかった。長年にわたり、大西洋と太平洋をまたにかけた経験から、それなりに嵐に遭遇《そうぐう》することもあったが、これほどひどい嵐ははじめてだった。こんな強烈なハリケーンに匹敵するような嵐はなかった。バーカンティーン船をずたずたにし、ただの木材のかけらに変えてしまうほどの嵐は。アレックは足を止めた。「ダニエルズのことは舵にしばりつけてきたのかい？」ジェニーはうなずいた。「風の動きは予測がつかないでしょう？　オシェイはそうしてくれとは言わなかった？」

「すぐにそうなりそうだな。先に行ってくれ、奥さん」

しかしジェニーは突然しりごみした。なににもましてアレックにそばにいてほしいと思い、〈ペガサス〉が自分の、自分だけの責任であることをしばし忘れていたのはたしかだが、船に乗っている水夫たちの安全も自分の責任だった。「わたしは船長なのよ、アレック。ダニエルズをひとり残していくわけにはいかないわ」

「ここに残ってなにをしようというんだ？」

「彼と話をするの。嵐を乗り越える手助けをするのよ。必要とあらば命令を発して」

アレックは軽い口調で言った。ことばは風のせいで不明瞭に聞こえた。「だったら、少しのあいだでいいからいっしょに下へ来てくれ。乾いた服に着替えるあいだだけでも」

ジェニーはうなずいた。それなら問題はなかった。夫を抱きしめて無事をたしかめ、夫が自分のものだと確信したかった。

船長室に降りると、ジェニーはランタンをともし、それが机の上にしっかりと固定されたことをたしかめた。どんな船も、ハリケーンのさなかに火を出すことだけは避けたいものだ。それから夫のほうを振り向いた。「あんなふうに飛び移るなんて危険だったわ、アレック。

生まれてこのかた、あんなに怖い思いをしたのははじめてよ。どこか骨を折ったかもしれないのに」

「そうなったら、心配してくれたかい？」

ジェニーはにやりとした。「たぶん、少しはね。つまるところ、あなたはわたしのそばに来るために嵐に身を投げた雄々しい騎士なんだから」

「じっさい、心配だったのは私の快速帆船さ」

「物のために命をかける人はいないわ、アレック」ジェニーは間に受けずに穏やかに言った。「それについてはきみの言うとおりだな。私はどこもけがしていないから、きみも気にしなくていい。どうやらきみも妻らしく夫の身を気遣うようになったようだね、ジェニー」

「あなたが脚を折っていたら、撃ち殺してあげなければならなかったでしょうけど、拳銃を持ってきていないの」

アレックは忍び笑いをもらした。「その濡れた服を脱ぐんだ」

「あなたはどうするの？」

アレックは考えこむような顔になった。「たぶん、上掛けの下にもぐりこめばいいと思うな。きみもいっしょにどうだい？」

ジェニーは正気を失ったのかという目で彼を見た。「アレック、わたしたちはいまハリケーンの真っ只中にいるのよ。わたしにいっしょにベッドにはいってほしいですって？」

「どうしていけない？　自然の猛威に対してわれわれにできることはなにもない。これから二十四時間のうちにわれわれは死ぬか死なないかだ」

「物事の終わりについては、すこぶる哲学的な言いかたをするのね」

「シッ。耳を澄ましてごらん、ジェニー。風はどこに行った？」

あたりは静まり返っていた。ジェニーは不安のあまり鳥肌が立つのを感じた。

「嵐の目にはいったのね」ジェニーは静けさのなか、声をひそめて言った。

「どのぐらいつづく？」

「わからないわ」ジェニーはオイルスキンのコートを脱いだ。

アレックはすぐさま服を脱いで寝台の暖かい上掛けの下にもぐりこんだ。ありがたいことに上掛けは乾いていた。

ジェニーは物音ひとつしない静寂に耳を澄ましながら、濡れたシャツ一枚の姿で船室のまんなかに立っていた。

「ジェニー、こっちへおいで。寒いぞ」

その声を聞いて彼女ははっと飛びあがり、くるりと振り向いて彼に目を向けた。自分が裸に近い恰好でいることに気づき、悲鳴をあげた。

アレックは笑った。「おいで」

ジェニーはそのことばにしたがい、急いでシャツを脱ぐと、上掛けを持ちあげてくれている彼のそばに身をすべりこませた。「少しのあいだよ、アレック。すぐに上に戻らなくてはならないから」

アレックは彼女の体を引き寄せた。ウールの帽子のにおいを嗅いでから、それを頭からとり去り、船室の扉のそばの床に放った。「きみの髪をほどいてもいいかい？」

「だめよ。すぐに甲板に戻るんだから。顔じゅうに髪が貼りつくのはごめんだわ」

アレックはジェニーの頭に顎を押しつけて顔をしかめ、それで我慢するしかないと判断した。「ジェニー、ハリケーンが過ぎるまで、きみはここにいるんだ」

「どういうこと？　なんの話をしているの？」

「いま言ったとおりさ。分別を働かせてくれ。きみにはここに、この船室に、この寝台にいてほしい」

ジェニーが風と同じく静かになった。「つまり、そのために、命を賭《と》して野生児さながらにわたしの船に飛び移ってきたのね。わたしといっしょにいたいからじゃなかった。自分が指揮をとりたかったのよ。わたしを信頼してくれていなかったんだわ。愚かな女が正しく適切な行動をとれるはずはないと」

「それはそうでもあるが、ちがうとも言える」アレックは答えた。彼もばかではなかった。腕のなかのジェニーは板のように身をこわばらせている。ちくしょう、どうして分別を働かせられない？　言い争いはしたくなかった。なにが正しいか心得ているのは自分であり、それを成し遂げるつもりでいた。声に出しても言った。説得力のある穏やかな声で。「さっき言ったとおりだ。きみは安全な船室にいるんだ。きみの船は私の指揮下にはいった」

「あなたって悪魔ね」

ジェニーは身をよじって彼から離れ、彼の肩にこぶしを打ちつけて自分は船室の床に尻もちをついた。床はとても冷たかった。ジェニーはフランネルのローブをつかむと、肩にはおった。「わたしに近寄らないで、アレック」

アレックは寝台に身を戻し、横向きに寝そべってまったく愉快そうでない目を細めて彼女を眺めた。

「寒いぞ」寝台から放りだされたりはしないぞとばかりに身がまえてアレックは言った。ジェニーは風下のほうにすべり、机の脚をつかんで身を支えた。

「大丈夫よ、ありがとう」そう言ってどうにか立ちあがり、急いで帯を腰に巻いた。快速帆船は左舷側に傾いた。机をつかんでいた手が離れ、ジェニーは船室の入口のところまで飛ばされた。ドアノブをつかむと、どうにか身を支えた。それから、アレックがバーカンティーン船から飛びだしたように寝台から飛び出はしないかと彼に目を戻した。

「動かないで」

「ジェニー、もう一度言う。こっちへ来るんだ。そこにいたら危険だ。いまわかっただろう。きみに転んでけがをしてほしくないんだ」

「地獄に堕ちるといいんだわ、アレック」ジェニーは目をそむけ、船に合わせて体を傾けると、机の椅子にそっと痛む腰を下ろした。椅子を机にそばに寄せると、机の上に肘をつき、アレックをじっと見つめた。指を組み、その上に顎を載せる。やがてゆっくりと、ほんの少しだけ怒りをこめた声で話しはじめた。「この船の船長はわたしよ。あなたがモンロー大統領であったとしても同じこと。夫であってもまったくちがいはないわ。なにも変わらない」

アレックは自分の怒りをきっぱりと抑えつけた。怒りは胸の内で赤々と燃え盛っていたが、制御できないことはなかった。ジェニーの立場もぼんやりとではあるが理解できた。が、それはこの際問題ではない。「よく聞いてくれ、ジェニー。同じことをくり返し言うのは嫌いだからね。この船のすべてについて、私は完全に責任を負っている。きみの夫として、有能な男として、できうるかぎりきみの安全をたしかなものにするのが私の責任だ。この寝台にしばりつけてでも、きみには船室に残っていてもらう。わかったかい、ジェニー？」

船が前後左右に大きく揺れた。まるで荒れ馬に乗っているかのようだ。が、ふたりはどちらもそれにほとんど気づかなかった。

「もう嵐の目からは出たわ」

「そのとおり。あの風の音が聞こえるだろう。私の言ったことがわかったかい、ジェニー？」

どうすればいい？　この人のほうが力が強いから、自分の意志を押しつけてくることもありうる。公平ではないが、悪態をついても事態は改善しない。ジェニーはまた説得を試みた。

「これはわたしの船よ、アレック」

「いや、ちがう。きみはお情けで船長にしてもらっていたが、もうそうではなくなった。船を沈めたら、大金を失うのは私だ」

アレックのことばを聞いて堪忍袋の緒が切れ、ジェニーは怒りを噴出させた。立ちあがると、机にてのひらをついた。「あなたはわたしからなにもかも奪うつもりでいるようだけど、そうはさせないわ、シェラード男爵。このばかイギリス人」そう言うと、瞬時に乾いた服をつかみ、船室のドアへ走った。が、アレックのほうがすばやかった。彼女の腕をつかんで引き戻すと、胸に腕をまわして抱えた。

「だめだ、ジェニー。きみは言いたいことを言ったし、やれるだけのことをやろうとした。きみの負けだよ、お嬢さん。公平で正しいことだが」

「まったく公平じゃないわ。放して、アレック。船長はわたしよ。放して」

アレックは放さなかったが、ジェニーは身をよじって彼の向こうずねを蹴った。隙《すき》をつかれた。吹きすさぶ風の音も、痛みにアレックが発した声を呑みこみはしなかった。

こうして強風のなか、あまり安全とも言えない入り江にはいりこみ、ハリケーンが暴れるだけ暴れて命だけは奪わないで過ぎ去ってくれるのをじっと待っているのでなかったら、アレックは笑っていたことだろう。

彼は首をかがめて彼女に思いきりキスをした。冷たい唇は引き結ばれていた。アレックが顔を上げると、ジェニーが口を開いた。キスをするためではなく、嚙みつくためだった。アレックはにやりとしてみせたが、目は笑っていなかった。

ジェニーは荒い息をしながら、もっと高いところ――下腹部――を蹴ってやれたならと思った。しかし、きつく抱きしめられて体と体は密着していた。

「こうして船室に下ろしたのはわたしと寝たかったからなのね。だったら、肩で風切る男よろしく、ここにわたしを残して世界を救いに行けばいいわ」

「いや、救うのはこの忌々しい快速帆船だけだ。それにそう、きみと寝たいと思っているのはたしかだ。きみは私の妻だからね。われわれに明日はないかもしれないんだ。愛を交わしてどうしていけない？　それによってきみの態度もやわらぎ、きみにわからせてやることができるかもしれないのに。きみがじつは女であり、女というものは素直で従順で——」

風音に匹敵するうなり声を発するかと思いきや、ジェニーはなにも言わなかった。アレックは強い罪悪感に駆られたが、それもつかのまのことだった。ジェニーにかなりの力をこめたこぶしを裸の腹に見舞われたからだ。

「もうたくさんだ」そう言ってアレックはジェニーを寝台に引きずりこんだ。そこに押さえつけてガウンを脱がせ、体を持ちあげてあおむけに寝かせた。その上に思いきり体重を乗せ、息を奪った。ジェニーは荒い息をしながら彼を見あげた。彼の手が腿を開くのがわかる。

「だめよ、アレック、だめ」

「どうしてだめだ？　きみは私のものだ、ジェニー。この呪わしい船も私のもので、われわれは明日には命がないかもしれない。どうしていけない？」

不運なことに、彼が熱弁をふるっているあいだにジェニーはつかまれていた左手を自由にし、何度も身を起こしながら、こぶしを彼の首や肩に打ちつけた。アレックは目の前が真っ赤になるのを感じた。彼女の両腕を頭の上に引っ張りあげ、体の上にのしかかった。

「こうされると、以前の晩のことを思いださないか、ジェニー？」

ジェニーは黙ったまま彼を見あげた。

「どうだい？　おばかさん、私の船での夜のことだよ。きみの手を頭の上でしばりつけ、きみに女の悦びをはじめて与えてやったときのことだ。きみは悦びにわれを忘れた。いま吹き荒れている風と同じぐらい大きな声をあげていたよ。とても気に入っていた。私がまずは指で、次に口で愛撫したのを覚えているかい？　きみが脚をどんどん広げていったのは？　私は無理やりきみの腿を広げなくてもよかったんだ。きみが進んでそうしたからね。私になにをされても、きみはそれを嬉々として受け入れた」

船が突如として右舷側に傾いた。「くそっ」アレックは声を殺して毒づいた。ジェニーを罰し、彼女は夫のものであり、まかりとおるのは夫の意思だけだと思い知らせてやりたかったのだが、大揺れに揺れる船のせいで、身動きできなくなった。アレックは腹がよじれるような深い恐怖を感じた。呼吸が荒くなる。「上に行ってくる。きみはここに残るんだ」

彼女は言うことを聞きそうもなかった。アレックが寝台から脚を下ろすやいなや、戦う気満々で身を起こしたからだ。

そこでまた寝台にしばりつけた。ずっと前の晩のように。今回は彼女自身のためだと自分に言い聞かせながら。セックスとは関係ない。頑固な女め。

ジェニーは歯をむきだしにして叫んだが、やがて手を頭上でしばられ、足首は寝台の支柱にしっかりとくくりつけられた。そのきれいな体をしばらく眺めてから、アレックはその上に上掛けをかけた。「これで充分暖かいはずだ。すぐに様子を見に戻ってくるから」

「ここで溺れさせるつもりね」

アレックは顔をしかめながら濡れた服を身につけた。彼女の愚かしいことばは無視した。濡れた服ほどいやなものはない。

「こんなことしないで、アレック」

怒っている声ではなく、懇願している声でもなかった。どこか必死になっている声だ。アレックは振り向いて眉をひそめた。「きみを信用できないんだ、ジェニー。きみが心配で——」

「それでわたしを寝台なんかにしばりつけるわけ？」

「そうだ。ここにいればきみは無事でいられる」

「船が沈んだら、わたしは自分で自分を助けることができないわ。罠《わな》にかかったネズミのように溺れ死ぬのよ」

それはそうかもしれなかったが、アレックはそうはならないと思っていた。「ダニエルズの様子を見てくる。すぐに戻るよ。きみの言ったことについては考えてみる」

そう言うと、船室を出ていった。少なくとも、ランタンはつけたままにしておいてくれた。自分が夫の無事をほんとうに祈っていたのかどうか、疑わしい気がした。わたしがばかだった。ばかということばでは足りない。愚かしいにもほどがあり、結局は彼の勝ちとなった。

そのまぎれもない事実がジェニーを狂乱におとしいれた。彼女は引っ張ったり思いきり身を起こそうとしたりしたが、手首のいましめはゆるまなかった。しばらくしてジェニーは無理にも気をおちつかせようとした。何度か深呼吸すると、船の音に耳を澄ました。〈ペガサス〉が向きを変えるたびにオーク材がきしむ音をたてている。風音はさらに甲高くなっていた。危機は迫っている。

いましめをほどかなければならない。でも、おちついて、ゆっくりとするのよ。手首をしばるいましめよりも有能で、こうしてしばりつけていった呪わしい男よりも賢いことを証明しなければならない。

ジェニーは仕事にとりかかった。


「ダニエルズ？　しばらく舵とりをかわろうか？」

「男爵様、いいえ、大丈夫です。これだけ風向きが変わるなかで、安定を保たなければならないんですから、大変ですぜ。まだしばらくはこのままで大丈夫です」

アレックはうなずき、バーカンティーン船のほうへ目を向けた。波にもまれてはいるが、思ったとおり、船体を海面から高く出し、安定を保っている。一方、この快速帆船は――まるでおもちゃのボートに乗っている気分だった。

風は荒れ狂い、快速帆船を右へ左へ翻弄《ほんろう》した。雨脚が強まり、水夫たちの顔を打った。冷たい水が甲板を洗っている。

「男爵様、この船はいい船ですよ」スナッガーが風に逆らってアレックのすぐ後ろまで来て言った。「船長はどこです？」

「しばらく船室で休んでいる」

「ほほう」と言って、ダニエルズがアレックに心配そうな横目をくれた。

突然また風向きが変わり、舳先にまともに吹きつけてきた。そして、すぐにまた風向きは右舷方向に変わった。アレックの耳にきしむような大きな音が聞こえてきた。ダニエルズとスナッガーとアレックはいっせいにフォアマストに目を向けた。

「ああ、なんてことだ」

マストは折れようとしていた。風のあまりの強さに、男たちにもマストがもたないであろうことはわかった。木の裂ける大きな音が、快速帆船の船底から聞こえてくる。

そのとき、アレックの目に男の白いシャツが飛びこんできた。男は叫びながらマストのほうへ駆け寄っている。「ハンク！　ハンク、いま行く！」

アレックはためらわなかった。風に押し戻されるのを感じながら、前に飛びだした。

「男爵様、待って！　だめだ」

一瞬の出来事だった。ジェニーがハッチから姿を現わしたその瞬間、マストが折れた。号砲のような大きな音がした。マストは裂けたと思うとふたつに折れ、帆を巻きつけたまま、天から大きな矢が降ってくるかのように倒れてきた。

アレックが索具と白い帆布の下に姿を消し、ジェニーは悲鳴をあげた。

ジェニーの耳に男たちの叫び声は聞こえたが、咆哮をあげる激しい風のせいでぼんやりとしたささやき声にしか聞こえなかった。男たちは風に顔をうつむけながら急いで折れたマストのもとへ駆け寄った。折れたマストは半分船側から外へつき出す恰好で倒れており、その半分ぐらいが避けた破片になっていた。

ジェニーは倒れたマストのほうへ急いだ。風のせいで船側に押しやられそうになったが、意志の力だけでアレックのほうへ歩みつづけた。

マストが折れたせいで、快速帆船全体の感じがちがった。帆が完全にたたまれていたとはいえ、マストは快速帆船の中央部分に安定性を与えていたのだ。いまや世界は中心を失い、さえぎるものもなく、荒々しくまわっているかのようだった。ダニエルズが悪態をつくのが聞こえたが、ジェニーは振り返らなかった。

ふたりの男が濡れた帆布の山を掘り起こしていた。そこに三人の男が埋まっていた。そのひとりがアレックだった。うめき声が聞こえた。ハンクの声だ。ハンクを助けようとしたリファーは死んでいた。ジェニーはアレックのそばに膝をつき、頭の傷を見て急いでウールの帽子を脱ぐと、それを傷口にあてた。ほかにけがはないようだった。

「目を覚まして。目を覚ましてよ、この頑固なイギリス人!」

「下へ運びましょう、船長」スナッガーが軽く彼女の肩に触れて言った。

「目を覚まさないわ、スナッガー」

「こういう状態になったら、あたしでも目を覚ましませんよ、船長。さあ、おいでなさい。クレブ、手を貸してくれ。ほかの者はハンクを下に運んでハンモックにしばりつけるんだ。おい、グリフ、ハンクを救えるかやってみてくれ」スナッガーはそこでことばを止め、しばらくリファーをじっと見つめた。

ジェニーは自分の責任を思いだした。「リファーは死んだわ。海に沈めてやりましょう。お祈りはあとで。さもないとわたしたちも海に沈むことになるわ」

スナッガーはうなずいた。

ジェニーにとって、アレックが服を脱がされ、船長室の寝台に寝かされて何枚も上掛けをかけられるまで、永遠と言っていい時間が流れた気がした。スナッガーのことはダニエルズと交替するようにと甲板に送り返した。いまや自分が本能の命ずるままに行動していることはわかっていた——傷を洗浄し、バジル粉を振りかけて乾かす。傷はそれほど深くなく、縫う必要はなかった。ほっとしてジェニーは乾いたシャツを細く裂き、それをアレックの頭に巻いた。

どうして目を覚まさないの?

衣服箱にはいっていた毛布を全部出して彼にかけ、体を温めた。すぐにも甲板に戻らなければならないことはわかっていた。これは自分の船であり、自分の責任なのだから。すでに水夫がひとり死んでいる。ジェニーはアレックをできるだけしっかりと寝台にしばりつけ、上に戻った。

「風がさらにひどくなりました」とスナッガーが報告した。

「空はくそみたいに真っ暗だ」と言ってダニエルズは甲板を洗う高波に向かって唾を吐いた。

「さっきより暗くなったわね」とジェニー。バーカンティーン船のほうを見やると、思ったとおりしっかりともちこたえている様子だったのでほっとした。

「男爵様のご様子は?」

「わからないわ。寝台にしばりつけてきたけど。まだ意識が戻らないの。頭の傷はそれほど深くないのに。どうして目を覚まさないのかわからない」

スナッガーは強さを見ればそうとわかる人間だった。夫が死ぬかもしれないと恐れ、船のみんながオクラコーク島沖で魚の餌になるかもしれないと怯えてはいても、ジェニーは気をしっかり持ち、頭を働かせていた。感情がたかまり、スナッガーはジェニーを抱きしめた。

「そう、なにもかもきっと大丈夫です。乗り越えますよ。ええ、乗り越えてみせる」

ばかな賭けのせいで、わたしはこの船を破壊するところだったのだ。ジェニーは折れたマストに目を向けた。直すのには時間もお金もかかるだろう。それもボルティモアに無事に帰れたならばの話だが。

時間はのろのろと過ぎた。

すさまじい風音は、地獄の底から聞こえてくるバンシーの声のように甲高かった。波は船を高く持ちあげ、それから深い波間へとつき落とした。凍るように冷たい水が大量に甲板を洗った。

時間が過ぎた。

ジェニーはアレックを見つめていた。顔色はなく、唇も血の気を失っている。指で頬に触れてみる。「お願いよ」ジェニーは小声で言った。「お願いだから死なないで、アレック。そんなのわたしには耐えられない」

時間が過ぎた。

風がおさまりだしたのは朝の四時だった。

ジェニーはことばを発することを恐れた。誰もなにも言わなかった。みな迷信に打ちのめされるような思いだった。

明るくなると、バーカンティーン船の姿が見えた。男がひとり手を振っている。ジェニーは手を振り返した。叫ぶ声も聞こえた。「みなくそ元気に生き延びてますよ、奥様！」

イギリス人ね、とジェニーは胸の内でつぶやき、笑った。

すぐにスナッガーとダニエルズも笑いだした。バーカンティーン船に乗っているアレックの水夫たちが笑う声も聞こえてきた。

空は明るさを増し、いまやぼんやりとピンクがかった灰色になっていた。風はがくんと勢力を弱めた。雨は小降りになり、糠雨《ぬかあめ》になった。

「嵐は過ぎた」

ジェニーはさらに三十分ほど甲板に残った。命令をくだし、やるべきことや船の修理がきちんとなされるか見届けなければならなかったからだ。「あと何時間かここにこのまま留まって、どの程度の被害を受けたかたしかめましょう。少なくとも、ボルティモアに戻るためのはしけは残っているわ」

ようやくジェニーは下へ降りた。

アレックは相変わらず顔色がなく、意識もとり戻していなかった。ジェニーは急いで胸にまわしてあったロープをほどいた。アレックは震えていた。

ジェニーはためらわなかった。自分の濡れた服を脱ぎ、体を乾かすと、ベッドの夫のそばにすべりこんだ。そして、夫を引き寄せ、手で背中をさすり、体を温めようとした。大きな体が震えている。

「アレック、いとしい人」ジェニーは手で彼の体をさすりながら何度もくり返した。「お願い、わたしのもとに戻ってきて」

アレックの体は温まりだし、ジェニーは荒々しい勝利の喜びを感じた。「アレック」とふたたび呼びかけ、きつく抱きしめた。喉に温かい息が感じられた。

アレックが身動きした。ジェニーは肘をついて身を起こした。自分が裸でいて、彼の胸に胸をきつく押しつけていることは気にもならなかった。「さあ、目を覚まして」

アレックはそのきれいな目を開け、ジェニーを見あげた。それから顔をしかめ、彼女の胸に目を落とした。それでもまだなにも言わず、また顔に目を戻した。

「すごくいいな」しまいに彼は言った。低くかすれた声だ。

ジェニーはほほえみ、首をかがめて彼の口に軽くキスをした。

「おはよう。どんな気分？」

「地獄に堕ちたみたいな気分だ。頭はまだ首の上に載ってるのかな？」

「ええ」

「きみはとてもきれいだ。髪は濡れてるけど」

「しかたないわ。すぐに乾くし。もう大丈夫よ、アレック。ハリケーンは方向を変えて大西洋のほうへ向かったわ。もうここにはいない。あなたのバーカンティーン船も無事よ。でも、こっちの船は水夫をひとり失ったけど」

アレックはまた顔をしかめた。「きみがこうしてベッドにいっしょにいてくれるのはとてもいいな」

ジェニーは眉を上げてみせた。わたしがあなたを放っておくと？　あなたがわたしをあんなふうに扱ったからって？「あなたはショックのせいで震えていたのよ」ジェニーはかすかな笑みを浮かべて言った。「わたしの体温を必要としていたわ」

「ああ、それはすばらしい理由だ。礼を言わなくては。愛は交わしたのかな？」

「それはしばらく待ったほうがいいわね。あなたの具合がもう少しよくなるまで」

「いいさ」アレックはそう言って目を閉じた。「頭が死ぬほど痛むからね。ただ、きみのことを称賛してないと思ってほしくなくて。きみはきれいな胸をしている」

ジェニーは自分の体に目を落とした。「慎みのないことをするつもりはなかったのよ、アレック。ただ――」

「いや、説明してくれる必要はない。ひとつだけ教えてくれれば。さっきも言ったが、この状況はすごくいいからね。ただ、きみが誰であるかは知りたいが」

18

ジェニーは当惑してアレックを見下ろした。「なんて言ったの？」

アレックはもっときちんと説明したいと思ったが、頭が痛んでその気力が持てなかった。きちんと説明できそうもないこともわかった。なにもかもが混乱していた。

「きみが誰かわからない」アレックは今度はもっとゆっくり言った。ことばを発するだけで頭が痛んだ。

「わたしを知らないって言いたいの？」

「そうだ」驚愕の声を聞いてアレックは目を閉じた。痛みのあまり口もとにしわが刻まれているのにジェニーは気づいた。顔色もなくしている。わたしを覚えていないですって？　そんなのばかげている。ありえない。ジェニーは彼の頭に巻いた包帯にそっと指で触れた。頭に衝撃を受けると記憶をなくすことがあるとずっと前に聞いたことはあったが、じっさいにそんなことに遭遇したことはなかった。アレックがわたしを覚えていないなんてことがありうるの？

そんなのおかしい。

ジェニーはふいに恥ずかしくなった。が、アレックのそばを離れたくもなかった。自分の体の熱が彼に伝わっているのがわかる。この人はわたしを必要としている。こうして裸の体を押しつけているからこそ、わたしが必要なのだ。ジェニーはわずかに身を倒し、また自分の胸を彼の胸に押しつけた。「アレック、よく聞いて。あなたはわたしの夫なの。わたしの名前はジェニー。あなたの妻よ」

アレックは身じろぎもしなかった。「妻？　でも私が結婚するはずはない。それだけはたしか――結婚だって？　結婚するなど想像もつかないが――」アレックは首を振ったが、そのせいで痛みに襲われ、顔をしかめた。「きみは私をアレックと呼んだ。姓は？」

ジェニーは大きく息を吸った。「じつを言えば、わたしもあなたが結婚するとは想像できなかった。そういう意味ではわたし自身もね。ああ、アレック。ひどく厄介なことになってきたわね。話すことが山ほどあるわ。まず、あなたの名前はアレック・キャリック。第五代のシェラード男爵よ。次に、わたしたちはボルティモアの快速帆船に乗っていて、ハリケーンをやり過ごしたところなの」

アレックは言われたことをよく考えてから口を開いた。「変わった発音で話すと思っていたよ。きみはアメリカ人なのか？」

「ええ、それで、あなたはイギリス人よ。さあ、じっと寝ていて。いろいろと話して聞かせるから」

「わかった」

どこからはじめればいい?「そう、あなたはうちの造船所を見るために、一カ月前にボルティモアへ来たばかりなの。父とわたしは共同経営者を必要としていた。資産を持った人をね。あなたはわたしのこと、ミスター・ユージーン・パクストンだと思っていたけど、わたしはじつはそうではなかった。あなたは会うなりそれを見破って、罰を与えようとわたしを娼館へ連れていって告白させようとした――」

アレックはうめいた。「私がほんとうにそんなことを? きみを娼館へ連れていっただって?」

ジェニーはにやりとしてみせた。「ええ、ほんとうよ。それどころじゃないわ。連れていって――」

アレックはジェニーが話し終えるずっと前に眠りこんでいた。顔色はましになっている。すばらしくハンサムな顔だちをじっくり眺めながらジェニーは思った。呼吸も楽そうになり、体も温まってきている。ジェニーはそっと包帯を頭からはずし、傷を調べた。傷口はピンクで膿《う》んではいないようだった。

船尾に向いた窓からぼんやりとした薄暗い光が船室に射しこんでいる。雨よりましであるのはまちがいない。ジェニーはアレックの頭に包帯を巻き直し、眠りをさまたげないように気をつけてゆっくりと寝台を出た。

結婚して一週間にもならないのに、夫はわたしが誰であるかわからないのだ。

アレックがボルティモアに来る前はたまに少しばかり退屈を持てあます日々だった。いまは驚きに次ぐ驚きの連続だったが、今回のことに関しては、彼が意図して引き起こしたことではない。こんなことになるとは信じられないほどだった。いまでもすべてを呑みこめたとは言えない。彼はどうなのだろう？　彼のほうはどう感じているの？　想像もできなかった。アレックがいま自分を必要としていて、ふたりのあいだの決まりが変わってしまったことはたしかだったが。

アレックは深くゆっくりと呼吸している。安らかな眠りだ。ジェニーは乾いた服を着て甲板に戻った。

「ハンクの様子は？」ジェニーはダニエルズに訊いた。

「二日ぐらいで起きあがれるようになりますよ。アメリカ植民地の旗みたいにずたぼろだが、大丈夫です。男爵様は？」

「ハンクと同じで、二日ぐらいで治るでしょうね。でも、問題は――」

「問題？」

「自分が誰だかわからないのよ、ダニエルズ。わたしのことも、レースや賭けのことも、なにもかも」

「つまり、頭を打ったせいで、記憶せ――記憶そ――」

「記憶喪失《そうしつ》、たしかそう言うのよ。そう。頭はひどく痛むでしょうけど、いまは眠っているわ」

「なんてこった」

「そうね」ジェニーはそう言って甲板の上に長々と横たわる折れたマストを見やった。そしてその目を海面に向けた。引きずられている帆の白が海の青に映えている。甲板から六フィートかそこらのところで折れたマストは、信じられないほどもろく見えた。

「アレックのそばについていなければ。自分が誰かわからないなんて、想像できる?」ジェニーは自分の問いに自分で首を振った。そんなことになったら、どれほどの恐怖に襲われることだろうと、それだけは想像できた。

「これからどうします?」

「それはもちろん、彼をボルティモアに連れて帰るわ。アレックの一等航海士とオシェイと話をしなければ。この船も多少はうまくあやつれるとは思うけど、バーカンティーン船には近くにいてもらいたい」

「折れたマストは?」

ジェニーは考えこむようにして、六フィートのところで引きちぎられた木材を眺めた。マストをつけかえる費用を考えると、しばし頭が真っ白になった。それから首を振った。「マストはそのままにしておきましょう。水夫の誰かに命令して、帆をあまり引きずらなくていいようにできるだけマストに巻きつけさせて。マストのせいで船が転覆するなんてことだけは避けたいから。それから、マストを手すりにもっとしっかりとくくりつけるようにさせて」

「了解、船長」スナッガーはそう言ってにやりとした。

アレックは身動きせずに寝台に横たわり、船室の内装を眺めていた。見覚えはある。自分が誰で、なにをしていた人間なのか思いだそうと死ぬほど頭を働かせるよりも、そのほうがずっとよかった。頭はずきずきと痛んだ。

恐怖を覚えてもいた。そしてそれがいやでたまらなかった。慣れない感情だった。つまりは、基本的に自分が無力ということであり、それは受け入れがたいことだった。アレックは小声で悪態をついた。少なくとも、悪態のつきかたは忘れていなかった。船長の机の彫刻に神経を集中させる。腕のいい彫刻家が彫ったにちがいない凝った彫刻だった。すぐにも、床の上にあぐらをかいてすわる男の姿が目に浮かんだ。そばに布を敷き、その上にナイフやそのほかの彫刻用の道具を置いて、この机に彫刻をほどこしている。男は浅黒く、ひげ面だった。アレックはその姿を心に焼きつけたいと必死で思ったが、次の瞬間には男の姿は消えていた。

まあ、なにか理由があるのだろう。男についてジェニーに訊いてみよう。

ジェニーが船室にはいってきたときに、アレックは第一声でこう言った。「この机に彫刻をほどこした男について話してくれないか」

「ミムズよ。とても浅黒くて、いわば、中年男ね。ひげも人並み以上に濃いわ」

「そうか」

ジェニーは寝台のそばに寄ってアレックを見下ろした。アレックは彼女の手をつかんで寝台の上にすわらせた。「見たんだ」と言う。「一瞬だったが、姿が見えた」

ジェニーの顔が明るくなった。「それはすばらしいわ」そう言うと、考えもせずに身をかがめ、彼の顔を両手ではさんで大きな音をたててキスをした。アレックは黙りこんだ。ジェニーは顔を上げて彼を見つめた。

「ジェニー」アレックは片手でうなじを包むようにして彼女の顔を下げさせた。

今度は彼のほうからゆっくりとキスをしたが、そこには飢えがあり、ジェニーはそれに応えた。

「きみは私の妻なんだな」アレックは口をつけたまま言った。息は温かく、昼に飲んだワインのせいで甘かった。「私の妻」

しかし、覚えてはいなかった。彼女の遠慮とためらいが感じとれ、ふたりのあいだによそよそしい空気が流れた気がした。アレックはうなじにあてていた手を離し、身を起こす彼女を困惑した目で見つめた。

「船はゆっくり動いているわ。わかるかもしれないけど。動いているの。あなたの船はすぐ近くにいるわ。この船のマストは倒れたままになってるけど、それほど足手まといにはならないはずよ。ミスター・ピッツがあなたの服を送ってよこしたわ。じつを言うと、投げてよこして甲板に落ちたんだけどね。服を着たかったら、手を貸すわ」

「ボルティモアに戻るのはいつになる？」

「こんなスピードで走っていたら、三日はかかるわ。とてもゆっくりだから」

「私には娘がいる」

「そうよ。名前は覚えてる？」

「頭を打ったせいで、記憶をなくしたばかりか、大ばか者になったとでも？　私はばかではないよ、ジェニー。ハリーのことはきみが教えてくれたじゃないか。どんな様子の子なんだい？」

「あなたそっくりよ。言いかえれば、信じられないぐらいきれいな子よ」

アレックはジェニーに顔をしかめてみせた。「きれい？　私は男だよ、ジェニー。きれいなんて言うのは変だ」

「だって、まさしくほんとうのことだもの。わたしの考えなんかとるに足らないものかもしれないけど、あなたは神がお造りになったなかでもっともハンサムな人だと思うわ。でも、ううん、そうじゃないわね。わたしだけがそう思っているわけじゃない。アレック、通りを歩いてみたらあなたにもわかるわよ。女たちはみんな振り返ってあなたを見るわ」

「ばかばかしい。鏡を見せてくれ」

ジェニーは立ちあがって衣服箱をあさった。母の物だった裏に銀を貼った鏡が見つかり、それを黙って彼に手渡した。

アレックは鏡に映った青白い見知らぬ顔をじっと見つめた。自分の顔は知らない顔だった。

「きれい？　おやおや、ひどい不精《ぶしょう》ひげじゃないか。六人分ぐらいも生えている。絶対にひげを剃《そ》る必要があるな。それだけはわかる」

ジェニーはにっこりほほえんで首を振った。「よかったら、わたしが剃ってさしあげるわ。それに、お風呂にはいりたければ――」

「ああ」アレックは答えた。「ぜひはいりたいね。そのあとで、私の素性についてもっと詳しく話してくれるといい」

「すでに話した以上のことは知らないのよ、アレック。知りあってそれほど長くないから。わたしがあなたについて知っていることよりも、あなたがわたしについて知っていることのほうがずっと多いわ。あなたはシェラード男爵のアレック・キャリック。イギリスにたくさんの家を持っているのはわかっているけど、それがどこにあるのかは教えてくれなかった」

「そうか。そうだね、思いだしたよ、前にきみが話してくれた」

「それから、あなたは結婚していたけど、奥様は――ネスタという名前だった奥様は――ハリーを産んだときに亡くなったの」

その瞬間、なにかが彼の心を開いた。突然扉が大きく開かれたかのようだった。若い女が笑っているのが見える。子をはらんで腹は大きくふくらんでいる。女は身内への贈り物のことでなにか言っていた。それから、ベッドに仰向けに横たわる女の姿が見えた。目は開いているが、一点を凝視したままだ。死んでいるのがわかる。「ああ、くそっ。姿が見えたよ。ネスタのことだが。生きている姿が見えたと思ったら、すぐに――死んでしまっていた」

その声には苦悩がありありと表われていた。ジェニーは急いでそばへ行ってすわった。指先で顎をなぞる。「かわいそうに、アレック。思いだして自分を苦しめないで。悪いことだけじゃなく、いいことも思いだすのよ。ミムズがどんなだったかもっと思いだせる？　悪くないはずよ」

ジェニーはアレックのひげを剃ってやり、バケツ一杯の湯を持ってこさせた。風呂は自分ではいれるとアレックは言い張った。男というものは慎みなどこれっぽっちも持っていないように思えるものだが、それでも、自分はまったく覚えていないのに妻だと言い張る女が相手だと、自制心が働くらしい。そこでジェニーは彼を残して部屋を出た。転んで脚を折ったりしないだけ、体力が戻っていますようにと祈りながら。

船長室に戻ってみると、アレックはすっかり身支度を整え、机に向かって書類を調べていた。

「あら、舞踏場にでも行くような装いね」

「舞踏場？　植民地にもそういうものがあるのか？」

「ばかにしないで。ちょっと待って、イギリスに舞踏場があることは知ってるの？」

「ああ、知ってるさ。どうして知ったのかはわからないが、知っている。この船はきみが船長なのか？」

「ええ」無意識にジェニーは顎を上げた。彼になにか言われるのではないかと身がまえたのだ。女には無理だから、自分が引き継ぐと言われるのではないかと。

しかし、アレックはなにも言わなかった。ただ考えこむような表情を顔に浮かべてそこにすわっていた。「それはとても珍しいことなんじゃないのか」しばらくして口を開いた。「女のきみが船長だというのは」

「たぶんそうね。でも、心配はいらないわ。わたしはとても有能だから」

アレックは温かい笑みを浮かべた。「私がきみと結婚しているのだとしたら、きみは有能どころじゃないな。きっと群を抜いているんだろう」

ジェニーは彼をまじまじと見つめながらゆっくりと言った。「わたしが船長で気を悪くならないの？」

「どうして気を悪くしなくてはならない？ きみの指揮でハリケーンをやり過ごしたと言っていたじゃないか。きみは賢そうだし、評判もよさそうだ。ベッドのきみに関しては、さっきも言ったが、きみはきれいな胸をしている。それ以外の部分については、時間がたてばわかるだろう」

「たいていは時が解決してくれるものよ」

ふたりは黙りこんだ。ジェニーはいまの状況がどれほど奇妙なものか、おそらくアレックには想像もつかないだろうと思った。ここにいるアレックは、わたしが船長であることをまったく気にしていない。そんな彼女の内心の思いを読みとったかのようにアレックが言った。

「なんとも奇妙なことだな」

「なにが？」

「こうして船に乗っていながら、自分が誰であるかわからず、自分が船長でないことを不思議にも思わない。心の奥底では、自分が船長であってしかるべきだとわかっているんだが」

ジェニーはおちついた声を出そうと努めながら慎重にことばを選んで言った。「あなたはすぐ後ろについてきているバーカンティーン船の船長だったのよ。じっさい、あれはあなたの船だし。たしか、六隻ほど船を持っているとおっしゃっていたわ」

アレックは手を振ってさえぎった。「ああ、わかっている。しかし、そういうことじゃないんだ」そう言ってため息をつき、無意識に額に巻かれたきれいな包帯をこすった。「私のことは気にしないでくれ。ただ——」

「ばかなことを言わないで、アレック。わたしの船に乗っている以上、あなたについてはわたしに責任があるわ。それに、あなたのこと、心配もしているの。くそみたいな気分でしょうし——」

「なにみたいな気分だって？」美しい笑みが浮かんだ。太陽が雲の陰から顔を出し、頭上に光を降り注いだ感じだった。

「ことばのあやよ」

「私の慎ましい妻がけしからんことを言ったのかな？」

「少しだけね」

「おしおきしようか？　きみを脚の上に乗せて、着ているばかげたズボンを下ろしてやろうか？」

「アレック、忘れないことっていうのもあるのね。あなたってとんでもない人だわ。これからもずっとそうよ。記憶喪失にしろ、そうでないにしろ」

アレックはふいに疲れに襲われ、頭を椅子にあずけた。

「ベッドにはいって」ジェニーは彼の腕に軽く手を置いて言った。

「いっしょにはいってくれるかい？」

「いいわ」

彼の心にみだらな思いがあったとしても、それは即座に消え去った。ジェニーがそばに丸くなるやいなや、アレックは安らかで深い呼吸をしながら眠りに落ちていた。

「あなたが好色なところを発揮してくれていたら、わたしはどうしていたかしら」ジェニーは声に出して自問した。それから起きあがって彼のそばを離れた。「たぶん、あなたがしてくれるすべてを喜んで受け入れたわね」ジェニーは首を振り、突然物思いにとらわれた。愛を交わすやりかたは覚えているのかしら？　わたしにしてくれたすばらしいあれこれをすべて覚えている？　それはきっとすぐにわかるだろう。ジェニーは部屋をあとにした。アレックは午後のあいだずっと眠っていた。

「ようやくノース・ポイントだ」大いに満足そうな声でスナッガーが言った。

「もうすぐ家に帰れる」とダニエルズ。

アレックは黙って立ったまま、ボルティモアの街のほうへ目を向けていた。マックヘンリー要塞のほうを見やると、一瞬記憶がよみがえった。それから、フェルズ・ポイントに目を向けた。「パクストンの造船所はあそこだろう？」

「ええ」とスナッガーが答えた。

　アレックはそれにはただうなずき、バーカンティーン船のアベル・ピッツからの呼びかけに答えた。

　ネスタのことは記憶をとり戻していた——ネスタとは奇妙な名前だ——つかのま、笑っているきれいな顔が脳裏に浮かんだのだ。それから、死に顔が。すぐに娘の姿も浮かぶことだろう。そう考えると怖い気がした。ハリーのことをもっとジェニーに尋ねてみなければならない。娘を怯えさせたくはなかった。

「ここにいたのね」

「やあ、きみか」アレックはそう言って男の服を着た妻のほうを振り向いた。ウールの帽子とゆったりとしたブラウス、革のヴェストに目を向ける。「ドレス姿を見たいな」

「そのうちね」

「この賭けについてだが。もう一度話してくれ」

　ジェニーは賭けについてごくかいつまんで説明した。彼に嘘をついて、自分の都合のいいように真実を曲げようとは思いもしなかった。「問題は——」数分後、ジェニーはこうしめくくった。「あなたなら、結局結果が出なかったと言うでしょうね。どっちが勝者？　どちらも生き残ったんだから、どちらも勝者だと思うわ。でも、それでどうなるの？　わたしにはわからない、アレック。ただ、できれば——」そこでことばを途切らせ、自分の指の爪を見つめた。

ジェニーはごくりと唾を呑みこんだ。「いいえ、そういうことじゃないのよ。ああ、すべて話したほうがよさそうね」

「どうしてきみのお父さんはきみの不利益になるような遺言状を遺したんだ？　仲が悪かったのか？」

「造船所よ。もともとわたしのものですもの。これからもわたしのものであるべきだわ」

「どっちの半分だ？」

「ええ、いえ、その、半分はあたってるわ」

「できれば、造船所をきみに譲り渡し、ひとりで去ってもらいたい？」

アレックは声をひそめて言った。「私に嘘をついたのか？」

「ばかなことを言わないで。じゃあ、よく聞いてちょうだい。港に着くまであまり時間がないから。父は病気だったの。実質わたしが造船所をとり仕切っていた。〈ペガサス〉を造ったのもわたしよ。問題は、ボルティモアのすばらしい男性がたはひとりとして〈ペガサス〉を買おうとしなかったってこと。わたしが——女のわたしが——船を造った責任者だったせいで。そう、父は自分が死んだら、わたしがすべてを失うことになると思ったの。それに、あなたとあなたの娘のことをとても好きだった。うちでいっしょに暮らすよう、あなたとハリーを招待するほどに。あなたはその招待を受けたわ。それから父は、あなたがいい婿になると判断し、造船所をあなたに遺すことにした。わたしとの結婚を条件にして。賭けを持ちだしたのはあなたで——」

「傷ついたきみの自尊心を癒すために?」

たしかにそのとおりだった。「ずいぶんとはっきりおっしゃるのね」

「でも、ほんとうだろう。なあ、ジェニー、これからいったいどうする? 造船所をきみに譲り渡したら、きみはすべてを失うことになる。自分でもそれは認めているはずだ」

「ええ、そうね」

「きみのおかげでわれわれはハリケーンをやり過ごすことができた。きみはいい船長だと思うよ。ただ、女であるのが弱点だ。いや、口をはさまなくていい。ただの冗談だから。ちなみに、私はこの快速帆船でなにをしていたんだ? どうして自分の船の指揮をとっていない?」

いまこそ嘘をつくときだ。大げさなすばらしい嘘を。それはジェニーの口から、ほとんどためらうこともなく発せられた。そこにはわずかながら真実があるのだからと良心は言い訳していた。ごくわずかではあっても。「あなたはこの船が沈むと思ったの。それで、わたしのそばにいたいと思ったのよ」

アレックは顔をしかめてみせた。「でも、私がきみと結婚したのは造船所のためにすぎないと言っていたじゃないか」

「あなたはわたしを好きだった――好きなんだ――と思うわ」

「自分で自分のことがわからないから、はっきりは言えないが、私はただ好きだというだけで結婚したりはしない気がするよ」

「わたしのこと、誘惑もしたわ」

「おやおや。きっとたのしんで誘惑したにちがいないな。きみも誘惑されてたのしかったかい？」

ジェニーは彼の顔から目を離さず、にっこりとほほえんだ。「とても」

「そのときさみは処女だった？」

「ええ。あなたにはとうの立った処女って言われたわ」

「つまり、私がきみと結婚したのは、造船所のこともあったが、きみの処女を奪ったせいだと？」

「わたしの父のこともとても気に入ってらしたわ」

「船長」

「なあに、スナッガー？」ジェニーは振り向いて一等航海士に答えた。それから、愛想よくほほえんでアレックに言った。「ごめんなさい。いろいろと手配しなければならないことがあるの。なにも心配しないでただゆっくりしていてね」

しかし、もちろん、ゆっくりできるはずはなかった。

船はアレックが娘についてさらに訊く機会もないうちに港入りした。そして埠頭で娘が待っていた。やせぎすで死ぬほどまじめな顔をした年輩の女性とともに。

「パパ！」

私のことだなとアレックは胸の内でささやいた。子供の顔だちは父である自分ととてもよく似ていた。アレックは子供に手を振って呼びかけた。「ただいま、ハリー」

「勝ったの？」

「すぐに全部話して聞かせるよ」

娘はこのとんでもない賭けのことを知っているのか？　気がつくと、男女問わずたくさんの人々が港入りしたばかりのふたつの船に注目していた。私はこのあたりではゴシップの種なのか？　これだけの人々の関心をひく理由がわからなかった。

「みんなどっちが勝ったのか知りたいのよ」とジェニーは言い、その瞬間、真実をあらいざらい話しておくべきだったと気がついた。思わずため息がもれた。「こっちへついてきて、アレック。あなたが頭を打って記憶を失ったこと、誰にも知らせる必要はないから。ダニエルズとスナッガーにも言い含めておくわ。ふたりともなにも言わないでいてくれるはずよ」

「そうかな？」

「ええ、そうよ。でも、話したとしても、少なくとも多少の時間稼ぎはできる。あなたを家に連れ帰ってベッドに寝かせるぐらいの時間は」

頭は少しばかり痛んだが、みだらな笑みが浮かぶのを抑えるほどではなかった。

ジェニーはアレックに笑みを返し、肋骨《ろっこつ》のあたりをつついた。「ほら、娘さんよ。いっしょにいるのは世話係のミセス・スウィンドル。あなたの船医のドクター・プルーイットと恋仲なの。ふたりとも心のやさしい人たちだけど、どんなに晴れた日でもどこかに必ず暗雲が隠れているというような物の見かたをする人たちだわ」

アレックが神経を集中させ、それにともなう痛みに顔をしかめるのがわかって、ジェニーは口をつぐんだ。

ジェニーの推測はまちがっていた。誰も賭けの話などしなかった。みんなが関心を寄せていたのはハリケーンで、それをどうやり過ごしたかだった。集まった群衆は快速帆船の折れたマストに驚き、男たちのなかには首を振ってこの船の設計は安全ではないと言う者もいた。この気候のなか、ナッソーまで帆走するなどばかげたことだと言う者もいた。マストが折れたのはジェニーのせいだと言う声まで聞こえてきた。それに同意するようにうなずいたりつぶやいたりする者もいた。ジェニーは火かき棒ほども身を固くして笑みを仮面のように顔に貼りつけた。

男たちはアレックの背中を軽く叩き、アレックは無意識に礼儀正しくそれに応じていた。女たちも男たちに負けず劣らず積極的だった。ローラ・サーモンがアレックに親しげな目を向けるのを見て、ジェニーは歯ぎしりした。

アレックはまたちがった礼儀正しさで応じた。ジェニーはそれに気づき、彼にとっては女にこうした魅力たっぷりの傲慢な態度をとるのはとても自然なことなのだと悟った。ようやく娘のところに達すると、アレックはしばらくじっと娘を見下ろしてから言った。「ハリー」

「パパ」ハリーが腕を上げ、アレックはすばやく娘を抱きあげた。腕が首にまわされる。ハリーは父の頬に湿ったキスをくれ、ありったけの力で父を抱きしめた。「会いたかったわ、パパ。ほんとうに会いたかった。でも、ジェニーがいっしょだったのよね。ハリケーンのことを聞いたときには、ミセス・スウィンドルがパパは大丈夫って言ったの。パパは忌々しい猫みたいな人だから――」

「もうたくさんです、ミス・ハリー」エレノア・スウィンドルが肉のそげた両方の頬を赤く染めて言った。

「ジェニーが面倒を見てくれたからね」とアレックは言った。

ハリーはわからないという顔で首を一方に傾げた。

「どうしたんだ、ハリー？」

このやりとりを聞いていたジェニーが急いで前に進み出た。「別になんでもないわよね、ハリー？」

「たぶん」ハリーはゆっくりと言うと、父にまたキスをして腕のなかにおさまった。

「つまり、家までこのまま抱っこして連れていけということかい？」

「そうよ、パパ」

ジェニーが笑いだした。「馬車をつかまえてくるわ。ここでおしゃべりして待っていて、アレック。紳士がたはみんなあなたの話を聞きたがっているのよ」

これが私の娘か。アレックは胸の内でつぶやいた。見覚えはまったくなかった。このきれいな子供が自分の子供なのだ。しかし、これまで見た感じでは誰の子供であってもおかしくなかった。抱いている小さな体は温かかった。私の娘。アレックは娘を抱きしめ、ハリーは忍び笑いをもらした。

「お帰りなさい」と彼女は言った。

しかし、なににについてもまったく記憶がない場合、いったいどこに帰るというのだ？アレックは身がすくむほどの恐怖を鎮めようとしたが、あまりうまくはいかなかった。また頭が痛みだした。

「すぐに家に着くわ」と言ってジェニーが彼の手をとった。

「ハリケーンのお話をして」その晩、ダイニングテーブルについているときにハリーが言った。

アレックはスープを口へ運ぼうとしていたスプーンを途中で止めた。「ジェニーが話してくれるよ、ハリー」

まったく疑いを持たずにハリーは継母のほうを振り向いた。「怖かった？」

「想像もできないほどよ。そう、わたしたち——わたしの快速帆船はもう少しで勝つところだったんだけど、そこへ嵐が来たの。いっぺんに百もの風が叫んでいる感じだったわ。おかしくなっちゃった魔女が大勢で騒いでる感じ。それがありとあらゆる方向から襲いかかってくるの。あんまり荒々しくて強いものだから、気をつけていないと、風にさらわれて海に落ちそうになるぐらいだった。あなたのパパはとても勇敢だったのよ。ハリケーンのあいだ、わたしのそばにいたくて、バーカンティーン船をできるだけ近づけて快速帆船の甲板に飛び移ってきたの」

「あら、パパ、そんなことするなんて、あまり賢くないわね！」そう言ってハリーはくすくす笑いだした。「でもとてもロマンティックだけど」

アレックはうなずいただけだった。ジェニーは彼にかわって叫び、彼にかわっていらだちを声に出してやりたかった。が、もちろんそんなことはできなかった。

「でも、パパはけがしていたかもしれないわね」

アレックは甘いウミガメのスープをもうひと口飲んだ。

「しなかったさ」と答える。

「頭は痛む、アレック？」とジェニーが訊いた。

「いや」ぶっきらぼうな言いかたになったが、アレックにはどうしようもなかった。

「それで、〈ペガサス〉の舵をとったの？」

アレックが顔をしかめたので、ジェニーは急いで言った。「もちろんちがうわ、ハリー。〈ペガサス〉の船長はわたしだったんですもの。あなたのパパはわたしのそばにいたかっただけよ。ハリケーンを生きてやり過ごせるかどうかわからなかったから」

「そんなの変よ」

「なにが？」とアレックが娘に注意を向けて訊いた。それから、「スープを飲みなさい」とつけ加えた。

「パパが舵をとって船長にならなかったこと。正しいことじゃないわ、パパ」

「ハリー、ウミガメのスープは嫌い？」

「ちょっと待っていてくれ、ジェニー。どういう意味だい、ハリー？」

「パパ、パパらしくないわ。どこかちがう。ほんとうのパパじゃないみたい。でも、そんなのおかしいけど――」

「ああ、そうだね、とんでもなくおかしいことだ。スープを飲みなさい。ジェニーと私はふたりともとても疲れているんだ」

ハリーは傷ついた顔でスープをまた飲みはじめた。

ジェニーはモーゼスに次の料理を出すように命じるまでことばを発しなかった。

一時間後、寝室に引きとってから、アレックは疲弊しきった声でジェニーに言った。「あの子はとても賢い。あまり長くはだましていられないよ」

「いまはその心配はしないで、アレック。あなたはうんと体を休めなければ。明日、お医者様に診てもらう？」

「明日のことは考えたくない」アレックはそう言って脱いだシャツを椅子の背に放った。

「今夜、妻と愛を交わすことを考えたいね」

19

ジェニーはゆっくりと彼のほうに向き直った。ドレスのボタンをはずすのに忙しくしていた指を止めて。「あなたは誤解しているわ」と、彼の首より上には目を向けずに言った。

「これははじめてのことかい？　それとも、前に私にされたことがあるとか？」

「まったく、あなたはいつも思いもよらない、とんでもないことを言うのね。わたしのことを誘うのは簡単でしょう。わたしなんてあなたの引き立て役みたいなものだもの」

「きみはいつも誘いに乗るのかい？」アレックはズボンのボタンをはずしていた。その姿を見るだけでジェニーは体がひりひりするような気がした。ろうそくの明かりのもと、アレックはうずきを覚えるほどに美しかった。筋肉や腱《けん》が陰影をつくっている。ジェニーはため息をもらした。

「そうよ」

「ジェニー、きみは――私と愛を交わすことをたのしんでいたかい？」

「〝たのしむ〟っていうのとはちがうと思うわ。正確に言うと、あなたに触れられると狂ったように荒々しくあなたがほしくなるの。わたしにとっては厄介なことよ。ほんの少し前まで、わたしは男の人を知らなくて、そうでなくなるなんて思ってもいなかったわけだし」

アレックはひどく男らしい笑みを彼女に向けた。「そいつはいいな」

男が絶対に忘れないものもあるのね、とジェニーは胸の内でつぶやいた。

それから顎をつんと上げた。お返しをしてやらなくちゃ。「あなただって、わたしに触れられると溶けてしまうのよ」

それを聞いてアレックの左眉が上がった。「そう言われてもとくにうれしいとは思わないね。固いとか、ふくらんでいるとか、こわばるとか、そういうほうがいいな。溶けるんじゃなく」

ジェニーはにやりとしてみせた。「あなたの体は全身そんな感じよ。でも、あなたの感情はやわらかくて温かくてすばらしいわ」

アレックはズボンから足を抜き、椅子の背にかけると、伸びをしてジェニーに目を向けた。目にはけだるい笑みが浮かんでいる。ジェニーは彼の下腹部をじっと見つめた。アレックは自分のものがふくらんでいるのを感じた。いまや頭痛はおさまっていたが、体がうずいていた。アレックはジェニーのそばに寄り、両手を肩にかけた。ジェニーは目を上げたが、両手を広げて受け入れようとする顔ではなかった。不安に駆られ、気を張りつめている。とても傷つきやすく見えた。

「きみにとってはひどくむずかしいことにちがいないね、ジェニー。私に愛してほしいと思ってないからといって、きみを責められないよ。結局、私はきみのことを知らないのだから。

自分に対する気持ちを覚えていない誰かに身をあずけるのは、なんとも言えず奇妙で気恥ずかしいことにちがいない」ジェニーは口を開きかけたが、アレックが指を唇にあてててさえぎった。「いや、終わりまで言わせてくれ。言ってしまわなくては。ほんとうのことだから。きみのことは気に入っているんだ、ジェニー。きみも言ってたじゃないか、私は結婚しようと思うほどきみを好きだったと。そのことを基盤にして関係を築けばいい。記憶はいずれ戻るさ。そうすればすべてはっきりする。それでいいかい？」

ジェニーは泣きたくなった。そこでごくりと唾を呑みこむと、彼の裸の肩に顔をうずめた。腕を背中にまわし、ジェニーは彼の胸に身を押しつけた。「あなたにいなくなってほしくない。あなたの妻でいたいの。賭けのことは忘れて」

「私もとんでもない賭けをしたものだと思っていたところさ。ああ、いなくなったりはしないよ。それに、どこへ行っていいかもわからないしね。本意ではないが、いまのところはきみに頼るしかない。ひとつ教えてくれ。きみは私を好きかい、ジェニー？」

「ええ」ジェニーはさらに顔をきつく押しつけて言った。くぐもった声になった。「もちろん、以前はあなたのこと、何度もなぐってやりたくなったものだけど」

アレックはにやりとして彼女の頭のてっぺんにキスをした。「それでなぐったのか？」

「ええ。あなたはいつもいい感じにうなってくれたわ」

「これからもいい感じになるように努力するよ。そのドレスを脱ぐのを手伝わせてくれ」

アレックはジェニーの体を引き離すと、ドレスのボディスにずらりと並んだボタンを器用に外しはじめた。ボディスを押し下げると、今度は絹でおおわれたシュミーズの小さなボタンにとりかかった。ジェニーがストッキングと上靴だけになると、一歩下がってその姿を眺めた。「いいね。とてもいい。上靴を脱ぐのを手伝わせてくれ。でも、ストッキングは穿いたままでいるんだ」

ジェニーにとって体を隠そうとしないでいるのはむずかしいことだった。自分は彼にとってよく知らない女で、アレックのまなざしも口ぶりも以前とはちがったからだ。やがて両手で胸を包まれ、ジェニーは息を呑んで目を閉じた。

「きみの心臓がばくばく言っている」アレックは頭をかがめ、温かい口に胸の先を含んだ。ジェニーはあえぎ、彼の肩に手を置いて身を支えた。「ああ、なんてこと、とても――」

アレックは顔を上げた。「男には絶対に忘れないことがあるんだな。ジェニー、とてもなんだい？」

「すてき」ジェニーはあっさり言った。「あなたってすてきよ」

アレックはまたキスをはじめ、手で胸をもみ、愛撫した。「そう思ってくれてうれしいよ。私がすてきとはおおよそかけ離れた人間だとしても」アレックはキスの合間に言った。「きみはきれいだ。私がきみの体を好きでたまらなかった理由もよくわかる」

「そう思ってくれてうれしいわ、アレック。でも、あなたはおそらく、これまで愛したほかの女性たちのことを忘れてしまっているのよ。どれだけ多くの美しい女たちがあなたにひきつけられたことか。それにとても残念なのは――」

た。

「とてもなんだって？」しかし、答える前に、彼の手が腹に降り、やわらかい縮れ毛のあいだに忍びこんでいた。「ああ。ほら、やわらかくて湿っていてふくらんでいる。自分で感じてごらん、ジェニー」抗おうと思う暇もなく、手をとられて指を自分自身にあてがわれていた。

「いや」恥ずかしかったが、同時に驚くほど刺激的だった。

次にジェニーが彼を手にとると、息を呑むのは今度は彼の番だった。彼は信じられないほどなめらかで生々しかった。指先で軽く先端に触れると、滴《しずく》が指についた。次の瞬間、手をつかまれ、引き離されていた。

「そのままつづけられると、爆発してしまう」彼の胸は大きく上下し、目は見開かれている。

「おいで」

アレックは両腕を彼女の尻にまわして体を持ちあげ、ベッドに運ぶと、上におおいかぶさった。固くなったものがジェニーの腹にあたった。

アレックは肘をついて体重を支えた。「さて、きみを連れこみたいと思っていた場所に連れこんだから、質問に答えてもらおう。とてもなんだって？」

ジェニーは荒々しいまなざしを彼の顔に向けた。「わたしはとても平凡だわ」

「きみが平凡だって？　ばかな女だ――きみは、そうだな、検証してみよう、いいね？」

アレックは身を起こし、ベッドのそばに立って彼女を見下ろした。脚を大きく広げさせる。指が彼女に触れた。「平凡だって？　きみはやわらかく、ピンク色で、とても女らしい。それは特別なことで、少しも平凡じゃない」

ジェニーは背をそらし、指のほうに腰をつきだした。

「ああ、そうだ」と言ってアレックは頭を下げ、舌をすべらせて彼女にキスをした。指がそっと差し入れられるのがわかり、ジェニーは声をあげた。アレックはすぐさま動きを止めた。

ジェニーはくぐもった声で彼の名を呼んだ。

「いや、まだだめだ。クライマックスに達したときには、悲鳴をあげさせてやりたい」

もうひとつ、忘れていないことがあるのね。いまや楽々と主導権をとるアレックにぼうっとしながら、ジェニーはぼんやりと胸の内でつぶやいた。何度もぎりぎりまで行きながら、引き戻されるのをくり返す。ジェニーはアレックの肩をこぶしで叩き、押さえつける手に逆らって腰をよじった。アレックは急ぐつもりはないようだ。

「わかったよ」そう言って、彼女にまた口をあてがった。リズムを変え、指をさらに深く差し入れる。ジェニーは声をあげた。手で口をふさがれる。その指には自分の味がついていた。悦びが波のように押し寄せ、悦びのあまり死んでしまうのではないかと思うほどだった。

それから彼がおおいかぶさってきて、長くなめらかなひとつきでなかにはいった。ジェニーはまた声をあげ、太腿を彼の胴に巻きつけた。

信じられない。アレックが体と体のあいだに手を入れ、彼女を見つけると、ジェニーはまた抑えようもなく昇りつめた。今度は彼もいっしょだった。彼女を自分のなかにとり入れ、自分自身を彼女のなかに注ぎ入れながら。

「いや、きみはけっして平凡じゃない」

「どうしてそんなことがわかるの？」

アレックは顔をしかめ、彼女の耳を嚙んだ。「じつを言うと、話すことはもちろん、頭が働くだけでも驚きだと思っていたところだ。きみはすごい影響をおよぼしてくれるよ、お嬢さん。そう、きみは少しも平凡じゃない。どうしてそうはっきり言いきれるのか、理由はまったくわからないが、ほんとうだ。まちがいないよ。きみが発する声もとてもいいしね。聞くとうれしくなる」

アレックはアレックね。本人が気づいていないだけで。いまやジェニーには彼のことがよくわかった。彼女は彼の背中にまわした手に力をこめた。

「あなたはとても魅惑的な男性だわ、アレック」

深々となかにはいっている彼が固くなるのがわかった。ジェニーはにっこりと彼を見あげた。「頭が痛くないっていうのはほんとう？」

「いや、ただ――」

「すごいわ。いまもそうだけど、きっとこれからもずっと」

ジェニーは女が一度以上クライマックスに達するなどとは考えてみたこともなかった。まあ、二度はあるかもしれない。でも、三度は？　ジェニーは至福の笑みを浮かべながら眠りに落ちた。

アレックのほうも妻に負けず劣らず満ち足りた思いでいたが、頭はまた痛みだしていた。

ジェニーを抱き寄せ、頭を胸にもたれさせると、てっぺんにキスをした。そう、ジェニーは平凡ではない。彼女のすべてを知りたくて待ちきれない思いだった。

ほんとうに娼館などに連れていったのだろうか？　自分の前で男の恰好をしたからといって、罰するために？　アレックは暗闇のなかでにやりとした。そのときのことを思いだしたくてたまらなかった。忌々しい頭痛がおさまってくれればいいと思いながら目を閉じる。しかし、眠りに落ちるまでには少し時間がかかった。

ジェニーは明るく言った。「イギリスのおうちについては話してくれたことがないわね、ハリー」

ハリーは十八の砲台がついたフリゲート艦の模型から目を上げた。それはフランス製で、ナポレオンの艦隊のなかで最高の船だった。「イギリスに帰ると、だいたいはキャリック・グレインジへ行くのよ。パパが育ったところで、とても大きなおうちなの。もちろん、ロンドンにもおうちがあるわ。パパとお友達が社交シーズンって呼んでいるときに一度行ったことがある。たしか、ロザラム・ウィールドの近くのサマセットにも大きなおうちがあるわ。名前は忘れちゃったけど。社交シーズンってなんのことなのか、パパは教えてくれないの」

名前を持った邸宅。そう、アメリカにもそういう邸宅はある。この家だってパクストン・ハウスと呼べるわけだから。

「社交シーズンっていうのは――」ジェニーが言った。「一年のあいだで、学校を卒業したばかりの若いご婦人たちが夫を見つける時期のことよ。キャリック・グレインジはどこにあるの？」

「ノーザンバーランドよ。うちの村はデヴェニッシュって呼ばれているわ。うんと田舎にあるの。パパは気に入っているんだけど、すぐになにもかもうまくいくようにしちゃうので飽きちゃうの。パパはいつもなにかをしたり、新しい場所へ行ったりするのが好きなのよ。パパがどこかにおちつくなんて考えられないわ」幼い女の子はため息をついてフリゲート艦をそっとスクーナーの後ろに動かした。

「最後にキャリック・グレインジへ行ったときのことは覚えている？」

ハリーは目を上げてそっけなく言った。「去年の春よ。どうしてパパに訊かないの？」

「あまり具合がよくないから。いま眠っているのよ」

「ドクター・プルーイットには診せたの？」

「それはいい考えかもしれないわね」

「ジェニー、パパはどうしちゃったの？ 昨日の夜、なんか変だったわ」

ハリーにはどの程度隠しておくべきだろうか？ 子供は不安と当惑を顔に浮かべている。

「ハリケーンのあいだに事故にあったの」

ハリーは細心の注意を払ってフリゲート艦を脇に置くと、立ちあがり、ジェニーの椅子のそばに来て立った。なにも言わずに次のことばをただ待っている。

「水夫がひとり、風のせいでフォアマストのほうに押しやられているのが見えて、フォアマストが折れかかっているのがわかったの。それで、助けようと急いでそこへ向かったところでマストが折れたのよ。アレックは頭を打ったわ。でも、きっと大丈夫よ、ハリー」

「その男の人は死ななかったの？」

「じっさいにはふたりいたんだけど、ひとりは助からなかった」

「パパにご本を読んであげようかしら？」

「きっと喜ぶわ。でも、いまは休ませておいてあげましょう、ハリー」

夕方、ダニエル・レイモンドが訪ねてきた。アメリカにおけるシェラード男爵の弁護士である彼のところに、男爵あての手紙が届いたのだ。

ジェニーはレイモンド氏をもてなし、手紙に目を向けた。「ロンドンの事務弁護士からのようですね」と彼女は言った。

「ええ」とレイモンド氏は答え、ラニーのおいしいスコーンにかぶりついた。

ジェニーはあれこれ考えをめぐらしてから、その場を辞した。アレックをわずらわせたくはなかったが、ほかに選択肢はなかった。妻であっても、夫あての親書を読む権利はない。

ジェニーはアレックの寝室へ行った。彼は起きていて、膝にハリーを乗せて椅子にすわっていた。目を閉じて頭をそらし、幼い娘がなんとも大げさな声で本を読むのに耳を傾けている。

「味方のかたがた、出撃あそばせ。

あたしたちのほうにも、戦う気満々で、
頭のてっぺんから足の爪先まで武装した女の四個中隊が控えているんですのよ」

ジェニーは笑った。「それはなあに、ハリー？」

「これはリューストレ……ロストラ——」

「『女の平和《リューシストラテー》』だ」アレックが目を開けずに言った。

「読むのがとても上手ね、ハリー。女兵士の中隊？　わたしの聞きまちがいかしら？　誰がこれを読むことにしたの？」

「あたしよ」ハリーが答えた。「パパはなんでもいいって言うから」

「なんでもよくはなかったな」アレックがなんらかの感情をこめて言った。

「聞いて、ジェニー。『あたしたちみんな、色欲から身を清浄に保たなければなりません——』」

「やめて、ハリー。聞いているとわめきだしたくなるわ」ジェニーは自分の体を抱きしめて笑った。アレックは完全に度肝を抜かれていた。「私がこの戯曲をおまえにやったのか？」

「ええ、パパ。でも、ほかにもたくさんお話がはいっている本だったわ。パパは気づかなかったんだと思う」

アレックはうめいた。

「ごめんなさい」ジェニーは笑いをこらえようとしながら言った。「でも、あなたの娘さんのドラマティックな朗読のお邪魔をしなくちゃならないわ。ミスター・レイモンドがいらしているの、アレック。ボルティモアでのあなたの弁護士の。ロンドンの事務弁護士からの手紙を持ってきてくださったわ」

ジェニーは手紙をアレックに手渡し、それからすぐにハリーのほうを振り返って手を差しだした。「スコーンを食べる？ 階下《した》へ行ってミスター・レイモンドにご挨拶しましょう」ハリーが父に目を向けたままためらったので、ジェニーがつけ加えた。「スコーンにはイチゴジャムをたっぷりつけるわ」

それがすぐさま効いた。ふたりは部屋を出ていった。アレックは書かれてからすでに二カ月が過ぎている手紙に目を通した。それからもう一度読むと、たたんで封筒に戻した。目を閉じ、頭を後ろにそらした。

頭痛が戻ってきた。今度は傷が痛むせいではない。アレックはほとんど聞こえない声で毒づいた。

「どうやら結局、私はきみのもとを去らなければならないようだ」

ジェニーはそっとフォークを下ろした。「あの手紙？」

アレックはうなずいたが、それ以上はなにも言わなかった。心配事で心ここにあらずといった様子だ。わたしを信用して打ち明けて、妻として扱ってとジェニーは叫びたかった。が、すぐにその内心の願いを訂正した。いいえ、アレックはいつも妻を守り、かばい、大事にしようとしてくれる人よ。それでも、躊躇《ちゆうちよ》なく信頼できる親友だとも思ってほしかった。記憶をなくしていても、そういったことに変わりはないはずだ。

ハリーはスウィンドル夫人と夕食をとっていた。アレックがそうしてほしいと頼んだのだ。

そのため、いまダイニングルームにはふたりきりだった。アレックはモーゼスに礼を言って下がらせた。ジェニーは身を乗りだした。ふたりきりになりたがったのは、手紙のことを話してくれるためだろう。しかし、アレックはなにも言わなかった。

ジェニーは温かいパンのかけらをもてあそんでいたが、やがてそれをほとんど料理に手をつけていない皿の上に置いた。「なにがあったのか、話して聞かせて、アレック」

「イギリスに帰らなければならない。手紙はジョナサン・ラファーという、ロンドンにいる私の代理人からだ。どうやらキャリック・グレインジが火事になったらしい——放火とみなされているとのことだ。アーノルド・クルースクという私の財産管理人が殺された。私はすぐに戻らなければならない」

ジェニーはただじっと彼を見つめ、次のことばを待った。

「そう、奇妙なことだが、この手紙を読んだときに、ふいに古く美しい石造りの城が心に浮かんだ。なんとも奇妙なことだよ、ジェニー。心の目に見えたのがキャリック・グレインジだとしたら、少なくとも石の壁はまだ立っているはずだ。あれがなくなることはない。ちょっと火事になったぐらいで崩れるものではないからね」

ジェニーはなにも言わず、ただラニー特製のレモンプディングタルトをつつきまわしていた。

「きみがアメリカ人であるのはわかっている、ジェニー。この国を離れたくないと思っていることも。そういう意味ではボルティモアを離れたくもないだろう。もっと重要なことに、きみの造船所への思いもよくわかっている。あれはきみのものだ。このことについてはよく考えた。明日きみに譲り渡すことにする。そうすれば、造船所はきみの好きにできるからね。ただひとつだけ。経営がうまくいかなくなったとしても、金銭的なことを心配する必要はない。銀行のミスター・トムリンソンに指示を残していくから。きみが必要な額の資金を即座に手にできるように」

ジェニーはレモンプディングを忘れてアレックをじっと見つめた。この人はわたしにすべてをくれようとしている。完全な自由を含めて。もうなにについても二度と心配する必要はないのだ。ほかの男に帳簿を見せて批評を待つ必要もない。女であるがゆえに自己防衛する必要もないのだ。二度とふたたび――。

しかし、そうしたことがどうだというの？　心のなかのすべてが変わってしまったことは奇妙だった。これまで呼吸と同じぐらい生きるのに重要だと思っていたことが、突然どうでもよくなり、ばかばかしく思えてくる。わたしはアメリカ人、それはたしか。それに、造船所はなによりも――ジェニーは咳払いをして思ったことを声に出して言った。「アレック、あなたはわたしの夫よ。わたしにとって母国よりも、造船所よりも、〈ペガサス〉よりも大事な存在だわ。造船所の経営は誰か人を見つけてまかせる。この家にも誰かに住んでもらう。モーゼスが望むなら、彼のことは連れていけばいいわ。ほかの使用人たちのこともちゃんと後々のことを考えてあげる。わたしの居場所はあなたのそばよ。あなたは夫なんだから。いつロンドンに発つ？」

アレックは顔をしかめてみせた。「いまきみが並べたてたことはきみにとってなによりも重要なんだと思っていたよ。わからないな。きみにいっしょに来てほしいとは頼んでいないんだ、ジェニー。ひとりでどうにかできる問題だからね」

「それはわかっているけど、わたしがいるんだから、ひとりでどうにかしなくてもいいのよ。それにね、アレック、あなたが誰かになにかを頼む姿は想像できないわ。造船所は大事だし、ミスター・レイモンドを通して状況は報告してもらうつもりよ。さっき言ったことは本気？造船所をわたしに譲り渡すって？」

「もちろんさ、どうして本気じゃないなどと？　私は造船所のことはなにも知らない。思いだせないせいだろうが、どうしてきみのお父さんが娘にそういう仕打ちをしたのか理解できないよ。造船所がきみの持参金なんだとしたら、私には金は必要ないと言わせてもらう――」そこでアレックはことばをとぎらせ、子牛のカツレツに目を落として眉をひそめた。

「私には金は必要ない、そうだね？」

「ええ。あなたは金銭的にはなにも問題ないわ。誰かがあなたのお金を持ち逃げしたんでもないかぎり」

「でも私は自分が金持ちだと知っていた」アレックは考えこむように言った。「どうしてわかったんだろう？」

ジェニーは彼ににっこりとほほえみかけた。椅子から飛びだしていき、彼の顔を胸に抱ければどんなにいいだろうと思いながら。この人を守り、いつくしみたい。ああ、こんなのおかしいわ。もとのアレックなら、そんなことを絶対に望むはずはないのだから。おかしくなったのかという目で見られることだろう。容赦なくからかい、スカートをめくりあげて激しい愛を交わそうとするにちがいない。

「あと数日のことよ、アレック」

「この記憶喪失というのは奇妙なものだ。たとえば、どの料理にどのフォークを使えばいいかはわかるのに、弁護士の名前を聞いて顔が思い浮かばない。愛の交わしかたはわかるのに、ほかの女と愛を交わしたことは覚えていない。いま私の記憶にあるのはきみだけだ」

いまはそう。でも、思いだしたら？　わたしとのこと、がっかりするわね、とジェニーは胸の内でつぶやいた。がっかりして後悔するんだわ。いいえ、アレックは誠実な人よ。高尚な人間だわ。

「われわれがボルティモアにいなければならない差し迫った事情はなにかあるかい？」

「造船所だけよ。管理してくれる人が必要だわ。船の設計に詳しい人でなくてもいいの。父が〈ペガサス〉も含めて三つか四つ、船の設計図を遺していってくれたから」ジェニーはそこでしばし間を置いた。「ねえ、アレック、ちょっと考えていたんだけど。造船所は――わたしに譲ってくれる必要はないのよ。わたしたちは結婚してるんですもの、あれはふたりのものだわ。所有者としてわたしの名前だけを掲げたいとは思わない」わたしは本気でそんなことを言っているの？　こんな短いあいだにそれほどに考えが変わるもの？　信じがたいことで、少し怖いほどだった。彼が記憶をとり戻したらどうなるのだろう？　ジェニーは即座にその不安を振り払った。いまのこの人にはわたしが必要だ。わたしの信頼と忠誠心が。わたしにあげられるものはそれしかない。ささやかな信頼のしるし。

「造船所を私の名前のままにしておけば、きみにとっても有利かもしれないとは思うんだ」アレックが言った。「ボルティモアの男たちが女のきみと取り引きをしたがらないという問題があるからね。そう、相手は男だと思わせておけばいい。男の管理者を置いて、私の名前を使うんだ。それでどうだい？」

アレックは彼女の意見を訊いているのだった。命令しているのではなく。それもまじめに。ジェニーはほんの一瞬ためらってから答えた。「とても賢い考えだと思うわ」奇妙なことだった。一日前だったら、そんなことばを口にするぐらいだったら死んだほうがましだったろう。不公平であることははっきりしており、そのことには傷ついたが、いまはさしたる問題とは思えなくなっていた。

「明日、〈ペガサス〉の修理を手配しよう」

「ええ。あなたのバーカンティーン船はほとんど揺れることもなくハリケーンをやり過ごしたのね。大きくて不細工な船だけど」

「きみはねたんでるだけさ。ああ、もうひとつ考えていたことがある。〈ペガサス〉は売りたくないんだ。私は男爵だが商人でもある。ジェニー、きみが私にそう言っただろう。ボルティモアでの事業を拡大しない理由はない。きみが船を造り、私がそれをカリブ海へ送る。小麦粉や煙草や綿を載せて――ひと財産作れるぞ」

ジェニーは全身に興奮が広がるのを感じた。「きっとミスター・アベル・ピッツが喜んでボルティモアに残って〈ペガサス〉の船長を務めてくれるわ。それとも、アメリカ人の船長のほうがいいかしら？」ふたりはかなり遅い時間までディナーテーブルに残っていた。計画や笑いが部屋を満たした。

その晩ベッドにはいると、ジェニーはやわらかく満ち足りて彼の腕におさまった。「ハリーにほんとうのことを言うべきだと思うわ」

「だめだ」

「あの子は小さいけれど、とても賢くて鋭い女の子よ――」

「女の子？　まるで年寄り女さ。あの子はきっと怖がるよ。もし――」

「それはそうよ。いまだってとても混乱しているもの。パパがどこかおかしいってわかっているんだわ」

「よく考えてみるよ」しまいにアレックはそう言ってジェニーの耳にキスをした。自分がふたつに分裂してしまったような感じだった。昔のアレックといまのアレックと。どこかちがうはずだ。それはわかっていた。どうしてジェニーは以前の私を愛さなかったのだ？　やさしくなかったからか？　そう考えると胸がひりひりし、頭が痛んだ。アレックはそのことを考えまいとしたが、うまくいかなかった。いまの状況はいやでたまらなかった。悪夢で見るなにもましていやだった。が、どうすることもできなかった。自分の無力さにぞっとする思いで、苦々しい気分になった。ジェニーが小さな声をあげるのが聞こえ、彼女にキスをした。かわいい女だ。私の妻だという知らない女。

どうして思いだせない？

〈ナイト・ダンサー〉に乗って四日めのことだった。ジェニーは自分が子を身ごもっていることを確信した。吐き気に襲われて用足し用の壺《つぼ》をつかんでいたが、吐こうとするたびに体が震えた。

「おいおい、ジェニー、どうしたんだ？　船酔いか？　きみが？」

ジェニーは顔をそむけた。こんな姿は見られたくなかったのだ。「あっちへ行って」

「ばかなことを言うんじゃない。手を貸すよ」

「あっちへ行って、アレック。お願い」

アレックは離れなかった。濡れた布を持って近寄ってくる。そばに膝をつくと、彼女の背中を胸に引き寄せた。ジェニーは顔に濡れた布があてられるのを感じた。なんとも言えず気持ちがよかった。

「もっと吐きたいかい？」

「胃にはなにも残ってないわ」ジェニーはそう言いながら、死んですべてが終わってくれればいいと思っていた。

「吐き気だけなんだな？」

「そう言うと魅力的に聞こえるわね」

「きみも魅力的さ。顔は真っ青だけど魅力的だ。用足し用の壺がもういらないなら――」とだけ言って、アレックは彼女を腕に抱きあげ、寝台に運んだ。仰向けにそっと横たえると、そばに腰を下ろした。それからてのひらを額にあてた。

「きみが――私の風変わりな水夫が――船酔いするなんて思いもしなかったね」

「船酔いじゃないわ」

「じゃあ、なんだい？　なにか悪いものでも食べたのか？」

「いいえ、あなたのしたことのせいよ、アレック。ほんとうのことを知りたいなら言うけど」

「私のしたこと？　アレックは彼女を見下ろしていたが、やがてゆるしがたく男らしい笑みを浮かべた。「つまり、妊娠したんだね？」

「わからないわ。たぶんそう」

アレックは思い返すようにしばし黙りこんだ。「きみには月のものがなかった。少なくともはじめて愛を交わしてからは。つまり、私が記憶を失ったあとではじめてということだが。ドクター・プルーイットに診てもらうよ、いいね？」

「いやよ。医者の診察なんて受けないわ」ジェニーはまた吐き気に襲われ、腹を抱えた。

「ああ、ジェニー、すまない。身重《みおも》で船旅なんて――」

「死にはしないわ」

「そうさ、きみは頑固だからね、そうする以外になかったわけだ。身ごもってどのぐらいになると思う？」

「たぶん、結婚する前に妊娠させられたんだと思うわ、ひどい人」

「私はそんなにすぐれた精の持ち主なのか？　きみの処女を奪い——ああ、そのときのことを思いだせれば——働き者の農夫が種をまくようにきみのなかに種を植えつけたわけだ。それもごく短いあいだに。繁殖能力にすぐれた強い精の持ち主というわけだ」

「力があったら、おなかをなぐってやるのに」

「きみはただそこに横たわって休んでいるんだ。ドクター・プルーイットにそれほど具合が悪くならないでいられる食事はなにか訊いてくるよ。いいね？」

ジェニーはうなずいた。気分が悪すぎてどうでもよかった。

「赤ん坊が生まれるときにどうすればいいかは私がよくわかっているから、きみの身にはなにも起こらない」そこまで言ってアレックは顔をしかめ、はっとことばを止めた。「いったい私はどうして赤ん坊が生まれるときのやりかたがわかっていると思うんだ？」

ジェニーはごくりと唾を呑みこんだ。「たしか、最初の奥様が亡くなったときに自分の無力を実感して、アラブの医者に教えを乞うたのよ。あなたの頭のなかにその知識があって、それが顔を出しただけだわ」

「いやでたまらないな」アレックはこぶしを腿に打ちつけた。

「パパ」

アレックははっと振り返った。小さな娘が船室の開いたドアのところに立っていた。

「パパ、どうかしたの？」

「ジェニーの具合が悪いんだ」

「ううん、パパのことよ」

アレックはジェニーに目を向け、それから娘を手招きした。「ここへおいで、ハリー」ハリーは警戒するように父を見つめ、船室のなかに一歩足を踏み入れた。「おいで」アレックは再度言い、自分の腿を叩いた。

ハリーは父の膝に登り、アレックは胸に娘を抱き寄せた。

「ピピンがミスター・ピッツに言ってるのが聞こえたの。パパがいろいろ思いだせないのはほんとうに不思議だって。知ってるはずで、パパにとってあたりまえのことのはずなのに、人に訊かなくちゃならないのは変だって言うのよ。そこでピピンはあたしに気づいたんだけど、うんとおかしな顔をしたわ」

アレックは荒々しく毒づきだしたが、じっと娘に見られているのに気づいてはっと口を閉じた。

「いいのよ、パパ。悪いことばを言っても、あたしは気にしないから」

「おまえはとても我慢強いな、ハリー。その話はほんとうなんだ。私はなにも覚えていないんだよ。ハリケーンのときに頭を打ってから」

ハリーは首を一方に傾げて父を見つめた。「あたしのことも覚えてないの？」

アレックは嘘をつきたいと思ったが、娘と過ごした短いあいだに、嘘をついてもしかたないと悟っていた。娘は驚くほど鋭かったからだ。「ああ、覚えてない」

「でも、すぐに思いだすわ、ハリー」ジェニーが身を起こし、寝台のヘッドボードに寄りかかって言った。「わたしのことも覚えてないけど、細かいことは毎日少しずつ思いだしているの。過去に会った人のこととかね。わたしたちはいまそばにいる人間だから、もう少し待たなくちゃならないんじゃないかしら」

ハリーはなにも言わなかった。父の顔をしげしげと眺め、やがてゆっくりと手を上げて父の頬を軽く叩いた。「いいのよ、パパ。あたしのことは全部お話ししてあげる。なんでも訊きたいことがあったら、訊いてね」

「ありがとう」アレックは自分が生を与えたこの小さな人間に驚きを感じながら言った。「どうやら私は女性には恵まれているようだ」

ハリーは父の体越しにジェニーに目を向けた。「具合が悪くてかわいそうね、ジェニー。でも、ミセス・スウィンドルがドクター・プルーイットに言ってたんだけど、ふつうのことだから、心配しなくていいんですって」

ジェニーはぽかんとしてハリーを見つめた。

「あたしは弟がほしいわ、パパ」父に答える暇を与えず、ハリーは膝から降りて走ってドアへ向かった。「甲板に行ってくる。ピピンが面倒を見てくれるから」

それだけ言って行ってしまった。アレックは娘が姿を消した部屋の入口を見つめるしかなかった。

「信じられない子だな」

「もっと重要なのは、誰がなにを話していても必ず聞いているってことよ」

アレックは身を乗りだし、ジェニーの平らな腹を撫でた。「弟をつくってやろうか?」

「わたしに似ていたらどうするの?」

「それは困ったことになるだろうな。近所の紳士みんなに追いかけまわされることになる」

ジェニーは忍び笑いをもらして彼の腕をつついた。そこで突然また吐き気に襲われ、腹を抱えた。「ああ、最低だわ。あなたのことゆるせるかわからない」

アレックはジェニーが眠りに落ちるまでそばにいた。それからドクター・プルーイットに会いに行った。

そのあとは何時間かただ考えをめぐらしていた。水夫たちは心配そうな顔で遠くから彼を見守っていた。疑うような目をしている者もいる。彼らを誰が責められる? こっちは過去のすべてを忘れてしまった男なのだ。そう聞けば、そんなことはありえないと思うはずだ。

アレックは思いだそうと努めた。記憶の断片は心に浮かんだと思うと、同じぐらいすばやく消え去ってしまう。いらだちと怒りを覚えずにいられなかった。ほとんどの場合、ジェニーの言うとおりだった。心につかのま浮かぶのは過去の人々で、いまは何人かの女の姿が見えた。みなとても美しかったが、浮かぶのは顔だけでなく白い体もだった。自分が彼女たちと愛を交わしている姿も見えた。愛撫し、貫いている姿。アレックは唾を呑みこんだ。私はこんな好色家だったのか? セックスの対象としてしか女たちを見ていなかったのか?

ネスタの姿もまた浮かんだ。白いシーツをかけられ、死んで横たわる姿。顔は真っ青で蠟《ろう》のようだ。額に玉の汗が浮かぶ。もうこれ以上は耐えられない。

深夜、アレックはミスター・ピッツから舵を引き継いだ。

「嵐が来るな」とアレックは言った。

「たいした嵐じゃありませんよ、ありがたいことに」

「きみの決意は変わらないか、アベル？〈ペガサス〉が自分の船になるんだぞ」

大男は船長のほうに顔を向けた。「変わりませんよ。ボルティモアはいい場所です。アメリカ人たちもさほど気になりませんしね。選びなすった男はアメリカ人ですが、アメリカ人が指揮をとったほうが奥様の事業にはいいはずです。おまけにあたしの居場所は旦那様とご家族のおそばです。とくに――」崖から石が落ちるように声が低くなった。

「とくに私がなにひとつ思いだせず、私にとっては中国ほども見知らぬ国へ行こうとしているいまは」

「そのとおりです、旦那様」

つまり、そのことはこれで決着ということかとアレックは思った。

20

サウサンプトンに到着したのは十二月の第三週だった。生粋《きっすい》のボルティモアっ子のジェニーは、どんよりとした雨模様の空や、どれほど暖かいウールの外套を着ていても忍びこんでくる風については不満は言えなかった。それでも、ここはボルティモアではなく、どんよりとした灰色の空も同じ色ではなかった。波止場にいる男たちはアメリカの水夫や事務員や荷馬車屋たちと変わらぬ装いだったが、口から出てくることばや発音はこれまで聞いたこともないものだった。イギリスへようこそ。ジェニーは胸の内でつぶやいた。たった五年前にはわが国の公然の敵だった国。おまえは自分のしたことに責任をとってイギリス人と結婚したのだ。

自分のしたこと。それは一度の過ちではなく、何度も喜んでしたことだ。その事実を証明するように、いま子宮には子が宿っている。

ジェニーはため息をつき、外套の襟をさらにきつく合わせた。胃はまだほぼ平らで、かすかなふくらみは彼女自身とアレックにしかわからなかったが、胸はさらに豊かになり、ウエストの厚みも増していた。アレックはわたしの体をわたしと同じぐらい、いや、それ以上に知っているとたまに思わずにいられなかった。ときどき、全身をくまなく愛撫したあとに、アレックが肘で自分の体重を支え、ただじっと凝視してくることがあった。指を腹の上に広げて載せ、考えこむような顔をしたと思うと、ひとりうなずくこともあった。腹をじっと見つめていたと思うと、ひどく傲慢で独善的な男のように、にやりとすることもあった。じっさい彼はそういう男だったが。

傲慢で驚くほど穏やかな人間。彼の人生が空っぽの空間、もしくは、つかめそうでつかめず、じりじりさせられる記憶の細かい断片のなかにあることを思えばなおさらだ。長旅のあいだ、たった一度だけ彼が本気で怒った姿を見かけた。フロリダ出身のアメリカ人でクリブズという名前の新米がいるのだが、その男が船にこっそり酒を隠し持っていたのだ。男はハーレムに仕える宦官《かんがん》以上に酔っ払い、甲板で暖かい夕べをたのしんでいたジェニーに目をつけ、ろれつのまわらない口でいやらしいことを言いだし、気がつけば顎の骨を折られていた。アレックは愚か者には容赦しなかったのだ。それに、覚えていないとはいえ、命をかけて妻を守るつもりでいることは明らかだった。この場合、命の危険にさらされたのはクリブズのほうだったが。いま、日曜日の午前中の司祭ほどもしらふのクリブズは、メインスルの何ヤードもの帆布をしばるのに忙しくしていた。ジェニーは自分もそれを手伝えたならと思った。なんでもいい、なにかできたなら。しかし、バーカンティーン船をあやつる細かい技術を習ってもいいかと訊いたときには、アレックは途方に暮れた顔をして読む本をくれただけだった。妻が快速帆船の船長をしていたことなどまったく覚えていないとでもいうように。

ジェニーはまたため息をついた。陸地に降り立つのが待ちきれなかった。胃はここ三週間ほどおちついていたのだが、〈ナイト・ダンサー〉がイギリス海峡にはいると、妙な潮流と強い横風に出迎えられ、船体が何度か大きく揺れたせいで、また吐き気が戻ってきたのだった。ジェニーは昔の記憶に注意を集中させた。父と過ごしたたのしい思い出に。少なくとも、わたしには記憶がある。悩みを抱え、現実逃避したいときにはアレックはどうするのだろう？　アレックがボルティモアに来なかったら、自分の人生がどうなっていただろうと思わずにもいられなかった。それでも父は死んでいただろう。そしてわたしは唯一の宝となった造船所とともに残されたはずだ。財政的な苦境におちいっていただろうか？　ボルティモアの男たちのことを考えれば、答えはたぶんイエスだろう。そうなってから、男たちはわたしが飢えないように彼らのうちの誰かと結婚させるのが自分たちの義務だと感じたはずだ。まあ、いまとなってはそんなことはどうでもいいことだが。

陸地は霧に包まれ、ほとんど見分けがつかなかった。あたりは甲高い霧笛《むてき》の音で満たされている。〈ナイト・ダンサー〉は水先船に導かれ、かたつむりほどもゆっくり進んでいた。

ハリーがジェニーのそばに立ち、そのそばにはモーゼスが控えていた。モーゼスは真っ赤な厚手のウールのマフラーを耳まで隠れるように巻いている。それは誰あろう、ピピンからのプレゼントだった。ボルティモアからの船旅のあいだ、ふたりは親友になっていた。

ハリーは物静かだった。ジェニーはそれをありがたいと思ったが、やがて心配になった。もうすぐ静かすぎる。ジェニーは小さな女の子の手をとった。「うれしくないの、ハリー？

ぐおうちに着くのよ」

いつもと同じように、ハリーは答える前に訊かれたことをよく考えた。「ええ、でもね、ジェニー、あたしは家に帰るのが心からうれしいと思うには小さすぎるんだと思うの。パパのことが心配なのよ。パパも家に帰るのがうれしいようじゃないから。帰っても誰のこともわからないんじゃないかと不安なのよ、きっと。それでいやな気持ちになってるんだわ。まだあたしたちのことも思いだしてないでしょう、ジェニー。ときどきパパがあたしを見つめながら、思いだそうとうんとがんばってるのがわかるの。でも、思いだせないのよ」

「そうね。でも、きっとすぐに思いだすわ」

「ときどき思うの」とハリー。「パパは幸せじゃないんじゃないかって」

たぶんそれは法的にしばりつけられてしまった女のせいだろうとジェニーは思ったが、口に出してはなにも言わなかった。

「この霧は葬式向きですね」と言って、モーゼスは縮れた灰色の髪に触れようとするように手袋をはめた手を持ちあげた。「すばらしく陰鬱で、葬式にぴったりですよ」

「それはたのしい考えね」とジェニーは応じた。振り返ってアレックの姿を探したが、彼はアベルとミンターと話しこんでいて、背中しか見えなかった。

「ママはあたしが生まれた日に死んだの。今日から二日あとよ」

「パーティーをしましょう。とってもすてきなパーティーよ。ピピンとモーゼスとミセス・スウィンドルと――」

「それに彼女のすばらしい父親を忘れないでくれよ」アレックが家族にほほえみかけた。娘の誕生日のことなど思いつきもせず、妻の命日は思いだせなかった。ハリーを笑顔にするようなプレゼントを用意するのに二日しかない。ここ何週間か娘とはかなりの時をともに過ごしてきた。レッスンをいっしょに受け、フランス語やイタリア語をいっしょに話した。どちらの言語も思いだすのに苦労はなく、海戦ごっこで敵を演じながら、ことばは意識することなく自然に口から出てきた。娘のことは気に入っていた。まずまずのスタートと言えるだろう。娘が疲れてぐずりつづけても、度を越していらいらすることもなかった。険しいまなざしを向けるだけで、娘がすぐにおとなしくなるのもわかった。好みから言って少々やつれすぎのジェニーにアレックは言った。「あと十五分もすれば港に着く」

「よかったわ」ジェニーは心からそう言った。「陸地に足を踏み下ろしたい」

「きみの胃もそうだろうね、おそらく」

「ええ、そのとおり。今晩はどこに泊まるの、アレック？　サウサンプトン？」

「ああ、〈チェッカーズ・イン〉だ」アレックはそこでことばを止め、やがて意を決したような声でつけ加えた。「宿のことはピピンが教えてくれた。彼によると、私の親友が宿の持ち主だそうだ。チヴァーズという名前の男だ」

ジェニーはアレックの二の腕をぎゅっとつかんだ。気持ちはわかると示す無意識の行動だった。驚いたことに、アレックはその手を振り払った。

「さて、ちょっと失礼するよ。戻らなければ」そう言ってその場を辞した。ジェニーはなにがいけなかったのだろうと訝《いぶか》りながらその後ろ姿をじっと見つめた。

アレックは怒っていた。全員に対して。悪意のない妻に対しても。まったく思いだせない妻。自分が呪わしいほどどこまでも無力であることにも腹がたった。もっと脳みそのある人間だったら、いまごろはすべて思いだしているのではないだろうか？　思いだす価値のあることなら、そろそろ思いだしてもいいのでは？　事故からほぼ六週間もたっているのだから。イギリスの地に足を踏み下ろせば、思いだすのではないかという希望を持っていたのだった。まだなにもよみがえらなかったが。母国も知らない国という意味では中国と変わらなかった。アレックは気をしっかり持とうとした。なにもかもジェニーのせいではないのだから。そういう意味ではほかの誰のせいでもない。ちくしょう、なんといまわしいことになってしまったのだろう。

〈チェッカーズ・イン〉は築百年の居心地のいい宿で、オークの羽目板を張った酒場から三階のモーゼスやピピンの部屋まで、暖炉には赤々と火が燃えていた。「とてもいいにおいがするわ」ジェニーは夫婦の寝室の中央でくるくるとまわりながら言った。「とても清潔で新鮮で暖かい」

「きみみたいだね、奥さん」

アレックの口調はまた屈託ないものに戻っていた。ジェニーは大きく安堵の息をついた。

「船の汚水のにおいはしない？」

「少しも」彼は彼女の左耳の後ろのにおいを嗅ぎながら言った。

ジェニーはにやりとしただけだった。「胃も死んで天国へ昇ったみたいな感じだわ」

その瞬間、アレックの目にネスタの姿が浮かんだ。子をはらんでふくらんだ腹。アレックは首を振った。その姿は思いだしたくなかった。心に痛みをもたらしたからだ。

ジェニーはアレックの目を見て、なんであれいま彼は悲しい気持ちにさせるものを見ているのだとわかって気をそらさせようとした。なにか、彼と同じだけ自分も答えを知っていることについて訊くのだ。「あれだけの貨物をどうするつもり、アレック？」

「代理人の——ジョージ・カーゾンという名前の男だが。いや、ジェニー、希望を持たないでくれ。彼のことを思いだしたわけではないんだ。ボルティモアを発つ前に、ピピンに記録を全部見せてもらった。仕事上関係のある人間の名前やらなにやらをね。いずれにしても、このミスター・カーゾンとは明日会うことになっている。アメリカから運んできた煙草や綿でかなりの利益をあげられるだろう」アレックはそこで間を置き、やがて冷淡な声でつけ加えた。「いや、煙草と綿でどんな利益をあげられるか思いだしたわけじゃない。ありがたいことにそれについてもきちんと記録が残っていたんだ。しかしもちろん、そのことはきみもわかっているわけだろう？」

「たしかにわかってるわ」記憶をなくしたアレックはそういうことを気にしないようだった。ジェニーは少しずつ帳簿を引き継いでいた。目新しいことではなかったが、アレックのやりかたはジェニーが父と採用していたやりかたと少しちがっていた。そこでアレックのやりかたのほうを少しだけ変えたのだった。ジェニーは計算が速く、たいてい正確だった。なによりも重要なことに、妻が仕事にたのしみを見出すことをアレックは喜んでいるようだった。自分の思いつきを妻に相談することもたのしんでいた。ときにその思いつきがジェニーのものであることもあったが、アレックは気にしていないように見えた。妻が男の真似をすることや、男の仕事とされていることに手を出そうとしていることについて、なにも言わなかった。

ジェニーは彼の腕にそっと手を置いた。「おなかが空いたわ」

アレックははっとしたが、その顔にゆっくりと笑みが浮かんだ。

ジェニーはアレックの顔から目を離さないまま、手を彼の腹へとすべらせた。やせたわねと思いながら。手をさらに下へと動かし、軽く彼に触れた。

アレックはすぐさま反応した。硬くなったものを彼女の手に押しつけた。荒々しいとも言える仕草で彼女を引き寄せると、激しくキスをした。アレックを知ってから禁欲というものを知らずにいたジェニーは、ここ三晩ほど、アレックが船室に来てくれず、みじめな夜を過ごしたのだった。いま彼は愛撫されて口に口をつけたままうめいている。その反応がジェニーのことも乱れさせた。が、仰向けにベッドに押し倒されて、荒々しく服を脱がされると、当惑した目で彼を見あげた。アレックの目は熱を持ち、顔には苦痛といってもいいような表情が浮かんでいる。

「アレック」ジェニーは脚を大きく広げられて声を出した。

アレックは長いひとつきで深くなかにはいったが、ジェニーは受け入れる準備ができていた。腰を浮かせ、彼をさらに奥へと導く。

この人は自分がどれほど欲望に駆られていても、つねに相手におしみなく与え、相手の望みに敏感だ。ジェニーは荒々しく動く互いの体のあいだにすべりこんだ彼の指に愛撫されながら、ぼうっとした頭で考えた。指はふくれた女の部分を探りあて、つついたりなぶったりしている。女がどう感じるかよくわかっているのだ。ジェニーは腰を浮かせ、彼をさらに奥へ引き入れようとした。目にあふれんばかりに愛情がこもっているのはアレックにもわかったにちがいない。アレックは荒々しくつきながら頭をそらして声をあげた。ジェニーはアレックとともにみずからを解放し、ともに溶け、互いの欲望と体をひとつにした。

あまりのすばらしさに、ジェニーはこれが永遠に終わってほしくないと思った。おおいかぶさったアレックが身を震わせているあいだも、彼にとって新しい記憶をふたりで作っているのだと感じていた。いい記憶にしなければ。いつもずっとそうであるように。「わたしから離れないで」とジェニーは言った。これまでも声には出さなかったが、心の奥底の自分という存在の芯《しん》の部分でつぶやいていたことばだった。いま自分を包んでいる感情は想像したこともないものだ。ずっとわたしのなかにあって、解き放たれるのを待っていたのだろうか？　わたしが誰であるかすら知らない男によって。「終わらせないで」とジェニーはささやいたが、声に出して言ってみても、アレックには聞こえていないようだった。

もちろん、終わりは来る。アレックはまだ上にいて、深々となかにはいったままだ。彼は肘をついて体を持ちあげ、ジェニーを見下ろした。

「きみは激しい女だな。すごかったよ」

「あなたがそうさせるのよ、男爵様。はじめてのときからずっとあなたがわたしを乱れさせてきた」

「そうか、私は自分の成し遂げた結果をたのしんでいるわけか。若い処女を導く偉大なる導師であるのはまちがいないな」

「わたしのことはとうの立った処女って呼んでいたわ」

「そうだ、きみがそう教えてくれた。いまのきみはとうの立った激しい既婚婦人だ」

アレックが身を離そうとする気配があった。「私が上にいると重すぎるだろう。息子をつぶしたくはない」と言う。

「あなたの息子は気にしないわよ」

それでも、アレックは身を横向きに倒し、肘でバランスをとると、考えこむようにしてジェニーを見つめた。「きみはえらく頑固そうな顎をしているんだな」

「ええ」

「でもきみはこんなにやさしくて愛らしくて献身的で——」

「やめて——そう言われると、ひどくつまらない人間に思えるわ」

「でもその顎を見ると——」アレックは顔をしかめてことばを止めた。「きみはきみらしく振る舞っていないんだね？　つまり、私に対して責任を感じているのか？　私が記憶をすっかりとり戻すまで、攻撃は控えているというわけだ」

「わたしのこと、やさしくて愛らしくて――って言ったばかりじゃない」

アレックは彼女のことばを手を振ってさえぎり、その手を彼女の胸にあてた。「きみはどちらかと言えば愚か者には我慢ならない女性だという気がするんだ」

「あなただってそうだわ」

「でも以前はこんなに私に従順ではなかったんじゃないのか？　ふたりで大げんかしたことは？」

ジェニーは口をつぐんだ。言いたくなかった――。

「ジェニー、そうなんだろう？　けんかしたんじゃないのか？」

「覚え――数えきれられないぐらい何度も」

「どうして？　なにをめぐって？」

ジェニーは唾を呑みこんだ。真実を教えたくはなかった。ほんとうのことを言えば、アレックは昔の彼に戻り、ビジネスの世界から妻を締めだすことだろう。ジェニーは彼の喉仏に向かって顔をしかめた。アレックは本質的には変わっていなかったが、昔よりも我慢強くなっているように思えた。わたしの物の見かたを進んで理解しようともしてくれている。それに、女性にはなにがふさわしくてなにがふさわしくないという反論できない理屈を彼に押しつけられる理由もなかった。そんなことは考えてみる必要もなかったのだから。たとえわたしがビジネスにおいて重要な役割をはたしたとしても、シェラード男爵の彼が主であることに変わりはない。変わったのはわたしのほうだ。それもみずからの意思で変わったのだ。バーカンティーン船の航海を手助けさせてくれと言って断わられたときにもなにも言わなかった。手渡された小説――『高慢と偏見』――を、笑みを浮かべ、頭を下げて受けとっただけだ。まさに、専横的な夫が求めてやまない妻というわけだ。愛らしくてやさしく、献身的な妻。そう、どれほどこの身をささげたことだろう。自分が大切に思っているものが自分に返されることはけっしてないのだとわかっていながら、そのことは考えまいとしていた。ビジネスに関しては、正攻法ではなく、泥棒のようにこっそりはいりこんだのだった。なんの力もなく、自分のために自分で道を開かなければならない女が悪知恵を働かせたというわけだ。こういう親密なひとときにはそうした知恵を働かせるのはいやでたまらなかったが、正直に、そして率直に振る舞えば、きっと彼に嫌悪に近いまなざしを向けられることだろう。女の自分がそんな要求をしたりすれば、彼は男として腹をたてるにちがいない。

それがどうだというの？　この人以上に大事なことがなにかある？　いいえ、わたしにはなにもない。それだけ単純なことなのだ。

しかし、彼にとってはなにが大事なのだろう？　わたしのことを思いだしたならば、これ以上関係を持ちたくないと思うのだろうか？　ああ、わたしのもとを去ることはないだろうけれど、距離を置こうとするのかしら？　今日船の上でそうだったように。

「ジェニー、答えるつもりはないのかい？　どこか遠いところに行っているようだね。さあ、われわれはなにについて言い争ったんだ？」

「ささいなことばかりだったわ」そう言ってジェニーは不安を息とともに呑みこみ、上にのしかかって彼を仰向けに倒した。

彼がクライマックスに達し、ふたりが悦びのあまりの深さに身を震わせていると、アレックが悦びに満ちた熱っぽい男らしい声で言った。「なにが原因だったとしても、けっして忘れないでいてくれよ」

まだ彼のものに深々と貫かれたまま、ジェニーは彼の上に身を伸ばし、わっと泣きだした。わたしは嘘つきのペテン師だ。彼が満足していてくれるのだったら、なんでもすることだろう。船の上で目にしたあの恐ろしい失望の表情を彼が二度と浮かべないためだったら。

「ジェニー」

髪をまとめていたピンははずれ、髪の毛は乱れて頭をとりまいていた。アレックはその髪を撫で、指でうなじを探り、そっともんだ。「シッ、シッ。そんなに泣くと具合が悪くなるよ。愛を交わしたせいで妻が涙にくれたなんて考えたくないな。そんなにひどかったかい？ 全然悦びも感じなかったほどに？ 私は履きくたびれたブーツのように脇に放られる運命なのかな？ それできみはもっと気に入るブーツを見つけにホビーズへ行くのかい？」

ジェニーは泣きやみ、涙で濡れた顔に笑みを浮かべた。アレックがそうするだろうと思っていたとおりに。

「飢えているといったね。今度は食べ物にかい？」

ジェニーは彼の上で銅像のように身動きを止め、彼の顔をのぞきこんだ。

「どうした？ 私の目が寄り目になってるかい？」

「いいえ。ホビーズって?」

「ああ、ロンドン一のブーツ作りの名人さ。それで――」アレックは悲しそうににやりとした。「ブーツの職人のことは覚えているんだ。ありがたい話さ。それ以上は望むべくもないだろう? ブーツの職人とはね!」

「記憶の断片であることはたしかよ。文句を言ってはだめ。日々進歩があるじゃない」

ジェニーはミスター・カーゾンに会いに行くのに同行していいかどうか訊きたくてたまらなかった。その方面のビジネスがどのように行なわれているのかたしかめたかったのだ。しかし結局、勇気がなくて訊けなかった。


アレックのほうは、妻をかかわらせるなど考えもしなかった。バトル・ストリートでジョージ・カーゾン氏と会い、取り引きを完結させた。じっさいかなりの利益があがることとなった。ふたりは〈ナイト・ダンサー〉の次の航海について計画を立てた。カーゾン氏はシェラード男爵が隣人である彼のことを覚えていないことには気づかなかった。

キャリック一家と使用人たちは、サウサンプトンを翌日発った。アベル・ピッツが〈ナイト・ダンサー〉に残り、次の航海の船長を務めることになった。一家は午後にギルドフォードの〈ペアツリー・イン〉に到着し、そこでハリーの誕生日を祝った。アレックはまた死んだ最初の妻の顔を思いだした。ここ七週間のあいだ、週に一度は思いだしていた顔だ。娘にはクレオパトラの有名なはしけのレプリカを贈った。イタリア製の手作りの品で、ジョージ・カーゾン氏の倉庫に眠っていたものだ。カーゾン氏は男爵に手ごろな値段でそれを喜んで売ってくれたのだった。

ジェニーは継娘に六分儀を贈った。

顔が磁器でできていて、フランス貴族の装いをした人形を持ってきたのはピピンだった。みんなが驚いたことに、ハリーは人形を見てきつく胸に抱き、少ししてから宣言した。「この子の名前はハロルドよ」

「ハロルド」アレックはゆっくりとくり返した。「おまえが男の子だったら、ネスタがつけたいと思っていた名前だ」

人形に夢中だったハリーは父にうなずいてみせただけで、ピピンに向かって両腕を広げた。気をとり直したアレックは軽い声を作ってジェニーに言った。「この子は日々どんどん変わっていくから、最初のころを覚えていなくてもあまり関係ないようだ。たぶん、これは彼女の最初の人形だと思うが」

関係ないことではなかったが、ジェニーはただうなずいただけだった。翌日一行はロンドンへ向けて宿を発った。キャリックのタウンハウスがどこにあるかアレックは尋ねず、的確に少しもためらうことなく御者に指示を与えた。家はポーツマス・スクエアの北東の角にある、大きなパラディオ式の建物だった。アレック自身は馬に乗っていた。それもジェニーが思ってもみないことだった。彼はすぐれた乗り手だった。頭のなかはこんがらがっていたもののの、ジェニーは馬車のそばを馬で行く彼の姿を眺めるだけで深い満足を感じた。

スウィンドル夫人はかつての植民地から来た人間に、名所をひとつひとつ指差して教えようとはしなかった。それもジェニーにはありがたかった。

ロンドンは驚くべき街だった。巨大で、汚れていて、悪臭や騒音に満ちている。ジェニーが思わず目をみはるほど人も大勢いた。キャリック家のタウンハウスに着くと、ジェニーはさらに大きく目をみはることになった。これはただのタウンハウスよと彼女は内心自分に言い聞かせた。それでも宮殿のような建物であるのはたしかだった。ジェニーは自分がひどく場ちがいな気がして、恐ろしく自信を失った。突然別の世界に押しだされたかのようだった。これまで考えたこともなく、今日、いまこの瞬間より前には自分にとってなんの意味も持たなかった世界に。わたしはシェラード男爵夫人なのだ。そう考えると、すべてが意味を持つように思えた。

イギリス貴族と結婚するなど、なぜそんな愚かなことをしてしまったのだろう？　よく考えもせず、ちゃんと認識もしていなかった――。

ジェニーはボルティモアの自分の家を思いだした。そこにアレックも数週間滞在した。彼はなにも言わなかったが、パクストンの家は粗末なあばら家に思えたにちがいない。それに比べて天国にあるかと思うほど上等の家に彼が慣れ親しんでいたなど、まるで考えもしなかった。ジェニーは唾を呑みこみ、アレックの手を借りて馬車から降りた。そして、そぼ降る雨に濡れまいと家へと急ぐあいだ、ゆうに一インチは顎を高く上げていた。

「旦那様。なんてすばらしい驚きでしょう。港にお着きになったと昨日伝言が届いたばかりですのに。それから、奥様、ようこそいらっしゃいました！」

この熱烈な歓迎は、かなりの年で、骨と皮にやせ細り、目のおちくぼんだ人間から寄せられた。忠誠心がすぎて飢えてしまったかのように見える男だ。

「こちらはマーチだ」アレックはそう言って、娘にウィンクしてみせた。ピピンから、このしおれた年寄りがハリーの大のお気に入りだと聞いていたのだ。

「マーチ！」

落ちくぼんだ目の年寄りの首にすばやく手がまわされ、音高くキスがなされた。少なくとも、アレックの娘は民主主義者ね、とその様子を見ながらジェニーは胸の内でつぶやいた。ハリーがキャリック家の執事と旧交を温めているあいだ、アレックはジェニーをブリット夫人に紹介した。感じよくふっくらとした女性で、小さな巻き髪が顔をとりまいている。ブリット夫人は主人の様子に変わったところは見出さなかったらしく、急いで家の使用人たちを新しい男爵夫人に紹介した。

すべてがとどこおりなくすんだ。ジェニーはほっとした。使用人たちの誰も、主人が自分たちをひとりも覚えていないとは気づかないだろう。アレックのことを心配するあまり、使用人との顔合わせを恐れる気持ちはだいぶ薄れていた。しかし、夫と並んでカーブした広い階段を昇るうち、またも自分がなんの価値もない人間に思えてきた。

恐れと不安に満ちた声でジェニーは訊いた。「ここにいるのは全部あなたの祖先？」

「壁にかかっている肖像画かい？　私にはまったくわからないよ。たぶんそうだろう。みな傲慢そうだから」

ジェニーは無理に笑みを浮かべた。というのも、ブリット夫人がすぐあとにしたがっていたからだ。

男爵夫人の部屋は主寝室とつづきになっていて、ブリット夫人に案内されてジェニーが足を踏み入れた部屋は大きな暗い部屋だった。家具調度はだいぶ吟味《ぎんみ》して選んだもののようで、ジェニーの好みや習慣からするとかなり女らしいものだった。カーペットやベッドの上掛けや椅子におもに使われている色は桃色と薄いブルーだ。部屋は長く使われていなかったようなにおいがした。ジェニーのそばにいたアレックは、ジェニーが張りつめた様子で身をこわばらせているのに気づいたが、それがなぜかはわからなかった。おそらく単純なことなのだろう。ジェニーはこの部屋を気に入らないのだ。ボルティモアの彼女の部屋とは似ても似つかぬ部屋だ。アレックは軽い口調で言った。「主寝室へいっしょにおいで。きみが気に入るかどうか見てみよう。どうだろう、きっと主寝室を私といっしょに使うほうがいいと思うかもしれないぞ」

ブリット夫人が非難するように鼻を鳴らし、ジェニーは心からほっとした顔になった。もちろん、アレックにとっても、まったく見も知らぬ部屋に足を踏み入れるのと同様だった。見たことのない家具調度が置かれ、知らない雰囲気を持つ部屋。控えめに言っても心が波立つ思いだった。

壁は全部腰の高さまで上質のマホガニーが板張りされていた。カーテンは厚い金色のヴェルヴェットで、スペイン製の家具はどっしりと頑丈で暗い色をしていた。ひと目見てまず気に入らないと思った。陰気で気が滅入る部屋だ。前に読んだスペインの異端審問《いたんしんもん》の本を思いだし、父はその信奉者《しんぽうしゃ》だったのだろうかと思わずにいられなかった。

「まあ」ジェニーは気圧《けお》されたようにまわりを見まわして言った。「フランシスコ・ゴヤって名前のスペイン人が描いた絵を思いだすわ。ボルティモアのミスター・トリヴァーの家で見たの。ここはひどく陰気だわ、アレック」

「だったら、なにもかもとり去って、内装をやり直したり、色を塗り直したり、なんでも必要と思うことをやればいい。きみの部屋もそうだ。そうでなかったら、自分の部屋のことは忘れて、私と同じ部屋を使うんだな」

アレックは彼女の目が興奮に輝くのを見ながら胸の内でつぶやいた。そうすることで、ロンドンのこの家で暮らす最初の慣れない時期をどうにかやり過ごせるはずだ。

ジェニーから見れば、富も、主人や女主人に対する敬意も、かぎりないものに思えた。かつての植民地の出身であっても許容され、きちんと礼儀正しくもてなされた。どの使用人も最高の顔をつくって彼女を〝奥様〟と呼んだ。ありとあらゆるものが富——それも歴史ある富——と特権のにおいを強く放っている。遠い祖先から代々、当然のようにみずからを価値ある存在と思ってきた一族の一員として、自分をとり囲むすべてを覚えていないアレックも、彼なんのためらいもなくぴたりとそこにおさまっていた。彼の人間的な魅力とやさしさも、彼と彼に仕える使用人たちの心の結びつきに一役買っていた。アレックは食器洗いのメイドにいたるまで、すべての使用人から敬愛され、守られ、絶対的な忠誠をささげられていた。

到着した翌日、アレックはジェニーを家に残して弁護士を訪ねた。その帰り道、セント・ジェイムズ・ストリートを通っているときに、愛らしいパラソルを持った婦人に手を振られて止められた。最初はそのご婦人が寒くて凍《こご》えているのかと思った。その日は凍るように寒い日で、風はそれほど強くなかったが、体に震えが来るような骨身にしみる寒さがあった。アレックはとんでもなく暖かい外套を身につけていた。男爵の衣装部屋は好みの衣装であふれんばかりだったのだ。皮肉なものだなと思い、アレックはほほえんだ。そんなふうにほほえみたくなるようなことはほとんどなくなっていたのだが。

アレックは手綱を引いて馬を停め、帽子を振って挨拶した。「こんにちは。ご機嫌いかがですか？」

赤毛で背が高く、胸の谷間の深い女だった。情欲の深さからかきつい目をしている。ベッドでは情熱を抑えることなく、徹底的に乱れる女なのだろう。どうしてそれがわかったのかは自分でもわからなかったが、真実であることはまちがいない気がした。私はこの女と寝たことがあるのだろうか？

「アレック！　ようやくお戻りになったのね。あまりにも長いお留守だったわ、いとしい人。ああ、すてき。今晩うちにいらして。ささやかな晩餐会なんだけど、お友達にはみんなに会えるわよ」

「彼はきみのことがわからないという顔だよ、アイリーン」

「ばかなことを言わないで、コッキー」とアイリーンは言った。連れに発した声は険しかった。連れの男は耳たぶまで届きそうな巨大なクラヴァットとラヴェンダー色のモーニングのズボン、磨きこまれたヘシアンブーツを身につけたしゃれ者だった。外套の色はかなり薄い黄色だ。こいつは見ものだなと思い、アレックは顔をしかめた。男がしゃれ者であることはわかったが、誰であるかは見当もつかなかったのだ。

「コッキー」アレックは挨拶して、鞍《くら》の上からわずかに頭を下げた。

「今晩来いよ、アレック。アイリーンはまだクレイボーン・ストリートにいる。そう、七番地だ」

「あなたがロンドンにお戻りになったこと、みんなに伝えておくわ」

アレックはうなずいた。どんな言い訳をクレイボーン・ストリートに送るかはあとで考えればいい。いまは考えることが山ほどあり、どれひとつとして愉快なものではなかった。計画を実行に移さなければならない。

一時間後、アレックは小さな丸い部屋の朝食用のテーブルをはさんで妻と向かいあってすわっていた。ありがたいことに、小ぢんまりとした部屋にふたりきりで、部屋には暖炉もあった。

ジェニーはじっと夫を見つめていた。「どうだったの、アレック？　あなたの弁護——事務弁護士はなんて言っていたの？」

「事務弁護士の名前はジョナサン・ラファーだ。私がよちよち歩きのころからの知り合いで、父の友人だったそうだ。彼の奥さんが料理人につくらせたプチケーキを届けてくれるそうだ。私の好物だったとミスター・ラファーは言っていた」

怒っているような口調だった。アレックは話をやめ、フォークにスライスされたハムをつき刺した。考えこみながらそれを咀嚼《そしゃく》し、この小さな部屋の繊細な家具調度を見まわした。いい趣味だ。誰が選んだのだろう。

「ダイニングルームは好きじゃないんだね?」アレックはジェニーに訊いた。

「とても寒いし、ふたりだけで使うには大きすぎるんですもの」

ジェニーの答えは理にかなっており、アレックはなにも言わなかった。

「事務弁護士のミスター・ラファーの話よ、アレック」

「ミスター・ラファーによると、故意によるものらしい。地元の治安判事のサー・エドワード・モーティマーが言うには、不満を抱いているうちの領地の小作人のしわざで、小作人たちが財産管理人を殺してグレインジに火をつけたとのことだ。数日のうちにキャリック・グレインジへ行って、今回のごたごたの原因を探ってくるつもりだ。残念ながら、ミスター・ラファーは自分ではグレインジには行ってなくて、サー・エドワードから聞いた話をそのまま私に伝えたにすぎなかった。どのぐらいかかるかはわからないが――」

「もちろん、ハリーとわたしもいっしょに行くわ」

「私は病人じゃないぞ、ユージニア」

「ええ、ちがうわ。でも、そういうことじゃないの。ノーザンバーランドではどこに泊まるの？　焼け残った寝室？　食事の世話は誰がするの？　使用人の管理は？　誰がグレインジを建て直したり修繕したりして住める状態にするの？」ジェニーは自分が先走りすぎたことに気づいてことばを止めた。そうしたことに自分も全身全霊でかかわるつもりでいるのはたしかだったが、それに対してアレックがどういう反応を見せるかについては確信が持てなかった。さらに重要なことに、そうしたことはじっさいどうでもよかった。ジェニーはただアレックから離れることに耐えられなかったのだ。

「きみが述べたてたことのあらかたは使用人たちがやってくれるよ」

「だったら、誰が毎晩あなたといっしょに寝るの？　それも使用人？」

「どうだろう。イギリスの田舎にだって寝てくれる女がひとりもいないということはないはずだ。もういいよ、ジェニー。危険かもしれないからね。こういうことをする小作人がいたかどうかも覚えていないが、わからないだろう？　きみは安全なロンドンに残るんだ。私の娘といっしょに」

「アレック、あのハリケーンのときには、ふたりでもっとずっと危険な状況を切り抜けたじゃないの。イギリスの田舎へちょっと出かけるだけのことで、どうしてそんなにぴりぴりしているのかわからないわ」

アレックは以前の彼に戻ったかのように、何世紀にもわたって傲慢に人をかしずかせ、支配してきた一族特有の声で言った。「もう決めたことだ、ジェニー。きみは私の妻なのだから、私のことばにしたがうんだ。ここに残れ。きみや腹の子の無事についていかなる危険も冒したくない。さあ、そのニンジンをとってくれ」

そのことばを聞いてジェニーは真っ赤になった。「ここにひとりで残されるなんていやよ。知らない街の知らない家で知らない人たちに囲まれて。あんまりよ。そんなことはできないはずだわ」

アレックはしばしことばを失った。ジェニーの言うことにも一理ある。まあ、それもうまく解決できることではあるが。アイリーンという名前の情熱的な目をした女のおかげで。

「今夜、友人たちに会うことになっている。きみのためにね。どうやら私の友人たちらしい。アイリーンというご婦人が晩餐会を開くそうだ。彼女といっしょにいた紳士はコッキーという名前だった。ふたりが何者かはわからないが、そのご婦人の家は知っている。いっしょに行こう。そこで誰かの顔を見れば、おそまつな私の記憶も呼び起こされるかもしれないし。とにかく、きみも人に会えば、誰かと仲良くなれるさ」

「行きたくないわ」

アレックはナプキンをテーブルに放った。「きみの意向はどうでもいい。今夜きみは私といっしょに行く。それだけだ。八時までには出かける準備をしておいてくれ、ユージニア」

そう言って小さな朝食の間をあとにした。

21

ジェニーは出かけたくなかった。見も知らず、自分にとっては外国人でもある人たちなどに会いたくなかった。おそらくはアレックと恋仲だったと思われるアイリーンという女にも会いたくなかった。ロンドンの天気はそんな彼女の気持ちを反映していた。冷たい小雨が降っており、霧が濃く立ちこめていた。ジェニーは専制君主のような夫への怒りに駆られ、寝室に敷かれた淡いブルーのオービュッソンのカーペットの上を行ったり来たりしながら、空っぽの部屋にありったけの悲嘆のことばを投げつけていた。

さらには自分が太ったとも感じていた。アレックはまったく気にも留めていなかったが、彼の妻は日に日に着られるドレスが少なくなっていた。おそらく、ロンドンの社交界で夕べを過ごすのにふさわしいドレスなど一枚もないだろう。体に合うドレスは一着あったが、それもかろうじて合うという程度だった。アレックといっしょに買い物に行く前から持っていた古いドレスで、昔はきれいだと思っていたものだが、鏡に映った自分を見ると、あまり確信は持てなかった。アレックがよしとするドレスに身を包んだ自分を見慣れてしまっていたからだ。それに、胸が張ってきているという問題もあった。それをどうにかしなければならない。

そんな自分の姿を人目にさらすのはひどく見苦しいことであるのはたしかだったが、どうしていいかはわからなかった。ふと、ずっと前の晩、アレックに自分をきれいに見せたいと、ドレスのレースを引き下ろして縫いつけたことを思いだした。そう、わたしはけっして裁縫の達人ではない。ジェニーは肩をすくめた。でも、今度はもっとうまくできるはず。ジェニーは小さすぎて着られないドレスからレースをはぎとり、それを体に合うドレスの襟に縫いつけた。縫い目はそろっていなかったが、それほど曲がってもいなかった。まあまあのできね、とできばえをよくよく眺めながら彼女は思った。糸が玉になっている部分やレースが寄っている部分は多少あった。ジェニーはため息をついた。自分にできるかぎりのことはした。少なくともこれで、半分裸をさらすようなことにはならずにすむ。

ボルティモアの舞踏場に着ていったドレスについていた白いヴェルヴェットのリボンのことを思いだした。あの忌々しいリボンをアレックとふたりでちぎりとっていくうちに、ふたりのあいだの床にはリボンの山ができたのだった。そう、そのこともアレックは覚えていない。ジェニーはアレックのところへ行って、自分の恰好について訊いてみたい思いに駆られた。いいえ、大丈夫。きっと大丈夫。それに、あの人の態度には我慢ならないものがある。きっと舌鋒《ぜっぽう》鋭く余計なことを言ってくるにちがいない。それにこのドレスには白いヴェルヴェットのリボンはひとつもついていないのだから、誰にもなにも言わせはしない。ジェニーは鏡に映った自分の姿を最後にじっと見つめると、つかのま不安を覚えたが、すぐに肩を怒らせて鏡の前を離れた。

アレックはすでに待っていた。黒い夜会服と真っ白なシャツとクラヴァットを身につけた彼は——ジェニーのひがんだ目で見ても——気高き王子のように見えた。その姿は美しかったが、いつもは温かい目が、ジェニーに一瞬向けられたときには冷たかった。わずかに眉根が寄っていて、眉間にはしわがあった。

いまはあまり良好な関係ではないことを思いだし、ジェニーはなにも言わずにうなずいた。アレックにそのことを忘れてほしくなかったのだ。

「行くかい？」

ジェニーはまたうなずき、彼の脇をすり抜けて馬車へ向かった。従者が頭の上に傘をさしかけ、馬車に乗りこむにはアレックが手を貸してくれた。アレックが御者をコリンと呼んで行き先を指示する声が聞こえ、彼も馬車に乗りこんできた。そして、寒いかと訊きもせずに彼女の膝に毛布をかけた。

アレックは座席の背に身をあずけた。妻のあまりの頑固さにはまだ少し腹がたっていた。ジェニーがそんな態度をとることには慣れていなかったからだ。ああ、しかし、なんともきれいな女だ。このマントを見るのは三週間ほど前の晩、〈ナイト・ダンサー〉に乗っていたとき以来だ。奇妙なことに、マントの素材や色、スタイルを決め、マントに合うドレスを選んでやったのは私だと彼女は言っていた。そう聞いて驚いたものだ。マントの下に手を入れ、その下に着ている同様にきれいなドレス越しに胸を撫でてやりたいとも思った。アレックはみだらな気持ちが募るのを感じたが、怒りよりは健全だろうと考えた。愉快であるのもたしかだ。

暗闇のなかで彼は笑みを浮かべた。悪いのは彼女ではない。全面的に彼女を責めるわけにはいかない。自分の考えを押しつけ、傲慢な態度をとったのはこっちだ。アレックは軽い口調で言った。「これから訪ねるご婦人の名前はレディ・ラムゼイのアイリーン・ブランチャードだ。未亡人だそうだ。マーチになにげなく探りを入れてみようと思ったんだが、彼がなんと言ったと思う？」ジェニーが答えようとしなかったので、アレックはつづけた。「モーゼスに——あの善良なモーゼスに——私のささやかな問題について教えられたそうだ。教えられてよかったと言っていたよ。ほんとうにモーゼスはいいやつだ。それで質問に答えることは自分の分別を試されることになると言うんだ。私は心配ないと言ってやった。すべてうまく片がつくからと」アレックは黙ったままの妻ににやりとしてみせた。「自分が七歳の子供に返ったみたいだったよ。それで、マーチはアイリーンについてはよく知らないが、私が彼女のことを気に入っていたのはたしかだと言った。彼女のフルネームをマーチが覚えていてくれて助かったよ」

ジェニーは自分の口の端に笑みが浮かぶのを感じた。手袋をはめた手をそっと持ちあげられて軽く叩かれ、彼女はため息をついて彼のほうに顔を向けた。

「やあ」そう言ってアレックはジェニーにそっとキスをした。「きみはとてもきれいだ、ジェニー。その髪型はいいね」

「ミセス・ブリットが言い張るから。髪を編んでコロネットに結いあげるのがほんとうにお好き？」

「ああ、もちろん好きさ。ほつれ毛が顔に垂れているのもいい。とくにカールしてうなじに落ちているほつれ毛が好きだな。とてもみだらで、とても――」

「破廉恥《はれんち》なことはやめて」

アレックはまたキスをした。指先でジェニーの温かい唇に触れる。「今日ぶっきらぼうな態度をとったことを許してくれ。悪かった。今晩のことは心配しないでいい。知らない人のなかにきみを放っておいたりはしないから。きっと私の知り合いはまともで、人好きのする連中だと思うんだ」

ジェニーはそのことばで満足するしかなかった。この人には簡単に手玉にとられてしまう。それがわかっていて口汚くののしってやろうと思うのだが、存分にののしれたためしはなかった。

アレックはといえば、彼女にまたキスをし、その味わいや彼女の口のやわらかさをたのしんでいた。マントの下に手を差し入れ、胸を愛撫したい思いに駆られたが、どうにか手を引っこめた。

アレックは自分の使用人たちが女主人の彼女にきちんと仕えてくれていればいいがと思っていた。少なくとも自分の見るところではそうしているようだが、アメリカ人のジェニーはイギリス人とはちがう。使用人に着替えを手伝ってもらうことにも慣れていない。そのせいで、ブリット夫人がぎょっとして声をあげることになったのだった。夫人はピピンに泣きつき、ピピンが夜の装いに着替えているアレックに報告した。「ジェニーのことを野蛮人かなにかにちがいないと言うんです、船長――いえ、旦那様。口に出してはあまり言いませんでしたが、たぶん、事故のあとで旦那様が結婚せざるをえないようにジェニーが仕組んだと思っているようです」ピピンはアレックの渋面を無視してにやりとした。「ご心配いりませんよ。賭けてもいいが、けんかということになれば、ジェニーの勝ちです。でも、ミセス・ブリットが文句を言いに来るはずですから、前もってお知らせしておいたほうがいいと思って」

それでも、ブリット夫人はジェニーの髪をとても魅力的に整えてくれたわけだ。

ふたりは目的地に到着し、傘をさしかける従者の手を借りて馬車から降りた。大きなサロンで受付をする列の後ろにつくと、アレックは妻のマントを脱がせてそばに控えていた従者に渡した。それからふたたび妻のほうへ顔を向けたが、驚愕のあまりはっと息を呑んだ。マントを渡した従者をつかまえようと振り返ったが、従者はいなくなっていた。

この最低最悪のドレスをいったいどこで手に入れたのだ？　ぞっとするなどというものではない。顔色をひどく青白くみせる奇妙なダークグリーンのドレスで、肩と胸は小さすぎて生地が引っ張られていた。趣味の悪い見本として思いつくどんなドレスよりもひどいスタイルだった。ひだ飾りは胸もとからはじまって裾まで六列ついており、どれもさらに奇妙な色合いのダークグリーンだった。襟に縫いつけられた白いレースはゆがんでいる。突然脳裏に、ボディスの襟の白いレースを引き下ろして縫いつけたドレス姿のジェニーが浮かんだ。それをぎょっとして見つめ、やがて忍び笑いをもらしている自分の姿も見えた。

アレックは首を振り、唾を呑みこんだ。脳裏からその情景は消え、さらに異常な情景が浮かんだ。目の前に立つジェニーとのあいだの床に白いリボンが山積みとなっていて、ジェニーがリボンをちぎりとり、自分がまた別のを引きちぎっている情景。いったいなにがどうなっているんだ？　アレックは首を振り、記憶の断片を振り払った。気持ちを目下のことにしっかりと向ける。ジェニーのそばに立って見下ろすと、彼女の胸の先が見えた。これまで考えたこともなかった。気づきもしなかった――しかし、ああ、彼女は由緒正しい生まれのちゃんとした女のはずだ。いつもきれいな服に身を包んでいた。このおぞましいドレスはいったいどこから来たのだ？　これは罰なのか？　私に恥ずかしい思いをさせるためにわざとこれを着たのか？

ああ、どうしたらいい？

アレックはひそめた声に怒りをにじませて言った。「ジェニー、すぐに帰るぞ。あとできみに話がある」そう言ってジェニーの手をつかんだが、遅すぎた。

「あら、こんばんは、アレック。いらしてくださってうれしいわ」アイリーン・ブランチャードが手を差しだしてきた。

アレックはその手をとって口に持っていった。「こんばんは、アイリーン」希望はなくなった。少なくとも五分は帰れない。この場を切り抜けたら、妻を連れて家に帰るのだ。

「こちらは妻のジェニー。ジェニー、こちらはアイリーン・ブランチャードだ」

きれいな人ね、とジェニーは胸の内でつぶやき、愛想よくほほえんだ。「こんばんは」

「妻ですって」アイリーンは驚くほどすばやくジェニーの全身に目を走らせて笑った。「まったく、アレックったら、おもしろすぎるわ」そう言ってまた笑った。気持ちのよい笑い声ではなかった。ジェニーは女にじっと目を注いだ。「妻ですって！」アイリーンはくり返し、息が苦しくなってあえぐほどに笑った。「悪くない冗談ね。でももうたくさん。お友達を侮辱なさりたいの？　この娼婦を追い返してくれたら、ワルツを踊ってあげてもいいわ」

娼婦！

ジェニーは怒りに燃えたが、どうにか癇癪を抑えた。転んでドレスが脱げてしまうのだけは避けたかったからだ。「わたしは娼婦じゃないわ」と大きな声で言った。「アレックの妻よ」

「アメリカ人なのね。なんてすてきなの。コッキー、こっちへきて、アレックが用意した今宵《こ よい》の冗談に会ってやって」

心底驚愕したアレックは急いでそれをさえぎった。声は物静かでやさしく、穏やかだった。

「アイリーン」そう言って、長い指で彼女の細い手首をつかんだ。「こちらは私の妻なんだ。私の言っていることがわかるか？」

「いいえ」くすくす笑いながらアイリーンは言った。アレックの指に力が加わり、手首が痛くなった。彼女は息を呑んだ。「妻ですって？　でも、そんなのばかばかしいわ。あなたが結婚したですって？　二度と結婚なんかしないって誓ってたじゃないの。女をたのしみすぎているから、たったひとりにしばられるなどありえないって。こうも言っていたわ。自分のことをほんとうに好きなら、クリスマスプレゼントにハーレムを贈ってくれって。それなのに、どうしてこの人なの？　よく見てごらんなさいよ、アレック。ねえ、あのドレスとか――」

アレックは女主人の後ろで興味津々《きょうみしんしん》でなりゆきを見守っていた従者のほうに顔を向けた。

「男爵夫人のマントをとってきてくれ。私のもだ。いますぐに」

コッキー――本名レジナルド・コッカリー――は黒と薄いピンクの華やかな装いをしていたが、目の前の光景に驚いて目をみはり、賢くも口は閉じたままでいた。それでも、ほかの人々もなにかまずいことが起こったことに気づきはじめていた。会話が途絶えた。人々はよく見ようと首を伸ばした。アレックは魔法でその場からいなくなってしまいたかった。妻をしっかりと脇に抱えて。

クリスマスプレゼントにハーレムをくれだと？　なんてことだ、私はいったいどういう人間だったのだ？

ジェニーを見やると、青ざめた顔はしているが、おちつきは保っているようだった。目を細め、唇を引きしめてまっすぐ前を見つめている。このひどいドレスをいったいどこで手に入れたんだ？　私を辱《はずかし》め、怒らせるためにしたことにちがいない。それ以外に説明のしようがない。

「でも、いま帰るなんてだめよ、アレック」

アレックはアイリーンを無視し、従者からジェニーのマントを受けとった。少なくともマントは美しかった。急いでマントでジェニーをくるむと、自分の外套をはおった。

「アレック、ほんとうに、こんなのあまりにばかげてるわ。コッキー、なにか言って。ばかみたいにそこにつっ立ってないで」

コッキーは賢くも沈黙を守った。

アレックはアイリーンに軽く会釈すると、妻の腕をつかみ、ブランチャード家をあとにした。後ろから興味津々のささやき声が追いかけてきた。ふたりは狭い階段を黙って降りた。雨はやんでいた。灰色の雲のすきまからは三日月が顔を出している。こんなときに変なことに気がつくわね、とジェニーは思った。自分を救う唯一の方法は気をそらすものを見つけることだとわかっていたのだ。

馬車に乗りこんでからも、ジェニーはひとことも発しなかった。ただ馬車にあった毛布を脚にかけただけだった。アレックが杖《つえ》の頭で天井をつつくのがぼんやりとわかった。馬車はわずかに揺れながら前へ進んだ。ジェニーは革のひもをつかんで身を支えた。

アレックが抑えた声で言った。「どうしてそのドレスを着てきたか説明してくれないか?」

「体に合うのがこれしかなかったの」

「体に合ってもないじゃないか。くそっ、乳首が見えるぐらいだぞ! それにその色とスタイル。なあ、ジェニー、もちろんきみは目的を果たしたわけだろう?」

それを聞いてうまくさまよっていた心が動きを止めた。「目的を果たした——なんの話をしているの？」

「そのドレスを着たのは、私に恥ずかしい思いをさせ、自分が恥をかき、ひいては私にも恥をかかせるためだ。そうすれば、私はきみをいっしょにキャリック・グレインジに連れていくしかなくなるから」

ハンマーを持っていたら、それで彼をなぐっていたところだった。「ちがうわ。全然ちがう。大事なキャリック・グレインジにはひとりで行って。気にしないから」

そのことばを聞いてアレックはひるんだ。真摯《しんし》で、疑いようもなく真剣な口調だった。

「じゃあ、わざとそのドレスを着たんじゃないと？　だったらなぜだ？　わけがわからないよ。そんなドレスを着る人間などいない。まさか——教えてくれ、なぜだ？」

「これは昔から持っていたドレスよ。あなたは覚えていないでしょうけど、わたしは着る物に関して、いわゆるセンスというものがないの。これまであなたが見ていたわたしのドレスはどれもあなた自身が選んだものよ」

アレックは薄暗い馬車の明かりのなかで彼女をじっと見つめるしかできなかった。わざとしたのではないとしたら——着る物のセンスがない？「悪かった」アレックはそう言って彼女の手をとろうとした。「さっきのことはほんとうにすまなかった。あの女のことは知らないと言っただろう。でも、以前親しかったというなら、きっと感じのいい人間だと思ったんだ。いや、そう信じたと言ってもいい。でも、あの女は最低だった。あの女の言ったことは忘れてほしい。なにもかも胸がむかつくことばかりだった」

しかしジェニーが考えていたのは、アイリーンのことでもドレスのことでもなかった。考えていたのはアレックのハーレムのことだった。期待に満ちた目をしたとても美しい女たちがアレックを求めて列を成す様子。アイリーンという女も愛人のひとりだったのかしら？もしくは恋人？　愛人と恋人はたぶんちがうのだろうが、そのちがいははっきりとはわからなかった。

「ジェニー、頼むよ、なにか言ってくれ」

ジェニーはひどく穏やかな声で言った。「愛人と恋人のちがいはなに？」

アレックは目を丸くした。

「あのアイリーンという女の人があなたの愛人と恋人、どっちだったのかしらと思ったから」

「わからない」

「ちがいが？」

「いや、私が彼女と寝たかどうかさ。たぶん、寝たんだろう。さらなる愚行だ。彼女は裕福な未亡人だから、恋人ということになるんだろう。そういう女は関係《アフェール》を持ちたいと思う男を自分で選ぶ」アレックは関係ということばをフランス式に発音した。「私は覚えていないが」

「彼女とわたし、いい友達になるんじゃないかしら？　どちらもふしだらな女ということで。

たぶん、彼女を訪ねてみるべきよ、アレック。きっと昔のことについていろいろと教えてくれると思うわ」

「嫌味を言わないでくれよ。きみが肩を怒らせてそんなことを言うのは似合わないよ。肩を丸出しにしているときはとくにね」

まなざしで人が殺せるとしたら、アレックは馬車の床の上で冷たくなっていたことだろう。

アレックはため息をついた。「ああ、ちくしょう。私が現われる前に、きみはどこで買い物をしていたんだ？　ボルティモアの背の縮んだ老婆がやっている店かい？　半分目が見えなくて、趣味でドレスを縫っているような？　その老婆はドレスに縫いつけたひだ飾りの数だけ金をもらっていたとか？　まったく、だとしたら、このドレスはえらく高くついたことだろうな。それにそのレース――それはいったい誰のしわざだ？　まっすぐ縫えてもいないじゃないか」

ジェニーは銅像のように静かになった。アレックは言いすぎた自分への怒りに駆られ、少し抑えた口調で言った。「私のところに相談に来るべきだったんだ。前にも同じことをしたなら、今度は私の助言を乞うべきだったんだ」

ジェニーはうんざりしたまなざしを返した。「言ったでしょう。体に合うドレスはこれしかなかったって。それに、忘れているかもしれないけど、あなたにとても腹をたてていたから、これ以上けんかの火種を作りたくなかったの」顎がつんと上がった。「わたしがそれほどひどい恰好だなんて気づかなかったわ」

アレックは彼女をじっと見つめるしかできなかった。「しかし、そのドレスは体にぴったりかどうかは別にしても、少しも魅力的じゃないじゃないか。色は最悪だし、きみの胸は――」アレックはことばをとぎらせ、やがてゆっくりと言った。「きみの胸は妊娠しているせいで大きくなっているのか？」

「まさか、妊娠のせいで平らになるとは思ってなかったでしょうね？」

「私に言ってくれればよかったんだ。怒っていてもいなくても、私のところへ相談に来るべきだった」

「お忘れかもしれないけど、男爵様、わたしのせいだけじゃないわ。あなただって、出かける時間になるまで、わたしと距離を置こうとしていたじゃないの」

「それでも、そんなことは言い訳には――」

「さっきも言ったように、そんなにひどいとは思わなかったのよ」

「そんなばかな。目の見えない女にだってわかるぐらいだぞ――ああ、くそっ、ばかばかしい。明日、いっしょに買い物に行こう。言い争いはなしだ、ジェニー。きみもいっしょに来るんだ。この話は終わりだ」

ジェニーは降参した。疲れて気が滅入っており、意志の力も尽きていた。「わかったわ。意地を張って自分が損するなんて、わたしもばかね。ほんとうに服のセンスは嘆かわしいほどないの。レースを縫ったのはわたしよ。お裁縫はあまり上手じゃないんだけど。それはともかく、前にもボルティモアの舞踏場で自分を笑いものにしたことがあって、そのときもあなたが買い物に連れていってドレスを選んでくれた。残念ながら、そのどれもいまははいらないわ。はいったのはこのドレスだけ。あなたが親切にも指摘してくださったとおり、これもほんとうには体に合ってないけど」

まったくそのとおりだった。無垢で真っ正直な女め。アレックは目を閉じた。過去数週間のあいだに頭をよぎった記憶の断片を思いだした。その多くは裸の女のイメージで、みな彼と情熱的に愛を交わしていた。

「つまり、私は自堕落《じだらく》な人間だったということか？」と彼は言った。

「わたしは知らないけど、そうだったのかもしれないわね。そんなに美しくて魅力的で人あたりもいいのだから」

アレックは問いを口に出して言うつもりはなかったのだが、発せられた問いに対し、彼女は礼儀正しい無関心以外のなんの感情もこもらない声で自分の考えを述べたのだった。アレックはかっとなった。「どうしてそれほどおちついた声を出せるんだ？　少しは嫉妬することもできないのか？　くそっ、きみは私の妻なんだぞ。妹じゃなくて」

「わかったわ」ジェニーはそう言ってアレックのほうに顔を振り向けた。目が燃えている。そして、アレックの首がよじれて横を向くほど思いきり頬を平手打ちした。「あなたなんか最低よ！」

また平手打ち。ジェニーの胸は上下し、呼吸は短くあえぐようになった。

「もう充分だ」アレックはジェニーの手首をつかみ、手を膝に下ろさせた。「充分だ」

アレックのせいで、ついに堪忍袋の緒が切れたのだった。「いい？　あなたは罰を受けてしかるべきよ。わたしはファッションに関してはなにがセンスがよくてなにが悪いのかわからないかもしれない——」

「すばらしく控えめな言いかただな」

「わかったわ。わたしはただ、物事に対して、あなたと同じ目を持っていないということよ。でも、少なくとも、わたしは誠実だし、貞淑だし、男たらしじゃないわ。あなたは傲慢な女たらしなのに。あなたのものなんて腐ってとれてしまうといいんだわ」

アレックは最後に発せられた悪態に目を丸くしてジェニーをしばらく見つめた。「腐ってとれる？」

「ええ」

「なんていやな言いかただ。まったく、なんだっていうんだ。ユージニア、言っておくが、私がこれまでベッドをともにした女のなかで、きっと激しさではきみが一番のはずだ。それなのに、私がきみに誠実ではないというのか？」

「わたしたち、結婚してまだそれほどたってないわ」

「それはそうだ。それでも、そんなふうに私に悪態をついていいはずはない。さあ、きみが望むと望まないとにかかわらず、明日はいっしょに買い物に行くからな——」アレックはそこでことばを止めた。その瞬間、生地のロールに囲まれた小鳥のような女の姿が見えたのだ。満足そうな目をくれながらおしゃべりする女。アメリカことばで話しているのはまちがいない。「ボルティモアのドレスメーカー、そう、その姿が心に浮かんだよ。記憶というのは奇妙なものだな。たとえば、そんなほとんど知らない女のことではなく、新婚初夜のことのほうを覚えているはずと思うものだ」

「きっとあなたにとっては忘れられない夜じゃなかったのね」

「さあ、それはどうかな、ユージニア。それで、私には趣味の悪い、ファッションセンスのない妻がいたわけだ。まあ、それはそれでよかったんだろうな。胸を隠すために自分でボディスにレースを縫いつけるなんてことは二度としなくていいようにするよ」アレックはそこでまた笑いだした。太い声で心底おかしそうに。ジェニーは彼を殺してやりたくなった。アレックは笑いすぎて腹を抱えている。「ああ、このレースといったら！　ほつれてぶら下がっているのもあったぞ。胸が丸見えだった」

アレックはまだジェニーの手首をつかんだままだったため、ジェニーは彼をなぐりつけてやることもできなかった。

「ほつれた糸も見えたが、レースやドレスやこの忌々しいひだ飾りと同じ色でさえなかった」

アレックは大笑いをつづけた。

ジェニーはキャリック家のタウンハウスに着くまで、彼をそのまま笑わせておいた。外はまた大雨になっていた。ジェニーはアレックの手を借りずに馬車から降り、玄関への狭い石段を駆け昇った。

スカートをつまみあげて二階へと階段を昇っているときにさえ、玄関ホールにはいってきたアレックの笑い声が聞こえていた。

しかし、三十分後、彼女の寝室にはいってきたアレックは笑っていなかった。彼はベッドのそばで足を止めた。「どうしてここで寝る？　この部屋は気に入らないんだろう。私の部屋をいっしょに使おうと言ったじゃないか」

「あなたの頭をなぐりつけてやりたくて。でも、そうすると殺人の罪で逮捕されるから、ここでひとりで寝ることにしたの」

「特別な申請書にサインしておくよ。もし妻が私の頭を棍棒でなぐっても、タイバーンで絞首刑になることはないようにしてほしいと。さて、いっしょに来るかい？　それとも、私がここできみと寝ようか？」

「アレック」ジェニーの声はか細かった。「いまはあなたのこと、好きじゃないの」

それ以上ことばはつづかなかった。アレックがすばやく身をかがめたと思うと、上掛けごと彼女を腕に抱きあげ、自分の寝室へと運んだからだ。「つづきのドアは板を打ちつけて封じておくよ。きみは私のものだ。これでこの話は終わりだ」

それからゆっくりとても濃厚なキスをした。ジェニーは逆らう理由をひとつも思いつけなくなった。

「わかったわ」と言って、今度は自分からキスをした。

「ああ」アレックは美しい目をきらめかせながらジェニーを仰向けに横たえると、ガウンを脱いだ。裸体はとてもきれいでたくましく、ジェニーは彼を抱きしめて永遠に放したくないという思いにとらわれた。アレックはにやりとして彼女を見下ろすと、次の瞬間にはネグリジェを脱がせて彼女をうつぶせに転がしていた。「さて、やってみたいことがあるんだ。きっときみも気に入るよ」

そう言ってジェニーを四つん這いにさせ、その上におおいかぶさった。貫かれてジェニーは背をそらし、尻をアレックの腹に押しつけた。アレックは彼女の耳にキスしながらうめいた。それから腹を撫で、その手を下ろして彼女を見つけていたぶった。今度は声をあげるのはジェニーの番だった。「アレック、ああ、お願い、アレック――」

アレックは指で悦びを与えながら何度も彼女を貫いた。深くつかれながら、ジェニーはキスをしたいとばかり思っていた。彼の舌を口のなかに感じたい。アレックがクライマックスに達して温かい息が頬にかかった。

「とてもよかったわ」ジェニーはアレックの肩に頭を載せて横向きに寝そべって言った。

「ああ、ほんとうに」心ここにあらずの声だった。

「どうしたの、アレック？　どうかしたの？」

「前にもこれをしたことがある」

「ええ、ボルティモアで」

「見えたわけじゃないんだ――ほかの記憶の断片のように脳裏に浮かんだわけじゃない。ただ、感じたんだ。わかってもらえるかな。知っている感覚だった――きみのなかに深くはいる感覚。手でさわったきみの胸の感触には覚えがあった。とても豊かでやわらかい。それに、ああ、きみの腹。それできみが身を震わせて背をそらす感じ。きみのなかにとても深くはいっているせいで、私がきみの一部になったか、その逆か、そんな気がした」

そのことばは強烈にエロティックだった。ジェニーは肘をついて身を起こすと、首をかがめて彼にキスをした。

「つまり、赦してくれるのかい？」

「たぶんね」またキスをする。「怒っていたいとどれほど思っても、あなたに腹をたてつづけているのは無理よ。わたしって意志の弱い女だわ」

まさにそのとおりとは思えなかった。が、アレックはどうして自分がそう感じるのかよくわからなかった。彼女がひどく腹をたてていたのはたしかだ。自分が同じ立場だったとしても同様に怒りに駆られていたことだろう。頭のなかが真っ白になってから知った妻は、夫に対しても継娘に対しても、いつもやさしく、穏やかで、すばらしく親切で、献身的だった。しかし、なにかがまちがっている気がした。アレックは表面が白くなめらかな天井を見あげて首を振った。それがなにかはわからない。ジェニーはゆったりと体をあずけてきており、眠りに落ちたのか、やわらかい呼吸は規則的になっていた。

翌朝、ピピンが火をおこしにきた。ベッドのほうに目をくれると、上掛けの下で抱きあい、まだ眠っている主人と女主人を見てにっこりした。

アレックが目を覚ますと、部屋は暖かくなっていた。上掛けを押しやってジェニーの腕から身を離すと、彼女の胸を見下ろした。白く、やわらかで、より豊かになっている。アレックは軽く胸の先に触れた。

ジェニーは身震いし、目を開けた。

「おはよう」

ジェニーは無意識に身を差しだすように笑みを返した。アレックはほほえみつづけていたが、それは無理につくった笑顔だった。彼は急いでジェニーの体に上掛けをかけた。

「今日はきみのものを買いに行く」と言って、ナイトスタンドの時計で時刻をたしかめた。

「もうかなり遅い時間だ、ジェニー。昨日の晩の活動をつづけたいのは山々だが、今日はしなくてはならないことが多すぎる」

そうしてアレックはマダム・ジョーダンのところへジェニーを連れていった。本物のフランス人だったが、イギリス人と結婚し、その夫をトラファルガーの海戦で亡くしている女性だった。「もう何年もこの名前を使いつづけていますから」マダム・ジョーダンは気安い口調で説明した。「もういとつの名前を使う必要はありません」

またボルティモアのときのくり返しね、とジェニーは胸の内でつぶやいた。夫とマダム・ジョーダンは、指を鳴らしただけで三人の助手に持ってこさせた生地や型紙を選ぶ作業にとりかかっていた。妊娠についても、まるでジェニーがそこにいないかのように充分に話しあわれた。おなかの子が大きくなるにつれて簡単にサイズを変えられるスタイルのデザインが選ばれた。

ジェニーが寸法をはかられているあいだも、アレックはそばで見守った。恥ずかしがっていいのか、腹をたてていいのか、ジェニーにはわからなかった。疲れすぎていてどちらも無理だと判断して、言われたとおりにおとなしくしたがった。三十分後、休憩を宣言したのはアレックだった。

「妻にはこのドレスと、それから、このマントにしよう」

裏に目を疑うようなクロテンの毛皮のついたペールグレーのヴェルヴェットのマントだった。ジェニーは生まれてこのかたそんなものを持ったことはなかった。それどころか、ボルティモアでは見たことすらなかった。ドレスのほうは、ハイウエストのやわらかいペールブルーのモスリンで、ジェニーによく似合い、ふくらんできた腹もとてもいい具合に隠してくれた。ふち飾りもリボンもなにもなかった。その簡素さこそがジェニーのスタイルだとアレックはきっぱりと言った。

「結構です、男爵様」とマダム・ジョーダン。「奥様は運がいいです」マダムはジェニーの頬を軽く叩いてつけ加えた。「気前のいいご主人ですね。奥様も大事にされますわ」

そう聞くと悪い気分ではなかったが、うわべだけのことだった。ジェニーは大事にされたくなどなかった。まあ、立場にふさわしい衣服を選んでくれるという場合はいいが、それだって自分で買える。結局、造船所も、そこの利益も全部わたしのものなのだ。そこでふと、アレックに造船所を正式に譲渡してもらわなかったことを思いだした。造船所はまだ彼の名義になっていた。でもだからどうだというの？　ふたりは結婚しているのだから、造船所はふたりのものだ。共同で所有しているということになる。ジェニーは内心の自問に肩をすくめて答えた。

「明後日」ポーツマス・スクエアへ馬車で帰る途中、アレックが言った。「ノーザンバーランドへ発つ。そのときまでには充分な数のドレスが手にはいっているはずだ」

「じゃあ、ごいっしょするに足る人間とみなしていただけたのね？」

「皮肉を言うんじゃない。選択の余地がなかっただけだ」アレックがほんとうは連れていきたくないと思っているのはありありとわかった。

「ハリーも」

「そうだ、娘もだ」

ジェニーは自分がすばらしく力になれると保証したかったが、アレックの眉間に寄ったしわを見て口を閉じた。わたしは臆病者の女になり下がってしまったと思いながら。そう考えるのは愉快なことではなかった。

22

「おや！　アレックじゃないか！　ああ、お帰り」

アレックはハッと振り返った。乗っていた雄馬のカイロがそれに抗議するようにいなないた。〈ホワイツ〉の入口のそばで男が手を振っている。背が高く、黒髪で、立派な身なりのほっそりとした男だ。軍人のような物腰をしている。いや、それだけではない、とアレックは胸の内でつぶやいた。軍人のような物腰をしているだけでなく、この男がじっさいに軍隊にいたことを私は知っている。アレックは首を振った。それは真実だが、どうやってそれを知ったのかはわからなかった。

彼はにっこりして手を振り、手綱を引いてカイロを停めた。馬から降りると、男の差しだす手を握った。

「きみが帰ってくることは聞いていたよ。アリエルと二週間ばかりロンドンにいるんだ。ドラモンド・ハウスにいる。息子たちもいっしょで、大好きな伯父さんといとこにとても会いたがっている。ハリーは元気かい？」

「しかし、私には兄弟はいないはずだが」アレックは自分に似たところがあるだろうかと相手の男の顔をまじまじと見つめながらゆっくりと言った。「少なくとも、いないと私は思っているが」

「アレック、いったいどうしたんだ？〈ホワイツ〉にはいってブランデーを一杯やろう。結婚したと聞いたよ。ほんとうかい？　アリエルがきみの奥さんに会いたくて待ちきれないでいる」

アレックはうなずき、控えていた厩番にカイロを渡すと、男といっしょに〈ホワイツ〉にはいった。

アレックはオークの羽目板を張った広い読書室に席をとり、ブランデーを手にするまで待った。部屋にはかなり年輩の紳士がふたりいるだけで、ふたりの若い男にはまったく興味を示さなかった。アレックはグラスを掲げて言った。「すまないが、きみのことがわからないんだ。二カ月ほど前に事故にあってね。記憶を――その、失ってしまって」

「冗談だろう？」

「冗談だったら、持ってるものを全部差しだすよ。きみは私の兄弟ではないね？　きみの奥さんも私の妹ではない。それなのに、きみは私を息子たちの伯父と呼んだ」

驚愕の表情は消えなかったが、発せられた紳士らしい声はなめらかで穏やかだった。「私の名前はバーク・ドラモンド、レイヴンズワース伯爵だ。妻のアリエルはきみの最初の奥さんのネスタの異母妹だ。ネスタは五年ほど前にお産のときに亡くなってしまったが」

「ネスタ」アレックは考えこむようにしてグラスのブランデーをのぞきこんだ。「彼女の姿は何度も目に浮かんだ。そう、断片的にだが。そのなかには妊娠していていてにっこりとやさしい顔をしているものもあるんだが、ほとんどが死んで冷たくなって静かに横たわる姿で――」ことばがとぎれた。「きみは彼女の妹と結婚しているんだな」

「ああ」バークが答えた。「そうだ。もう五年半になる」

「それで、従軍したことがある」

「どうしてそれを?」

アレックは肩をすくめた。「そんな雰囲気があって、その――いや、ただそうとわかったんだ。われわれは親しい友人同士だったのか?」

「そうでもない。昔からの友人というわけではないからね。きみはアメリカのボストンで何年も暮らしていた。それから、ネスタとともにさまざまな場所を旅してまわった。きみがイギリスに帰ってきて、アリエルと私のところに滞在したのは一八一四年の八月のことだ。それからきみはネスタを連れてノーザンバーランドの領地へ行った。ネスタが亡くなったのはその年の十二月だった」今度はバーク・ドラモンドがことばをとぎらせた。こんな経験はかつてないことだった。アレックとはじめて会ったのは十年以上も前のことだ。彼はロンドンの社交界でご婦人たちに向けて解き放たれたばかりの、信じられないほど人気のある若い男だった。バークもアレックも社交生活をおおいにたのしんでいたものだ。しかし、年月が過ぎ、ふたりの行く道は分かれてしまっていた。

「ロンドンの医者には相談したのか?」

アレックは首を振り、ブランデーをひと口飲んだ。

「どうしてそんなことになったのか、話してくれる気は?」

「話せば長くなる」アレックはそう言ってにやりとした。「いや、じっさい、えらく短い話だ。倒れたマストにあたって、意識をとり戻したときには、自分が誰で、となりに横たわっている裸の女が誰なのか、まったく見当もつかなかったというわけさ」

「それがきみの奥さんか」

「ああ。ジェニーという名前だ。アリエルに会いたいよ。たぶん、会えばなにか思いだすかもしれない」

「奥さんといっしょに今晩夕食に来てもらわなくてはな。明日はアリエルといっしょに息子たちをきみの家へ連れていって、ハリーに会わせるよ。ハリーは大丈夫なのか?」

「つまり、自分のことを知らない父親といてということか? 残念ながら、隠してはおけなかった。娘は自分のことよりも私のことを心配してくれているよ。幼いがとてもませた子なんだ」

「昔からそうだったな」バークが立ちあがりながら言った。「息子たちが大きくなったら、誰がいたずらの指揮をとるかは明々白々だな」バークはそこで間を置き、それから、事実を述べる口調で言った。「息子たちはデインとジェイスンだ。デインはもう男の子と呼んでもいいぐらいになってきているが、ジェイスンはまだ赤ん坊だ」そう言ってアレックの手を握った。「きっとよくなるよ」

「ハリーも同じことを言ってるよ。私の手を軽く叩いて」

バークは笑った。

ネスタの妹ね、とジェニーは胸の内でつぶやいた。これで夫のことがもっとわかるかもしれない。ジェニーは夕食会にふさわしい装いをしていた。どのドレスを着て、どの宝石をつけたらいいか、アレックが選んでくれたからだ。ジェニーが宝石を持っていないことがわかると、アレックはすぐに事務弁護士のところへ行って、イングランド銀行の金庫のことを聞き、キャリック一族に二百年以上も受け継がれてきた宝石をとってこさせた。そしてその宝石のいくつかを、三年前にキャロライン・ラムが書いた実話小説をどうにか理解しようとしていたジェニーの膝の上にどさりと置いた。

「あら、これはなに？　おとぎばなしのなかから出てきたもの？」指のあいだから、ダイアモンドやルビーやエメラルドが垂れてきらめいた。

「それはあの金庫に長年眠っていたもののようだな。気に入るのがあるかい？」

文字どおり目を丸くしてひとつひとつ宝石を見ていたジェニーは、ただ凝視しつづけるしかできなかった。やがて笑いだしそうな声で言った。「じっと見つめていれば、きっと二度見するだけの価値が見出せるかもしれないわね」

ふたりは修理や加工の必要のない宝石を選んだ。金鎖をつけたシンプルなデザインのすばらしいルビーのネックレスがあった。アレックはそれを手にとり、やけどでもしたかのようにすぐに手から落とした。「ネスタのものだ」宝石をじっと見つめながらそう言った。

「きれいね。どうしてわかったの？」

「ただそうとわかった。ハリーのためにとってあったんだ」

「だったら、そのままハリーのためにとっておきましょう」ジェニーは穏やかに言った。

「これまで見たこともないほど大きなルビーだわ。どこで手に入れたものかはわかる？」

「見当もつかないね」

「まあ、いいわ。だったら、この真珠のネックレスは？　このピンクがかった色が気に入ったわ。どう思う？」

アレックもそれでいいと言った。その晩、ふたりはドラモンド家のタウンハウスへと出かけた。ジェニーは縁に大きな波型の縁飾りがついた淡いピンク色のシルクのドレスを着て、首には真珠のネックレス、耳には真珠のピアスという装いだった。長手袋と上履きも同じ淡いピンク色のやさしい色合いのものだった。この上なく美しいいでたちで、アレックは彼女にそう言った。「それで、誰かに着替えを手伝ってもらうのは悪くないと思うようになったかい？」

ジェニーは忍び笑いをもらした。「ミセス・ブリットはしまいに自分がやると宣言して、わたしには口応えを許してくれなかったのよ」

「身のまわりの世話をするメイドを雇うといい。ミセス・ブリットがきみと家事の両方に心を配るのはあまりに重荷だからね」

「たぶん、そのことはキャリック・グレインジにおちついてから解決すればいいと思うわ」

アレックは抗議しようとしかけたが、すぐに、キャリック・グレインジでは自分がメイドのかわりを務めてもかまわないと思い直した。

ジェニーはレイヴンズワース伯爵夫妻を気に入った。伯爵夫妻はすぐにくつろいだ気分にさせてくれ、夫妻の前では、ジェニーも自分をでしゃばりのよそ者と思わずにすんだ。ジェニーはアリエル・ドラモンドの冗談ににっこりした。アリエルはこれまで見たこともないほどすばらしい赤毛をした魅力的な若い貴婦人だった。ふさふさとした巻き毛が、個性的でやさしさに満ちた魅力的な顔を奔放にとり巻いている。

夕食のあいだ、アレックは二カ月前に自分がどんな暮らしを送っていたか聞かされた。ナイト・ウィンスロップの名前が会話に登場した。ナイトの顔がはっきりと脳裏に浮かび、アレックは野菜のコンソメスープにむせそうになった。「金色の目の男だろう？　キツネ色の目の。背が高くて体つきは筋肉質だ。えらく愉快な男で、こっちは腹を抱えるほど笑ってしまう」

「それがナイトよ」とアリエル。「五年前の彼は、誰よりも声高に独身主義をうたっていたわ。お父様の人生哲学をそっくりそのまま踏襲するつもりだと、きっぱり言っていたし」

「お父様の人生哲学って？」とジェニーが訊いた。

「四十になるまでは結婚しない。結婚するときには羊ほども従順で子をたくさん産める十八の女をめとる。跡継ぎを作ったら、息子は父の考えや欠点やしくじりなどを知ることのないようそばから離して育てる。人生哲学って大かたそういうものだけど、これもかなりばかばかしいものだったわね」アリエルは首を振って忍び笑いをもらした。「かわいそうなナイト」ジェニーは身を乗りだした。アリエルの目がたのしそうに輝いたのだ。「それでどうなったのか教えてくださいな」

「ナイトは結婚したわ。いまは七人の子持ちよ」ことばが口から出たとたん、アリエルはたのしそうに噴きだした。「すばらしいなりゆきなの。わたしがこれまで見たなかで誰よりも美しい女性と結婚したんだけど、彼女にはすでに子供が三人いたの。まあ、じっさいには彼女の子供ではなくて、ナイトのいとこの子供だったんだけど。そのいとこは殺されたのよ。とても複雑でしょう？　それでそう、ふたりは結婚して、リリー——ナイトの奥さんだけど——彼女は双子をふた組産んだわ」

「そのナイトって人はまだお父様の人生哲学に執着してるんですの？」とジェニーが訊いた。

「まさか」バークがにやりとして答えた。「われらがナイトはあまりに家族にべったりなので、見ているだけで胸やけを起こしそうになるよ」

「ほんとうよ」アリエルがつけ加えて言った。「いつ見ても、少なくとも三人は子供たちが彼の手や足や耳につかまってるわ」

バークは妻にほほえみかけた。「ナイトはとても幸せな男だ」

「それにリリーはあまりに美しいので、男たちが思わず足を止めて見とれてしまうの。たとえ彼女が七人の子供たちを引き連れていたとしてもね。そうやって自分の妻をぽかんと眺めている哀れな男たちを前に、ナイトが無関心を装って我慢強い男を演じているのを見ると、ほんとうにおかしいのよ」

「きみも見とれるのか、バーク？」アレックが片眉を上げて訊いた。

「ごくたまにね。うちの奥さんを怒らせてやろうとするときだけだが」

「うぬぼれ屋なんだから」アリエルがとても愉快そうに言った。

夕べはたのしい雰囲気でつづいた。バーク・ドラモンドが義理の姉だったラニーの名前を出したときに、またアレックの脳裏に過去に会った誰かの姿が浮かんだ。このラニーについてははっきりとその姿を思い浮かべることができた。おしゃべりをつづけるラニー。その小さな手に袖をつかまれて、フォークに刺したカモ肉を忘れている自分。彼女がどんな様子だったかは完璧に説明できた。

ジェニーはテーブルの面々に向かってにっこりした。「日々思いだすことが増えているの。たぶん、キャリック・グレインジに行ったら、全部思いだすんじゃないかしら」

「じゃあ、きみたちはしばらくロンドンで過ごすんじゃないのか？」とバークが訊いた。

「ああ」とアレック。「グレインジで問題があってね。屋敷が火事になり、財産管理人が殺されたそうだ」

「なんてことだ」

「恐ろしいわ」アリエルが言った。「グレインジは築二百年以上の大きな邸宅よ。家具も高級なものがたくさんあったわ。いくつかは難を逃れているといいんだけど。子供のころに住んでいた家を見れば、記憶も戻るわよ、アレック」

「もう一度頭を打てばいいと思うんだが。妻がときおりなぐろうかと申し出てくれるけどね」

「おふたりがどうやって出会ったのか話して聞かせて」とアリエルがせがんだ。

「私には無理だ」とアレック。

ジェニーはかいつまんで説明した。もちろん、娼館や自分がズボンを穿いていたことには言及しなかった。アレックはなにを聞いても思いだしたそぶりは見せなかった。彼がバークの元の義理の姉を思いだして、妻を思いだせないことにはがっかりさせられた。

「おなかが目立ってきてるのね」ポートワインと葉巻をたのしむ男たちを残して部屋を出てから、前置きなしにアリエルは言った。

「ええ、そうなの。もう気分が悪くなることはめったにないんだけど、イギリスまでの船旅は記憶から消し去りたいほどよ。こんなことにしてくれて、アレックを殺してやりたいと思いながら、自分が死にそうになっていたわ」

「ええ、そうよね。男の人ってにやにやしながら女のおなかを撫でるだけだもの。バークがそうだったわ」

「アレックはわたしのおなかに手を置いて眠るのがとても気に入っているの。自分が神になった気分になるなんて言ってるわ」

「これまではとても辛かったんじゃない？」

アリエルのやさしいことばを聞いて、ジェニーはわっと泣きだしたくなった。そのことに自分でもぎょっとして羞恥《しゆうち》に駆られ、ごくりと唾を呑みこんで顔をそむけた。

「結婚した相手が自分を覚えていないなんて、わたしにはとうてい想像もつかないけど、とてつもない試練にちがいないわ。これだけはわかって、ジェニー。アレックはいい人よ。ネスタが亡くなったことは彼にとってひどい打撃だった。彼女のことがとても好きだったから。最初はハリーなどいらないと言っていたぐらい。彼女のこと、ネスタの死の原因だとみなしていたのよ。ネスタが亡くなったあとにわたしとバークが彼を訪ねて、ハリーを引きとろうと申し出たの。そのときになって、アレックは自分がなにをしようとしているか気がついた。そして、ハリーを手もとに置いておくことにしたわ。これまでのハリーの育てられかたはとても変わっていたけど、アレックが彼女のことをあれだけ愛しているのだから、問題にはならないと思う。いまハリーにはあなたがいるわ。ジェニー、あなたはとても賢明《けんめい》な女性のようだし。継娘とはうまくやっているの?」

「とてもうまくやっているわ。ハリーがわたしのことを好きじゃなかったら、彼女の父親がわたしとの結婚を考えることはなかったと思うもの。ハリーが自分の思いどおりになるようにうまく父親をあやつっているってわけじゃないのよ。ただ、あのふたりはお互いの気持ちがとてもよくわかっているの。いまハリーはわたしのことも面倒を見ようとしてくれているわ」

「あの子があなたに嫉妬しなくてよかった」

「あら、嫉妬だなんてまさか。結婚する前から弟か妹がほしいって言っていたのよ。たぶん、わたしのこと、その目的を達するための手段とみなしているんだわ」

「もっと正確に言えば、あなたのこと、自分の父親を幸せにしてくれる女性だと思っているのよ」

ジェニーはそのことばを聞いて片眉を上げ、物足りなそうな口調で言った。「ときどき思うの。自分があなたがさっき言っていたリリーほども美しかったならって。アレックは男としてとても美しいけど、それと同じぐらいリリーはきれいな女性なの？」

「まあ、そう言えるでしょうね。ふたりがいっしょにいたら、みんな目を丸くして沈黙するかもしれない。文明の発展のためにはふたりはいっしょにならないほうがいいわ。でも、そう、ジェニー、アレックは自分がどれほどハンサムかってことには無頓着な人よ。リリーもその信じられないほどの美貌についてそうだけど。アレックは意志が強くてラバみたいに頑固でもあるわ。誠実すぎるほど誠実な人よ」

「あの人が女の役割についてとても明確な考えを持ってるってこともつけ加えないと」

「どういうこと？　役割って？」

「わたしの父はすぐれた造船業者だったの。わたしも船の設計や造法を教えられて育ったわ。それでわかったんだけど、男って女が自分たちと同じ知識を持つことに耐えられないのよ。理解できないけど、ほんとうのことだわ。アレックが現われなかったら、造船所はわたしのものになっていたけど、自尊心を持つ男の人たちが女のわたしとは取り引きしないせいで、きっと破産していたことでしょうね」

「アレックもそういう男のひとりだったと？」

「まさか。たしかに派手な言い争いはよくしたけど。それから彼が事故にあって、わたしは口応えをしないようになったわ。自分の意見は心の奥底にうずめておくようになった。だってアレックにはわたしが必要だったから。いまもそうよ。アレックよりも大切な人なんて誰もいない」

「そうなの」アリエルはゆっくりと言った。これでよくわかった。このとても傷つきやすそうな若い女性はアレック・キャリックを心から愛しているのだ。ジェニーは夫に負けず劣らず意志の強い人間でもあるようだった。同じぐらい頑固でもある。「いまあなたは彼の子供を宿しているわ。彼の娘の継母でもある。要するに、ちゃんとした妻として女がやるべきことはすべてはたしている。つまり、そういうことよね？」

「ええ」

「そう、わたしの姉のネスタはアレックのためには人殺しも辞さない感じだった。覚えているかぎり、一度もアレックに逆らったことはないわ。そのかわりアレックは姉にとてもやさしかった。寛大でおもしろくて。でも、つねに彼が主だったわ。責任をとるのも、物事を思いどおりに動かすのも彼。保護者でもあった。ふたりが言い争いをする姿は記憶にないけど、姉たちが結婚していたあいだ、わたしはそれほどいっしょに過ごしたわけじゃないから。アレックが家では暴君になっていた可能性もあるわね」アリエルは肩をすくめてほほえんだ。

「アレックの性格についてはあまり決めつけてはだめね。でも、ネスタは離れて暮らしているあいだ、たくさん手紙をくれたの。アレックのことはおかしくなりそうなほどに愛していた。姉から見たら、アレックがまちがったことをするはずはなかった。姉のほうは敷物みたいに踏みつけにされてもかまわないほど従順だったわ」

「彼女がそうだったとしたら、たとえ聖人であっても暴君になるかもしれないわね。しかもアレックはけっして聖人じゃないし。わたしは敷物にされているとまでは思わないけど」

──ジェニーは前の晩に怒鳴りあったことを思いだして笑みをこぼした──「でも、女のほうが気をつけないと、そうなることもあるかもしれない」

「アレックが以前の彼に戻ったら、状況はちがってくるわ。でも、ネスタの話に戻ると、いまネスタのことを思うと、アレックといっしょだった五年間、姉はとても幸せだったと思うの」

「アレックが再婚しようと思っていなかったのはたしかだわ」アリエルを見やると、伯爵夫人のきれいな目には興味と不安が宿っていた。ジェニーはあっさり降伏した。アイリーン・ブランチャードという女とのぞっとするような一件についてすべて話して聞かせた。

「──それで、アイリーンがそう言ったの。アレックは再婚したいとは思っていなかったって」

「なんて不愉快な出来事なの。きっとその女性は袖にされた愛人か──」

「もしくは恋人。そのちがいはたしかお金の有無よね」

アリエルはジェニーをじっと見つめていたと思うと、噴きだした。「バークに訊いてみるわ。たしかなことを知っているはずだから。ところで、アレックに関してわたしが聞いた話では――そう、アレックは美しい人よ。女たちは彼といっしょにいることをとてもたのしいと思うわ。ジェニー、こんなことを言って気を悪くしないでもらいたいんだけど、あなたはアレックの亡くなったおとなしい妻ほど従順には見えない」

「ええ、そのとおりよ。でも、さっきも言ったけど、アレックは気づいてないの。わたしのこと、やさしくて献身的で従順な妻だと思ってる。あの恐ろしい事故以来、そういう姿しか見せてないから。正しいことじゃないけど」

「なにが正しくないんだい？」

居間の入口のところから、アレックがほほえみかけてきた。

ジェニーは少しもためらうことなく言った。「あなたたち紳士がふたりきりでダイニングルームに残り、あの高価なフランス産のブランデーを飲みながらゴシップを交わしていることよ」

「家に着いたら、きみにも少しごちそうするさ。酔わせてもいいな。もっときみがほぐれるように」

そんなことをする必要があるかのようね、とジェニーは胸の内でつぶやいた。ほぐれるどころか、アレックに見つめられただけで、はちみつのようにとろけてしまうというのに。

一時間後、ふたりはほんの少しブランデーをたしなんでいた。寝室の暖炉の前で、ジェニーはアレックの膝の上にすわっていた。彼はいつものようにそっと彼女の腹を撫でている。

「きみはまだずいぶんと細いな」と彼は言った。

「ふん。あなたって春のキジほども丸々とした女をお好みなのかしらと疑いたくなるわ」

「いや」アレックは考えこむようにして言った。「たぶん、そんなことはないな。ジェニー、キスしてくれ。きみと愛を交わしたくてたまらないよ」

「今朝交わしたばかりじゃないの」

「そんな昔の話かい？　きみは残酷だな。それだけ長いあいだ私を拒絶するなど」

「拒絶したことなどないでしょう」ジェニーはネスタのことを思いだし、その瞬間、彼女も同じように考えただろうかと思った。

翌朝、レイヴンズワース伯爵夫妻はふたりの息子をハリーに会わせるためにやってきた。ジェニーの見たところ、五歳の継娘は幼い男の子たちに対し、やさしいがふざけたことは許さない母親を演じていた。アレックとジェニーがキャリック・グレインジに行っているあいだ、自分がハリーをあずかるのはどうかとアリエルに訊かれ、アレックはすぐさま娘に向かって言った。

「そうするかい、ハリー？　きっと男の子たちを正しく育てるためのこつを叔母さんに教えてあげられるぞ」

ハリーは父を推《お》し量《はか》るようにじっと見つめた。それからにっこりとほほえんだ。美しい笑みで、ジェニーは息を呑んだ。最近ハリーがあまり笑わなくなっていたことにこれまで気づいていなかったのだ。突然ハリーは幼い女の子に戻った。「いいわ、パパ。バーク叔父様とアリエル叔母様さえよければ」

「喜んであずからせてもらうよ」とバークが言った。

「だったら、いいわ」と言ってハリーはジェニーに目を向けた。「あたしがいなくても大丈夫？」

「ええ、でも、ものすごくさみしくなると思うけど」


その日の夕方、ジェニーは書斎で書き物をしているアレックを見つけた。

「なにをしているの？」

アレックは無意識に手で顎をこすった。「〈ナイト・ダンサー〉のこのあいだの航海についての記録さ」

「わたしにやらせてもらえない？」

アレックは救いの神が現われたという目でジェニーを見た。「ほんとうにいいのかい？」

「もちろんよ。わたし――あなたにとって役立たずのお荷物にはなりたくないの、アレック」

アレックはペンを机の上に放って椅子に背をあずけ、にっこりとほほえんだ。「お荷物だって？　ばかげたことを言うね。きみは私の妻だ、ジェニー。私の子供を宿している。これをするのがきみにとってたのしいことなら、どうぞやってくれ」

ジェニーは数字の合計を出しながら、アレックが記憶をなくしていなかったら、こういう仕事をやらせてもらえただろうかと考えた。そうは思えなかった。十月にボルティモアにやってきたアレックはそういう人間ではなかった。

キャリック夫妻はクリスマスが過ぎてからロンドンを発った。一月七日、馬車は頑丈な鉄の門をくぐり抜け、キャリック・グレインジにつづく長い並木道へはいった。歯の抜けた老人が馬車に手を振り、アレックは帽子を傾けた。門番だな、と彼は声に出さずにつぶやき、記憶が完全によみがえり、自分が以前の自分に戻るときが来るのを待ちつづけた。すぐに思いだしたものはいくつかあった。たとえば、邸内路のそばにある信じられないほど太い幹のオークの木。あの木には私のイニシャルが深く彫られているはずだ。キャリック・グレインジが見えてくると、アレックは息を呑んだ。三階建てで両端にふたつの円筒形の小塔があり、いくつもの煙突陶冠《とうかん》とマリオン窓と彫刻をほどこした大きな扉を持つその建物は、中世の城とエリザベス女王朝時代の邸宅が嘘のようにうまく融合したものだった。年月を経ておちついた色合いになった赤レンガの多くが、火に焼かれたせいで黒ずんでいたが、損傷が大きかったのは東棟だけのようだった。私の家か、とアレックは胸の内でつぶやいた。私が幼少期を過ごした家。記憶が次々に湧き起こってきて頭をいっぱいにした。鮮明な記憶がほんの一瞬、すばやく心をよぎった。溶けた金のようにやわらかい髪をしたとても美しい女を見あげている自分。その女性が母であることはわかった。自分はまだ幼く、背中になにかを隠している。母に見せたくないなにか。残念ながら、それがなんであるかは思いだせなかった。それから、黒いバーバリ馬に乗った背の高い威風堂々たる男が笑いながら自分に話しかけている。自分はやはりまだ幼い子供だった。やがて、現われたときと同じぐらい唐突に、威風堂々たる男は姿を消し、彼は母とふたりで残され、母は泣いていた。「ああ、くそっ」アレックは首を振った。その情景に痛みを感じたのだ。もう何十年も感じていなかった心の痛み。

「アレック？　大丈夫？」

ジェニーに話しかけられてアレックは現実に戻った。ジェニーの手が外套の袖をしっかりとつかんで体を揺さぶっている。アレックはこれ以上思いだしたくなかった。あまりに心が痛んだからだ。心臓がばくばくし、息は荒くかすれていた。

玄関の石段に老いた男が立ち、アレックを見つめていた。この男はいったい誰だ？

「旦那様！　ああ、ありがたい。お帰りなさいまし」

きっとスマイスにちがいない。アレックが幼いころからキャリック家に仕える執事。事務弁護士にスマイスと家政婦のマクグラフ夫人のことは聞いていた。

正面の大きな扉からなかへ足を踏み入れると、記憶ではなく、荒々しくひりひりするような感覚が全身を貫いた。吹き抜けになっている大きな玄関ホールは煤《すす》で黒く汚れてはいたが、それほど損なわれてはいなかった。アレックは荒れ狂う激しい感情に襲われた。うっとりするような幸福感と涙が目を刺す悲しみ。どの感情も自分自身のものだということはわかった。それがずっと昔感じたものであったとしても。記憶をとり戻すために帰ってきたのだったが、記憶にともなう感情にとりつかれてしまったのだ。アレックは声に出してつらつらと悪態をつき、その感情を振り払おうとした。ジェニーは彼をじっと見つめていた。スマイスも同様だった。

マクグラフ夫人が言った。「旦那様、どうなさったんです?」

ジェニーがすぐさま前に進み出た。「旦那様はご病気なの。家に戻ってきたのできっとよくなるわ」

「お伴なしでですか?」スマイスがふたりを案内し、カーブする階段を二階へと昇りながら言った。

「それが問題か?」とアレックが訊いた。

「財産管理人を殺した男たちがまだ野放しになっています。危険かもしれません」

「それでも、おまえもここで暮らしているじゃないか、スマイス。ほかに使用人は何人いる?」

スマイスは使用人のことや、グレインジが受けた損害、地元の治安判事、サー・エドワード・モーティマーの推理などについて報告した。主寝室に着くと、扉を大きく開いた。

「まあ、すごい」ジェニーはありえないほどに壮麗《そうれい》な部屋を目にして言った。王のために設計され、家具調度をしつらえたような巨大な部屋だった。カーテンはみな金色の厚手のブロケードで、黒っぽい色のどっしりとした椅子やソファーが置かれ、磨きこまれた板張りの床には、なんとも贅沢《ぜいたく》で華美なオービュッソンのカーペットが敷いてあった。高価なデンマーク製のレンガで作られた暖炉には暖かい炎が燃えている。ジェニーは暖炉のそばに寄って手を暖めた。目の端でアレックを見やると、部屋の中央につっ立ったまま動かず、なにかが起こるのを待っているようだった。気を張りつめて警戒心をあらわにしている。

アレックにとって幸いなことに、心にひそんでいた感情や感覚が襲ってくることはなかった。彼は身動きせずにその場に立ちつづけたが、心にはなにも浮かばなかった。

「神よ、感謝します」とアレックは言った。

真夜中になって、ジェニーとアレックは暖炉の前の大きく深い肘かけ椅子に身をおちつけた。ジェニーはアレックの膝の上に抱かれていた。

「ありがたいことに、大きく損なわれたのはほとんど東棟だけだ。財産管理人のアーノルド・クルースクの部屋があった棟だ。殺人者は彼の息の根をどうしても止めたかったようだな。使用人の多くと話をしたんだが、みな殺人者が火をつけたとは思えないと言っていた。事故にちがいないと。グレインジにはこの土地の誰もが強い愛着を持っているから、損ねるなどありえないというんだ」アレックはため息をつき、頭を椅子の背にあずけて目を閉じた。

「この部屋では記憶に襲われることもないんでしょう？」

そう聞いて散漫になっていた注意がジェニーに向き、アレックは目を開いた。「知っていたのか？」

「ええ。記憶のせいでひどく辛い思いをしていたでしょう。でも、ここでは放っておいてもらえるのね」

アレックは妻に目を向けた。妻が夫のことをこれほどよくわかっていて、夫の身になにが起こっているのか見通しているとは少々怖いほどだった。ジェニーはスマイスやマクグラフ夫人や現在グレインジに住みこんでいる六人ほどの使用人たちとすでにふつうにやりとりしていた。みな女主人がアメリカ人であることは気にしていないようだった。この家の主人たる夫の身を心配しているのがはっきりわかるために、使用人たちは女主人の命令になんでもしたがう姿勢を見せていたのだが、アレック自身はそのことに気づいていなかった。

「きみはとても賢いんだな」

「あなたが知っている以上にね、旦那様」ジェニーはアレックの喉に顔をすり寄せた。「まちがっていたら言ってね。これまでもあなたの心に過去の情景が浮かぶことはあったわ。でも、いまここで起こっていることがそれとちがうのは、それぞれの出来事のときに味わった感情もよみがえっているということよ。辛いことにちがいないわ。痛みは耐えなければならないときには耐えられるものよ。でも、なんの脈絡《みゃくらく》もなく突然それに襲われるのは――とても耐えられないはずだわ」

「まったくきみの言うとおりだ。心を乱されるよ」

「ああ、アレック、あなたって控えめに言う天才ね。この世の誰よりもすばらしい人だと思うわ。心から愛してる」

ことばが口から出た瞬間、ジェニーは手で口をふさいだ。が、すでにことばは出てしまったあとで、とり戻すことはできなかった。ジェニーはぎょっとして怯えるようにアレックを見つめた。心臓がばくばくいった。

アレックはゆっくりと笑みを浮かべた。それから少し彼女の体を引き離すと、両手で顔を包み、キスをした。彼の息は温かく、夕食に飲んだ甘いクラレットの味がした。彼の舌が唇に触れ、ジェニーは唇を開いた。そして、口も、体も、自分のすべてを差しだした。舌が舌に触れ、全身が炎に包まれる。その熱さは腿のあいだに集まり、そこを熱くうずかせた。

「アレック」口をつけたままジェニーは言った。

「私を愛していると言ったのははじめてかい？」

「ええ。以前は自分でもわからなかったから。それに、わかってからも、あなたに伝えるのが怖かった」

アレックはジェニーの口の端を噛み、舌で舌をまさぐりながら手で胸を愛撫した。「伝えるのが怖いなんてどうしてだい？　きみは私の妻なのに」

「だって、あなたはわたしを愛していないもの。一度も愛してくれたことはなかった。わたしのことはどこか変わった女――趣味やセンスの悪い女――だとみなしていて、かわりに買い物をしてやらなければならないと思っていただけよ」

「そんなこと、はじめて聞いたな」アレックは言った。「私を愛していると怖くて言えなかったって？　なあ、そう言われるのはなんともすばらしい気分だよ、レディ・シェラード。男というものは愛されたいもので、自分の女がその身をすっかり差しだしてくれるのを望んでいるんだ」

そしてそれこそ、わたしがこれまでしてきたことね、とジェニーは思った。

「ほかにもなにか知っていることがあるのか、ジェニー・キャリック？　きみは変わった女じゃない。とてもやさしくて愛情深い妊婦だ。私はきみに夢中だよ、ジェニー。いま私がきみになにをしたいかわかるかい？」

ジェニーの鼓動が深く大きくなった。

「ああ、きみも私にしたいことを思い描いているのかな？」

ジェニーは彼の口を見ながらうなずいた。彼への気持ちをことばで表わすことはできなかった。

記憶はだいぶ戻ってきている。きっともうすぐよ。ジェニーにはわかっていた。

23

アレックの記憶は瞬時にすべて戻ってきたのだったが、ふたりともジェニーがそのきっかけになるとは思ってもみなかった。

ジェニーは損壊した東棟にあるアーノルド・クルースクの執務室で、書類や帳簿を熱心に調べていた。五年間のグレインジの収支を記した焦げた書類の束を調べたが、重要と思われるものはなにもなかった。財産管理人がなぜ殺されたのか手がかりになるようなものもなにも見つからなかった。オフィスは煤で汚れていたため、ジェニーは男の衣服に身を包んでいた。ボルティモアの造船所で着ていたのと同じ服だ。

キャリック家の従者であるジャイルズに指示を出してから、焼けた棚のてっぺんに不安定な状態で載っているフォルダーをとろうと爪先立ちしていると、誰かが近づいてくる音が聞こえた。ジェニーは振り向いてにっこりした。焼け焦げた部屋にアレックが恐る恐るはいってきたのだ。

ジェニーは挨拶をし、サー・エドワード・モーティマーとの面談についてアレックに訊こうとしたが、そこでジャイルズが質問してきた。彼女はそれに答えてからアレックのほうに目を戻した。アレックはじっと彼女を見つめていた。ジェニーは汚れた手をズボンにこすりつけながら、問うように頭を一方に傾げ、にっこりした。「なあに、男爵様?」

アレックは動かなかった。動きたいと思っても動けたとは思えなかったが、動きたいとも思わなかった。ひとりの人間が持ちうるとは思えないほどの感情や情景や記憶が頭のなかでぐるぐるとまわり、大混乱を引き起こして頭が混沌《こんとん》としたのだ。それからまた突然、すべてが正しい位置におさまった。はじめて会ったときのジェニーの姿が見えた。男の服を着て〈ペガサス〉の甲板に立つジェニー。はじめて会ったその瞬間の自分の思いもよみがえってきた。ジェニーはいまジャイルズにしたように、男たちのひとりに命令をくだしていた。なんてことだ。アレックはどこかぼんやりと思った。記憶が戻ったのだ。

「アレック? 大丈夫?」

「ああ、たぶん」と彼は答えたが、身動きはしなかった。おりに触れ、記憶が戻ったら、そのあまりの量に頭が爆発してしまうのではないかと思っていたが、そうはならなかった。なにもかもがあるべき場所にぴたりとはまった。ジェニーもそうだ。

ジェニーはというと、なにかが変化したことに気づいていた。急いでジャイルズに向かって言った。「いまのところそれでいいわ。手伝ってくれてありがとう」

アレックは従者が立ち去るのを見送った。もちろん、ジャイルズのことも思いだしていた。五年ほど前に自分で雇った従者だ。ネスタがハリーを産んで亡くなる少し前に。アレックは妻に目を向けた。造船所を牛耳っていた信じがたいアメリカ人の妻。アレックはとても愉快そうにきっぱりした口調で訊いた。「また男の真似をしていったいなにをしているのか訊いてもいいかな?」

その冷たくよそよそしい声を聞いてジェニーはその場に凍りついたようになった。この人は今朝早く自分を起こしてくれた男ではない。手で体を撫で、口を胸にあてて、きみはかわいくてやわらかくて魅力的だとささいやいてくれた男ではない。別のアレックだ。わたしが結婚したときのアレック。ジェニーは驚愕の思いにとらわれた。彼の発したことばはどうでもいい。ことばなど重要ではない。ああ、記憶が戻ったのだ。ようやく記憶が戻ったのだ。

「思いだしたのね」ジェニーは興奮のあまりぶるぶると震えながら叫んだ。彼のために、自分のために、そしてふたりのために、ぞくぞくするものを感じていた。

「ああ、すべてね。きみにはじめて会ったときのことも。きみはいまと同じ装いをしていた。そして、やはりいまと同じように男に命令をくだしていた」

ジェニーはまた彼のことばは無視した。安堵と喜びが全身を貫く。うれしくて天にも昇る気持ちだった。嬉々として駆け寄るジェニーをアレックは胸で受け止めた。「アレック、ああ、アレック、やっと戻ってきてくれたのね。やっと自分に戻ってくれたのね。すばらしいわ! ああ、きっと竜をもやっつけられるような気分でしょう」

ジェニーは彼の頬や口や顎にキスをし、そのあいだずっといかれたカササギのように話しつづけた。

アレックはほほえんだ。ようやく心から。

「終わった」そう言ってジェニーの目をのぞきこんだ。「きみを見てすべてのかけらがぱっと元の場所におさまるとは奇妙だな。男の服を着たきみを見て。さっきも言ったが、はじめて会ったときのきみと同じだったんだ。ジャイルズと話しているときの首の傾げかただな、たぶん。しかし、着ているもののおかげでもある。それはまちがいない」

「だったら、額に入れて、恭しく飾っておかないとね」

アレックはそれに対してなんと言っていいかわからなかった。その瞬間、過去が現在と混じり合い、自分が事故の前と後ではどれほど変わったか気がついたのだ。そう考えてはっとした。ちがう、変わったのはジェニーだ。私ではない。これでジェニーは昔の彼女に戻ることだろう。アレックは自分が混乱におちいっていくのを感じた。たった五分前には単純明快だったことが、いまや精神的混乱を引き起こすものとなっている。アレックはジェニーの体を引き離した。

「アレック？」ジェニーの笑みがほんの少し揺らいだ。彼女は指先で彼の頬をなぞった。

「大丈夫？　頭が痛むの？」

事故以来、ジェニーは献身的でやさしく、従順だった。甘やかに降伏して夫の望みや欲望のまま、その身を差しだしてくれた。思いだしてみれば、ときおりそのことを不思議に思い、尋ねてみたこともあった。頑固な顎についてからかったこともある。記憶を失っていたアレックはズボンを穿いて焼け跡をうろつく彼女を見たら、ただ笑い飛ばしたことだろう。ジェニーが結婚した昔のアレックは——いまの自分はその昔のアレックに戻ったのだが——女が男の恰好をすることについて明確な考えを持っていたはずなのに、これまで非常に巧妙で賢明なやりかたであやつられてきたわけだ。裏切られた思いだった。昔からアレック・キャリックは甘んじて女にだまされる男のことは軽蔑してきた人間だ。それなのにジェニーにはうまくだまされてしまった。

アレックは指先で顎を撫でながらジェニーを見やった。「男のズボンを穿かれるとひとつだけ困ったことがあるよ、ジェニー」しばらくしてそう言った。「きみの体を奪うときには、全部引っ張り下ろさなければならない。だからこそ、女はスカートを穿くべきなんだ。そうすれば、男は裾をまくりあげていつでも好きなときに女をたのしめる」

ジェニーは一歩下がった。驚きと胸の痛みに襲われ、顔から血の気が失せた。しかし、声はおちつきを保っていた。「ズボンを穿いたのはここが汚かったからよ。古いドレスは小さくて着られなくなってしまったし。あなたが買ってくれた新しいドレスを台無しにしたくなかったの」

「思いだしてみると、きみは男の真似をしつづけようとするときには、いつもえらく理屈っぽかったな。どうしたって男にはなれっこないのに。昔から男をねたましく思っていたのかい、ジェニー?」

ジェニーは目を丸くしてアレックを見つめた。無頓着に発せられる残酷なことばを聞いて、腹のあたりで怒りが渦巻いた。が、どうにか自分を抑えた。「いいえ、男をねたましく思ったことはないわ。でも、女が自分たちと肩を並べたからって女を見下さなければならないと思うような男はそれほど好きじゃない」

「でもジェニー、きみだってお父さんがきみを男のように扱っていろいろと教えてくれなければ、船の設計や造法についてなにひとつ知らなかったはずだ」

「男の人だって、誰かに教えてもらわなければ、造船についてなにも知りようはないはずよ。そう聞いてなんとも思わないの？」

「きみにはどうしたらちゃんとした女になれるか教えてくれる母親がいなかったんだなと思うよ。だから、男の猿真似はできるが、女としてふさわしい服を選ぶことさえできないんだ。私が思うのはそれだけだ」

ジェニーは思いきりアレックを平手打ちした。顔が横に向くほどに。食いしばった彼の歯から音をたてて息がもれた。アレックはジェニーの腕をつかむと、体を揺さぶったが、やがてその手を離して一歩下がった。「そのばかばかしい服を脱ぐんだ。さもないと引きちぎるぞ。私の言っていることがわかるか？　二度と男の真似をしている姿は見たくない」

ジェニーはことばを発することも、後ろを振り返ることもなく部屋を飛びだした。そのままそこにいたら、自分がなにを言い、なにをしだすかわからず、自分でも怖かったのだ。

アレックはその後ろ姿を黙って見送ると、深々と息を吸った。すっかりあやつられていたのだ、とまた胸の内でつぶやいた。とても巧妙にあやつられていた。彼女にはすべてを与えてきた。どんなばかげた望みであれ、かなえてやってきた。〈ナイト・ダンサー〉の帳簿を引き継ぐことさえ許した。すべては彼女を愛していたからだ。彼女が喜ぶと思っていたからだ。いや、彼女を愛したのは頭が空っぽだったときのアレックだ。以前のアレックではない。以前のアレックは女がでしゃばるのを許さず、気ままに女を利用し、たのしんでいた。それでも、女が自分の一部となり、深く自分のなかにはいりこむことは許さなかった。かつてのアレックはアイリーン・ブランチャードと何度かベッドをともにし、クリスマスプレゼントにハーレムをプレゼントしてくれと冗談を言ったりする男だった。

アレックはため息をついた。以前もジェニーのことはとても好きだった。結婚してもいいと思うほど愛してもいた。それなのにいま、不当な態度をとってしまった。あの忌々しい服に身を包んでいる姿を見て、記憶をとり戻し、われを忘れてしまったのだ。ああ、シャンパンを持ってこさせてお祝いすべきなのだ。記憶がすっかり戻ったのだから。しかも、女に好きなことをなんでもやらせる意志の弱いくそ野郎に自分をおとしめた女と結婚までしている。耐えられることではなかった。

男のふりをしてはいても、彼女は子を身ごもっている。考えるのをやめろと自分に向かって叫びたかった。ああ、私はまた昔の私に戻ったのだ。空白はひとつもなかった。バークとアリエルのドラモンド夫妻の姿が浮かび、ナイト・ウィンスロップの姿が見えた。父の人生哲学をなんとも皮肉っぽく、愉快に語るナイトの声が聞こえた。ナイトもいまや結婚して七人の子持ちだという。自分は再婚するつもりはさらさらなかったのだが、なぜ自分と結婚したのか、理由のはっきりしない女にしばりつけられている。彼女のせいで体は欲情し、中身は怒ってばかりのくだらない人間になり下がってしまった。以前の自分が忌《い》み嫌っていた人間に。

記憶はすっかり戻っていた。なによりも、昔の自分に戻っていた。ハリーを見れば、ちゃんとハリーだとわかる。いまここに娘がいればいいのに。そうすれば、きつく抱きしめて、どれほど愛しているか教えてやれる。二十年前の幼い自分の姿も目に浮かんだ。父が死んで泣く母をなすすべもなく見つめている自分。もはやあの胸をねじられるような痛みは感じなかった。記憶は記憶としてそこにあり、喪失感はいまでも感じられたが、痛みはもう何年も前の過去のものとなって薄れていた。

そして、信頼と愛情と驚愕を目に浮かべて自分を見あげるジェニーの姿が見えた。新婚初夜、互いに体が震えるほどに愛を交わした晩のことだ。彼女の美しい髪を撫で、きつく抱きあって眠りについた晩。まだ夜も明けきらぬうちに彼女を起こし、再度愛を交わしたときには、彼女の美しい声が夜を満たし、心を満たしてくれたのだった。

アレックは煤で真っ黒になった焼け跡の部屋を見まわし、ジェニーはここでいったいなにをしていたのだろうかと訝った。焼け残った書類が財産管理人の机の残骸《ざんがい》の上に載っている。アレックは皮肉っぽく胸の内でつぶやいた。彼女はここでキャリック・グレインジの資産価値でも計算していたのだろうか。

ジェニーはもうひとそろい持っている男の服に慎重に身を包み、一歩下がって姿見に映った自分を見つめた。厚味を増した腹を隠す革のヴェストのおかげで、まだすっきりして見える。鏡の自分を見つめながらも、顎を半インチはつんと上げた。

あの人にあれこれ命令されたりはしない。

専制君主になるつもりなら、地獄へ堕ちてくれてかまわない。忠実で従順な奴隷になって暴君の真似を許すつもりはなかった。彼の癇癪に耐えるつもりもなかった。わたしが男をねたみ、男になれないせいでその猿真似をしていると思うなど、ばかげた推測だ。まったく、わたしはおなかに子を宿しているのよ。どれほど頭の悪い人間でも、わたしがどこまでも女であることはわかるというもの。

なぜ彼は腹をたてたのだったろう？　このばかげた服を見て記憶をとり戻したせいだ。わたしに感謝してしかるべきなのに。それなのに彼は昔のアレックですらおよびもつかないほどの男に変貌した。その態度に驚き、傷つくあまり、理解しようとする気持ちも失せてしまった。

ジェニーはマクグラフ夫人がベッドの上に置いておいたドレスに目を向けた。アレックが選んでくれた新しいドレスの一枚だ。ボディスの襟ぐりの深い淡いラヴェンダー色のシルクのドレスで、きつく帯を締める胸の下から、ふっくらと優雅にスカートがふくらんでいる。これを着れば、なんともかわいらしい女に見えるというわけだ。男の保護と承認を得るに足る繊細な生き物。

ジェニーはズボンを穿いた脚を叩いた。こんなドレスなど着るものか。彼が謝ってきて、傲慢な暴君の振る舞いをやめたら、喜んでお気に召すドレスを着てやろう。しかし、わざと夫をだましてきた計算高い人間として扱われるつもりはなかった。

アレックはまるでそう確信しているような態度をとった。非難するだけでなく、軽蔑するような態度だった。残酷なことばのひとつひとつが脳裏に浮かんだ。二度と忘れられそうもないことば。

こうなってもわたしがなにも言わずに足もとに横たわり、彼のものを自分のなかに入れさせると本気で思っているのかしら？　彼が記憶をなくしているあいだ、わたしはやさしく、愛情深く、従順に接していた。わたしの支えや理解が必要だと思ったからだ。彼を愛し、そのすべてを受け入れる人間が。しかし、これからもそのままの関係をつづければ、彼がほんとうに暴君になってしまうであろうことは心の奥底でわかっていた。すべてにおいて夫に頼るしかない、とるに足らない弱虫のちっぽけな女でいるのはわたしらしくない。そんなことはできないし、するつもりもない。相手がどんな男であっても。

ジェニーは肩を怒らせ、寝室を出ると、廊下を渡って中央の階段に向かった。階段を降りながら、横の壁に全身の肖像画が飾ってある、とくに鼻もちならない顔の祖先に向かっていじわるくにやりとしてみせた。それから居間へはいると、足を止め、背中を向けていたアレックが足音を聞いてゆっくりと振り向くのを待った。

彼はじっと彼女を見つめた。ワイングラスの柄をつかむ指がきつくなり、関節が白くなった。

帽子をかぶっていたら、ジェニーは少年のように見えただろう。

はじめて〈ペガサス〉の船上で会ったときとまったく同じ様子だった。いや、まったく同じとは言えない。妊娠しているせいで、胸が張って大きくなっている。ゆったりした上着をはおっていても、その事実は隠せなかった。ジェニーは少年にはまるで見えなかった。

「お待たせ」とジェニーは言った。耳障りな声で、アレックは毛が逆立つ思いがした。

そこで、ひどく穏やかな声で言った。「いますぐ寝室に戻ってその服を脱いでこい」

ジェニーの顎がもう四分の一インチ上がった。「いやよ」

アレックの目がぎらつき、顎がこわばった。「もう一度男の服を着ているのを見かけたら、どうするかは教えたはずだ。私のことばを無視することにしたのか？　それとも、これからも私をあやつれるとでも思っているのか？　私を意志薄弱なまぬけとしてあつかうつもりだと？」

「あやつるですって？　いったいなんの話をしているの？」

「私の言っていることはよくわかっているはずだ。やさしくて従順な妻などすべて嘘っぱちだったわけだ。愛を交わしたときにきみのかわいい口からもれた最後の声にいたるまでね。ヴェルヴェットの手袋で私を支配する日々は終わったんだ、奥さん。さあ、その服を自分で脱ぐか私が脱がせるかだ」

たしかにわたしはやさしくて従順だった。でも――。「嘘じゃなかったわ、アレック。あなたはわたしを必要としていた。わたしはただあなたの望みに自分を合わせただけよ。あなたをあやつってなんかいない。そんなことができるはずはないわ。たとえあなたの記憶が一生戻らなかったとしても」

アレックはせせら笑った。その表情のせいで、ハンサムな顔が台無しだった。ジェニーはその表情がいやでたまらなかった。「なあ、不思議なんだが、私はほんとうにきみと結婚したのか？　きみのことを腕試しだと思ったのか？　ばかな女に立場を思い知らせてやるという意味で。とにかく、どうしても理由が思いだせないんだ」

「言わせてもらえば、たぶん、私のことを愛――気遣ってくれたんだと思う」

アレックは首を振って笑うと、グラスに残っていたシェリーを飲み干した。「思いだせるのは、愚かしくも騎士にでもなった気分でいたことだ。さらに言えば、きみが置かれた状況をあわれみ、きみを守ってやらなければならないと思っていた。きみは人生は不公平だと不満たらたらだった。そう、私はきみに同情したんだ。とくにお父さんが死んだあとは。きみはひとりぼっちで途方に暮れていた」

「途方に暮れてなんかいなかったわ」

「そうかい？　あのままだったら造船所は破産していたはずだ。きみが自分で思っているだけ賢いとしたら、そのことは自分でも認めていただろうに」

「だから、大物の重要人物と結婚したと？」

「きみもそれほどばかではなかったということだろう？　とても現実的だった。大物の重要人物と結婚したわけだから。きみの世話をしてくれて、望むだけたくさんのドレスを買ってくれる人物だ。もちろん、きみには誰も見向きもしないようなドレスを選ぶほどのセンスしかないわけだが、そんなことはたいした問題ではない。いいセンスなら私が持っているからね」

「あなたの同情なんかほしくなかったわ、アレック。守ってほしくもなかった。でも、あなたのファッションのセンスはたしかによかったわね」

「それでも、きみは私の同情と保護を得た。私は気高い人間になるべく育てられた男だからね」

「気高いと同時に残酷なの？　矛盾した性格ね」

「残酷？　ほんとうにそう思うかい？　私はそうは思わないね。事故以来はじめて、物事がはっきり見えるようになった気がする。ああ、そうだ、つけ加えて言えば、きみの処女を奪ってやりたいと思ったのもほんとうだ。ユージニア、きみは純真無垢な処女だったからね。そこにひかれた。あのときは自分にさえそうじゃないと否定しただろうが。男を悦ばすやりかたを知っている女のほうがずっといいと思っていた。それで自分も悦ばせてもらいたいとちゃんとわかっている女がね。しかし、そんなことはどうでもよくなった。きみがあれだけの情熱を内に秘めていて、それが解き放たれるのを待っている女だったから。男の服を着た眠れる森の美女ってわけさ。そして私はそんなきみの情熱がほしかった。なんともみだらな気持ちにさせられたよ。きみのなかにはいり、きみが背をそらしてありったけの力でしがみついてくるのを感じるとね。きみは私の肩に顔をうずめて声をもらし、私の背中に指を食いこませた。力が全身にみなぎる気がしたものだ。きみの反応はすばらしかったよ、ジェニー。

そう、たぶんそれがきみと結婚した一番の理由だな」

「でも、あなたはいまでもわたしと愛を交わすのをたのしんでいるようだわ」

「ああ。不思議だと思わないか？　たしかにそのとおりさ。きみが性的なものに関心がないのかもしれないと疑ったのはまちがいだった。きみは以前もいまもとても情熱的だからね。だからこそ私はきみと結婚したんだ。それに、ハリーもきみを認めているようだった」

「あなたはそれ以前にもご婦人たちと愛を交わしていたのに、そのうちの誰とも結婚しなかったわ。どうしてわたしとは結婚したの？」

「きみがあまりに哀れだったからさ」

ジェニーはなぐられたかのように後ろによろめいた。

「さて、愛する奥さん、そのばかばかしい服を脱いでくるんだ。そんな恰好をした生き物とは夕食をともにしたくない」

「いいえ。いやよ。あなたの命令になんてしたがわないわ、アレック。あなたはわたしの夫であって看守じゃないんだから」

「私はきみにとってすべてさ、ジェニー。いつ何時でも、きみに与えるべきものやきみが必要とするものを決めるのは私だ。きみは私の言うとおりにするんだ」

ジェニーはぎりぎりのところで癇癪をおさめた。「あなたという人がわからないわ。わたしは殺された財産管理人についてなにかわからないか、あの部屋を調べていただけよ。わたしがなにを着ていようと、どんなちがいがあるというの？　いったい誰が気にするの？　なぜあなたはわたしにそんなひどい態度をとるの?」

「探偵の真似をしてほしいなんて頼んでないぞ。そういうことは女の仕事じゃない。あの部屋でけがをすることになったかもしれないし――」

ジェニーはそれ以上耐えられなくなった。「やめて。あなたがこういうことを言うなんて信じられない。アレック、わたしはあなたの妻で、自分のことと同じようにあなたの力にもなりたいの。キャリック・グレインジはわたしの家でもあるんだから。この家の財産管理人が殺されたことで、わたしだってあなたと同じぐらい影響を受けているのよ」

アレックはジェニーのそばに歩み寄った。ジェニーはひるまなかった。彼の表情からは内心の思いは読みとれず、ジェニーは身動きひとつせずにいた。大きな手が肩をつかむ。「聞いてくれ、レディ・シェラード。きみは私の妻であり、私の子を身ごもっている。きみには無事でいてほしいんだ。きみの無事は私の責任だ。それほどに単純なことがわからないというのか?」アレックはわずかに彼女の体を揺さぶった。

「あなたはばかよ」ジェニーは冷淡な声で言った。「大ばかだわ。放して」

「この服を脱ぐかい?」

ジェニーは美しく険しい顔を見あげた。「地獄へ堕ちるといいんだわ」

アレックは突然肩をつかんだ手を離し、ジェニーをソファーにすわらせた。それから居間のドアのところへ行ってきっちりとドアを閉め、鍵をかけた。

「さて」そう言って振り向いた。

ジェニーはもがきながら立ちあがり、走ってソファーの後ろにまわった。少しばかり距離ができたことで、彼に怒りをぶつける勇気が出た。

「指一本でもさわってごらんなさい、アレック、後悔させてやるから」

「そうだろうな」あまり関心なさそうな口調でアレックは応じた。「でも、そんなことはどうでもいい。きみが事実を認識していないといけないからもう一度言うが、きみは女なんだ。力も私の半分で――」

「でも、頑固さでは負けないわ。ほんとうよ、アレック。こんなばかなことはやめてドアの鍵を開けてちょうだい」

アレックはそのことばに打たれたかのように足を止めてうなずいた。「きみの言うとおりだ。けっしていい考えではないな」そう言うと、そのことばどおりに行動し、すぐにも居間のドアを開け、彼女のそばに立ってからかうように眉を上げてみせた。

ジェニーはそれ以上ことばを発しなかった。駆け足にならないように自分を律してはいたが、彼の横をすり抜けるときには足が速まった。突然腕がウエストにまわされるのがわかった。小麦粉の袋かなにかのように脇に抱えあげられる。それから、腹に子がいるのを思いだしたかのように、アレックは急いで彼女の体を持ちかえ、肩にかついだ。

ジェニーは考えうるかぎりの攻撃を加えると言って脅したが、アレックは笑っただけだった。大声で使用人を呼ぶと脅すと、さらに大きな声で笑った。ジェニーは背中にこぶしを打ちつけたが、相手にとっては痛くもかゆくもないことはわかっていた。目を上げると、執事のスマイスと従者のジャイルズ、マクグラフ夫人がいた。誰もなにも言わなかった。それどころか、ジャイルズなどは必死で笑いをこらえている。それを見てジェニーはかっとし、また夫の背中を叩いた。

「やめて、アレック」

アレックは答えずに首を振り、足を速めた。主寝室に着くと、部屋にはいってブーツの底でドアを蹴って閉めた。ジェニーをベッドの上に下ろし、寝室のドアだけでなく、つづきの部屋のドアにも鍵をかけた。

ジェニーは急いで身を起こし、彼から一番遠いベッドの端のそばに立った。アレックの一挙一動を目で追いながら、彼がいまなにを考え、なにをしようとしているのか推し量ろうとした。たぶん、男の服を引きはがされるのだろうと思い、壁にさらに近寄った。窓の外へ目を向ける。飛び降りるのは不可能だ。地面までゆうに三十フィートはある。

「そんなことは思ってもみるな」後ろからアレックが言った。「きみが女で、分別というものをごくわずかしか持ち合わせていないことはわかっているが、いまは十二月できみは妊娠しているんだ。気遣いが必要な状態だから、その服を引きちぎるだけで満足とするよ。打ち据えてやりたいところだが、私は理性的な男で、妥協ということを知っているからね。こっちへ来るんだ、ジェニー」

ジェニーは顎をつんと上げ、身動きひとつしなかった。「地獄へ堕ちるといいんだわ」

「きみは同じことばかり言うようになったな。そう聞くと、えらくアメリカ人っぽいよ。こっちへ来るんだ。これが最後通告だぞ」

「かまわないわ、あなたにはうんざりよ、アレック」

アレックは彼女のそばに歩み寄った。彼が自分と同じぐらい怒り狂っているのを見てとったジェニーは、つづきの部屋のドアへと走った。鍵穴に鍵が残っていますようにと祈ったが、鍵はなかった。大きな手に二の腕をつかまれるのがわかる。思いきり引き戻されて背中が彼の体とぶつかった。

「さあ」アレックはジェニーのシャツを喉から腰まで引き裂いた。ボタンが床に飛んだ。それからヴェストをつかむと、振りまわされる腕から引き抜いた。

「ここになにがあるか見てみようじゃないか」アレックはそう言ってジェニーの体をまわし、自分と向きあわせた。ジェニーは腕をつかむ手を振り払い、こぶしを彼の腹にお見舞いした。

アレックはうなり、目にぎらぎらと怒りの炎を燃やした。

「ここから出して、アレック。このドアの鍵を開けてわたしをひとりにして。出ていってほしいのならそうするから。明日の朝に。二度とわたしに会わなくてすむわよ。ここから出してちょうだい」

アレックはなにも言わないまま、前触れもなくすばやく動いた。次の瞬間には、シャツはちぎれた布になって床に落ち、シュミーズの前が破られていた。アレックはシュミーズを脱がせて腰から上をあらわにした。ジェニーは荒い呼吸を鎮めようとした。彼に見られているのはわかり、そのせいで怒りに駆られるとともに、途方に暮れてもいた。最悪だった。「こんなことをして、絶対に赦さないわ、アレック。ちくしょう、もう行かせてよ」

アレックは黙ったままジェニーを見下ろした。それから口を開いた。「きみの胸は大きくなったな」そう言って手を上げてそっと胸を包んだ。「重くもなった。それにこの上なくきれいだ」ジェニーは身を引こうとしたが、アレックはもう一方の腕を彼女の背中にまわして動けないようにした。

「放して」

「いいだろう」アレックはそう言ってズボンとブーツとウールの靴下を脱がせた。ジェニーが一糸まとわぬ姿になると、ほほえんで彼女を見下ろした。「とてもすてきだ、奥さん。ほんとうにすてきだ」

また胸に手があてられ、やさしく愛撫した。ジェニーは欲望がかきたてられるのを感じたが、きっぱりとそれを無視した。アレックはジェニーを抱きあげてベッドに運んだ。体をベッドに放り投げるのではなく、中央に仰向けになるようにそっと横たえた。

それからそのそばに腰を下ろした。「さて」天気の話でもするような軽い口調だ。「話をしよう。ここを出ていきたいのか？」

「ええ。あなたのそばにいて侮辱や辱めを受けるつもりはないわ」

「その美しい背中を下にして全裸で横たわり、衣服を身につけたままの私に眺められるというのはどうだい？　それは受け入れるかい？」

ジェニーは息を呑み、手を上げてアレックをなぐろうとした。が、彼はこぶしを受け止めてベッドに下ろさせた。「ああ、そうか、いやなんだな。さて、私の息子が見たいな」

「娘よ」

アレックはてのひらを軽く腹にあてた。その手を動かさないまま目を閉じた。そして、身動きせずに静かに言った。「きみのことはどこにもやらないよ。私の妻なんだから。きみは私の言うとおりにするんだ」

その瞬間、ジェニーの腹が大きく鳴った。

アレックははっと目を開き、笑いだした。「あとでなにか食べさせてやろう。でも、まだだめだ。いまはきみを眺めてたのしみたい」

そう言って身をかがめ、彼女の腹にキスをした。つつくような軽いキスだった。身を起こすと、目が暗くなっていて、アレックが欲望に駆られているのがジェニーにもわかった。喉がどくどくと脈打っているのが見える。

「わたしのこと、好きじゃないのに――」彼女は言った。「どうして愛を交わしたいなどと思えるの?」

「たぶん、私はあまのじゃくなのさ。きみはきれいな体をしているな、ジェニー。腹がふくれていくのを見るのはたのしいだろう。それに胸も」

「寒いわ、アレック」そのことばを証明するように体が震えた。

アレックはすばやく服を脱ぎ、床に投げ捨てた。彼らしくない行動だった。身のまわりの物についてとてもきちんとした人間だったからだ。アレックは上掛けの下に身をすべりこませ、ジェニーの体を引き寄せた。しっかりと押さえこんで額にキスをすると、なんとも言えずやさしい声で言った。「さあ、ミス・ユージニア、きみのなかにはいるよ。そうしてもらいたいかい？」

ジェニーの体はそうしてもらいたがっていたが、ユージニア・パクストン・キャリックはそれを拒んでいた。この人は自分を理性的な男だと言った。いいわ、試してみよう。ジェニーは身を離して彼の顔をのぞきこんだ。「アレック、どうしてこんなことをするの？　どうしてわたしをこんなふうに扱うの？　あなたを傷つけるようなことはなにもしていないのに。あなたの力になりたいと思っただけなのよ。そばにいて、孤独をやわらげてあげたかった」

アレックは答えなかった。突然体の上におおいかぶさってきて手で脚を広げると、そのあいだに身を置いた。ジェニーは彼のたくましさと体の熱を感じた。「きみは私のものだ。今度そういうばかげたことを言ったら、幽閉《ゆうへい》してしまうぞ」

ジェニーはことばを失って彼を見つめた。

「きみが私のそばを離れるなど許さない」アレックは身を起こし、手で彼女の尻を持ちあげると、深々とつき刺した。彼女は受け入れる準備ができていて、アレックは笑みを浮かべた。その勝ち誇った笑みを見てジェニーは、彼を殺してやりたい思いと悦びの声をあげたい思いを同時に感じた。アレックのことばと行動がもたらした痛みが、いま彼によって引き起こされている強烈な感覚と入り混じり、耐えられないほどだった。アレックはさらに深くつき入れたと思うと引きだした。ジェニーは強烈な悦びに声をあげ、引きだされたことへの不満に

ていた。体がぶるぶると震えてばらばらになり、ふたりの体が離れがたくひとつに溶けた気がした。永遠に終わることのない感覚。

声をあげた。この人はわたしの体をよく知っている。わたしのことも知っていると思っていたのだが、それはまちがいだった。いま胸の内でつぶやいたことがまぎれもない真実であることに悲しみを募らせながらも、ジェニーは背をそらして声をあげ、彼の体にきつくしがみついた。アレックは何度となく彼女を貫き、しまいにジェニーは彼を欲し、悦びを欲して乱れた。やがて高みに達すると、痙攣するように身を震わせ、脚をこわばらせた。全身が強烈な感覚に包まれるあまり、自分が彼と別の人間であるとは思えなくなっていた。その瞬間、彼を自分のなかに受け入れ、ふたりがひとつになった気がした。

「あなたはわたしのものよ」喉に口を寄せてささやく。「愛してる。あなたはわたしのもの」

アレックの体は狂おしいクライマックスに達していたが、耳にはジェニーのことばが届いていた。体がぶるぶると震えてばらばらになり、ふたりの体が離れがたくひとつに溶けた気がした。永遠に終わることのない感覚。

「ああ」アレックは胸にキスをして言った。「そうだ」

ジェニーは身を震わせてさらにきつく彼にしがみついた。

しかし五分後、アレックに向けられた彼女の目は冷たかった。

24

「私は本気で言っているんだ、ジェニー。ミセス・マクグラフに指示を出してやらせればいい。それがきみの権利であり責任だ。しかしそれ以上かかわろうとするんじゃない。どんなやつがこの問題に関与しているかしれないんだぞ。危険かもしれないのに、きみを巻きこむわけにはいかない」

ジェニーはまだアレックに深々と貫かれており、ふたりはつながったままだった。彼はさっきけっしてきみを離さないと言ったが、それは嘘だ。自分の狂おしい欲望に支配された男のことばではあっても嘘にちがいはない。

ジェニーはしばらくなにも言わず、アレックの左肩越しに目を宙にさまよわせていた。

「私の妻でいることに満足できないのか?」

やさしくなだめるようなアレックの声。分別のない妻に言い聞かせようとする理知的な男の声。

「造船所を譲渡する書類にサインしてくださる?」

アレックは身動きをやめた。体を引き離し、仰向けに転がって天井を見つめるのがわかり、ジェニーは体の一部を奪いとられた気がした。腿のあいだで彼の精がべたついている。彼女はそれ以上ことばを発しなかった。ほかになにを言えばいい？

「どうしていまになって？　たしか、きみは――サインしないでほしいとまで言っていたはずだ。あのときは私を信じてくれていた。記憶をなくして頭が空っぽの人間を。いま私はかつてきみが絆を結んだ男に戻ったというのに、もはや私がきみを思いやっていることを信じてくれないというのか」

「造船所はわたしのものよ。わたしの名義にしたいの。あなたに頼りたくない」

アレックは横向きになってジェニーに顔を向けた。その顔が突如として怒りにゆがんだ。

「事故のあと、私がきみのやさしさや女らしい気まぐれに頼らなければならなかったのはたしかだな」

「そのとおりよ。でも失望させなかったでしょう？　あなたにべったりくっついて、あげられるものはなんでもあげたわ。あなたのこと、信頼していたのに、いま、そうした努力に対してわたしが得たものはなに？　もともと結婚した男以上にわたしを非難する別の男だわ」

「ばかばかしい男の真似を許さないのは、信頼とはなんの関係もないと言うべきだろうね。私はほかの女と寝てもいないし、きみをなぐったりもしていない。きみに私の名誉を疑われたり、きみに対する責任を放棄したと非難されたりするようなこともなにもしていない。いいか、奥さん、一度きりしか言わないぞ。きみとはなにも取り引きしない。なにもだ。きみは夫を信じることを学ぶんだな。この話はこれで終わりだ」

ジェニーは身を起こしてアレックの肩をこぶしでなぐった。「造船所はわたしのものなのよ。絶対に返してもらうわ。返してくれるのが筋よ」

アレックはジェニーの手首をつかんで脇に下ろさせた。「なにが筋でなにがそうでないかは私が決める。さあ、食事をしよう。息子に飢えを味わわせたくはないからな」

「生まれるのは娘よ」

「ちがうね」と言ってアレックは上掛けをはがして彼女の腹を見た。「息子だ。私にはわかる。どうしてわかるか説明はできないが、わかるんだ。夕食はここに運ばせるかい？　いや、答えなくていい。運ばせるから」

アレックは裸のまま――手足の長い美しい体をさらして――立ちあがり、呼び鈴のひもを引いた。それから暖炉の火をおこした。肩や背中の筋肉や脚の長く厚い筋肉が動いた。ジェニーが見ているとわかっていて、アレックは伸びをした。暖炉の火に照らされて体は黒いシルエットに見えた。しばらくして彼はガウンをはおった。袖口に金色の飾りがついた厚手の黒いヴェルヴェットのガウン。なんとも立派な姿だった。ジェニーは彼が寝室のドアへと歩み寄り、ドアを開けて使用人に夕食を持ってくるよう命じるのを見守っていた。

心は麻痺したようになっていた。どうしてこの人と結婚したのだろう？　わたしのことを認めてくれていないのはわかっていたのに。ここ二カ月の結婚生活が現実だったとは思えなくなっていた。あんなふうになるとは想像だにしなかった日々。いまやその日々は過ぎ去り、存在したことさえなかったかのように思えた。そして、いまここにいるアレックはそのときのアレックとは別人だ。結婚したときの彼以上に頑固で自分の考えを無理やり押しつけようとする。ほんの少しの譲歩すら恐れているかのように。わたしを失うことを恐れ、おそらくは自分自身をふたたび失うことを恐れているのだ。

だからどうしたというの？　わたしはただ、彼の言い訳を考えてあげているだけ。ジェニーはゆっくりと口を開いた。「あなたを信頼するなんて、わたしがばかだったわ。すぐにサインさせるべきだったのよ。あのときには自分のほうからサインをしようと言ってくれたのだから。なにひとつ覚えてはいなかったけど、あなたは分別のある人だった。やさしくて寛大な人だった。そう、これはわたしの失敗よ。あのとき、サインしなくていいと言い張ったのはわたしなんだから。そのせいでいまはすっからかんだわ。なにも持っていない」

「小遣いは充分に渡すよ」

ジェニーはなにも答えなかった。黙ったままの彼女にアレックは少々声を荒らげて訊いた。

「いくらもらえるか知りたくはないのか？」

膝の上にある彼女の手がこぶしに握られたが、アレックは気づかなかった。

アレックは顔をうつむけた彼女に目を向けた。これまで声に出したことよりも、出さずに胸の内でつぶやいたことのほうが多いのはたしかだろう。彼女が打ちのめされたような声を発するのはいやでたまらなかった。結局、彼女がなにをしたというのだ？　私にみずからを差しだしてくれ、私が辛い思いをしないように気をくばってくれ、できるかぎり心をなぐさめてくれた。そんな彼女に私は頼りきっていた。しかし、彼女は女であって、妻であり——。

ジェニーはネスタとはまったくちがう。これまで出会ったどんな女ともちがう。アレックはため息をつき、夕食を運んできたふたりの従者のために寝室のドアを開けた。それからなにも言わずに従者たちが暖炉の前に低いテーブルを引き寄せ、食卓を整え、そのそばに椅子を置くのを見守った。従者たちはさらなる命令を待ってアレックのほうへ目を向けた。

アレックは礼を言って下がっていいというふうにうなずいた。

「ガウンを着るかい？　それとも裸のままがいいかい？」

ジェニーはため息をついた。自分の顎がつんと上がるのがわかった。ベッドのある壇から降り、しつらえられたテーブルのところへよろよろと向かった。椅子にすわると、暖炉の熱がむきだしの肌を暖めてくれる気がした。

アレックはその様子をじっと見つめていたが、やがて笑みを浮かべた。彼女の行動は予想外だった。挑戦者なのか、わが妻は。やさしく思いやり深い振る舞いでこれまではその本性を隠してきたのだ。アレックは着ていたガウンを脱ぎ捨てると、自分も裸で夕食の席についた。

食事は野ウサギのローストとグレイヴィーソース、スグリのゼリーにはじまって、オイスターソースのかかったランプステーキがそれにつづいた。ニンジンとサトウニンジンは歯ごたえがよく新鮮だった。スペインタマネギはよく炒《いた》めてあって香ばしかった。アレックは彼女のグラスにフランス産の甘いワインを注いだ。

「言っておきたいことがあるの、アレック」

「リヴァプールの造船所に働きに行きたいのか？　妊娠している身で索具に登りたいとでも？」

「ちがうわ」

「きみの胸があまりにきれいなので、話に注意を向けるのが大変だが、なんとかこらえるよ。話してくれ」

「いまわたしたちが置かれている状況についてよ。つまり、わたしたちふたりの。でも、殺されたあなたの財産管理人についてと言ってもいいわ。この件にかかわった悪人は小作人──たしか、サー・エドワードは人殺しも辞さない烏合《うごう》の衆って言ってたそうね──その小作人たちじゃないと思うの。わたしたちが目を向けなければならないのは財産管理人のほうよ」

「財産管理人は死んでいるんだ。まさか自分で自分を葬ったとは考えられないね」

「わたしの理解が正しければ、こう推測されているのよね。アーノルド・クルースクは小作人の不正を見破って、この領地から追いだすぞと彼らを脅した。そこで、小作人たちは彼の命を奪った。わたしが思うに、答えはミスター・クルースクの不正のほうにあるのよ」

「彼のことは私が自分で五年半前に雇ったんだ。いつも詳細な報告書を送ってくれていた。報告を怠ったこともない。四半期ごとに収入をきちんと銀行に入金してくれていた。ここへ来る前にはサー・ウィリアム・ウォルヴァートンのところで財産管理人を務めていて、サー・ウィリアムの推薦状には、自分の役割をちゃんとわかっている有能な人物で、信頼するに足ると書いてあった」

「いまサー・ウィリアムはどこにいるの？」

「おいおい、ジェニー、どうしてそんなことを知りたいんだ？　まあ、いいさ、まだ生きているとしたら、ドーセットのチッピング・マーシュの近くに住んでいるはずだ。クルースクが彼のもとを去ったのは、彼の息子が領地の管理を引き継いだからだ」

「サー・ウィリアムに手紙を書いたほうがいいわね。もしかしたら、もしかしたらだけど、ミスター・クルースク自身がサー・ウィリアムからの推薦状を捏造《ねつぞう》したのかもしれない。このサー・ウィリアム・ウォルヴァートンという人に会ったことはないんでしょう？」

アレックはしばし妻を見つめてから答えた。「探偵の真似はきみの領分じゃないと言ったはずだが。そういうことにはかかわってほしくないんだ」

ジェニーはそのことばを無視して言った。「わたしが今日の午後、彼の執務室で書類を調べていたのはそれをたしかめるためよ。彼が不正を行っていた証拠がなにかあるはずだわ、アレック。あなたに送っていた報告書もまったくの嘘っぱちだったかもしれない。ミセス・マクグラフやジャイルズやスマイスからもよく話を聞いたの。小作人のなかには気の短い人も何人かいるけど、悪人や殺人者が？　みなまさかって言ってたわ。一方のアーノルド・クルースクについては、みんなあまりよく思っていなかった。威張りくさった男だったってスマイスが言ってたわ。あなたではなく自分が主人みたいな顔をしてグレインジをとり仕切っていたって」

スマイスは自分にも同じことを言っていたとアレックは思いだした。旦那様がお帰りになってこれほどうれしいことはありませんと何度も感嘆の声をあげていた。

「もちろん、まわりからどう思われていたとしても、それが証拠とはならないけど。二階のメイドとも話したの。マージーという名前の子よ」

アレックは若くてかわいらしいメイドを思いだした。サトウニンジンをよく嚙み、ごくりと呑みくだす。「それで？」

「まだはっきりしたことは言えないんだけど。胸が張り裂けそうな泣きかたをしているのを見かけたの。ひどくとり乱した様子だった。彼女がとくになにを話したというわけじゃないの。ただ、質問をしたときになんだかやけになっている雰囲気があって。思わず首を傾げたくなるほどに。それなのに口に出してはなにも言わなかった。だからたぶん――ううん、絶対になにか知っているのに怖くて話せないのよ」

アレックはフォークをもてあそんでいた。重い金のフォークで、一族の紋章《もんしょう》が優雅に彫りつけられている――鷹《たか》の首と、その前に置かれた、両側を羽の生えた黒テンに支えられた盾《たて》。黒テンの首には宝石のついた首輪が巻かれている。盾の下にはキャリック家の家訓が刻まれていた。フィデイ・テナス――信頼を破るな。

自分の妻から唯一得られないもの――信頼。

奇妙なことに、ジェニーの推理は彼の推理に近かった。まだサー・ウィリアムに手紙を書こうとまでは思っていなかったのだが、いまは書くつもりになっていた。領地の小作人のことは全員知っている。生まれてからずっと知っている者たちばかりだ。暴れ者がふたりほどいて、欲張りも何人かいるが、ほとんどの小作人が正直な働き者だった。暴れ者ですら、人殺しまではしないはずだ。それに、小作人たちがいったいどんな不正を働くというのだ。彼は何度も自問した。鋤《すき》の刃をごまかして売ったとか？　よく調べてみると、かなりばかばかしい推理だった。

二階のメイドについてはなにも知らなかった。目を上げると、妻に見つめられていた。ロを。アレックはひどく男っぽい笑みを浮かべた。妻に求められるというのは悪くないものだ。じっさいとてもいい。つまらない手紙は明日書くことにしよう。

いまは妻がほしかった。

アレックは身の内にあるありったけの情熱でジェニーを奪った。その長く親密なひととき、彼女は彼のものだった。しかし、自分もまた後戻りできないほど完全に彼女のとりこになっていることをアレックは眠りに落ちかけながら自覚した。音が聞こえ、彼は枕の上で首をめぐらした。また聞こえた。すすり泣きの声だ。アレックは身動きをやめた。どうしていいかわからなかったのだ。手を上げ、彼女の肩をさすると、その手をゆっくりと脇に戻した。どうして彼女は私の望むような女になれないのだ？　それは過度の要求なのだろうか？すすり泣きがやんだ。乱れていた呼吸がやわらかく一定の調子を帯び、ジェニーが眠りについたことがわかった。

アレックは上に目を向け、長いあいだ暗闇を見つめていた。やがてうとうととしながら、ジェニーには退屈させられることがないと思った。怒ったり、人をだましたりはしても、退屈させることはなかった。はじめて会ったころから謎だったが、いまもまだそうだった。自分が彼女に投げつけた残酷なことばが胸に浮かんだ。哀れに思って結婚してやったなどと言ってしまった。

私は愚かでずるく臆病な人間だ。彼女のいない人生がいやだったから結婚したのであり、それこそが真実だった。それを言ってやるべきなのだ。たぶん、信頼というものは、愛するものを完全に受け入れるからこそ得られるのだ。そして敬うからこそ。ジェニーのことは受け入れ、敬っている。そろそろ口に出してそう言ってやるべき時だ。

翌朝遅く、ジェニーに真実を——彼女を愛していて、敬ってもいるという事実を——伝えるという誓いは心から消え去った。ジェニーがまた財産管理人のオフィスをつつきまわしていたのだ。男の衣服は身につけていなかった。アレックがすべて引き裂いてしまったからだ。ジェニーはロンドンでアレックが選んだ新しいドレスを身につけており、その淡い桃色のシルクのドレスを煤で真っ黒に汚れた部屋で台無しにしていた。

「まだなにも見つからないわ」アレックの視線を感じてジェニーは目を上げた。彼が険しい表情を浮かべているのに気づいたとしても、それは無視することにしたようだった。小冊子から灰や燃えたページを払いのけ、すばやく中身に目を通すと、脇に放った。「なにも。推理を証明できないのってがっかりよね。サー・ウィリアムには手紙を書いたの？」

「ああ。特別な使者を立てて送るまでしたよ。たぶん、三日以内に返事があるだろう」

「ミセス・マクグラフから聞いたんだけど、今晩わたしたち、サー・エドワードと夕食をともにするそうね」

「ああ。ドレスを着替えてくれると信じているよ。妻にそんな屈辱的なほどにしみったれた恰好をさせていると、サー・エドワードに思われたくない」

「しみったれた」ジェニーはほほえみながらゆっくりとくり返した。「そんな言いかた、はじめて聞いたわ。ひどくイギリス的ね」

そのことばにアレックの怒りが多少そがれた。彼は唇を引き結んだ。「妻に対してけちくさいことをしたくないと言いたいときには、アメリカの男ならなんと言うんだい?」

「たぶん、妻を愛していると言うんでしょうね。必要なのはそのことばだけよ」

アレックは自分の誓いを思いだしながらジェニーをじっと見つめた。彼女の表情豊かな目に希望の光が宿った。が、彼が黙ったままでいるとその光は失せていき、苦痛と警戒の色に変わった。ジェニーはアレックが口を開くのを待った。口を開き、傷つくことばを発するのを。

「ちくしょう」アレックは聞こえるか聞こえないかの声で毒づくと、ジェニーのそばに寄り、彼女を腕に抱いた。「ゆるしてくれ」髪に顔をうずめてささやく。「ゆるしてくれ、ジェニー。私は最低のけだものだった。すまない」

ジェニーは身をこわばらせたままでいた。アレックは自分が与えた苦しみがどれほど深いものであったかを悟った。いわれない苦しみを山ほど味わわせてしまった。アレックは彼女のこめかみや耳にキスをした。「ゆるしてくれ」と再度言った。

「旦那様――あら！　すみません、あの――」

アレックは妻を放してゆっくりと振り返った。「大丈夫だ、ミセス・マクグラフ。どうした？」

「あの、その、奥様とお話ししたかったんですが――」

ジェニーのかすれた息が背後から聞こえ、アレックは穏やかな口調で言った。「奥様はいま少しばかり息切れしている。十五分後に呼びにやるよ」

「いいえ、いいの」ジェニーは急いで夫の前に進み出て言った。「どうしたの、ミセス・マクグラフ？」

「よくわからないんですが、奥様。マージーなんです。ずっと泣きつづけていて、奥様に会わせてくれと頼んでくるんです。わけがわかりませんわ」

ジェニーはアレックを置いていきたくはなかった。いまはまだ。彼はどこか――しかし、どうしようもなかった。「マージーを小さな黄色い部屋に連れてきて。わたしもすぐに行くから」

アレックは顔をしかめていた。感情を爆発させ、誓いや謝罪や決意をことばに出したくてたまらなかったのだが、いまはそのときではないようだ。そこでかわりに「いっしょに行っていいかい？」と訊いた。

ジェニーはそれはいい考えではないと思った。「ここで待っていて、アレック。向こうの陰になっているところで。マージーをここへ連れてくるわ。彼女とは前に話をしたの。ぎりぎりまで問いつめたのよ。きっとミスター・クルースクが殺されたことについて知っていることを話したいと思っているんだわ」

五分後、ジェニーがマージーを引き連れて戻ってきた。若いメイドが焼け跡となった部屋にはいりたがっていないことは明らかだった。が、ジェニーがはいるように促し、燃え残っている扉を閉めた。

アレックは物陰に静かに立ち、妻を見つめていた。やさしいが毅然《きぜん》とした態度をとっている。マージーがわっと泣きだし、ジェニーはなぐさめながらも、何度も話をもとに戻した。やがてマージーがせきを切ったように話しはじめ、アレックはぽかんと口を開けてそれを聞くことになった。

「奥様、あの男にレイプされたんです。ああ、無理やりに。それでそのことをミスター・スマイスやミセス・マクグラフにひとことでもしゃべったら、あたしの母も幼い妹たちも道端で飢え死にすることになるって言われて。旦那様がいらっしゃらないときには自分はなにをしてもよくて、自分こそが主だとも言ってました。だから、あたしのこともほかのみんなのことも好きにできるんだって」

ジェニーはメイドを抱き寄せ、頭を肩にあずけさせた。マージーのほうが体も大きく背も高かったのだが。「ああ、マージー、かわいそうに。ほんとうにかわいそう。でも、もう終わったことよ。ほんとうに終わったこと。恐れることはなにもないわ。シェラード男爵様は正しいおかたよ。きっとわかってくれる。あなたはほんとうのことを話してくれればいいの。なにも恐れることはないわ、ほんとうよ」

マージーは黒い目に涙をいっぱいためて身を引いた。口からあふれだすように告白がはじまった。「おわかりにならないわ、奥様！　あの男はここで、自分の執務室でまたあたしをレイプしようとしたんです。あたしは抗って、燭台をつかみ、それでなぐってやったんです。それで、ろうそくが吹っ飛んで、火がついていたものだから、カーテンに火が燃え移ってしまったんです。あたしは消そうとしました。ほんとうです。でも、消せなくて、逃げました。怖くて――恐ろしくて！」

「わかるわ。ええ、わかりますとも」

アレックは物陰から出ていきたかったが、思いとどまった。ジェニーがうまくとりはからってくれるはずだ。「そのあと、サー・エドワードが事情を訊きにきたので、もっと怖くなったんでしょう？」

「ああ、神様、あんな怖かったこと、生まれてはじめてです」

「そうでしょうね。話してくれてよかったわ、マージー。旦那様とサー・エドワードにはわたしから話します。あなたはただ自分の身を守っただけよ。これですべて丸くおさまるわ。もう怖がらないで。さあ、自分の部屋へ行ってよく休んできなさい。へとへとでしょう？」

疲弊しきっていた若いメイドは呆然としてうなずいた。メイドが行ってしまうと、ジェニーは夫のほうに顔を向けた。アレックは物陰から歩み出た。

「くそ野郎が」彼は言った。「誰も気がつかなかった。いや、疑ってもみなかった。なにも――」

「奇妙なことよね？　サー・エドワードにはなんて説明する？」

「真実を話してはだめだな」アレックは考えこむようにして言った。「頭の固い人だから。きっとメイドを身持ちの悪い女と決めつけて、追放処分にすることだろう。いや、なにか作り話を考えるよ。マージーの身は安泰だ」

アレックはその晩の夕食の席でそれを実行した。すばらしい作り話だった。アーノルド・クルースクは不誠実な人間で、主人に自分の不正を見破られてニューゲートへ送られるのではないかとびくびくしていた。察するところ、財産管理人は逃げだそうとしたときにまちがって燭台を倒してしまい、それが火事となってみずから命を落としたのではないか。サー・エドワードはだまされなかったが、男爵の作り話には拍手喝采《はくしゆかつさい》を送りたいと思った。しかし、そうするかわりに三杯めのすばらしいポートワインを飲み干した。真実が男爵の話どおりかどうかなどじっさいどうでもいいことだった。彼はそれで説明がつくだろうと胸の内でつぶやき、納得したようにうなずいた。

翌朝アレックは、男爵夫人について、厩舎へ向かっているのを最後に見かけたと報告を受けた。寒い朝で、空はどんよりとくもっており、いまにも雪が降りだしそうな気配だった。アレックは足を速めた。スレート屋根の厩舎の前で立ち止まる。スレートが何枚かはがれ落ちそうになっていた。すっかりなくなっている部分もあった。建物の古い部分は傾いている。壁板は腐っているように見え、窓のいくつかはちょうつがいにあぶなっかしくぶら下がっていた。アレックは眉根を寄せた。キャリック・グレインジでは手を加えなければならないところがたくさんある。そう思いながら、厩舎の裏の馬具室へと足を踏み入れた。

「やあ」彼はジェニーに言った。「サー・エドワードがまたお見えになったよ。きっと昨日の晩耳にしたことが正しいのかどうか、自信が持てなかったんだろう。上質のポートワインの影響を受けていない頭で、昼日中に私の芝居をもう一度見たくなったってわけさ。そこで、生まれながらの俳優と言ってもいいような彼のために、もう一度上演してさしあげた。サー・エドワードはシエラード男爵がそれでいいならと、満足してお帰りになったよ」

ジェニーはアレックのスペイン製のあぶみを磨いていた布を下ろすと、彼のほうに目を向けた。前日のアレックのことばが思いだされた。昨晩は彼を待ちながら結局眠りに落ちたのだった。サー・エドワードはピケットのラバーを三ゲームもつづけ、かなり遅い時間までアレックを解放してくれなかったのだ。アレックは眠っていた妻を起こさなかった。

「どうやらわれわれはかなり息の合った相棒のようだな」アレックは馬具室の扉を閉めながら言った。部屋のなかは革と亜麻仁《あまに》油と心休まる馬のにおいがした。

「ええ、たぶん」

アレックは片眉を上げた。

「きみはマージーの問題をとてもうまく解決してくれた。彼女から真実を引きだして。きみのことが誇らしくてたまらないよ」

ジェニーはアレックのクラヴァットを見つめた。「ほんとうに？」警戒し、自己弁護しようとするような声だ。

アレックは顔をしかめた。またも自分が彼女をどこまで追いつめてしまったのかわかったのだ。昨日の晩、サー・エドワードにどれほど早く帰ってもらいたかったことか。しかし老人はカードから離れようとしなかった。アレックは負ける一方だった。「ここへおいで」そう言ってジェニーをまた腕のなかに引き寄せた。「なあ、どこまで言ったかな？　ああ、そうだ、神のゆるしを乞う殉教者《じゅんきょうしゃ》のような気分でいたことを思いだしたよ。ゆるしてくれるかい？」

ジェニーは彼の顔を探るように見た。「なににたいしてゆるしてほしいの？」

アレックはにやりとし、ジェニーは心が引っくり返されたような気分になった。この人のことはなんであれゆるさずにはいられないだろう。こんなふうにうっとりさせられてしまうのだから。

アレックは指先でジェニーの頬骨をなぞり、鼻をくだって顎の小さなくぼみに触れた。「探偵ごっこのたのしみを禁じたこと、男の服を着るのを禁じたこと――」

「もう全部ずたずたにしてしまったじゃない」

「ズボンを二十本も買ってやるよ。ブーツもかい？　少なくとも十足は買うさ。タッセルのついた白い革のやつをね。それから――」

ジェニーは彼の腕に軽くこぶしをお見舞いした。「もうやめて」そう言って顔をうつむけた。声には張りつめたものがあった。

「でも、なによりも、きみがきみらしくあるのを禁じたことをゆるしてほしい。ありのままのきみを私は好きになったんだ、ジェニー。記憶を失っていたときに私を気遣ってくれたやさしく従順な女も好きだった。でも私が結婚した女はとても刺激的な女だった。おかしくなりそうなほどさんざんな目にあわせてくれもすれば、エクスタシーを感じさせてもくれる。怒らせもすれば幸せにもしてくれる。あんまり頑固なので怒鳴りつけてやりたくもなれば、欲望にうめきたくもなる。この愚かな男をゆるすと言ってくれ、ジェニー。私の愛人になり、妻になり、パートナーになってくれ」

ジェニーは黙ったまま彼をじっと見つめた。

「どうして突然こんなふうに変わったかって？　そう訊きたがっているのがわかるよ。でも、そこまで警戒するように仕向けたのは私だ、そうだろう？　だからどうしようもないな。ほんとうのところ、自分がきみに対してどれほどひどい大ばか野郎だったのかわかったんだ。でも、ジェニー、嘘偽りなく、私が分別をとり戻すまで、二十四時間もかからなかった。きみだったら進歩と言ってくれるんじゃないか？　ふたりのあいだに苦痛や不信や怒りがあってはならないと気づいたんだ。少なくとも十分以上長引くものはね。われわれの結婚は、ふたりのとても強く、とても頑固な人間を結びつけるものだ。きっと怒鳴ったりわめいたりしてまわりの人間を震えあがらせることになるだろうが、それは互いにとってはとてつもなくたのしいものになるよ、ジェニー。だってそう、ふたりはとても固い絆で結ばれているのだから。とにかく、私はそのことを喜んで受け入れる。きみにもそれを受け入れて私を信じ、私をゆるそうと努力してもらいたい。どうかな？」

「家庭内で暴君にならないでいてくれる？」

アレックはゆっくりと笑みを浮かべた。「私は暴君だったかい？　自分でもよくわかっていなかったんだな。つまり、きみに言うことを聞かせたり、あれこれ命令したり、きみの思いつきや意見を鼻で笑ったりしたせいで、私のことを暴君だと思うようになったのか？　まいったな、最低の男と思われていたわけだ。ああ、きっと努力するよ。たぶん、そういうことは男というものの性分なんだろうな。きみはどうだい？　私を支配しようと思うかい？　私のことを愛玩犬《あいがんけん》にしたいとか？」

「ええ、ぜひ。あなたが口に肉のついた骨をくわえてわたしの足もとに寝そべってくれるといいなと思うもの」顔から笑みが消え、ジェニーは首を振った。「どうしていいかわからない。むずかしい状況だわ、アレック」

「すばらしいことじゃないか？　私は困難な状況のほうがやる気が出るんだ。困難に直面すると死ぬほどみだらな気持ちにもなるしね。じっさい、いま私がなにをしたいと思っているかわかるかい？　まあ、きみがそのスペイン製のあぶみよりも私のほうを愛していると言ってくれたらすぐにしたいことをするつもりだが」

「これまで作られたどんなあぶみよりもあなたのことを愛しているわ。どこの国のあぶみでも同じよ」

「私もきみを愛している、ジェニー。私も――」

アレックは振り返って馬具室の扉を閉めた。向き直ると、片手を差しだして妻にほほえみかけた。

「もう一度はじめからやり直せるかい？」

ジェニーはほほえんで夫の手に手を載せた。「ええ、そうしたいわ」

エピローグ

キャリック・グレインジ
イングランド、ノーザンバーランド
一八二〇年八月

アレックは生まれてこのかた味わったことのないほどの恐怖を経験した。命あるかぎり、その日のことは忘れないだろうと思うほどだった。いまは疲弊しきってことばも出ないが、すばらしく満たされた気持ちだった。すべては終わり、ジェニーは無事で、小さな息子も生きていて健康で泣き叫んでいた。耳を澄ませば、つづきのドアの向こうから声が聞こえてきた。やがてそれが突然静かになり、アレックはほほえんだ。息子はきっと乳母の胸に抱かれ、小さなオコジョさながらに乳を吸っているにちがいない。

アレックはベッドのそばの椅子に腰を下ろし、頭を椅子の背にあずけて目を閉じた。ああ、とんだ大騒ぎになったものだ。前日の朝、ジェニーとふたり、ピクニックに行くことにしたのだった。料理人が思いつくかぎりのごちそうをいっぱいにつめこんだ大きなバスケットを軽装二輪馬車に載せてモーティマーズ・グレンまで。水の冷たい山の小川とオークの森、苔《こけ》におおわれたやわらかい地面のある、手つかずの自然が残る人里離れた美しい場所だ。

アレックはしばしのあいだ、ジェニーに痛む腰とふくれた腹のことを忘れさせた。笑ったりうなったりするようなお話を聞かせたのだ。そうしてともにおおいにたのしんでいるところへ、突如なんの前触れもなく、忌々しい雨が降りだしたのだった。雷をともなう豪雨は峡谷を沼地に変えた。

おまけに二輪馬車の車輪が壊れ、馬車が引っくり返ってしまった。さらに、予定日より一週間も早くジェニーの陣痛がはじまったのだが、ふたりはグレインジから何マイルも離れたところにいた。

アレックは目を開け、眠っている妻を見やった。妻がほんとうにはそこにいないのではないかと不安に駆られたのだ。ジェニーもネスタのように死んでしまい、妻を死なせた自分がひとりとり残されてしまったのではないかと。しかし、ジェニーの頰には赤味がさし、呼吸も規則正しかった。ブラシを入れた髪の毛はつややかだった。そんな様子を見ていると、二十四時間前に痛みにさいなまれていたとは嘘のように思えた。

それを思いだすと腹の筋肉がこわばり、アレックは顔をしかめた。あんな痛みに耐えなければならないとは。出産に立ち会ったのははじめてのことだった。立ち会ってはならないものとされているからだ。男は部屋から追いだされる。ネスタの悲鳴も聞こえてはいたが、魂を裂かれる思いはしなかった。あまりにも遠くにいたからだ。

しかし、苦痛に満ちた目でジェニーに見あげられ、手を強く握りしめられてもうこれ以上耐えられないとばかりにうめき声をあげられたときには、怯えてうろたえるばかりの自分をどうしようもなく愚かに感じた。しかしそれから、アラブの医者から教わったことを単なる知識として覚えているだけでなく、実践すべきときが来たのだと悟った。自分の子を自分の手で誕生させるのだ。そして妻の命を救う。つまるところ、ほかに誰もいないのだから。

幸い、峡谷からほんの四分の一マイルほどのところに小さなあばら家があるのを思いだした。アレックはジェニーをそこへ運んだ。彼女が陣痛に襲われるたびに足を止めてきつく体を抱きしめながら。小屋にはいると服を脱がせ、火をおこした。自分のやっていることをちゃんと心得ている男として振る舞いはじめた。

そんなアレックをよそに、ジェニーは悲鳴をあげつづけていた。痛みのあまり金しばりにあったようになっている。アレックはしまいに彼女の腹を押し、手を産道にすべりこませて赤ん坊をそっと引きだした。息子はアレックの手の上にすべり落ちてきた。目の前の奇跡がほんとうとは思えず、アレックはしばし目をみはった。「ジェニー」妻の真っ白な顔を見てささやく。「息子だよ。終わった。きみは息子を産んでくれた」

疲弊しきって意識朦朧《もうろう》としていたジェニーはかすれた声で言い返した。「いいえ、アレック、娘のはずよ。あなたの勘ちがいだわ。娘を産むって約束したじゃない」

アレックは笑い、へその緒を切って息子を乾いた自分のシャツでくるんだ。「ハリーが喜ぶな。奥さん、きみは元気をとり戻すんだ。さあ、きみの産後の処理をしよう」

アレックとジェニーとしわくちゃの小さな赤ん坊は、三時間後、太陽が沈みはじめたころに、スマイスが捜索に送りだした使用人の一団に発見されたのだった。

アレックはうとうとしかけた。どのぐらいのあいだ居眠りしていたかは定かでなかったが、目覚めると娘にじっと見つめられていた。真剣な小さな顔は不安でいっぱいだった。

「パパ？　起きた？　ジェニーは大丈夫なの？　弟も元気なの？　赤ちゃんの乳母はあたしのこと子供扱いして、なにも教えてくれないの。誰も見てないときにここに忍びこんできたのよ」

「質問の答えは全部イエスだ、おちびさん」アレックはハリーを膝に抱きあげた。「なにもかもすばらしく大丈夫だ」

「ママはひどく疲れた様子だわ、パパ」

彼女が経験したような目にあえば、私だってそうなるだろうとアレックは胸の内でつぶやいたが、声に出しては言わなかった。「何日かすればすっかり元気になるさ」

「赤ちゃんの名前は？」

「まだ決めていない。おまえはどういう名前がいいと思う、ハリー？」

「アーネストかクラレンス」

「どうしてそんな信心深そうな名前がいいんだい？」

「乳母が言ってたの。とってもきれいな子だから、大きくなったら恐ろしいことになるって。だから、きちんと厳しく育てなきゃならないそうよ。信心深くさせて、善行をずっとさせていれば、いい子に育つだろうって。そのためにもつまんない名前のほうがいいと思ったの」

「おやおや、あの子はしわくちゃのちっちゃなおサルさんにしか見えないけどね。おまえがあのぐらい小さかったときと同じさ」

「パパ、あたしはきれいじゃないわ」

「ああ」アレックは仰向いた娘の顔を見下ろしてそっけなく言った。「まったくもって。おまえはまああでしかないな。きっとオールドミスになって年をとった私とお母さんの世話をすることになるよ。おまえも一生善行をして暮らすってのはどうだい？」

「パパ、赤ちゃんの名前をつけなきゃ」

ハリーのときは何日もたってから名前をつけたのだったとアレックはふいに思いだした。考えたくなかったからだ。彼女が――アレックは首を振った。「わかったよ。ジェニーが起きたら訊いてみよう」

「わたしなら起きてるわ、たぶん」

「ママ、具合は悪くない？」ハリーは父の膝から降りてベッドの脇に寄ると、小さな手でそっとジェニーの頬を撫でた。

「大丈夫よ。さあ、赤ちゃんの名前はもうお父さんがつけてくれたわ、ハリー。あのコテージでお産したときに、よく話しあったの。教えてあげて、アレック」

「ジェイムズ・デヴェニッシュ・ニコラス・セント・ジョン・キャリック」

ハリーは目を丸くした。

ジェニーは笑い声をあげ、幼い少女の手をとった。「その名前にふさわしい子になるわ、ハリー。あなたのパパが絶対にそれじゃないとだめだと言うの。ただ、もう少しなじみ深いほうがいいから、あなたの弟のことはデヴって呼ぶことにするわ」

「デヴ」ハリーはゆっくり言った。「悪くないわ。いま会いに行ってもいい？」

「もちろんだ」アレックが言った。「でも、パパを愛しているなら、赤ん坊を起こさないでくれよ。あの子の肺はあまりにもたくましくてこっちがおかしくなりそうだからね」

ハリーが行ってしまうと、アレックは妻のとなりに身を横たえた。「もう腹は出っ張っていないんだな」と感慨深げに言った。

「ありがたいことにね」ジェニーはあくびまじりに言った。

「それだけかい？」

「ええ。あなたって役に立つ人ね、アレック。とくに赤ん坊を産むときには」

アレックの喉がこわばるのがわかった。

「正気を失うほど怖かったよ。正気などほとんど残っていなかったが」

「いっときのものよ。ミセス・マクグラフによれば、二日のうちにはアリエルとバークが訪ねてくるそうよ」

「ああ、アリエルはきみのお産に間に合うようにここへ来たがっていたんだ」

ジェニーは笑おうとしたが、喉からはきしむようなしわがれ声しか出なかった。

「シッ、奥さん」アレックは毛布を自分の体の上に引きあげ、ジェニーをそばに抱き寄せた。

「少し眠ろう。神も私にその資格があるのはご存じだ。それにきみはただのか弱い女だから、たいした理由もなく眠りに落ちたとしても神も見逃してくれるだろう」

「あなたってすてきな人ね、アレック。蹴ってやりたくなることもあるけど」

「わかってるさ」アレックはジェニーの頰にキスをした。

「この四半期、わたしはずいぶんとお金をもうけたのよ。わたしが設計する快速帆船はすばらしいものだから、きっとすごい金持ちになるわね」

アレックはジェニーのこめかみに顔を寄せてにやりとした。「どうしてそんな話を?」

「ただ、忘れてほしくなかったのよ。わたしがビジネスにおいてとても有能な女性だってこと。それにこうして母親にもなったわ。見よ、この類いまれなる才能に恵まれた――」

「女を。奔放な女を――少なくとも以前のきみはそうだった。またああなるつもりかい?」

ジェニーは笑いたかったが、疲れすぎていた。暖かくて心地よくてこの上なく幸せだった。人生はすばらしい。

「たぶん」彼女は彼の肩に顔を寄せて言った。「きっと」

「それはたのしみだな」アレックが言った。「でも、文句は言わないさ。息子と娘の面倒は私が見るよ。厩舎の修繕もきちんと最後までやらせる。もっと乗馬もうまくなるように修練しよう。ただし、ナイトやバークのような馬乗りになることはないけどね」

「いいえ、それよりも旅に出ましょうよ、アレック。〈ナイト・ダンサー〉に乗って航海するの。ジブラルタルでサルが見たいわ。総督にも会いたいし。名前はなんていったかしら?」

ジェニーのことばを聞いてアレックは血が沸き立つ気がした。海。そうだ、甲板に立ち、足もとが揺れる感覚を味わいたい。サルなどに用はないが、ジェニーが見たいと言うなら、まあ――。

ジェニーは眠りに落ちていた。

アレックは彼女のこめかみにキスをし、目を閉じた。家族四人でバーカンティーン船に乗っている情景が目に浮かんだ。ジブラルタルへ向かう船。ジェニーにイタリアと北アフリカも見せてやれる。たぶん、ギリシャへ行くこともできるだろう。ああ、夏のサントリーニもいい。地球上にあれ以上に美しい場所は――。

訳者あとがき

キャサリン・コールターのヒストリカル・ロマンス三部作、〝夜《ナイト》トリロジー〟の完結作、『夜の嵐』をお届けします。ここでは、第一作の『夜の炎』でアリエルの異母姉ネスタの夫として登場した美形の男爵、アレック・キャリックのロマンスが描かれています。

『夜の炎』ではネスタと仲むつまじい夫婦の姿を見せたアレックでしたが、本書は出産でネスタが亡くなってしまうというショッキングなプロローグからはじまります。愛する人を失い、自暴自棄になるアレック。しかし、忘れ形見の娘が救いとなってくれ、娘とともに世界じゅうを旅して心の傷を癒そうとします。

ネスタを亡くしてから五年後、アレックはアメリカで造船所を経営するユージーン・パクストンという人物から資金提供を打診する手紙を受けとり、アメリカのボルティモアを訪れます。しかし、造船所でユージーンとして彼の前に現われたのは男装の若い女性でした。ユージーンと名乗り、男の恰好をして造船所をしきっているジェニーは、能力がありながら、女であるがゆえにビジネスの世界で男たちにまともに相手にされないことにいらだっています。女らしいことには興味がなく、ファッション・センスは皆無で、舞踏会にとんでもないドレスで現われたりします。妻となって男の家庭を守るよりは自分でビジネスをしたいと思う自立心あふれる女性です。

そんな当時の女性としては型破りなジェニーにアレックはどうしようもなく惹かれるものを感じ、ジェニーのほうもハンサムで魅力的なアレックに惹かれずにいられません。強力な磁力で惹かれあうふたりの恋模様は、ときにユーモラスでときに切なく、ジェニーの父の死やアレックの記憶喪失など、さまざまな試練が襲いかかる、まさに嵐のような展開を見せます。

アレックが訪れた十九世紀初頭のアメリカは、一八一二年から一八一四年の米英戦争で国内の産業が飛躍的に発展し、戦後は政治的独立につづいて経済的独立をはたしたと言っていい状況でした。戦争で活躍した民間の武装船をつくることで造船業が栄えたボルティモアは、戦後、貿易の拠点として繁栄します。そんな活気に満ちた街にジェニーのような独立心あふれる生き生きとした女性がいて、伝統と格式の国から来たアレックのようなハンサムな貴族と恋に落ち、ふたりで広い世界へ旅立つこともあったかもしれないと思うと、とてもロマンティックです。

最高のパートナーを得て、冒険に満ちた人生に船出するジェニーとアレックのこれからを想像すると、海風を顔に受けるようなさわやかさを感じます。本書は『夜の炎』のアリエルとバーク、『夜の絆』のナイトとリリーのその後の幸せにも言及していて、読者のみなさんにも、〝ナイト・トリロジー〟の最後を飾るにふさわしい作品と思っていただけるものと信じております。

それぞれ独特のロマンスをくり広げた〝ナイト・トリロジー〟、おたのしみいただけたでしょうか。コールターのヒストリカル・ロマンス・シリーズは、二見書房ではほかに〝スター・シリーズ〟の『黄昏に輝く瞳』『涙の色はうつろいで』が随時発表されています。こちらもおたのしみいただければ幸いです。

コールターは現在も精力的に執筆活動を行なっていますが、最近はサビッチ＆シャーロックを主人公にしたＦＢＩ物など、コンテンポラリーのサスペンス・スリラーが多いようです。もちろん、コンテンポラリーも魅力的な作品ばかりですが、ヒストリカル・ロマンスの新たなシリーズもぜひ発表してもらいたいものです。

二〇〇九年十二月

23 ザ・ミステリ・コレクション

夜《よる》の嵐《あらし》

著者　キャサリン・コールター
訳者　高橋佳奈子《たかはしかなこ》

発行所　株式会社 二見書房
東京都千代田区三崎町2-18-11
電話 03(3515)2311 [営業]
03(3515)2313 [編集]
振替 00170-4-2639

印刷　株式会社 堀内印刷所
製本　株式会社 関川製本所

落丁・乱丁本はお取り替えいたします。
定価は、カバーに表示してあります。

ISBN978-4-576-10006-7
http://www.futami.co.jp/

夜の炎
キャサリン・コールター
高橋佳奈子［訳］

若き未亡人アリエルは、かつて淡い恋心を抱いた伯爵と再会するが、夫との辛い過去から心を開けず…。全米ヒストリカルロマンスファンを魅了した「夜《ナイト》トリロジー」第一弾！

夜の絆
キャサリン・コールター
高橋佳奈子［訳］

クールなプレイボーイの子爵ナイトは、ひょんなことからいとこの美貌の未亡人と、三人の子供の面倒を見るハメになるが…。『夜の炎』に続く「夜《ナイト》トリロジー」第二弾！

黄昏に輝く瞳
キャサリン・コールター
栗木さつき［訳］

世間知らずの令嬢ジアナと若き海運王。ローマの娼館で出会った波瀾の愛の行方は……？ C・コールターが贈る怒濤のノンストップヒストリカル、スターシリーズ第一弾！

涙の色はうつろいで
キャサリン・コールター
山田香里［訳］

父を死に追いやった男への復讐を胸に、ロンドンからはるかサンフランシスコへと旅立ったエリザベス。それは危険でせつない運命の始まりだった……！ スターシリーズ第二弾

月明りのくちづけ
トレイシー・アン・ウォレン
久野郁子［訳］

ロンドンへ向かう旅路、侯爵と車中をともにしたリリー。それが彼女の運命を大きく変えるとも知らずに…。「昼下がりの密会」に続く「ミストレス」シリーズ第二弾

ドーバーの白い崖の彼方に
ジョアンナ・ボーン
藤田佳澄［訳］

フランス人女スパイのアニークは、国の命運を握る任務の遂行中にイギリス人スパイのグレイに捕らわれて… ロマンス界注目の新星RITA賞作家、待望の初邦訳！